T0244048

Kiss Me
Prohibido enamorarse

Primera edición: marzo de 2024
Título original: *The Deal. Off-Campus 1*

© Elle Kennedy, 2015
© de la traducción, Lluvia Rojo Moro, 2016
© de esta edición, Futurbox Project, S. L., 2024
Todos los derechos reservados.
Se declara el derecho moral de Elle Kennedy a ser reconocida como la autora de esta obra.

Diseño de cubierta: Sourcebooks
Adaptación de cubierta: Taller de los Libros
Ilustración de cubierta: Aslıhan Kopuz
Corrección: Sofía Tros de Ilarduya

Publicado por Wonderbooks
C/ Roger de Flor n.º 49, escalera B, entresuelo, despacho 10
08013, Barcelona
www.wonderbooks.es

ISBN: 978-84-18509-68-1
THEMA: YFM
Depósito Legal: B 4865-2024
Preimpresión: Taller de los Libros
Impresión y encuadernación: Liberdúplex
Impreso en España – *Printed in Spain*

ELLE KENNEDY

Kiss me

Prohibido enamorarse

Traducción de
Lluvia Rojo Moro

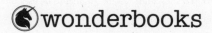

CAPÍTULO 1

HANNAH

Él no sabe que existo.

Por enésima vez en cuarenta y cinco minutos, miro de reojo a Justin Kohl. Es tan precioso que se me encoge la garganta. La verdad es que probablemente debería usar otro adjetivo; mis amigos chicos insisten en que a los hombres no les gusta que se les llame «preciosos».

Pero, madre de Dios, es que no hay otra forma de describir sus rasgos duros y sus expresivos ojos marrones. Hoy lleva una gorra de béisbol, pero sé lo que hay debajo: un pelo grueso y oscuro; al mirarlo, se nota que es sedoso al tacto y te dan ganas de pasar los dedos a través de él.

En los cinco años que han pasado desde la violación, mi corazón ha latido solo por dos chicos.

El primero me dejó.

Este ni se da cuenta.

En la tarima del auditorio, la profesora Tolbert pronuncia lo que he llegado a llamar el «discurso de la decepción». Es el tercero en seis semanas.

Sorpresa, sorpresa, el setenta por ciento de la clase ha sacado un 4,5 o menos en el examen parcial.

¿Y yo? Yo he sacado un 10. Y mentiría si dijera que el «10» enorme y en boli rojo metido en un círculo en la parte superior de mi examen no me ha pillado por sorpresa total. Todo lo que hice fue garabatear un rollo interminable de chorradas para intentar llenar folios.

Supuestamente, Ética Filosófica estaba tirada. El profesor que daba la asignatura hacía exámenes estúpidos tipo test y un «examen» final que consistía en una redacción en la que había que desarrollar cómo reaccionarías ante un dilema moral determinado.

Pero dos semanas antes del inicio del semestre, el profesor Lane murió de un ataque al corazón. Escuché que su señora de la limpieza lo encontró en el suelo del cuarto de baño, desnudo. Pobre hombre.

Por suerte —y sí, eso es sarcasmo absoluto—, Pamela Tolbert llegó para hacerse cargo de la clase de Lane. Es nueva en la Universidad Briar, y es de ese tipo de profe que quiere que conectes conceptos y te involucres con la materia. Si todo esto fuera una película, ella sería la típica profesora joven y ambiciosa que se presenta en la escuela de un barrio marginal de una ciudad, inspira a los estudiantes «chungos» y, de repente, todo el mundo suelta sus pistolas para coger lápices y en los créditos finales se anuncia cómo todos los chavales fueron admitidos en Harvard o alguna mierda parecida. Óscar a la mejor actriz de inmediato para Hilary Swank.

Pero esto no es una película, y eso significa que lo único que Tolbert ha inspirado en sus estudiantes es odio. Y parece que realmente no es capaz de entender por qué nadie sobresale en su clase.

He aquí una pista: porque sus preguntas son de las que uno podría incluir en una dichosa tesis de postgrado.

—Estoy dispuesta a hacer un examen de recuperación para aquellos que hayan suspendido o hayan sacado un 6 o menos. —La nariz de Tolbert se arruga, como si no alcanzara a entender cómo algo así es necesario.

La palabra que acaba de utilizar, «¿dispuesta?». Ja. Sí, claro. He oído que un montón de estudiantes se han quejado a sus tutores por su actitud y sospecho que la dirección la obliga a darnos a todos una segunda oportunidad. Briar no queda bien si más de la mitad de los estudiantes de una clase catean, sobre todo cuando no se trata solo de los vagos. A estudiantes con todo sobresalientes, como Nell, que está enfurruñada a mi lado, también se la ha cargado en el examen.

—Para aquellos de vosotros que elijan presentarse a la recuperación, se hará la media con las dos notas. Si lo hacéis peor la segunda vez, os mantendré la primera nota —concluye Tolbert.

—No puedo creer que hayas sacado un 10 —me susurra Nell.

Se la ve tan decepcionada que siento una punzada de compasión. No es que Nell y yo seamos mejores amigas ni nada por el estilo, pero nos hemos sentado juntas desde septiembre, así que es razonable que nos hayamos llegado a conocer la una a la otra. Estudia Medicina y sé que viene de una familia académicamente destacable que la castigará sin compasión si se entera de su nota en el examen parcial.

—Yo tampoco me lo creo —murmuro—. En serio. Lee mis respuestas. Son divagaciones de cosas sin sentido.

—Ahora que lo dices, ¿puedo? —Suena ansiosa—. Tengo curiosidad por ver lo que esta tirana considera material digno de un 10.

—Te lo escaneo y te lo envío esta noche —le prometo.

Un segundo después de que Tolbert nos despida, el auditorio retumba con frases en plan «larguémonos de aquí de una vez». Los portátiles se cierran de golpe, los cuadernos se deslizan en las mochilas y los estudiantes arrastran sus sillas.

Justin Kohl se queda de pie cerca de la puerta para hablar con alguien y mi mirada se ancla en él como si fuera un misil. Es precioso.

¿He dicho ya lo precioso que es?

Las palmas de mis manos empiezan a sudar mientras observo su hermoso perfil. Es nuevo en Briar este año, pero no estoy segura desde qué universidad pidió el traslado y, aunque no ha tardado en convertirse en el receptor estrella del equipo de fútbol americano, no es como los otros deportistas de esta uni. No va pavoneándose por el patio con una de esas sonrisas tipo «soy el regalo de Dios a este mundo», ni aparece con una chica nueva colgada del brazo cada día. Lo he visto reír y bromear con sus compañeros de equipo, pero emana una intensa energía de inteligencia que me hace pensar que hay una profundidad oculta en él. Esta cuestión me hace estar aún más desesperada por conocerlo.

Normalmente no me fijo en los deportistas universitarios, pero algo acerca de este en particular me ha convertido en la tonta sentimental más grande del universo.

—Estás mirándolo otra vez.

La voz burlona de Nell genera rubor en mis mejillas. Me ha sorprendido babeando por Justin en más de una ocasión, y es una de las pocas personas ante las que he reconocido que me mola.

Mi compañera de cuarto, Allie, también lo sabe, pero ¿mis otros amigos? Ni de coña. La mayoría estudian Música o Arte Dramático, así que supongo que eso nos convierte en la pandilla artística. O algo así. Aparte de Allie, que ha tenido una relación intermitente con un chico de una de las fraternidades de aquí desde el primer año, a mis amigas les flipa despedazar a la élite de Briar. Normalmente no me sumo a esos cotilleos —me gusta pensar que estoy por encima de tanto chisme—, pero seamos sinceros: la mayoría de los chicos populares son unos idiotas integrales.

Es el caso de Garrett Graham, la otra estrella del deporte de la clase. El tío camina por ahí como si fuese el dueño del lugar. Bueno, la verdad es que más o menos lo es. Todo lo que tiene que hacer es chasquear los dedos para que una chica ansiosa aparezca a su lado. O salte a su regazo. O le meta la lengua hasta la garganta.

Sin embargo, hoy no parece el «tío guay» del Campus. Casi todo el mundo se ha marchado ya, también Tolbert, pero Garrett permanece en su asiento, con los puños cerrados con fuerza agarrando los bordes de los folios del examen.

Supongo que también habrá suspendido, pero no siento mucha compasión por el chaval. La Universidad Briar es conocida por dos cosas: el *hockey* y el fútbol americano, algo que no sorprende mucho teniendo en cuenta que Massachusetts es el hogar de los Patriots y los Bruins. Los deportistas que juegan en Briar casi siempre terminan en equipos profesionales, y durante sus años aquí reciben todo en bandeja de plata, incluidas las notas.

Así que sí, es posible que esto me haga parecer un pelín vengativa, pero siento cierta sensación de triunfo al saber que Tolbert ha suspendido al capitán de nuestro equipo de *hockey* y campeón de liga igual que a todos los demás.

—¿Quieres tomar algo en el Coffee Hut? —me pregunta Nell mientras recoge sus libros.

—No puedo. Tengo ensayo en veinte minutos. —Me levanto, pero no la sigo hasta la puerta—. Ve tirando tú, tengo que revisar el horario antes de irme. No me acuerdo de cuándo es mi próxima tutoría.

Otra «ventaja» de estar en la clase de Tolbert es que, además de nuestra clase semanal, estamos obligados a asistir a dos tutorías de media hora a la semana. Lo bueno es que Dana, la profesora asistente, es la que se encarga de eso y tiene todas las cualidades de las que Tolbert carece. Como, por ejemplo, sentido del humor.

—Vale —dice Nell—. Te veo luego.

—*Ciao* —me despido.

Al oír el sonido de mi voz, Justin se detiene en la puerta y gira la cabeza.

Ay. Dios. Mío.

Es imposible detener el rubor que aflora en mis mejillas. Es la primera vez que hemos establecido contacto visual y yo no sé cómo reaccionar. ¿Digo «hola»? ¿Lo saludo con la mano? ¿Sonrío?

Al final, me decido por un pequeño gesto con la cabeza. Ahí va. Rollo guay e informal, digno de una sofisticada alumna de tercero de carrera.

Mi corazón da un vuelco cuando un lado de su boca se eleva en una débil sonrisa. Me devuelve el saludo con la cabeza y se va.

Me quedo mirando la puerta vacía. Mi pulso se lanza a galopar porque, joder, tras seis semanas respirando el mismo aire en esta agobiante aula, por fin se ha dado cuenta de mi presencia.

Me gustaría ser lo suficientemente valiente como para ir tras él. Quizá invitarlo a un café. O a cenar. O a un *brunch*. Espera, ¿la gente de nuestra edad queda para tomar un *brunch*?

Pero mis pies se quedan pegados al suelo de linóleo brillante.

Porque soy una cobarde. Sí, una cobarde total, una gallina de mierda. Me horroriza pensar que es posible que diga que no, pero me horroriza todavía más que diga que sí.

Cuando empecé en la universidad, yo estaba bien. Mis asuntos, sólidamente superados; mi guardia, baja. Estaba preparada para salir con chicos otra vez, y lo hice. Salí con varios, pero aparte de mi ex, Devon, ninguno de ellos hizo que se me estremeciera el cuerpo como lo hace Justin Kohl, y eso me asusta.

Pasito a pasito.

Eso es. Pasito a pasito. Ese fue siempre el consejo favorito de mi psicóloga, y no puedo negar que su estrategia me ha ayudado mucho. Carole siempre me aconsejaba que me centrara en las pequeñas victorias.

Así que…, la victoria de hoy: he saludado con la cabeza a Justin y él me ha sonreído. En la próxima clase, quizá le devuelva la sonrisa. Y en la siguiente, quizá mencione el café, la cena o el *brunch*.

Respiro hondo mientras me dirijo hacia el pasillo, aferrándome a esa sensación de victoria, por muy diminuta que sea.

Pasito a pasito.

GARRETT

He suspendido.

Joder, he suspendido.

Durante quince años, Timothy Lane ha repartido sobresalientes como caramelos. ¿Y el año en el que YO me matriculo en la clase? La patata de Lane deja de latir y me quedo atrapado con Pamela Tolbert.

Es oficial: esa mujer es mi archienemiga. Solo con ver su florida caligrafía, que llena cada centímetro disponible de los márgenes de mi examen parcial, me dan ganas de convertirme en el Increíble Hulk y romper los folios en pedazos.

Estoy sacando *sobres* en la mayoría de mis clases, pero, de momento, tengo un 0 en Ética Filosófica. Combinado con el 6,5 de Historia de España, mi media ha caído a un aprobado.

Necesito una media de notable para jugar al *hockey*.

Normalmente no tengo ningún problema para mantener mi nota media alta. A pesar de lo que mucha gente cree, no soy el típico deportista tonto. Pero bueno, no me importa que la gente piense que lo soy. En especial, las chicas. Supongo que les pone la idea de tirarse al musculoso hombre de las cavernas que solo sirve para una cosa, pero como no estoy buscando nada serio, esos polvos casuales con tías que solo quieren mi polla me va perfecto. Me da más tiempo para centrarme en el *hockey*.

Pero *no* habrá más *hockey* si no consigo subir esta nota. ¿Lo peor de Briar? Que nuestro decano exige excelencia. Académica y deportiva. Mientras en otras escuelas son más indulgentes con los deportistas, Briar tiene una política de tolerancia cero.

Asquerosa Tolbert. Cuando hablé con ella antes de clase para ver cómo podía subir la nota, me dijo, con esa voz nasal que tiene, que asistiera a las tutorías y me reuniera con el grupo de estudio. Ya hago ambas cosas. Así que nada, a no ser que contrate a algún empollón para que se ponga una careta con mi cara y haga el examen de recuperación por mí, estoy jodido.

Mi frustración se manifiesta en forma de un gemido audible y por el rabillo del ojo veo a alguien que pega un respingo del susto.

Yo también me sobresalto, porque pensaba que estaba arrastrándome en mi miseria solo. Pero la chica que se sienta en la última fila se ha quedado después del timbre y ahora camina por el pasillo hacia el escritorio de Tolbert.

¿Mandy?

¿Marty?

No recuerdo su nombre. Probablemente porque nunca me he molestado en preguntar cuál es. No obstante, es guapa. Mucho más guapa de lo que me había parecido. Cara bonita, pelo moreno, cuerpazo. Joder, ¿cómo no me he fijado antes en ese cuerpo?

Pero vaya si me estoy fijando en este momento. Unos vaqueros muy ajustados se agarran a un culo redondo y respingón que parece gritar «estrújame», y un jersey de cuello en pico se ciñe a unas tetas impresionantes. No tengo tiempo para admirar más esas atractivas imágenes, porque me pilla mirándola y un gesto de desaprobación aparece en su boca.

—¿Todo bien? —pregunta con una mirada directa.

Emito un quejido en voz baja. No estoy de humor para hablar con nadie en este momento.

Una ceja oscura se eleva en mi dirección.

—Perdona, ¿no sabes hablar?

Hago una pelota con mi examen y echo la silla hacia atrás.

—He dicho que todo está bien.

—Estupendo, entonces. —Se encoge de hombros y sigue su camino.

Cuando coge el portapapeles donde está nuestro programa de tutorías, me echo por encima la cazadora de *hockey* de Briar; a continuación, meto mi patético examen en la mochila y cierro la cremallera.

La chica de pelo oscuro se dirige de nuevo al pasillo. ¿Mona? ¿Molly? La M me suena, pero el resto es un misterio. Ella tiene su examen en la mano, pero no lo miro, porque imagino que ha suspendido como todo el mundo.

La dejo pasar antes de salir al pasillo. Supongo que podría decir que es el caballero que hay en mí, pero estaría mintiendo. Quiero echar un vistazo a su culo otra vez, porque es un culito *supersexy,* y ahora que ya lo he visto una vez no me importaría echarle un ojo de nuevo. La sigo hasta la salida y de repente me doy cuenta de lo minúscula que es. Voy un paso por detrás y aun así le veo la coronilla.

Justo cuando llegamos a la puerta, se tropieza con absolutamente nada y los libros que lleva en la mano caen ruidosamente al suelo.

—Mierda. Qué torpe soy.

Se agacha y yo hago lo mismo, porque, al contrario de mi declaración anterior, puedo ser un caballero cuando quiero, y lo caballeroso ahora es ayudarla a recoger sus libros.

—Oh, no hace falta. Puedo yo sola —insiste.

Pero mi mano ya ha tocado su examen parcial y mi boca se abre de par en par cuando veo la nota.

—Hostia puta. ¿Has sacado un 10? —pregunto.

Me responde con una sonrisa autocrítica.

—Ya. Estaba convencida de que había suspendido.

—Joder. —Me siento como si acabara de encontrarme por casualidad con el mismo Stephen Hawking y me estuviera tentando con los secretos del universo—. ¿Puedo leer tus respuestas?

Sus cejas se arquean de nuevo.

—Eso es bastante atrevido por tu parte, ¿no crees? Ni siquiera nos conocemos.

Resoplo.

—No te estoy pidiendo que te desnudes, cariño. Solo quiero echar un vistazo a tu examen trimestral.

—¿«Cariño»? Adiós al atrevido y hola al presuntuoso.

—¿Preferirías «señorita»? ¿«Señora», tal vez? Usaría tu nombre, pero no sé cómo te llamas.

—Por supuesto que no. —Suspira—. Me llamo Hannah. —Después hace una pausa llena de significado—. Garrett.

Vaya, estaba muuuuuuuuy lejos con eso de la M.

Y no me pasa inadvertida la forma en la que enfatiza mi nombre como si dijera: «¡Ja! ¡Yo sí que me sé el tuyo, cretino!».

Recoge el resto de sus libros y se pone de pie, pero no le devuelvo el examen. En vez de eso, me incorporo y empiezo a hojearlo. Mientras leo por encima sus respuestas, me desanimo todavía más, ya que si este es el tipo de análisis que Tolbert busca, estoy bien jodido. Hay una razón por la que voy a licenciarme en Historia, por Dios: ¡trato con hechos! Blanco y negro. Esto es lo que le sucedió a esta persona en este momento y aquí está el resultado.

Las respuestas de Hannah se centran en mierda teórica y en cómo los filósofos responderían a los diversos dilemas morales.

—Gracias. —Le devuelvo sus folios. A continuación, meto los pulgares en las trabillas de mis vaqueros—. Oye, una cosa. ¿Tú… te pensarías…? —Me encojo de hombros—. Ya sabes…

Sus labios tiemblan como si intentara no reírse.

—En realidad, NO.

Dejo escapar un suspiro.

—¿Me darías clases particulares?

Sus ojos verdes —el tono más oscuro de color verde que he visto en mi vida, que además están rodeados de gruesas pestañas negras— pasan de sorprendidos a escépticos en cuestión de segundos.

—Te pagaré —agrego a toda prisa.

—Oh. Eh. Bueno, sí, por supuesto que esperaba que me pagaras. Pero… —Niega con la cabeza—. Lo siento. No puedo.

Reprimo mi decepción.

—Vamos, hazme ese favorazo. Si suspendo la recuperación, mi nota media va a derrumbarse. Venga, porfa. —Despliego una sonrisa, esa que hace que mis hoyuelos aparezcan, esa que nunca falla y que consigue que las chicas se derritan.

—¿Eso te funciona normalmente? —pregunta con curiosidad.

—¿Qué?

—La cara de niño pequeño en plan «jopetas, va», ¿te ayuda a conseguir lo que quieres?

—Siempre —respondo sin vacilar.

—*Casi* siempre —me corrige—. Mira, lo siento, pero de verdad, no tengo tiempo. Ya estoy haciendo malabarismos con la escuela y el trabajo, y con el próximo concierto exhibición de invierno, tendré incluso menos tiempo.

—¿Concierto exhibición de invierno? —digo sin comprender nada.

—Ay, me olvidaba. Si no tiene que ver con el *hockey*, no está en tu radar.

—Y ahora, ¿quién está siendo presuntuoso? Ni siquiera me conoces.

Hay un segundo de silencio y después suspira.

—Estoy haciendo la carrera de Música, ¿vale? Y la Facultad de Arte monta dos exhibiciones importantes al año: el concierto de invierno y el de primavera. El ganador obtiene una beca de cinco mil dólares. En realidad, es una especie de gran feria de negocios. La gente importante de la industria vuela desde todas partes del país para verlo. Agentes, productores discográficos, buscadores de talentos y demás. Así que, aunque me encantaría ayudarte…

—No te encantaría —me quejo—. Parece que ni siquiera quieres hablar conmigo ahora mismo.

El pequeño gesto que hace con los hombros en plan «me has pillado» me cabrea un montón.

—Tengo que ir al ensayo. Lamento que hayas suspendido esta clase, pero si te hace sentir mejor, le ha pasado a todo el mundo.

Entrecierro los ojos.

—A ti no.

—No puedo evitarlo. Tolbert parece responder bien a mi estilo de soltar chorradas. Es un don.

—Bueno, pues yo quiero tu don. Por favor, maestra, enséñame a soltar chorradas.

Estoy a dos segundos de ponerme de rodillas y suplicar, pero se acerca a la puerta.

—Sabes que hay un grupo de estudio, ¿no? Te puedo dar el número para...

—Ya estoy en él —murmuro.

—Ah. Bueno, pues entonces no hay mucho más que pueda hacer por ti. Buena suerte en el examen de recuperación, «cariño».

Sale pitando por la puerta y me deja allí, mirándola con frustración. Increíble. Todas las chicas en esta universidad se cortarían un brazo por ayudarme. Pero ¿esta? Huye como si le acabara de pedir que asesinara a un gato para poder entregarlo en sacrificio a Satanás.

Y ahora estoy otra vez igual que antes de que Hannah —sin M— me diera ese leve destello de esperanza.

Totalmente jodido.

CAPÍTULO 2

GARRETT

Mis compañeros de piso están borrachos como una cuba cuando entro en el salón después del grupo de estudio. La mesa de centro está repleta de latas vacías de cerveza, junto a una botella casi vacía de Jack Daniels, que sé que es de Logan, porque él es defensor de la filosofía «la cerveza es para cobardes». Son sus palabras, no las mías.

En ese instante, Logan y Tucker están luchando en una intensa partida del *Ice Pro,* con la vista pegada a la pantalla plana mientras golpean frenéticamente los mandos. La mirada de Logan se mueve ligeramente cuando nota mi presencia en la puerta y la fracción de segundo de distracción le sale cara.

—¡Toma, toma, toma! —Tuck se pavonea cuando su defensor dispara un tiro que sobrepasa al portero de Logan y el marcador se ilumina.

—Joder, ¡por el amor de Dios! —Logan pausa el juego y me lanza una mirada sombría—. Pero qué leches, G. Me la acaban de colar por tu culpa.

No contesto porque ahora soy yo el que está distraído por lo que sucede en la esquina de ese mismo cuarto: una sesión medio porno. Y cómo no, el actor principal es Dean. Descalzo y con el torso desnudo, está tirado en el sillón mientras una rubia, que no lleva más que un sujetador negro de encaje y unos pantalones cortos, está sentada a horcajadas sobre él y se frota contra su entrepierna.

Unos ojos azules oscuros asoman sobre el hombro de la chica y Dean sonríe en mi dirección.

—¡Graham! ¿Dónde has estado, tío? —masculla.

Vuelve a besar a la rubia antes de que me dé tiempo a responder a su pregunta.

Por alguna razón, a Dean le gusta enrollarse con tías en todas partes menos en su dormitorio. En serio. Cada vez que me doy la vuelta, está metido en algún acto lujurioso. En la encimera de la cocina, en el sofá del salón, en la mesa del comedor. El tío se lo ha hecho en cada centímetro de la casa que compartimos los cuatro fuera del campus. Él es un zorrón total, y no tiene ningún complejo al respecto.

Por supuesto, yo no soy quien para hablar. No soy ningún monje, tampoco Logan ni Tuck. ¿Qué puedo decir? Los jugadores de *hockey* siempre estamos cachondos. Cuando no estamos en el hielo, normalmente se nos puede encontrar liándonos con una chica o dos. O tres, si tu nombre es Tucker y es la Nochevieja del año pasado.

—Llevo una hora enviándote mensajes, tronco —me informa Logan.

Sus enormes hombros se encorvan hacia delante mientras coge la botella de *whisky* de la mesa de centro. Logan es un gorila en la defensa, uno de los mejores con los que he jugado, y también el mejor amigo que he tenido. Su primer nombre es John, pero le llamamos por el segundo, Logan, porque así es más fácil diferenciarlo de Tucker, cuyo nombre de pila también es John. Por suerte, Dean es solo Dean, así que no tienes que llamarlo por su enrevesado apellido: Heyward-Di Laurentis.

—En serio, ¿dónde coño has estado? —se queja Logan.

—En el grupo de estudio. —Cojo una Bud *Light* de la mesa y la abro—. ¿Cuál es la sorpresa por la que no has parado de escribir?

Soy capaz de deducir el grado de borrachera de Logan en base a la gramática de sus mensajes. Y esta noche tiene que llevar un pedo supergordo, porque he tenido que hacer de Sherlock a tope para descifrar sus mensajes. «Suprz» significaba «sorpresa». Me ha llevado más tiempo decodificar «vdupv», pero creo que significaba «ven de una puta vez». Aunque nunca se sabe con Logan.

Desde el sofá, sonríe tanto, tanto, que es increíble que no se le desencaje la mandíbula. Apunta con el pulgar al techo y dice:

—Sube y lo ves por ti mismo.

Entrecierro los ojos.

—¿Por qué? ¿Quién está ahí?

Logan suelta unas risitas.

—Si te lo dijera, no sería una sorpresa.

—¿Por qué tengo la sensación de que estás tramando algo?

—Por Dios —dice Tucker con voz aguda—. Tienes serios problemas de confianza, G.

—Dice el idiota que dejó un mapache vivo en mi dormitorio el primer día del semestre.

Tucker sonríe.

—Va, vamos, Bandit era superadorable. Era tu regalo de bienvenida a la escuela otra vez.

Extiendo el dedo corazón.

—Sí, bueno, fue muy jodido deshacerse de tu regalo. —Ahora lo miro frunciendo el ceño, porque todavía recuerdo que tuvieron que venir tres personas de control de plagas para sacar al mapache de mi habitación.

—Por el amor de Dios —gime Logan—. Solo tienes que subir. Confía en mí, nos lo agradecerás más tarde.

La mirada de complicidad que intercambia con los otros alivia mi sospecha. Más o menos. A ver, no voy a bajar la guardia por completo, no con estos capullos.

Robo otras dos latas de cerveza al salir. No bebo mucho durante la temporada, pero el entrenador nos dio la semana libre para estudiar los exámenes parciales y todavía tenemos dos días de libertad. Mis compañeros de equipo, los muy afortunados, los cabrones, no parecen tener ningún problema en enchufarse doce cervezas y jugar como campeones al día siguiente. Pero yo a la mañana siguiente siento un zumbido que me da un dolor de cabeza insoportable, y después patino como un niño pequeño con su primer par de patines Bauer.

En cuanto volvamos a un régimen de entrenamiento de seis días a la semana, mi consumo de alcohol se reducirá a la fórmula 1-5 habitual: una bebida en las noches de entrenamiento, cinco después de un partido. Sin excepciones.

Mi plan es aprovechar al máximo el tiempo que me queda.

Armado con mis cervezas, me dirijo hacia arriba, a mi habitación. El dormitorio principal. Sí, saqué la carta de «soy vuestro capitán» para pillarla y, créeme, la discusión con mis compañeros de equipo valió la pena: baño privado, nena.

La puerta está entreabierta, algo que vuelve a despertar el modo sospecha en mí. Miro con cautela la parte de arriba del marco para asegurarme de que no hay un cubo de sangre a lo *Carrie* y, a continuación, le doy un pequeño empujón. Cede y entro unos centímetros, totalmente preparado para una emboscada.

Y ahí está.

Pero es más una emboscada visual que otra cosa, porque, Dios bendito, la chica que hay en mi cama parece haber salido del catálogo de Victoria Secret.

A ver, soy un tío y no sé el nombre de la mitad de las movidas que lleva puestas.

Veo encaje y lacitos rosas y mucha piel desnuda. Y estoy feliz.

—Has tardado un montón. —Kendall me lanza una sonrisa *sexy* que dice «estás a punto de tener suerte, hombretón» y mi polla reacciona en consecuencia y empieza a crecer bajo la cremallera—. Te iba a conceder cinco minutos más antes de largarme.

—Entonces, he llegado justo a tiempo. —Mi mirada se centra en su atuendo, digno de una buena dosis de babeo, y después digo lentamente—: Ey, nena, ¿es todo para mí?

Sus ojos azules se oscurecen de forma seductora.

—Ya sabes que sí, semental.

Soy muy consciente de que sonamos como personajes de una película porno cursi. Pero venga, cuando un hombre entra en su habitación y se encuentra a una mujer así está dispuesto a recrear cualquier escena cutre que ella quiera, incluso una que implique fingir ser un repartidor de *pizza* llevándole su pedido a una MQMF.

Kendall y yo nos liamos por primera vez durante el verano, por conveniencia más que otra cosa, porque los dos estábamos por la zona durante las vacaciones. Fuimos al bar un par de veces, una cosa llevó a la otra, y lo siguiente que sé es que estoy enrollándome con una chica cachonda de una fraternidad. Pero todo se apagó antes de los exámenes parciales, y aparte de unos cuantos mensajes guarros de vez en cuando, no había visto a Kendall hasta ahora.

—Pensé que quizá te apetecería pasar un buen rato antes de que empiecen otra vez los entrenamientos —dice mientras sus dedos con la manicura recién hecha juegan con el pequeño lazo rosa del centro de su sujetador.

—Has pensado bien.

Una sonrisa curva sus labios mientras se incorpora para ponerse de rodillas. Joder, sus tetas prácticamente se salen de esa cosa de encaje que lleva puesta. Mueve su dedo en mi dirección.

—Ven aquí.

No pierdo ni un segundo en ir hacia ella porque… de nuevo… soy un tío.

—Creo que estás demasiado abrigado —observa, y entonces agarra la cintura de mis vaqueros y desabrocha el botón. Tira de la cremallera y un segundo después mi polla sale a su mano, que espera. No he hecho la colada en semanas, así que voy sin ropa interior hasta que consiga organizarme, y por la forma en la que sus ojos brillan, garantizo que ella aprueba toda esta historia de ir sin calzoncillos.

Cuando la envuelve con sus dedos, un gemido sale de mi garganta. Oh, sí. No hay nada mejor que la sensación de la mano de una mujer en tu polla.

Pero no, me equivoco. La lengua de Kendall entra en juego y, madre mía, es mucho mejor que la mano.

Una hora después, Kendall se acurruca a mi lado y descansa la cabeza en mi pecho. Su lencería y mi ropa están esparcidas por el suelo de la habitación, junto con dos sobres vacíos de condones y el bote de lubricante que no hemos necesitado abrir.

Las caricias me ponen un poco nervioso, pero no puedo apartarla y exigir que se largue; no cuando claramente ha hecho un gran esfuerzo para este juego de seducción.

Pero eso también me preocupa.

Las mujeres no se adornan a saco con ropa interior cara para un polvo, ¿verdad? Mi respuesta es «no» y las palabras de Kendall validan mis inquietantes pensamientos.

—Te he echado de menos, cariño.

Mi primer pensamiento es: mierda.

Mi segundo pensamiento es: ¿por qué?

Porque en todo el tiempo que Kendall y yo nos hemos acostado, Kendall no ha hecho el mínimo esfuerzo para llegar a conocerme. Si no estamos echando un polvo, solo habla sin parar sobre sí misma. En serio, no creo que me haya hecho una pregunta personal desde que nos conocemos.

—Eh... —Lucho por dar con las palabras adecuadas, cualquier secuencia que no incluya «Yo. Te. He. Echado. De. Menos» ni «También»—. He tenido lío. Ya sabes, los exámenes parciales.

—Claro. Vamos a la misma universidad. Yo también he estado estudiando —Hay un punto de enfado en su tono de voz—. ¿Me has echado de menos?

Joder. ¿Qué se supone que debo decir a eso? No voy a mentir, porque eso solo le daría falsas esperanzas. Pero no puedo ser un cabrón y admitir que ni siquiera he pensado un segundo en ella desde la última vez que nos enrollamos.

Kendall se incorpora y entrecierra los ojos.

—Es una pregunta de sí o no, Garrett. ¿Me. Has. Echado. De. Menos?

Mi mirada va rápidamente a la ventana. Sí, estoy en el primer piso y planteándome saltar por la ventana. Eso da una idea de lo mucho que quiero evitar esta conversación.

Pero mi silencio lo dice todo, y de repente Kendall sale volando de la cama, su pelo rubio se mueve en todas direcciones mientras gatea para recuperar su ropa.

—Ay, Dios. ¡Eres un capullo integral! No te importo para nada, ¿verdad, Garrett?

Me levanto y voy en línea recta hacia mis pantalones vaqueros.

—Sí que me importas —protesto—, pero...

Se pone las bragas con furia.

—Pero ¿qué?

—Pero pensé que estábamos de acuerdo sobre lo que era esto. No quiero nada serio. —La miro fijamente—. Te lo dije desde el principio.

Su expresión se suaviza mientras se muerde el labio.

—Lo sé, pero... Solo pensé...

Sé exactamente lo que pensaba, que me enamoraría de ella y que nuestros polvos informales se transformarían en el puto *Diario de Noa*.

Honestamente, no sé ni por qué me molesto en soltar las reglas. En mi experiencia, ninguna mujer se mete en una aventura creyendo que la cosa va a quedarse como una aventura. Puede decir lo contrario; es posible que incluso se convenza a sí misma de que a ella le parece guay el sexo sin ataduras, pero en el fondo espera y reza para que se convierta en algo más profundo.

Y entonces yo, el villano en su comedia romántica personal, llega y rompe esa burbuja de esperanza, a pesar de que yo nunca mentí sobre mis intenciones ni la engañé, ni siquiera por un segundo.

—El *hockey* es toda mi vida —digo con brusquedad—. Entreno seis días a la semana, juego veinte partidos al año, o más si hacemos postemporada. No tengo tiempo para novias, Kendall. Y te mereces muchísimo más de lo que yo te puedo dar.

La infelicidad nubla sus ojos.

—No quiero ser tu rollo de un rato. Quiero ser tu novia.

Otro «¿por qué?» casi se me escapa, pero consigo morderme la lengua. Si ella hubiera mostrado algún interés por mí fuera del asunto carnal, podría creerla, pero que no lo haya hecho me lleva a preguntarme si la única razón por la que quiere tener una relación conmigo es porque soy una especie de símbolo de estatus para ella.

Me trago mi frustración y le ofrezco otra torpe disculpa.

—Lo siento. Pero estoy en ese punto, en este momento de mi vida.

Cuando me subo la cremallera de los vaqueros, ella vuelve a centrar su atención en ponerse la ropa. Aunque decir «ropa» es un poco exagerado: todo lo que lleva es lencería y una gabardina. Lo que explica por qué Logan y Tucker sonreían como idiotas cuando he llegado a casa. Si una chica aparece en tu puerta con una gabardina, uno sabe muy bien que no hay mucho más debajo.

—No puedo enrollarme más contigo —dice ella finalmente. Su mirada se eleva para encontrar la mía—. Si seguimos haciendo… esto…, solo voy a conseguir engancharme más.

No puedo discutir eso, así que no lo hago.

—Nos lo hemos pasado bien, ¿verdad?

Tras un segundo de silencio, sonríe.

—Sí, nos lo hemos pasado bien.

Reduce la distancia entre nosotros y se pone de puntillas para besarme. Le devuelvo el beso, pero no con el mismo grado de pasión que antes. Es un beso suave. Cortés. La aventura ha seguido su curso y no pienso darle falsas esperanzas otra vez.

—Dicho esto... —Sus ojos brillan con picardía—. Si cambias de opinión sobre lo de ser tu novia, dímelo.

—Serás la primera persona a la que llame —prometo.

—Guay.

Me da un beso en la mejilla y sale por la puerta. No dejo de maravillarme de lo fácil que ha sido. Me había estado preparando para una pelea, pero, aparte del estallido inicial de cabreo, Kendall ha aceptado la situación como una profesional.

Si todas las mujeres fueran tan comprensivas como ella...

Y sí, eso es un pulla para Hannah.

El sexo siempre me abre el apetito, así que voy abajo en busca de algo para comer, y estoy feliz de ver que aún hay sobras de arroz y pollo frito, cortesía de Tuck, nuestro chef de la casa; y es que el resto de nosotros no puede hervir el agua sin quemarla. Tuck, por su parte, creció en Texas, con una madre soltera que le enseñó a cocinar cuando todavía estaba en pañales.

Me acomodo en la encimera de la cocina y me meto un trozo de pollo en la boca mientras veo a Logan paseándose solo con unos calzoncillos a cuadros.

Levanta una ceja al verme.

—Ey. No pensé que te vería de nuevo esta noche. Suponía que estarías MOF.

—¿MOF? —le pregunto entre bocado y bocado. A Logan le gusta soltar acrónimos con la esperanza de que empecemos a utilizarlos como argot, pero lo cierto es que la mitad del tiempo no tengo ni idea de lo que dice.

Sonríe.

—Muy Ocupado Follando.

Resoplo y me meto un bocado de arroz salvaje en la boca.

—En serio, ¿la rubita se ha ido ya?

—Sí. —Mastico antes de continuar—. Conoce las normas.

—Las normas son: nada de novias y nada de quedarse a dormir en casa, bajo ningún concepto.

Logan descansa los antebrazos en la mesa, sus ojos azules brillan cuando cambia de tema.

—Estoy impaciente porque llegue este puto finde contra el St. Anthony. ¿Te has enterado? La sanción de Braxton ha terminado.

Eso hace que mi atención se centre en lo que dice.

—No me jodas. ¿Juega el sábado?

—Pues sí. —La expresión de Logan se vuelve superalegre—. Voy a disfrutar de lo lindo rompiéndole la cara a ese imbécil contra la valla.

Greg Braxton es el extremo estrella del St. Anthony y una auténtica escoria humana. El tío tiene una vena sádica que no le da miedo airear en el hielo y, cuando nuestros equipos se enfrentaron en la pretemporada, envió a uno de nuestros defensores de segundo curso a urgencias con un brazo roto. De ahí su sanción de tres partidos de suspensión, aunque si fuera por mí, habría mandado al puto psicópata a casa suspendiéndolo de por vida del *hockey* universitario.

—Si necesitas machacar a ese cabrón, yo estaré ahí contigo —prometo.

—Te tomo la palabra. Ah, y la semana que viene tenemos a Eastwood en casa.

Realmente debería prestar más atención a nuestra agenda. Eastwood College va segundo en nuestra liga —después de nosotros, por supuesto—, y nuestros duelos siempre son de morderse las uñas.

Y, mierda, de repente recuerdo que si no saco una muy buena nota en Ética, no estaré en el hielo en el partido contra Eastwood.

—Joder —murmuro.

Logan roba un pedazo de pollo de mi plato y se lo mete en la boca.

—¿Qué?

Todavía no les he contado a mis compañeros de equipo lo de mi problema con las notas, porque no esperaba que la media fuera tan mala. Ahora parece que es inevitable admitirlo.

Así que, con un suspiro, le cuento a Logan lo de mi suspenso en Ética y lo que podría significar para el equipo.

—Deja la asignatura —dice al instante.

—No puedo. Ya ha pasado la fecha límite.

—Mierda.

—Exacto.

Intercambiamos una mirada sombría y después Logan se deja caer en el taburete de al lado mientras se pasa una mano por el pelo.

—Entonces tienes que currártelo, tronco. Estudia hasta que se te caigan los huevos y saca un 10 en ese puto examen. Te necesitamos, G.

—Lo sé. —Agarro mi tenedor con frustración y después lo suelto. Mi apetito se ha esfumado. Este es mi primer año como capitán, algo que es un gran honor teniendo en cuenta que solo estoy en tercero. Se supone que debo seguir los pasos de mi predecesor y llevar a mi equipo a otro campeonato nacional, pero ¿cómo coño puedo hacer eso si no estoy en el hielo con ellos?

—Tengo una profesora particular en mente —le digo a mi compañero de equipo—. Es una puta genia.

—Guay. Paga lo que te pida. Yo, si quieres, pongo pasta.

No puedo evitar sonreír.

—Guau. ¿Estás ofreciendo compartir tu dinerito? Sí que quieres que juegue, ¿eh?

—Ahí le has dado. Todo por nuestro sueño, tío. Tú y yo con las camisetas de Bruins, ¿recuerdas?

Debo admitir que es un sueño la hostia de chulo. Logan y yo no hemos parado de hablar de eso desde que nos asignaron como compañeros de cuarto en el primer año. No hay ninguna duda de que después de la graduación me iré a la liga profesional. Tampoco hay ninguna duda de que seleccionarán a Logan. El tío se mueve más rápido que un rayo y es una absoluta bestia en el hielo.

—Sube esa puta nota, G —me ordena—. Si no, te voy a patear el culo.

—El entrenador me dará más fuerte. —Logro esbozar una sonrisa—. No te preocupes, estoy en ello.

—Bien. —Logan me roba otro trozo de pollo antes de salir de la cocina.

Engullo el resto de la comida, luego vuelvo al piso de arriba para coger el teléfono. Es el momento de ejercer presión sobre Hannah, sin M.

CAPÍTULO 3

HANNAH

—De verdad creo que deberías cantar esa última nota en mi mayor —insiste Cass. Es como un disco rayado, suelta la misma sugerencia sin sentido cada vez que terminamos de repasar el dueto.

Soy pacifista. No creo en el uso de los puños para resolver los problemas. Considero cualquier tipo de pelea organizada, incluso las deportivas, una barbarie y pensar en las guerras me revuelve el estómago.

Pero, aun así, estoy «a esto» de soltarle un puñetazo a Cassidy Donovan en la cara.

—Esa nota es demasiado baja para mí. —Mi tono de voz es firme, pero resulta imposible ocultar mi enfado.

Cass se pasa una frustrada mano por el pelo oscuro y ondulado y se vuelve a Mary Jane, que juguetea nerviosa en el banco del piano.

—Tú sabes que tengo razón, MJ —le implora—. Será un golpe más impactante si Hannah y yo acabamos en la misma nota que si hacemos la armonía.

—No, el impacto será mayor si hacemos la armonía —le rebato.

Estoy a punto de empezar a arrancarme mi propio pelo de la cabeza. Sé exactamente lo que está haciendo Cass. Él quiere acabar la canción en SU nota. Ha estado soltando mierdas como esa desde que decidimos formar un equipo para la actuación de invierno, haciendo todo lo posible para que su voz destaque y mandarme a mí a un segundo plano.

Si hubiera sabido lo divo que es el puto Cass, le habría dicho que ni de coña a este dueto, pero el imbécil decidió mostrar su verdadera cara después de haber empezado los ensayos y ahora es demasiado tarde para echarse atrás. He invertido demasiado tiempo en este dueto, y lo cierto es que me encanta la canción, en serio. Mary Jane ha escrito un tema increíble y una parte de mí no quiere decepcionarla lo más mínimo. Además, sé bien que la facultad prefiere los duetos a los solos, es un hecho: las últimas cuatro actuaciones que han ganado la beca han sido duetos. A los jueces se les hace el culo gaseosa con las armonías complejas y esta composición las tiene en abundancia.

—¿MJ? —suelta Cass.

—Eh...

Veo cómo la rubia pequeñita se derrite bajo su mirada magnética. Cass tiene ese efecto en las mujeres. Es exasperantemente guapo y encima su voz es fantástica. Por desgracia, él es muy consciente de ambas cualidades y no tiene reparo alguno en utilizarlas en beneficio propio.

—Quizá Cass tenga razón —balbucea MJ, que evita mirarme a los ojos mientras me traiciona—. ¿Por qué no lo intentamos en mi mayor, Hannah? Vamos a hacerlo una vez y a ver cuál funciona mejor.

«¡Traidora!, ¡Judas!» Eso es lo que quiero gritar, pero me muerdo la lengua. Como yo, MJ se ha visto obligada a hacer frente a las demandas estrafalarias de Cass y a sus «brillantes» ideas desde hace semanas, así que no puedo culparla por tratar de llegar a un punto intermedio.

—Ok —suelto—. Intentémoslo.

El triunfo ilumina los ojos de Cass, pero no permanece ahí mucho tiempo porque después de cantar la canción otra vez, queda claro que su sugerencia no vale para nada. La nota es demasiado baja para mí y, en lugar de conseguir que la hermosa voz de barítono de Cass destaque, mi parte suena tan fuera de lugar que desvía toda la atención.

—Creo que Hannah debe quedarse en la tonalidad original. —Mary Jane mira a Cass y se muerde el labio, como si tuviera miedo de su reacción.

Y aunque el tío es un arrogante, no es estúpido.

—Bien —suelta—. Lo haremos a tu manera, Hannah.

Aprieto los dientes.

—Gracias.

Afortunadamente, nuestra hora llega a su fin, lo que significa que la sala de ensayo está a punto de pertenecer a alguien de primero de carrera. Ansiosa por salir de allí, recojo con rapidez mi partitura y me pongo el chaquetón. Cuanto menos tiempo tenga que pasar con Cass, mejor.

¡Dios! No lo soporto.

Irónicamente, cantamos una canción de amor profundamente emocional.

—¿A la misma hora mañana? —me mira expectante.

—No, mañana es el día de los ensayos a las cuatro, ¿recuerdas? Los martes por la noche trabajo.

El descontento endurece su rostro.

—¿Sabes qué? Podríamos haber tenido la canción más que preparada hace mucho tiempo si tu horario no fuera tan incómodo.

Arqueo una ceja.

—Dice el tío que se niega a ensayar los fines de semana. Porque te recuerdo que estoy libre ambos días: sábados y domingos por la noche.

Sus labios se tensan y a continuación se marcha con paso tranquilo sin decir nada más.

Capullo.

Un profundo suspiro suena detrás de mí. Me doy la vuelta y veo a MJ sentada aún al piano, todavía mordiéndose el labio.

—Lo siento, Hannah —dice en voz baja—. Cuando os propuse a los dos cantar mi canción no me imaginé que Cass sería tan difícil.

Mi enfado se derrumba cuando me doy cuenta de lo disgustada que está.

—Oye, no es culpa tuya —le aseguro—. Yo tampoco esperaba que fuese así de gilipollas. Pero es un cantante increíble, así que vamos a tratar de centrarnos en eso, ¿vale?

—Tú también eres una cantante increíble. Por eso os elegí a los dos. No podía imaginar a nadie que no fueseis vosotros dando vida a la canción, ¿sabes?

Le sonrío. Es una chica superdulce, por no hablar de que es una de las compositoras con más talento que he conocido.

Cada pieza que se lleva a cabo en el concierto tiene que estar compuesta por un estudiante de la carrera de Composición e, incluso antes de que MJ se acercara a mí, yo ya había pensado pedirle que me dejara utilizar una de sus canciones.

—Te prometo que nos vamos a salir con tu canción, MJ. No hagas caso de las rabietas absurdas de Cass. Creo que a él solo le gusta discutir por el hecho de discutir.

Se ríe.

—Sí, probablemente. ¿Hasta mañana, entonces?

—Sí. A las cuatro en punto.

Me despido con la mano y, a continuación, salgo de la sala y me dirijo a la calle.

Una de las cosas que más me gustan de Briar es el campus. Los edificios antiguos y cubiertos de hiedra están conectados entre sí por caminos de adoquines bordeados de enormes olmos y bancos de hierro forjado. La universidad es una de las más antiguas del país, y su lista de exalumnos contiene decenas de personas influyentes, y también a más de un presidente.

Pero lo mejor de Briar es la seguridad. En serio, nuestra tasa de criminalidad roza el cero, algo que probablemente tiene mucho que ver con la dedicación del decano Farrow a la seguridad de sus estudiantes. La escuela invierte un montón de dinero en cámaras colocadas de forma estratégica y guardias que patrullan las instalaciones las veinticuatro horas del día. No es que sea una prisión ni nada así. Los chicos de seguridad son amables y discretos. De verdad, apenas me doy cuenta de su presencia cuando paseo por el campus.

Mi residencia está a cinco minutos a pie del edificio de Música, y exhalo un suspiro de alivio cuando atravieso las puertas de roble macizo de la Residencia Bristol. Ha sido un día largo y lo único que me apetece es pegarme una ducha caliente y meterme en la cama.

El espacio que comparto con Allie es más una *suite* que la típica habitación de residencia de estudiantes. Es una de las ventajas de ser alumnas de segundo ciclo. Tenemos dos habitaciones, un pequeño espacio común y una cocina aún más pequeña. El único inconveniente es el baño comunitario, que compartimos con las otras cuatro chicas de nuestra planta, pero por suerte ninguna de nosotras es desordenada, así que las duchas y los inodoros suelen mantenerse perfectamente limpios.

—Ey. Has vuelto tarde. —Mi compañera asoma la cabeza mientras succiona con una pajita lo que tiene en el vaso. Está bebiendo algo verde, denso y absolutamente asqueroso, pero es un espectáculo al que ya me he acostumbrado. Allie lleva las últimas dos semanas haciendo una dieta de zumos, lo que significa que todas las mañanas me despierto con el zumbido ensordecedor de la licuadora mientras prepara sus comidas líquidas repulsivas para el resto del día.

—He tenido ensayo. —Me quito los zapatos de una patada y lanzo el abrigo sobre la cama; a continuación, empiezo a desvestirme hasta quedarme en ropa interior, a pesar de que Allie sigue en el quicio de la puerta.

Hace algún tiempo yo era demasiado tímida como para desnudarme delante de ella.

Cuando compartimos una habitación doble el primer año, las primeras semanas me cambiaba bajo las sábanas o esperaba a que Allie hubiese salido de la habitación. Pero hay una cosa que ocurre en la universidad, y es que no existe algo como la privacidad y, tarde o temprano, uno tiene que aceptarlo. Todavía recuerdo lo avergonzada que me sentí la primera vez que le vi los pechos desnudos a Allie; ella tiene cero pudor, así que cuando me pilló mirándola solo me guiñó un ojo y dijo:

—Son increíbles, ¿eh?

Después de eso, abandoné la costumbre de desnudarme bajo las sábanas.

—Escucha esto...

Su comienzo informal me pone en guardia. He vivido con Allie durante dos años, lo suficiente como para saber que cuando empieza una frase con «escucha esto», por lo general, va seguido de algo que no quiero oír.

—¿Sí? —digo mientras cojo mi albornoz del gancho de la puerta.

—Hay una fiesta en la casa de la fraternidad Sigma la noche del miércoles. —Sus ojos azules empiezan a brillar con intensidad—. Tú vienes conmigo.

Suelto un quejido.

—¿La fiesta de una fraternidad de chicos? Ni de coña. De ninguna manera.

—De todas las maneras, Hannah. —Cruza los brazos sobre el pecho—. Los exámenes parciales se han acabado, así que más te vale no usar eso como excusa. Y me prometiste que harías un esfuerzo este curso por ser más social.

Sí, yo había prometido eso, pero... esto es lo que pasa: no me gustan las fiestas.

Me violaron en una fiesta.

Dios, odio esa palabra. Violación. Es una de las pocas palabras del vocabulario que tiene un efecto visceral cuando se oye. Como una bofetada con la mano abierta en la cara o una jarra de agua congelada sobre la cabeza. Es desagradable y desmoralizador, y yo intento con todas mis fuerzas no permitir que controle mi vida. He trabajado mucho en lo que me pasó. Vaya si lo he hecho. Sé que no fue culpa mía. Sé que no fue algo que pedí y sé que no hice nada que invitara a que sucediera. No me ha arrebatado mi capacidad de confiar en la gente ni me da miedo todo hombre que se cruza en mi camino. Años de terapia me han ayudado a ver que la culpa la tiene exclusivamente él. Algo no funcionaba bien en él. No en mí. Nunca en mí. Y la lección más importante que aprendí es que yo no soy una víctima, soy una superviviente.

Pero eso no quiere decir que el ataque no me cambiara. Y tanto que lo hizo. Hay una razón detrás de que lleve un espray de pimienta en el bolso y de que tenga el dedo preparado para marcar el 112 en mi teléfono si voy andando sola por la noche. Hay una razón por la que no bebo en público ni acepto copas de nadie, ni siquiera de Allie, porque siempre hay una posibilidad de que pueda estar dándome, sin saberlo, una copa contaminada.

Y hay una razón detrás de que no quiera ir a muchas fiestas. Supongo que es mi versión personal del trastorno de estrés postraumático. Un sonido, un olor o la visión de algo inofensivo hace que los recuerdos emerjan en espiral a la superficie. Escucho música a todo volumen y conversaciones en voz alta y carcajadas. Huelo a cerveza rancia y a sudor. Estoy entre una multitud. Y de repente, vuelvo a tener quince años y vuelvo a estar en la fiesta de Melissa Mayer, atrapada en mi propia pesadilla personal.

Allie suaviza su tono cuando ve mi angustiado rostro.

—Hemos hecho esto antes, Han-Han. Será como todas las otras veces. En ningún momento te perderé de vista y ninguna de las dos beberá ni una sola gota. Te lo prometo.

La vergüenza tira de mis entrañas. La vergüenza y el arrepentimiento y un toque de asombro, porque, guau, es una amiga de veras increíble. Ella no tiene por qué mantenerse sobria ni permanecer en guardia solo para hacerme sentir bien, pero lo hace cada vez que salimos y yo la adoro profundamente por eso.

Pero no me gusta que tenga que hacerlo.

—Está bien —cedo, no solo por ella, sino también por mí. Le he prometido a mi amiga ser más social, pero también me he prometido a mí misma que iba a hacer un esfuerzo por probar cosas nuevas este año. Para bajar la guardia y dejar de una vez de tener tanto miedo a lo desconocido. Puede que una fiesta de una fraternidad no represente mi ideal de diversión, pero quién sabe, igual acabo pasándolo bien.

El rostro de Allie se ilumina.

—¡Síííííí! Y encima ni siquiera he tenido que jugar la carta que tenía.

—¿Qué carta? —pregunto desconfiada.

Una sonrisa eleva las comisuras de su boca.

—Justin va a estar allí.

Mi pulso se acelera.

—¿Cómo lo sabes?

—Porque Sean y yo nos encontramos con él en el comedor y nos dijo que iría. Supongo que una buena parte de los cabeza huecas ya contaba con ir.

—Él no es ningún cabeza hueca. —Frunzo el ceño.

—Oh, pero qué momento tan entrañable, tú defendiendo a un jugador de fútbol americano. Espera. Voy a salir fuera para ver si hay cerditos volando en el cielo.

—Ja, ja, ja.

—En serio, Han, es extraño. A ver, no me malinterpretes, estoy totalmente a favor de que te mole alguien. ¿Cuánto ha pasado ya? ¿Un año desde que Devon y tú lo dejasteis? Pero es que no entiendo que tú, con todos los chicos que hay por ahí, pierdas la cabeza por un musculitos.

Cierto malestar me sube por la columna.

—Justin es… él no es como el resto. Él es diferente.

—Dice la chica que nunca ha intercambiado ni una sola palabra con él.

—Es diferente —insisto—. Es tranquilo y serio y, por lo que he visto, no va por ahí tirándose a todo lo que lleva falda, como hacen sus compañeros de equipo. Ah, y es inteligente; lo vi leyendo a Hemingway en el patio la semana pasada.

—Probablemente era una lectura obligatoria.

—No lo era.

Allie entrecierra los ojos.

—¿Cómo lo sabes?

Siento el rubor subiendo por mis mejillas.

—Una chica le preguntó en clase el otro día y él le contestó que Hemingway era su autor favorito.

—Oh, Dios mío. ¿Ahora espías sus conversaciones? Das miedo. —Allie exhala un suspiro—. Bueno, hasta aquí hemos llegado; el miércoles por la noche intercambiarás frases de verdad con él.

—Puede ser —digo sin comprometerme—. Si se da la oportunidad…

—Yo *haré* que se dé. En serio. No nos vamos de esa fiesta hasta que hayas hablado con Justin. No me importa si solo le dices «hola, ¿qué tal estás?». Vas a hablar con él. —Clava el dedo en el aire—. ¿*Capisci?*

Suelto una risita.

—¿*Capisci?* —repite con tono estricto.

Tras un segundo, suelto una exhalación de derrota.

—*Capisco.*

—Bien. Ahora date prisa y dúchate para poder ver un par de capítulos de *Mad Men* antes de acostarnos.

—Un capítulo. Estoy demasiado cansada como para nada más. —Sonrío—. ¿*Capisci?*

—*Capisco* —gruñe antes de salir de mi habitación despreocupadamente.

Me río de mí misma mientras recopilo los productos para la ducha, pero algo me impide otra vez llegar a mi objetivo. Cuando apenas he dado dos pasos hacia la puerta, un gato maúlla en mi bolso. Ese sonido agudo es el que elegí como tono para los mensajes de texto, porque es el único lo suficientemente molesto como para llamar mi atención.

Dejo el neceser en la cómoda y rebusco en el bolso hasta que localizo el móvil; a continuación, analizo el mensaje que hay en la pantalla.

> **Él:** Ey, soy Garrett. Quería cerrar detalles: horario clases particulares.

Por el amor de Dios.

No sé si reír o gritar. El tío es tenaz, eso desde luego. Suspiro y le devuelvo el mensaje rápidamente. Un mensaje corto y nada amable.

> **Yo:** ¿Cómo has conseguido este número?

> **Él:** En la hoja dl grp d estudio.

Mierda. Me había apuntado al grupo al comienzo del semestre, pero eso fue antes de que Cass decidiese que teníamos que ensayar los lunes y miércoles, justo cuando el grupo de estudio se reúne.

Otro mensaje aparece antes de que pueda responder; y por cierto, quienquiera que dijese que no es posible detectar el humor de una persona a través de los mensajes, estaba totalmente equivocado. El tono de Garrett muestra que está cabreado a tope.

> **Él:** Si hubieses ido al grp d estudio, no tendría q escribirte.

> **Yo:** No tienes que escribirme para nada. Es más, preferiría si no lo hicieras.

> **Él:** Q tengo q hacer para conseguir q digas q sí?

> **Yo:** Absolutamente nada.

Él: Genial. Así q lo vas a hacer gratis.

El gruñido que he reprimido se escapa.

Yo: Ni lo sueñes.

Él: ¿Cómo tienes la noche mñna? Estoy libre a ls 20h.

Yo: No puedo. Tengo la gripe española. Altamente contagiosa. Acabo d salvarte la vida, tronco.

Él: Oh, agradezco la preocupación. Pero soy inmune a las pandemias q acabaron con 40 millones d personas dl 1918 al 1919.

Yo: ¿Cómo sabes tanto d pandemias?

Él: Estudio Historia, cariño. Sé un montón d hechos inútiles.

Uf, ¿otra vez con el «cariño»? De acuerdo. Está claro que es hora de poner fin a todo esto antes de que encienda su botón de ligar.

Yo: Bueno, un placer charlar contigo. Buena suerte en el examen de recu.

Cuando varios segundos después Garrett no responde, me doy una palmadita mental en la espalda por conseguir con éxito deshacerme de él.

Estoy a punto de salir por la puerta cuando un mensaje maúlla en mi teléfono. Es una foto. Sin atender a mi sentido común, hago clic para descargarla y un momento después un pecho desnudo llena mi pantalla. Sí. Estoy hablando de una piel suave y bronceada, pectorales esculpidos y la tableta de chocolate más firme que he visto jamás.

No puedo dejar de resoplar en voz alta.

Yo: Joder. Me acabas de enviar una foto de tu pectoral?!

Él: Sí. Ha funcionado?

Yo: En asquearme? Sí. Exitazo!

Él: En hacerte cambiar d opinión. Estoy intentando ablandarte.

Yo: Puaj. Vete a ablandar a otra persona. PS: Voy a publicar esa foto en my-bri.

Me refiero, por supuesto, a MyBriar, el equivalente a Facebook de nuestra universidad, al que el noventa y cinco por ciento del alumnado está conectado.

Él: Adelante! Un montón de chavalas estarán encantadas de tenerlo en su colección porno.

Yo: Borra este número, tío. Lo digo en serio.

No espero respuesta. Tiro el móvil en la cama y me meto en la ducha.

La Universidad Briar está a ocho kilómetros de la ciudad de Hastings, en Massachusetts, que tiene una calle principal y solo unas veinte tiendas y restaurantes. El pueblo es tan minúsculo que es un milagro que haya conseguido un trabajo a media jornada allí, y doy gracias a mi buena estrella todos los días, porque la mayoría de los estudiantes se ven obligados a hacer una hora en coche hasta Boston si quieren trabajar durante el año escolar. Yo tardo diez minutos en autobús o cinco en coche hasta llegar a Della, el restaurante en el que he trabajado de camarera desde el primer año.

Esta noche tengo suerte y consigo ir en coche. Tengo un acuerdo con Tracy, una de las chicas que vive en la misma planta que yo. Me deja usar su coche cada vez que no lo necesita si yo se lo devuelvo con el depósito lleno. Es un trato ideal, especialmente en invierno, cuando toda la zona se convierte en una pista de patinaje cubierta de nieve.

Mi trabajo no me gusta especialmente, pero tampoco lo odio. Pagan bien y está cerca de la uni, así que, la verdad, no puedo quejarme.

Borra eso: esta noche, sin duda, me puedo quejar. Treinta minutos antes de que termine mi turno, Garrett Graham aparece en una de mis mesas.

En serio.

¿Este chico nunca se da por vencido?

No me apetece ir a servirle, pero no tengo muchas opciones. Lisa, la otra camarera de mi turno, está ocupada atendiendo a un grupo de profesores de la facultad, sentados en una mesa al otro lado del salón. Y mi jefa, Della, está detrás de la barra de formica azul celeste repartiendo porciones de tarta de nuez pecana a tres chicas de primero sentadas en los altos taburetes giratorios.

Tenso la mandíbula y me dirijo hacia donde está Garrett. No disimulo en absoluto mi descontento cuando me encuentro con sus centelleantes ojos grises. Se pasa la mano por el pelo oscuro al rape y muestra una sonrisa de medio lado.

—Hola, Hannah. Qué coincidencia encontrarte aquí.

—Sí, una gran coincidencia —murmuro mientras saco mi libreta del bolsillo del delantal—. ¿Qué te apetece?

—Una profesora particular.

—Lo siento, eso no está en el menú. —Sonrío con dulzura—. Pero lo que sí tenemos es una deliciosa tarta de nuez pecana.

—¿Sabes lo que hice anoche? —dice, sin responder al sarcasmo.

—Sí. Me acosaste con mensajes.

Resopla.

—Antes de eso, quiero decir.

Hago como que reflexiono.

—Eh… ¿Enrollarte con una animadora? No, te enrollaste con las chicas del equipo de *hockey*. No, espera, que probablemente no sean lo suficientemente tontas para ti.

Me quedo con mi suposición original: animadora.

—En realidad, con una chica de la hermandad femenina —dice engreído—. Pero me refiero a antes de eso. —Eleva una ceja oscura—. Aunque estoy muy intrigado por tu interés en mi vida sexual. Te puedo dar más detalles en otro momento, si quieres.

—No quiero.

—En otra ocasión —dice en un tono despectivo, cruzando las manos sobre el mantel a cuadros azules y blancos.

Tiene unas manos grandes con dedos largos y uñas cortas, y los nudillos están un poco rojos y agrietados. Me pregunto si se habrá metido en una pelea hace poco, pero luego caigo en que los nudillos reventados probablemente sean una cosa normal de los jugadores de *hockey*.

—Ayer fui al grupo de estudio —me informa—. Había otras ocho personas allí, ¿y sabes cuál era la nota más alta en el grupo? —Suelta la respuesta antes de que pueda aventurarme a decir nada—. Un 6. Y nuestra nota media, combinándolas todas, era un 5. ¿Cómo se supone que voy a aprobar ese examen si estoy estudiando con personas que son tan tontas como yo? *Te necesito*, Wellsy.

¿Wellsy? ¿Eso es un apodo? ¿Y cómo narices sabe que mi apellido es Wells?

Nunca se lo he dicho. ¡Ahhhh! La dichosa hoja de inscripción.

Garrett se da cuenta de mi mirada sorprendida y levanta las cejas de nuevo.

—He aprendido mucho de ti en el grupo de estudio. Tengo tu número de teléfono, tu nombre completo, incluso me he enterado de dónde trabajas.

—Enhorabuena. Eres un acosador de verdad.

—No, simplemente soy meticuloso. Me gusta saber a quién me enfrento.

—¡Madre del amor hermoso! No voy a darte clase, ¿vale? Vete a molestar a otro. —Señalo el menú frente a él—. ¿Vas a pedir algo? Porque si no es así, por favor, vete y déjame hacer mi trabajo en paz.

—¿«Madre del amor hermoso»? —Garrett se ríe antes de coger el menú plastificado y echarle un vistazo por encima—. Tomaré un sándwich especial de pavo. —Deja el menú en la mesa y después lo coge de nuevo—. Y una hamburguesa doble con queso y beicon. Solo la hamburguesa, sin patatas fritas. Aunque, he cambiado de opinión, con patatas fritas. Ah, y una ración de aros de cebolla.

Mi mandíbula casi se cae al suelo.

—¿En serio te vas a comer todo eso?

Sonríe.

—Claro. Soy un niño que aún está creciendo.

¿Un niño? Para nada. Me doy cuenta ahora, probablemente porque he estado demasiado distraída pensando en lo insufrible que es, pero Garrett Graham es un hombre hecho y derecho. No hay nada de niño en él, nada en su belleza cincelada, ni en su gran altura, ni en sus pectorales marcados, que de repente aparecen en mi cabeza al recordar la foto que me envió.

—También quiero una porción de esa tarta de nueces que tienes y un Dr. Pepper para beber. Ah, y unas clases particulares.

—No están en el menú —digo con alegría—. Pero el resto viene enseguida.

Antes de que pueda contestar, me alejo de su mesa y voy hacia el mostrador trasero para darle la comanda a Julio, el cocinero de esta noche. Un nanosegundo después, Lisa viene corriendo y me dice en voz baja:

—Ay, Dios. Sabes quién es, ¿no?

—Sip.

—Es Garrett Graham.

—Lo sé —contesto con sequedad—. Por eso he dicho «sip».

Lisa parece indignada.

—Pero ¿qué te pasa? ¿Por qué no te está dando algo ahora mismo? ¡Garrett Graham está sentado en *tu* mesa! ¡Ha hablado contigo!

—No me jorobes, ¿en serio? A ver, sí, sus labios se movían, pero no me he dado cuenta de que estaba hablando.

Resoplo y voy hacia la zona de bebidas para servirle la suya a Garrett. No miro en su dirección, pero siento esos ojos color gris plateado seguir cada uno de mis movimientos. Probablemente me esté enviando órdenes telepáticas para que le dé clases particulares. Bueno, peor para él. Ni de casualidad voy a malgastar el poco tiempo libre que tengo con un jugador de *hockey* universitario que piensa que es una estrella del *rock*.

Lisa me sigue, ajena a mi sarcasmo y todavía entusiasmada con Graham.

—Es tan guapo. Es increíblemente guapo. —Su voz se reduce a un susurro—. Y he oído que es maravilloso en la cama.

Resoplo.

—Probablemente fue él quien comenzó ese rumor.

—No, Samantha Richardson me lo dijo. El año pasado se enrolló con él en la fiesta de la hermandad Theta. Dijo que fue el mejor sexo de su vida.

No puedo responder a eso, porque nada me podría interesar menos que la vida sexual de una chica a la que ni siquiera conozco. Pero me encojo de hombros y le acerco el Dr. Pepper.

—¿Sabes qué? ¿Por qué no nos cambiamos el puesto?

Por cómo Lisa jadea, uno podría pensar que acabo de entregarle un cheque de cinco millones de dólares.

—¿Estás segura?

—Sí. Es todo tuyo.

—Ay, Dios mío. —Da un paso hacia adelante, como si fuese a abrazarme, pero luego lanza una mirada en dirección a Garrett y parece tener dudas sobre llevar a cabo esa demostración de alegría absolutamente injustificada—. Te debo una supergorda por esto, Han.

Quiero decirle que en realidad me está haciendo un favor, pero ya va corriendo hacia la mesa a atender a su príncipe. Observo con diversión cómo la expresión de Garrett se nubla cuando Lisa se va acercando. Coge el vaso que ella coloca delante de él y después encuentra mi mirada e inclina la cabeza.

Es como si dijera: «No vas a deshacerte de mí tan fácilmente».

GARRETT

No va a deshacerse de mí tan fácilmente.

Es evidente que Hannah Wells no ha pasado mucho tiempo con deportistas universitarios. Somos un grupo cabezota y ¿qué es lo principal que todos tenemos en común? Que nunca, nunca nos rendimos.

Que Dios me ayude, pero voy a convencer a esta chica para que me dé clases, aunque muera en el intento.

Pero ahora que Hannah me ha dejado plantado enviando a otra camarera, pasará un tiempo hasta que surja otra oportunidad para defender mi caso. Durante los siguientes veinte minutos, soporto el descarado ligoteo y el interés no disimulado de la morena de pelo rizado que me está sirviendo; soy amable con ella, pero no le sigo el juego en el flirteo.

La única persona que me interesa esta noche es Hannah y mi mirada se pega a ella como una lapa mientras trabaja en el restaurante. Seguro que saldría corriendo en cuanto dejase de vigilarla.

Su uniforme me pone bastante, para qué me voy a engañar. Vestido azul pálido con cuello blanco, grandes botones en la parte delantera y un delantal blanco y corto alrededor de su cintura. Parece un atuendo sacado directamente de *Grease,* lo que supongo que tiene sentido si tenemos en cuenta que Della es un restaurante tipo *diner* de los cincuenta. Puedo imaginarme fácilmente a Hannah Wells encajando en esa época. Su pelo oscuro, largo y ligeramente ondulado; el flequillo sujeto a un lado con una horquilla azul. El peinado le da un rollo antiguo.

Mientras la veo trabajar, contemplo cuál es su historia. Pregunté por ahí, a la gente del grupo de estudio, pero nadie sabe mucho de ella. Un tipo me dijo que es de un pequeño pueblo del Medio Oeste. Alguien más dijo que estuvo saliendo con un tío de un grupo de música durante su segundo año de carrera. Aparte de esos dos raquíticos detalles, es un misterio.

—¿Puedo ofrecerte algo más? —pregunta ansiosa mi camarera.

Me mira como si yo fuera famoso o algo así, pero estoy acostumbrado a la atención. Un hecho: cuando uno es el capitán del equipo de primera división de *hockey,* que ha ganado dos títulos nacionales consecutivos, la gente sabe quién eres. Y las mujeres quieren follar contigo.

—No, gracias. Solo la cuenta, por favor.

—Oh. —Su decepción es inconfundible—. Claro. Ahora mismo te la traigo.

Antes de que se vaya, hago una pregunta con tono directo y seco.

—¿Sabes cuándo acaba el turno de Hannah?

Su expresión de decepción se transforma en incredulidad.

—¿Por?

—Está en una de mis clases. Quiero hablar con ella sobre un trabajo.

El rostro de la morena se relaja, aunque un destello de sospecha persiste en sus ojos.

—Ya ha acabado, pero no se puede ir hasta que la gente de sus mesas lo haga.

Echo un vistazo a la única otra mesa ocupada en el comedor, donde una pareja de mediana edad está sentada. El hombre acaba de sacar la cartera, mientras que su mujer echa un vistazo a la cuenta desde unas gafas de pasta.

Pago mi comida, le digo adiós a la camarera y salgo fuera a esperar a Hannah.

Cinco minutos más tarde, la pareja mayor sale alegremente del restaurante. Un minuto después, aparece Hannah. Si me ha visto merodeando junto a la puerta, lo disimula muy bien. Simplemente se abotona el abrigo y se dirige hacia el lateral del edificio. No pierdo el tiempo y salgo corriendo tras ella.

—Wellsy, espera.

Mira por encima del hombro, frunciendo el ceño profundamente.

—Por el amor de Dios, no voy a darte clases particulares.

—Claro que lo harás. —Me encojo de hombros—. Solo tengo que averiguar qué quieres a cambio.

Hannah se gira a toda velocidad como un tornado de pelo oscuro.

—Quiero no darte clase. Eso es lo que quiero.

—Muy bien, es evidente que el dinero no te interesa. —Cavilo como si ella no hubiese hablado—. Entonces tiene que haber algo más. —Reflexiono un instante—. ¿Alcohol? ¿Hierba?

—No y no, y desaparece ya de mi vida.

Comienza a caminar de nuevo, sus zapatillas blancas golpean la acera mientras se marcha hacia el aparcamiento de grava que hay en el lateral del restaurante. Va en línea recta hacia el Toyota de cinco puertas plateado, aparcado justo al lado de mi Jeep.

—Vale, de acuerdo. Supongo que tampoco te van las demás drogas.

La sigo hasta el lado del conductor, pero me ignora por completo mientras abre la puerta y deja caer su bolso en el asiento del copiloto.

—¿Qué tal una cita? —le ofrezco.

Eso sí que llama su atención. Se endereza como si alguien le hubiera metido una varilla metálica por la espalda y a continuación gira la cabeza con asombro.

—¿Qué?

—Ah. Tengo tu atención.

—No, tienes mi repulsa. ¿De verdad crees que quiero salir contigo?

—Todo el mundo quiere salir conmigo.

Se echa a reír.

Tal vez debería sentirme ofendido por su reacción, pero me gusta el sonido de su risa. Es como musical, con un matiz ronco que cosquillea mis oídos.

—Solo por curiosidad —dice—, cuando te despiertas por la mañana, ¿te admiras frente al espejo durante una hora o durante dos?

—Dos —contesto con alegría.

—¿Y chocas los cinco contigo mismo?

—Por supuesto que no. —Sonrío—. Me beso cada uno de los bíceps y luego apunto hacia el techo y le doy gracias al gran hombre de allí arriba por crear un espécimen masculino tan perfecto.

Resopla.

—Vaya. Bueno, siento desilusionarte, Míster Perfecto, pero no estoy interesada en salir contigo.

—Creo que me malinterpretas, Wellsy. No busco una relación amorosa contigo. Sé que no te molo. Y si te hace sentir mejor, tú a mí tampoco me molas.

—Pues sí que me hace sentir mejor. Empezaba a preocuparme que pudiera ser tu tipo, y eso es algo demasiado aterrador; incluso para pensar en ello.

Cuando intenta meterse en el coche, hundo mis dedos en el marco de la puerta para mantenerla abierta.

—Estoy hablando de imagen —aclaro.

—Imagen —repite.

—Sí. No serías la primera chica que sale conmigo para aumentar su popularidad. Pasa todo el tiempo.

Hannah se ríe de nuevo.

—Estoy perfectamente contenta con mi peldaño actual en la escala social, pero muchas gracias por ofrecerte a «aumentar mi popularidad». Eres un cielo, Garrett. De verdad.

La frustración revuelve mi garganta.

—¿Qué puede hacerte cambiar de opinión?

—Nada. Estás perdiendo el tiempo. —Niega con la cabeza. Parece tan frustrada como yo—. Mira, si invirtieses todo el esfuerzo que estás utilizando en acosarme y lo canalizaras en tus estudios, sacarías matrícula de honor este semestre.

Me empuja la mano para apartarla del coche, se desliza en el asiento del conductor y cierra la puerta. Un segundo después, el motor ruge y estoy bastante seguro de que si no hubiera retrocedido a tiempo, habría ido derecha hacia mi pie para atropellarlo.

Me pregunto si Hannah Wells era una deportista en otra vida porque ¡qué mujer tan terca!

Suspiro y me quedo mirando el parpadeo de las luces traseras rojas e intento pensar en mi próximo movimiento.

No me viene absolutamente nada a la cabeza.

CAPÍTULO 5

HANNAH

Allie se mantiene fiel a su palabra. Llevamos veinte minutos en la fiesta y aún no se ha separado de mi lado, y eso que su novio le ha estado suplicando que baile con él desde que hemos llegado.

Me siento como una idiota.

—Bueno, esto es ridículo. Vete ya a bailar con Sean. —Tengo que gritar para hacerme oír por encima de la música, que, sorprendentemente, es bastante decente. Esperaba ritmos electrónicos cutres o temas vulgares de hiphop, pero el que está a cargo del equipo de música parece tener afinidad por el *rock indie* y el punk británico.

—Nooo, está bien —grita Allie—. Me quedo aquí tranquilamente contigo.

Claro, porque quedarse aquí contra la pared espiando a la gente como una friki extraña, viendo cómo me agarro a la botella de agua Evian que he traído de la residencia de estudiantes, es mucho más divertido que pasar el rato con su novio.

El salón está hasta arriba de gente. Montones de chicas y chicos de las distintas hermandades. Pero esta noche hay mucha más variedad de la que se suele encontrar en una de estas fiestas. Veo a varios estudiantes de artes escénicas junto a la mesa de billar. Algunas chicas del equipo de *hockey* sobre hierba charlando junto a la chimenea. Un grupo de chicos, que casi seguro son de primero, de pie junto a la barra. Todos los muebles están contra las paredes de friso de madera para crear una pista de baile improvisada en el centro de la habitación. Allá donde miro, veo a gente bailando, riendo y hablando de cosas sin importancia.

Y la pobre Allie está pegada a mí como si fuésemos velcro, incapaz de disfrutar ni un segundo de la fiesta a la que *ella* quería ir.

—Vete —le ordeno—. En serio. No has visto a Sean desde que empezaron los parciales. Te mereces pasar un poco de tiempo de calidad con tu chico.

Allie duda.

—Estaré bien. Katie y Shawna están ahí mismo, voy a ir a charlar con ellas un rato.

—¿Estás segura?

—Por supuesto. He venido aquí para socializar, ¿recuerdas? —Sonriendo, le doy un pequeño cachete en el culo—. ¡Fuera de aquí, nena!

Me devuelve la sonrisa y comienza a alejarse, después sostiene su iPhone y lo mueve en el aire.

—Mándame un SOS si me necesitas —dice en voz alta—. ¡Y no te vayas sin avisar!

La música ahoga mi respuesta, pero Allie comprueba cómo asiento antes de que ella se apresure hacia el centro de la sala. Veo su cabeza rubia zigzagueando entre el gentío hasta que llega junto a Sean, quien se muestra feliz y la arrastra hacia la multitud de bailarines.

¿Lo ves? Yo también puedo ser una buena amiga.

Solo que ahora estoy sola y las dos chicas a las que había planeado pegarme como una lapa están charlando con dos chicos muy guapos. No quiero interrumpir el máster en ligoteo, así que busco entre la gente a alguna persona que pueda conocer —incluso Cass sería un regalo para la vista en este momento—, pero no descubro ninguna cara familiar. Ahogo un suspiro y me atrinchero en mi pequeño rincón para pasar unos minutos observando a la gente.

Cuando varios chicos miran en mi dirección con un interés descarado, me maldigo a mí misma por permitir que Allie eligiera mi modelito para la noche. Mi vestido no es indecente ni mucho menos, es solo un vestido verde de tubo hasta la rodilla con un escote modesto, pero marca mis curvas más de lo que me permite sentirme cómoda, y los tacones negros que he elegido a juego hacen que mis piernas parezcan mucho más largas de lo que realmente son. No dije nada del conjunto porque quería llamar la atención de Justin, pero al desear hacerme visible en su radar, no pensé en todos los otros radares en los que yo podría aparecer. Tanta atención me está poniendo nerviosa.

—Hola.

Vuelvo la cabeza cuando un chico guapo con el pelo castaño ondulado y unos ojos de color azul claro se acerca sigiloso hacia mí. Lleva un polo y sostiene un vaso de plástico rojo en la mano. Me sonríe como si ya nos conociéramos.

—Eh… Hola —respondo.

Cuando se da cuenta de mi expresión desconcertada, su sonrisa se ensancha.

—Soy Jimmy. Tenemos clase de Literatura Británica juntos.

—Ah, ya. —Sinceramente, no recuerdo haberlo visto antes, pero hay unos doscientos estudiantes en esa clase, por lo que todas las caras se confunden entre sí cuando pasa un tiempo.

—Eres Hannah, ¿verdad?

Asiento con la cabeza, y entonces cambio el peso de una pierna a otra, incómoda, porque su mirada ya ha bajado a mi pecho unas diez veces en los cinco segundos que llevamos de conversación.

Jimmy hace una pausa como si intentara pensar en algo más que decir. A mí tampoco se me ocurre nada; soy supermala en la charla superficial. Si fuera alguien que me interesara, le preguntaría por sus clases, si tiene trabajo, o qué tipo de música le mola, pero la única persona que me importa en este momento es Justin y él todavía no ha aparecido.

Que lo ande buscando entre la multitud me hace sentir como una auténtica imbécil. La verdad sea dicha, Allie no es la única que se pregunta de qué voy. Yo también me lo planteo. Y es que, ya en serio, ¿por qué estoy tan obsesionada con ese tío? Él no sabe que existo. Y, para empezar, es un deportista universitario. Para eso ya podría estar interesada en Garrett Graham, por el amor de Dios. Por lo menos se ofreció a salir conmigo.

Y cómo no, en el instante en el que pienso en Garrett, el mismo rey de Roma entra por la puerta.

No esperaba verlo esta noche, así que inmediatamente agacho la cabeza para que no me descubra. Tal vez si me concentro lo suficiente pueda mimetizarme con la pared que hay detrás de mí y no sepa que estoy aquí.

Por suerte, Garrett no percibe mi presencia. Se detiene para hablar con un par de chicos y después camina tranquilamente hacia la barra al otro lado, donde de forma inmediata revolotean media docena de chicas que baten sus pestañas y se suben las tetas para conseguir su atención.

A mi lado, Jimmy resopla.

—Por Dios. Llega el «superhombre del campus» y lo mismo de siempre. Qué coñazo, ¿eh?

Me doy cuenta de que también está mirando a Garrett y el desprecio en su rostro es inconfundible.

—¿No te cae bien Graham? —digo con sequedad.

—¿Quieres la verdad o la versión oficial?

—¿La versión oficial?

—Garrett es miembro de esta fraternidad —explica Jimmy—. Así que, técnicamente, eso nos convierte en «hermanos». —Hace el gesto de comillas con las manos—. Y un hombre Sigma ama a *todos* sus hermanos.

Tengo que sonreír.

—De acuerdo, así que esa es la versión oficial. ¿Cuál es la verdad?

La música sube, así que se inclina más cerca de mí. Sus labios están a centímetros de mi oído cuando confiesa:

—No puedo con ese tío. Su ego es más grande que esta casa.

Mira qué cosas, he conocido a un alma gemela. Otra persona que no lleva en la cartera el carnet de miembro del Equipo Garrett.

Pero la sonrisa cómplice que le ofrezco claramente toma el camino equivocado, porque los ojos de Jimmy se entrecierran seductoramente.

—Entonces, ¿quieres bailar? —pregunta arrastrando las palabras.

No. En absoluto. Pero justo cuando abro la boca para decir que no, vislumbro un fragmento de color negro con el rabillo del ojo. Es la camiseta negra de Garrett. Mierda. Me ha visto y se dirige hacia nosotros. A juzgar por su paso decidido, está listo para la batalla otra vez.

—Claro —dejo escapar, agarrando ansiosamente la mano de Jimmy—. Bailemos.

Una lenta sonrisa se expande por su boca.

Oh, oh. Quizá he sonado excesivamente ansiosa.

Pero es demasiado tarde para cambiar de opinión, porque me está llevando hacia la pista de baile. Y qué suerte la mía: la canción cambia en el mismo momento que llegamos. Los Ramones han dado paso a un tema de Lady Gaga. Y no es una canción rápida, es la versión lenta de «Poker Face». Genial.

Jimmy planta las dos manos en mis caderas.

Un instante después, reticente, me agarro a sus hombros y empezamos a balancearnos con la música. Es todo superincómodo, pero al menos logro evitar a Garrett, quien ahora nos mira con el ceño fruncido y las manos enganchadas en las trabillas de sus pantalones vaqueros azules desteñidos.

Cuando nuestras miradas se encuentran, le lanzo una media sonrisa y un gesto de «así es la vida» e inmediatamente entrecierra los ojos como si supiera que estoy bailando con Jimmy para evitar tener que hablar con él. Acto seguido, una rubia muy guapa le toca el brazo y el contacto visual se rompe.

Jimmy gira la cabeza para ver a quién estoy mirando.

—¿Conoces a Garrett? —Su tono de voz suena un poco más que cauteloso.

Me encojo de hombros.

—Está en una de mis clases.

—¿Sois amigos?

—No.

—Es bueno saberlo.

Garrett y la rubia salen de la habitación en ese momento y yo me doy unas palmaditas en la espalda mentales por el éxito de mis tácticas de evasión.

—¿Vive aquí con vosotros? —Dios, esta canción es eterna, pero estoy intentando mantener una conversación, porque siento que es mi deber acabar este baile después de haberme mostrado tan «entusiasta» al respecto.

—No, joder, no —responde Jimmy—. Él tiene una casa fuera del campus. Se pasa el tiempo presumiendo de ello, pero me apuesto a que es su padre quien le paga el alquiler.

Yo arrugo la frente.

—¿Por qué lo dices? ¿Su familia es rica o algo así?

Jimmy parece sorprendido.

—¿No sabes quién es su padre?

—No. ¿Debería?

—Es Phil Graham. —Cuando el surco de mi frente se hace más profundo, Jimmy lo explica mejor—. El delantero de los Rangers de Nueva York. Dos veces campeón de la Copa Stanley. Una leyenda del *hockey*.

El único equipo de *hockey* del que conozco algo es el Blackhawks de Chicago, y eso solo porque mi padre es un hincha absoluto y me obliga a ver los partidos con él. Por lo tanto, mi conocimiento de un hombre que jugó para los Rangers ¿cuándo, hace veinte años? es cero. Pero no me sorprende escuchar que Garrett viene de la realeza del *hockey*. Se nota que esa actitud de creerse superior a todo el mundo le viene de cuna.

—Me pregunto por qué Garrett no fue a la universidad en Nueva York —digo educadamente.

—Graham padre terminó su carrera profesional en Boston —explica Jimmy—. Creo que la familia decidió quedarse en Massachusetts después de que se retirara.

La canción, gracias a Dios, llega a su fin y me apresuro a disculparme diciendo que tengo que ir al baño. Jimmy me hace prometerle que bailaré con él otra vez, después me guiña un ojo y se aleja hacia la mesa de *beer pong*.

Dado que no quiero que sepa que he mentido sobre lo del baño, sigo con mi farsa del pis y salgo del salón para merodear un rato por el *hall* de entrada, que es donde me encuentra Allie unos minutos más tarde.

—¡Ey! ¿Te lo estás pasando bien? —Sus ojos brillan y sus mejillas están enrojecidas, pero sé que no ha estado bebiendo. Se comprometió a mantenerse sobria y Allie nunca rompe sus promesas.

—Sí, supongo. Pero creo que pronto me iré a casa.

—¡Eh, no, no te puedes ir aún! Te acabo de ver bailando con Jim Paulson. Parecía que te estabas divirtiendo.

¿En serio? Supongo que soy mejor actriz de lo que pensaba.

—Es guapo —añade con una mirada cargada de intención.

—Bah, no es mi tipo. Demasiado pijo.

—Bueno, conozco a alguien que *sí* es tu tipo. —Allie sube y baja las cejas antes de soltar un susurro burlón—. Y no te des la vuelta porque acaba de entrar por la puerta.

Mi corazón despega como una cometa en una tormenta de viento. ¿No te des la vuelta? ¿Acaso la gente no se da cuenta de que decir eso garantiza que el otro haga exactamente lo contrario?

Giro la cabeza hacia la puerta principal y luego la giro otra vez hacia donde estaba porque, *ay, madre,* Allie tenía razón. Por fin ha aparecido Justin.

Y puesto que el vistazo que he echado ha sido demasiado fugaz, confío en Allie para que me informe de lo que me he perdido.

—¿Está solo? —susurro.

—Está con algunos compañeros del equipo —me responde, también susurrando—. No han traído a ninguna chica.

Hago mi mejor interpretación de una persona que habla tranquilamente con su amiga y que no está, en absoluto, colada por el tío que tiene a unos pasos de distancia. Y funciona, porque Justin y sus amigos pasan por delante de nosotras y su ruidosa risa es engullida rápidamente por una ráfaga de música.

—Te has puesto roja —se burla Allie.

—Lo sé —me quejo en voz baja—. Joder, este enamoramiento es superabsurdo, Allie. ¿Por qué permites que me avergüence a mí misma de esta manera?

—Porque yo no creo que sea para nada absurdo. Y no tienes que avergonzarte, es muy sano. —Allie me agarra del brazo y empieza a arrastrarme de vuelta al salón. El volumen del estéreo es más bajo, pero el zumbido de la animada charla sigue tronando por la habitación.

—En serio, Han, eres joven y guapa, y yo quiero que te enamores. No me importa con quién sea, siempre y cuando… ¿Por qué te está mirando Garrett Graham?

Sigo su sorprendida mirada y ahogo otro gemido cuando los ojos grises de Garrett se quedan fijos en los míos.

—Porque me está acosando —me quejo.

Sus cejas se disparan.

—¡¿En serio?!

—Sí, bastante. Ha suspendido Ética y sabe que a mí el examen me salió bien. Me ha pedido que le dé clases particulares y el tío no es capaz de aceptar un no por respuesta.

Suelta una risilla.

—Creo que es posible que seas la única chica que lo ha rechazado en su vida.

—Ojalá el resto de la población femenina fuese tan lista como yo.

Miro por encima del hombro de Allie y escaneo la habitación en busca de Justin; mi pulso se acelera cuando lo descubro junto a la mesa de billar. Lleva unos pantalones negros y un jersey de punto gris, y su pelo está despeinado y le cae sobre su amplia frente. Dios, me encanta ese estilo «me acabo de caer de la cama» que luce. No va tan engominado como sus colegas, ni se ha puesto la cazadora del equipo de fútbol americano como el resto.

—Allie, ¡mueve ese precioso culito y ven aquí! —grita Sean desde la mesa de pimpón—. ¡Necesito una pareja para jugar!

Un bonito rubor florece en sus mejillas.

—¿Quieres ver cómo les damos una paliza al *beer pong*? Pero sin cerveza —añade rápidamente—. Sean sabe que esta noche no bebo.

Otra oleada de culpa me golpea.

—Pues vaya diversión —le digo sonriendo—. Si se juega al *beer pong* hay que tomar cerveza.

Mi amiga niega firmemente con la cabeza.

—Te he prometido que no voy a beber.

—Y yo no me voy a quedar aquí mucho tiempo —respondo—. Así que no hay ninguna razón por la que no puedas ponerte un poco pedo.

—Pero yo quiero que te quedes —protesta.

—¿Qué te parece si hacemos una cosa? Yo me quedo media hora más, pero solo si te permites pasártelo bien de verdad. Sé que hicimos un trato en primero, pero ya estás liberada; no puedo permitirlo más, Allie.

Cada palabra que digo va muy en serio; detesto que me tenga que cuidar como a una niña pequeña cada vez que salimos. No es justo para ella. Y después de dos años en Briar, sé que ha llegado el momento de que baje la guardia, al menos un poco.

—Vamos, quiero ver cómo me enseñas esas habilidades tuyas en el *beer pong*. —Me agarro de su brazo y ella se ríe mientras la dirijo hacia Sean y sus amigos.

—¡Hannah! —dice Sean con entusiasmo—. ¿Quieres jugar?

—No —respondo—. Solo vengo a animar a mi mejor amiga.

Allie se une a Sean en uno de los lados de la mesa y durante los siguientes diez minutos soy testigo del partido más intenso de *beer pong* del universo. Pero durante todo ese tiempo estoy muy al tanto de lo que hace Justin, que charla con sus compañeros de equipo al otro lado del salón.

Al rato me alejo de la mesa de *ping-pong* porque, esta vez de verdad, necesito ir al baño. Hay uno en la planta baja cerca de la cocina; hay una cola inmensa y tardo un siglo en entrar. Hago mis cosas rápidamente, salgo del baño y me choco contra un duro pecho masculino.

—Deberías mirar por dónde vas —dice una voz grave.

Mi corazón se detiene.

Los ojos oscuros de Justin brillan divertidos cuando coloca su mano en mi brazo para mantenerme en equilibrio. En el instante en que me toca, el calor abrasa mi piel y provoca un escalofrío que eriza el vello de mi cuerpo.

—Lo siento —tartamudeo.

—No pasa nada. —Sonríe y se acaricia el pecho—. Todavía estoy entero.

De repente, me doy cuenta de que ya no hay nadie haciendo cola para entrar en el baño. En el pasillo estamos solo Justin y yo y, Dios mío, está incluso más bueno de cerca. También es mucho más alto de lo que creía y tengo que elevar la cabeza para mirarlo a los ojos.

—Estamos juntos en Ética, ¿verdad? —pregunta en ese tono de voz profundo y *sexy* que tiene.

Asiento con la cabeza.

—Me llamo Justin.

Se presenta como si de verdad fuera posible que alguien en Briar no supiera su nombre. Pero su modestia me parece adorable.

—Yo me llamo Hannah.

—¿Qué tal te fue en el examen?

—He sacado un 10 —admito—. ¿Y tú?

—Un 7.

No puedo ocultar mi sorpresa.

—¿En serio? Supongo que somos los afortunados. Se ha cargado a todos los demás.

—Creo que eso nos convierte en inteligentes, no afortunados.

Su sonrisa hace que me derrita. En serio. Soy un charco de baba en el suelo, incapaz de apartar la mirada de esos magnéticos ojos oscuros. Y huele de maravilla, a jabón y a loción para después del afeitado con esencia de limón. ¿Estaría fuera de lugar si pego mi cara a su cuello e inhalo?

Eh... sí. Lo estaría.

—Y... —Trato de pensar en algo inteligente o interesante que decir, pero estoy demasiado nerviosa como para ser ingeniosa en este momento—. Juegas al fútbol americano, ¿eh?

Él asiente con la cabeza.

—Juego de receptor. ¿Te gusta? —Un hoyuelo aparece en su barbilla—. El juego, quiero decir.

No me gusta, pero supongo que podría mentir y fingir que me gusta su deporte. Solo que es un paso arriesgado, porque podría empezar a hablarme de rollos técnicos y no sé lo suficiente sobre fútbol americano como para mantener una conversación sobre el tema.

—No mucho —confieso con un suspiro—. He visto un partido o dos, pero, la verdad, es demasiado lento para mi gusto. Da la sensación de que jugáis cinco segundos, después alguien toca un silbato y os quedáis esperando durante horas hasta que empieza la siguiente jugada.

Justin se ríe. Su risa es genial. Grave y ronca y la siento hasta en los dedos de los pies.

—Sí, he oído esa queja antes. Pero cuando juegas, es diferente. Es mucho más intenso de lo que parece. Y si estás implicado personalmente con un equipo o con algunos jugadores, se pillan las reglas mucho más rápido. —Inclina la cabeza—. Deberías venir a uno de nuestros partidos. Apuesto a que te divertirías.

Ay, madre. ¿Me acaba de invitar a uno de sus partidos?

—Eh, sí, quizá pueda...

—¡Kohl! —Interrumpe una fuerte voz—. ¡Estamos arriba!

Los dos nos volvemos para ver cómo un gigante rubio asoma la cabeza por la puerta del salón. Es uno de los compañeros de equipo de Justin y parece extremadamente impaciente.

—Voy —responde Justin, y a continuación me lanza una sonrisa tristona mientras da un paso hacia el baño—. Big Joe y yo estamos a punto de darles una paliza al billar, pero antes tengo que ir al lavabo. ¿Hablamos luego?

—Claro. —Mantengo un tono de voz relajado, pero no hay nada de relajación en cómo mi corazón se acelera.

En cuanto Justin cierra la puerta detrás de él, regreso a toda prisa al salón con las piernas temblorosas. Me muero de ganas de contarle a Allie lo que acaba de suceder, pero no me es posible. Nada más entrar en la habitación, el metro noventa de Garrett Graham y sus noventa kilos bloquean mi camino.

—Wellsy —dice con entusiasmo—. Eres la última persona a la que esperaba ver aquí esta noche.

Como de costumbre, su presencia hace que mi guardia se vuelva a colocar en su lugar.

—¿Sí? ¿Y eso?

Se encoge de hombros.

—No pensaba que las fiestas de hermandades fueran de tu estilo.

—Bueno, no me conoces, ¿recuerdas? Es posible que vaya a fiestas de hermandades todas las noches.

—Mentira. Te habría visto aquí antes.

Cruza los brazos sobre su pecho, una postura que hace que sus bíceps se tensen. Veo la parte inferior de un tatuaje que asoma desde la manga de su camiseta, pero no veo qué es, solo que es negro y parece complejo. ¿Unas llamas?

—Entonces, en cuanto a lo de las clases particulares, he pensado que deberíamos sentarnos para establecer un calendario.

La irritación se dispara por mi columna vertebral.

—Tú no te rindes, ¿verdad?

—Jamás.

—Pues deberías empezar a hacerlo, porque no te voy a dar clase. —Me distraigo. Justin ha vuelto a entrar en la habitación, su cuerpo esbelto se mueve a través de la multitud mientras se abre camino hasta la mesa de billar. Está a mitad de camino cuando una chica de pelo castaño lo intercepta. Para mi desgracia, se detiene a hablar con ella.

—Vamos, Wellsy, ayuda a un pobre chaval —suplica Garrett.

Justin se ríe de algo que la chica dice. De la misma manera que se estaba riendo conmigo hace un minuto. Y cuando ella toca su brazo y se apoya en él, Justin no retrocede.

—Mira, si no quieres comprometerte con todo el semestre, por lo menos ayúdame a pasar este parcial. Te deberé una.

Ahora mismo no le presto ni la más mínima atención a Garrett. Justin se inclina hacia la chica para susurrarle algo al oído. Ella se ríe, sus mejillas adquieren un tono rosáceo y mi corazón se desploma a la boca de mi estómago.

Estaba tan segura de que habíamos tenido, no sé, una conexión, pero ¿ahora está coqueteando con otra persona?

—Ni siquiera me estás escuchando —me acusa Garrett—. Pero ¿a quién estás mirando?

Aparto la mirada de Justin y de la castaña, pero no lo suficientemente rápido.

Garrett sonríe cuando se da cuenta de hacia dónde miraba.

—¿Cuál es? —pregunta.

—¿Cuál es quién?

Inclina la cabeza hacia Justin y a continuación la desplaza a la derecha, donde veo a Jimmy hablando con uno de sus compañeros de hermandad.

—Paulson o Kohl. ¿A cuál de ellos te quieres zumbar?

—¿*Zumbar?* —Vuelve a tener mi atención—. Puf. ¿Quién dice cosas así?

—Vale, ¿lo digo con otras palabras? ¿A cuál de ellos te quieres follar, o tirar? ¿O echar un polvo? ¿O hacer el amor, si te mola más decirlo así?

Aprieto los dientes. Este tío es imbécil.

Como no respondo, él lo hace por mí.

—Kohl —decide—. Te he visto bailando con Paulson antes y está clarísimo que no te derretías por él.

Yo ni confirmo ni niego. En vez de eso, me separo un paso más de él.

—Buenas noches, Garrett.

—Odio tener que decírtelo, pero no va a pasar, Wellsy. No eres su tipo.

El cabreo y la vergüenza inundan mi vientre. Uau. ¿Realmente acaba de decir eso?

—Gracias por el consejo —digo con frialdad—. Ahora, si me disculpas…

Intenta cogerme el brazo, pero avanzo abriéndome paso a empujones y lo dejo atrás. Busco rápidamente a Allie por la sala, pero me detengo en seco cuando la veo enrollándose con Sean en el sofá. No quiero interrumpirlos, así que giro sobre mis talones y me dirijo hacia la puerta principal.

Mis dedos están temblorosos cuando le escribo un mensaje a Allie para decirle que me marcho. La contundente afirmación de Garrett, «no eres su tipo», resuena en mi cabeza como un deprimente mantra.

La verdad es que es exactamente lo que necesitaba oír. ¿Y qué si Justin ha hablado conmigo en el pasillo? Está claro que no significaba nada, porque un instante después se ha dado la vuelta y se ha puesto a flirtear con otra persona. Es hora de que me enfrente a la realidad. Justin y yo no vamos a llegar a nada, y no importan las inmensas ganas que yo tenga de que pase.

Ha sido una estupidez por mi parte venir aquí esta noche.

Oleadas de arrepentimiento me atraviesan mientras salgo de la casa Sigma hacia la fresca brisa de la noche. Me arrepiento de no llevar un abrigo, pero no quería cargar con él toda la noche y pensaba que podría lidiar con el frío de octubre durante los cinco segundos que se tardan desde el taxi hasta la puerta de mi casa.

Allie me responde al mensaje cuando llego al porche. Se ofrece a salir fuera y hacerme compañía hasta que llegue el taxi, pero le ordeno que se quede con su novio. A continuación, saco el número del servicio de taxi del campus; estoy a punto de marcar cuando escucho mi nombre. Una exasperante variación de mi apellido, más bien.

—¡Wellsy! ¡Espera!

Bajo los escalones del porche de dos en dos, pero Garrett es mucho más alto que yo, lo que significa que su paso es más largo, y me alcanza enseguida.

—Venga, espera. —Su mano me agarra el hombro.

Subo los hombros para deshacerme de su mano y me doy la vuelta para mirarlo.

—¿Qué? ¿Tienes ganas de insultarme un poco más?

—Mi intención no era insultarte —protesta—. Solo estaba informándote de un hecho.

Eso duele.

—Dios. Gracias.

—Joder. —Parece frustrado—. Te he vuelto a insultar. No quería hacerlo. Mi intención no es ser un cabrón, ¿vale?

—Por supuesto que no es tu intención. Pero simplemente lo eres.

Tiene el descaro de sonreír, pero su humor se desvanece rápidamente.

—Mira, conozco a ese tío, ¿vale? Uno de mis compañeros de piso es amigo de Kohl, así que ha estado en casa un par de veces.

—Me alegro por ti. Puedes pedirle una cita, entonces, porque a mí no me interesa.

—Sí que te interesa. —Suena muy seguro de sí mismo y lo detesto por eso—. Lo único que digo es que a Kohl le gusta un tipo concreto de tía.

—Está bien, voy a seguirte el rollo un rato. A ver, ¿cuál es su tipo? Y no lo pregunto porque esté interesada ni nada parecido —agrego a toda prisa.

Sonríe con complicidad.

—Ya, ya. Por supuesto que no. —Se encoge de hombros—. Lleva en la uni ¿cuánto tiempo?, ¿casi dos meses? Hasta ahora lo he visto enrollándose solo con una animadora y dos chicas de la hermandad Kappa Beta. ¿Sabes lo que me dice eso?

—No, pero lo que me dice a mí es que malgastas demasiado tiempo controlando con quién salen otros tíos.

Ignora la pulla.

—Me dice que Kohl está interesado en chicas con un cierto estatus social.

Resoplo.

—Si esto es otra oferta para hacerme popular, creo que paso.

—Mira, si quieres llamar la atención de Kohl, tienes que hacer algo drástico. —Hace una pausa—. Así que sí, te estoy volviendo a ofrecer que salgas conmigo.

—Pues yo vuelvo a rechazarlo. Ahora, si me disculpas, tengo que llamar a un taxi.

—No, no hace falta.

La pantalla de mi teléfono se ha bloqueado otra vez por no usarlo, así que escribo rápidamente mi contraseña para desbloquearlo.

—En serio, no hace falta —dice Garrett—. Puedo llevarte a casa.

—No necesito que me lleve nadie.

—Eso es lo que hacen los taxis. Te *llevan* a los sitios.

—No necesito que me lleves *tú* —rectifico.

—¿Prefieres pagar diez dólares para ir a casa antes de aceptar que yo te lleve gratis?

Su comentario sarcástico da justo en el blanco. Porque sí, sin duda confío más en que un taxista del servicio interno de taxis del campus me lleve a casa que en que lo haga Garrett Graham. No me meto en coches con extraños. Punto final.

Los ojos de Garrett se entrecierran como si hubiera leído mi mente.

—No voy a intentar nada, Wellsy. Es solo llevarte a casa.

—Vuelve a la fiesta, Garrett. Tus hermanos de fraternidad probablemente se estarán preguntando dónde estás.

—Créeme, no les importa una mierda dónde estoy. Su único interés es encontrar una chica borracha en la que meter la polla.

Mi gesto es de repugnancia.

—Dios. Eres asqueroso, ¿lo sabías?

—No, solo digo la verdad. Además, no estoy diciendo que yo busque eso. No necesito emborrachar a una mujer para que se acueste conmigo. Vienen a mí sobrias y dispuestas.

—Enhorabuena. —Gruño cuando me arrebata el teléfono de la mano—. ¡Oye!

Para mi asombro, gira la cámara hacia su cara y hace una foto.

—¿Qué haces?

—Ahí lo tienes —dice mientras me devuelve el teléfono—. Si quieres, envíales a todos tus contactos un mensaje con esa cara tan *sexy* para informarles de que te llevo a casa. Así, si mañana apareces muerta, todo el mundo sabrá quién lo hizo. Y si quieres, puedes tener el dedo en el botón de llamada de emergencia todo el tiempo, por si tienes que llamar a la policía. —Suspira con exasperación—. Bien, ¿puedo, por favor, llevarte a casa?

Aunque no estoy entusiasmada con la idea de esperar fuera un taxi sola y sin abrigo, pongo una última pega.

—¿Cuánto has bebido?

—Media cerveza.

Levanto las cejas.

—Mi límite es una —insiste—. Mañana por la mañana tengo entrenamiento.

Mi resistencia se desmorona ante su expresión sincera. He oído un montón de rumores sobre Garrett, pero ninguno que implique alcohol o drogas, y el servicio de taxi del campus es famoso por tomarse su tiempo en aparecer, así que, pensándolo bien, no me voy a morir por pasar cinco minutos en un coche con este tío. Si se pone pesado, puedo quedarme en silencio y ya está.

O, mejor dicho, *cuando* se ponga pesado.

—Muy bien —cedo—. Me puedes llevar a casa. Pero eso no quiere decir que vaya a darte clases particulares.

Su sonrisa es el paradigma de la vanidad.

—Eso ya lo discutiremos en el coche.

CAPÍTULO 6

GARRETT

A Hannah Wells le mola un jugador de fútbol americano. No doy crédito. Pero ya la he ofendido una vez esta noche, así que sé que debo andarme con cuidado si quiero convencerla.

Espero hasta que los dos estamos en mi Jeep con el cinturón de seguridad puesto antes de soltar la prudente pregunta.

—Y entonces, ¿cuánto hace que quieres foll... hacer el amor con Kohl?

No responde, pero siento su mirada asesina clavada en mi perfil.

—Tiene que ser una cosa bastante reciente, ya que se ha trasladado hace dos meses. —Aprieto los labios—. Vale, vamos a suponer que desde hace un mes.

No hay respuesta.

La miro y veo que está frunciendo el ceño aún más, pero incluso con esa expresión intimidante está buena. Tiene una de las caras más interesantes que he visto; sus mejillas son quizá demasiado redondas y sus labios quizá demasiado carnosos, pero combinado con su suave piel aceitunada, sus alegres ojos verdes y el pequeño lunar sobre su labio superior, parece casi exótica. Y ese cuerpo... Joder, ahora que me he fijado en él, no puedo ignorarlo.

Pero me recuerdo a mí mismo que no la estoy llevando a su casa con la esperanza de tirármela. Necesito a Hannah demasiado como para estropearlo todo acostándome con ella.

Al acabar el entrenamiento de hoy, el entrenador me ha llevado aparte y me ha soltado diez minutos de charla sobre la importancia de sacar buenas notas. Bueno, «charla» es una descripción demasiado generosa; sus palabras exactas han sido: «o mantienes tu media, o te meto el pie en el culo tan dentro que notarás el betún de mis zapatos en tu boca durante los próximos diez años».

Como buen listillo que soy, le he preguntado si de verdad la gente seguía utilizando betún para los zapatos y él ha respondido con una serie de palabrotas de todos los colores antes de dar un portazo.

No exagero cuando digo que el *hockey* es mi vida, pero supongo que eso es algo que ocurre sí o sí cuando tu padre es una puta superestrella. Mi viejo tenía mi futuro planeado cuando yo aún estaba en el vientre de mi madre: aprender a patinar, aprender a lanzar, ser profesional, fin. Después de todo, Phil Graham tiene una reputación que mantener. Solo hay que pensar en lo mal que quedaría mi padre si su único hijo varón no llegara a ser jugador de *hockey* profesional.

Y sí, eso que detectas es sarcasmo. Y aquí va una confesión: mi padre no me cae bien. No, mejor dicho, lo detesto. La ironía de todo esto es que el cabrón piensa que todo lo que he hecho, lo he hecho por él. Los duros entrenamientos, los cardenales por todo el cuerpo, el matarme veinte horas a la semana para mejorar mi juego. Pero él es lo suficientemente arrogante como para creer que he pasado por todo eso por él.

Y se equivoca. Lo hago por mí mismo. Y, en menor medida, lo hago para ganarle. Para ser mejor que él.

No quiero que se me malinterprete: me encanta el *hockey*. Vivo por y para el rugido de la multitud en la grada, el gélido aire que enfría mi cara mientras voy a toda velocidad por el hielo, el silbido del disco al lanzar un potente tiro que activa la sirena. El *hockey* es adrenalina pura. Es emoción. Es... hasta relajante.

Miro a Hannah otra vez y me pregunto cómo persuadirla y de repente caigo en que he estado pensando en esta historia de Kohl de la forma equivocada. Porque es verdad, yo no creo que ella sea su tipo, pero ¿es él el suyo?

Kohl va de tipo fuerte y silencioso, pero he estado con él las suficientes veces como para saber que todo es una actuación. Él utiliza esa mierda de «chico misterioso» para atraer a las chicas, y una vez pican el anzuelo, activa sus encantos y las lleva directamente a sus pantalones.

Así que, ¿qué leches hace una chica sensata como Hannah Wells babeando detrás de un tipo tan popular como Kohl?

—¿Es algo físico o de verdad quieres salir con él? —pregunto con curiosidad.

Su suspiro de exasperación resuena en el coche.

—¿Podemos dejar de hablar de esto?

Le doy al intermitente para girar a la derecha y nos alejamos de la calle de las fraternidades, en dirección a la carretera que lleva al campus.

—Estaba equivocado sobre ti —le digo en un tono sincero.

—¿Qué se supone que significa eso?

—Significa que pensé que eras una persona directa. Con agallas. No alguien que es demasiado cobarde como para admitir que le mola un chico.

Oculto una sonrisa cuando veo que tensa mandíbula. No me sorprende ver que he tocado una fibra sensible. Se me da bastante bien leer a la gente y estoy convencidísimo de que Hannah Wells no es del tipo de mujer que retrocede ante un desafío, ni siquiera ante uno indirecto.

—Vale. Tú ganas. —Suena como si estuviera hablando con los dientes apretados—. Es posible que me mole. Pero muy muy poco.

Mi sonrisa sale de su escondite.

—Uau, ¿tan difícil era? —Levanto el pie del acelerador cuando nos acercamos a un *stop*—. Y entonces, ¿por qué no le has pedido salir?

Una pequeña ola de miedo se propaga por su voz.

—¿Por qué iba a hacer yo eso?

—Eh, ¿porque acabas de decir que te mola?

—Ni siquiera lo conozco.

—¿Cómo vas a llegar a conocerlo si no le pides salir contigo?

Se remueve en su asiento, está tan incómoda que no puedo evitar reír.

—Tienes miedo —la provoco, incapaz de ocultar el regocijo en mi tono de voz.

—No tengo miedo —dice al instante. Luego hace una pausa—. Bueno, tal vez un poco. Él... él me pone nerviosa, ¿vale?

Necesito un poco de esfuerzo para ocultar mi sorpresa. No esperaba que fuera tan honesta, supongo. La vulnerabilidad que irradia es un poco perturbadora. No la conozco desde hace mucho tiempo, pero me he acostumbrado a su sarcasmo y a su confianza en sí misma. La incertidumbre que veo en su rostro parece fuera de lugar.

—Entonces, ¿te vas a quedar esperando hasta que él te lo pida?

Frunce el ceño en mi dirección.

—Déjame adivinar, piensas que no lo hará.

—Sé que no va hacerlo. —Encojo levemente los hombros—. A los hombres lo que les va es la caza, Wellsy. Tú se lo estás poniendo demasiado fácil.

—Lo dudo —dice con sequedad—. Sobre todo teniendo en cuenta que ni siquiera le he dicho que me interesa.

—Oh, ya lo sabe.

Se sobresalta.

—No, no lo sabe.

—Un hombre siempre sabe cuándo una mujer va detrás de él. Créeme, no es necesario que lo digas en voz alta para que él capte las vibraciones que mandas. —Sonrío—. Venga, por favor, pero si a mí solo me llevó cinco segundos darme cuenta.

—¿Y crees que si salgo contigo, mágicamente él va a interesarse por mí? —Su tono de voz es escéptico, pero ya no es hostil, algo que me parece una señal prometedora.

—Sin duda, ayudará a la causa. ¿Sabes lo que intriga a los chicos, más incluso que la caza?

—Me muero de ganas de escucharlo.

—Una mujer que está fuera de su alcance. La gente quiere lo que no puede tener. —No puedo evitar sonreír—. Aquí tienes un ejemplo: tú quieres conseguir a Kohl.

—Ya. Bueno, si no puede ser mío, entonces ¿por qué debería molestarme en tener una cita contigo?

—No puede ser tuyo *ahora*. Eso no significa que *nunca* vaya a serlo.

Llego a otra señal de *stop;* me fastidia ver que ya casi hemos llegado al campus. Mierda. Necesito más tiempo para convencerla. Conduzco un poco más despacio y espero que no se dé cuenta de que voy quince kilómetros por hora por debajo del límite.

—Confía en mí, Wellsy, si apareces cogida de mi brazo, se dará cuenta. —Me detengo y finjo estar reflexionando—. Mira, hay una fiesta el próximo sábado y tu *Loverboy* estará allí.

—Punto número uno: no lo llames así. Y número dos: ¿cómo sabes que va a ir? —pregunta con recelo.

—Porque es la fiesta de cumpleaños de Beau Maxwell. ¿Sabes quién es? El *quarterback*. Todo el equipo estará allí. —Me encojo de hombros—. Y nosotros también.

—Ya. ¿Y qué pasa cuando lleguemos allí?

Actúa como si nada, pero sé que la tengo exactamente donde yo quiero.

—Nos relacionamos con la gente, nos tomamos unas cervezas. Te presentaré por ahí como mi cita. Las chicas querrán matarte. Los chicos se preguntarán quién eres y por qué no has estado antes en su punto de mira. Kohl también se lo preguntará, pero nosotros lo ignoraremos.

—¿Y por qué haríamos algo así?

—Porque eso lo enloquecerá. Te hará parecer aún más inalcanzable.

Se muerde el labio. Me pregunto si sabe lo fácil que resulta leer sus emociones. Enfado, cabreo, vergüenza. Sus ojos lo revelan todo y eso me fascina. Yo hago un esfuerzo enorme para enmascarar lo que siento, una lección que aprendí en la infancia, pero el rostro de Hannah es un libro abierto. Resulta renovador.

—Tienes mucha confianza en ti mismo —dice finalmente—. ¿De verdad crees que estás tan bueno como para que el mero hecho de ir a una fiesta contigo vaya a convertirme en una *celebrity*?

—Sí. —No estoy siendo arrogante, simplemente sincero. Después de dos años en esta uni, conozco la reputación que tengo.

Aunque, para ser honestos, a veces no me siento ni la mitad de guay de lo que la gente piensa que soy, y estoy bastante seguro de que si alguien se tomara el tiempo de llegar a conocerme de verdad, probablemente cambiaría de opinión. Es como ese estanque en el que yo patinaba cuando era pequeño. Desde lejos, el hielo parecía superbrillante y suave, hasta que te acercabas lo suficiente y, de repente, todos los bordes irregulares y las marcas de patines entrecruzadas se hacían visibles. Ese soy yo, supongo. Cubierto de marcas de patines de las que nadie parece darse cuenta.

Dios, está claro que esta noche me siento demasiado filosófico.

A mi lado, Hannah se ha quedado en silencio, y se muerde el labio mientras considera mi propuesta.

Por una fracción de segundo, casi le digo que lo olvide. Es como si estuviera… *mal* que a esta chica le importe lo que un gilipollas como Kohl piensa de ella. La inteligencia y la lengua afilada de Hannah se desperdiciarían con un tipo así.

Pero entonces pienso en mi equipo y en todos los chicos que cuentan conmigo y me obligo a ignorar mis dudas.

—Piensa en ello —la persuado—. El examen de recuperación es el viernes de la semana que viene, lo que nos da una semana y media para estudiar. Hago el examen y después, la noche del sábado nos vamos a la fiesta de Maxwell y le mostramos a *Loverboy* lo *sexy* y deseable que eres. No será capaz de resistirse, confía en mí.

—Punto número uno: no lo llames así. Y número dos: deja de decirme que confíe en ti. Ni siquiera te conozco. —Pero a pesar de las quejas, veo que se ha rendido—. Mira. No me puedo comprometer a darte clases durante todo el semestre. De verdad, no tengo tiempo.

—Solo será esta semana —prometo.

Duda.

No la culpo por dudar de mí. La verdad es que ya estoy pensando en cómo convencerla para que me lleve de la mano durante el curso de Tolbert, pero… batalla a batalla.

—Entonces, ¿tenemos un trato? —suelto.

Hannah se queda en silencio, pero justo cuando he perdido la esperanza, suspira y dice:

—Vale. Tenemos un trato.

Cojonudo.

Una parte de mí está de veras sorprendida de haber conseguido derribar sus defensas. Le he estado dando la lata lo que me parece una eternidad, y ahora que he ganado, es casi como si experimentara una sensación de pérdida. No sé qué narices significa eso.

No obstante, me doy una palmadita mental en la espalda cuando llegamos al aparcamiento que hay detrás de las residencias.

—¿En qué residencia estás? —pregunto mientras pongo el Jeep automático en la posición de aparcar.

—En la Residencia Bristol.

—Te acompaño. —Voy a desabrocharme el cinturón de seguridad, pero ella niega con la cabeza.

—Estoy bien. No necesito un guardaespaldas. —Me enseña su móvil—. Todo preparado para marcar el 112, ¿recuerdas?

Un breve silencio cae sobre nosotros.

—Bueno. —Extiendo la mano—. Ha sido un placer hacer negocios con usted.

Se queda mirando mi mano como si fuera portador del ébola. Pongo los ojos en blanco y retiro el gesto.

—Mañana trabajo hasta las ocho —dice ella—. Podemos vernos cuando haya terminado. Tú no vives en las residencias del campus, ¿verdad?

—No, pero puedo venir aquí.

Palidece como si le hubiera ofrecido que se afeitase la cabeza.

—¿Y que la gente piense que somos amigos? Ni de coña. Envíame un mensaje con tu dirección. Iré a tu casa.

No he conocido nunca a nadie que sienta tanta aversión por mi popularidad. Y no tengo ni idea de cómo tomármelo.

Creo que es posible que me guste.

—Si vengo yo, te convertirás en la chica más popular de tu residencia, ya sabes.

—Mándame un mensaje con tu dirección —dice con firmeza.

—A sus órdenes. —Sonrío—. Te veo mañana por la noche.

Todo lo que consigo a cambio es una mirada de mala leche y un destello de su perfil cuando se gira para abrir la puerta. Salta del coche sin decir una palabra. Después, a regañadientes, da unos golpecitos en la ventanilla del copiloto.

Reprimiendo una sonrisa, pulso el botón para bajar la ventanilla.

—¿Te has olvidado algo? —me burlo.

—Gracias por traerme —dice recatadamente.

Y después se va, contoneándose con su vestido verde en la brisa nocturna mientras se apresura hacia los edificios oscuros.

Normalmente me siento orgullosa de tener la cabeza en su sitio y de tomar decisiones acertadas, pero ¿acceder a dar clases particulares a Garrett? ¿Hay algo más estúpido que eso en el mundo?

Y sigo maldiciéndome a mí misma por ello mientras conduzco a su casa la noche siguiente. Cuando Garrett me acorraló en la fiesta de la fraternidad Sigma, toda mi intención era decirle que se fuera a la mierda y que me dejara en paz, pero entonces él me puso a Justin delante de mi nariz como una zanahoria, y yo caí como un tomate maduro de la rama.

Vale, guay, y ahora estoy mezclando metáforas. Y las dos de vegetales.

Creo que este es un buen momento para enfrentarme a una triste verdad: cuando se trata de Justin Kohl, mi sentido común se reduce a cero. Ayer por la noche me fui de la fiesta con el único propósito de olvidarme de él y, en vez de hacer eso, dejé que Garrett Graham me llenara de la emoción más destructiva conocida por la humanidad: la esperanza.

Esperanza de que Justin se fije en mí. Esperanza de que pueda querer estar conmigo. Esperanza de haber, por fin, encontrado a alguien que pueda hacerme *sentir* algo.

Me resulta vergonzoso lo absolutamente colada que estoy por ese chico.

Aparco mi coche prestado detrás del Jeep de Garrett y al lado de una *pick-up* de color negro brillante, pero dejo el motor en marcha. Me sigo preguntando qué pensaría mi antigua psicóloga si supiera el trato que he hecho con Garrett. Me gustaría decir que ella estaría en contra, pero Carole estaba totalmente a favor del empoderamiento de las personas. Y siempre me animó a tomar el control de mi vida y a aprovechar cualquier oportunidad que me permitiera superar la violación.

Así que esto es lo que sé: he salido con dos chicos después de la violación. Me acosté con ambos. Y ninguno de ellos me hizo sentir tan cachonda y llena de deseo como Justin Kohl con una sola mirada de sus ojos entrecerrados.

Carole me diría que es una oportunidad que vale la pena explorar.

El adosado de Garrett es de dos pisos, con un exterior de estuco blanco, unas escaleras en lugar de un porche y un jardín delantero que está sorprendentemente cuidado. A pesar de mi reticencia, me obligo a salir del coche e ir hacia la puerta.

Un tema de *rock* suena dentro de la casa. Una parte de mí desea que nadie me oiga llamar al timbre, pero unos pasos amortiguados se oyen detrás de la puerta, a continuación se abre y me encuentro mirando a un chico alto, con el pelo rubio de punta y una cara cincelada, que parece directamente sacada de la portada de GQ.

—Eh... ¡ey, hola! —dice arrastrando las palabras mientras me mira de arriba abajo—. Mi cumpleaños no es hasta la semana que viene, pero si se trata de un regalo adelantado, no te preocupes, que no me quejo, muñequita.

Por supuesto. Debería haber sabido que Garrett compartiría piso con alguien tan desagradable como él.

Hundo los dedos en la correa de mi bandolera *oversize*, preguntándome si podría volver a mi coche antes de que Garrett sepa que estoy aquí, pero mi cobarde plan se frustra cuando él aparece por la puerta. Está descalzo, vestido con unos vaqueros desgastados y una camiseta gris raída; su pelo está húmedo, como si acabara de salir de la ducha.

—Ey, Wellsy —dice con alegría—. Llegas tarde.

—Te dije a las ocho y cuarto. Son las ocho y cuarto. —Miro fijamente con frialdad a Míster GQ—. Y si estabas insinuando que soy una prostituta, me siento insultada.

—¿Has pensado que era una prostituta? —Garrett se vuelve para mirar a su amigo—. Es mi profesora particular de Ética, hermano. Sé un poco respetuoso.

73

—No pensé que fuera una puta, pensé que era una *stripper* —contesta el rubio, como si eso lo arreglara—. Joder, que va en uniforme, por Dios.

En eso puede que tenga razón. Mi uniforme de camarera no es precisamente sutil.

—Por cierto, quiero una *stripper* para mi cumpleaños —anuncia GQ—. Lo acabo de decidir ahora mismo. Poneos manos a la obra.

—Haré un par de llamadas —promete Garrett, pero en cuanto su amigo se aleja, confiesa—: No le vamos a regalar una *stripper*. Hemos hecho una colecta para pillarle un iPod nuevo. El suyo se le cayó al estanque de carpas detrás de la Residencia Hartford.

Suelto una risita y Garrett se precipita como una pantera.

—Joder, ¿eso ha sido una risa? No pensé que fueras capaz de mostrar diversión. ¿Puedes hacerlo otra vez y me dejas grabarlo?

—Me río todo el tiempo. —Hago una pausa—. Sobre todo de ti.

Pone gesto de dolor y hace como si le hubiera disparado en el pecho.

—Eres terrible para el ego de un chico, ¿sabes?

Resoplo, negando con la cabeza, y cierro la puerta detrás de mí.

—Vamos a mi habitación —dice.

Mierda. ¿Quiere dar la clase en su dormitorio? A pesar de estar segura de que probablemente ese es un sueño húmedo de todas las chicas de la universidad, me preocupa estar a solas con él.

—Ey, G, ¿esa es tu profe particular? —grita una voz masculina cuando pasamos por lo que deduzco que es el salón—. Oye, profe, ¡ven aquí! Deberíamos tener una pequeña charla tú y yo.

Mi mirada de alarma va corriendo hacia Garrett, pero él solo sonríe y me guía hacia la puerta. El salón es el típico de «casa de soltero», con sus dos sofás de cuero en forma de L, un complejo equipo de música y vídeo y una mesa de centro llena de botellas de cerveza. Un chico de pelo oscuro con unos despiertos ojos azules se levanta del sofá. Es tan guapo como Garrett y GQ, y por la forma en que camina hacia donde estoy, es plenamente consciente de su atractivo.

—Escucha bien —anuncia Ojos Azules con voz severa—. Mi chico necesita sacar un 10 en esta asignatura. Será mejor que consigas que eso suceda.

Mis labios se contraen.

—¿O qué?

—O yo me enfadaré mucho, mucho. —Su mirada sensual hace un barrido lento y deliberado por mi cuerpo, y se detiene en mi pecho antes de ir hacia arriba—. Y tú no quieres que yo me enfade, ¿verdad, preciosa?

Garrett resopla.

—No pierdas el tiempo, tronco. Es inmune al flirteo. Créeme, lo he intentado. —Se gira hacia mí—. Este es Logan. Logan, Wellsy.

—Hannah —corrijo.

Logan se lo piensa antes de sacudir la cabeza.

—Naah. Me gusta Wellsy.

—Ya has conocido a Dean en el salón y ese de ahí es Tucker —añade Garrett, señalando al chico de pelo castaño rojizo tumbado en el sofá, quien, «sorpresa, sorpresa», es tan guapo como los demás.

Me pregunto si uno de los requisitos para vivir en esta casa es estar superbueno.

Y no se lo pienso preguntar nunca a Garrett. Su ego ya es lo bastante grande.

—Qué hay, Wellsy —dice Tucker en voz alta.

Ahogo un suspiro. Maravilloso. Supongo que ahora soy Wellsy.

—Wellsy es la estrella del recital de Navidad —le dice Garrett a sus amigos.

—Concierto exhibición de invierno —me quejo.

—¿No he dicho eso? —Agita una mano restándole importancia—. Bueno, vamos con esta mierda. Hasta ahora, chicos.

Sigo a Garrett por la estrecha escalera hasta el segundo piso. Su habitación está al fondo del pasillo, y por el tamaño y el baño privado, debe de ser el dormitorio principal.

—¿Te importa si me cambio? —pregunto con torpeza—. Tengo mi ropa en la bolsa.

Se deja caer en el borde de la gigantesca cama y se inclina hacia atrás sobre sus codos.

—Por favor, adelante. Me quedaré aquí sentado disfrutando del espectáculo. —Aprieto los dientes.

—En el baño.

—Eso no es divertido.

—Nada de esto es divertido —respondo.

El cuarto de baño está mucho más limpio de lo que me esperaba y un débil rastro de loción para después del afeitado con olor a madera flota en el aire. Me cambio rápidamente con unos pantalones de yoga y un suéter negro, me hago una coleta y meto el uniforme en la bandolera.

Garrett sigue en la cama cuando salgo. Está absorto en su móvil y ni siquiera levanta la vista cuando le lanzo un montón de libros a la cama.

—Citando tu desagradable frase: ¿estás listo para esta mierda? —le digo con sarcasmo.

Habla en tono distraído.

—Sí. Un segundo. —Sus largos dedos teclean un mensaje y, a continuación, tira el teléfono sobre el colchón—. Perdona. Ya tengo toda la atención en lo nuestro.

Mis opciones para sentarme son limitadas. Hay un escritorio bajo la ventana, pero solo una silla enterrada bajo una montaña de ropa. Lo mismo pasa con el sillón que hay en la esquina de la habitación. El suelo es de madera y parece incómodo.

La cama. No hay más.

De mala gana, me siento con las piernas cruzadas sobre el colchón.

—Bueno, creo que deberíamos repasar toda la teoría. Primero nos aseguraremos de que te sabes los puntos más importantes de cada filósofo y después vamos a aplicar las teorías a la lista de conflictos y dilemas morales.

—Suena bien.

—Vamos a empezar con Kant. Su ética es bastante sencilla.

Abro la carpeta de textos que Tolbert nos entregó al comienzo del curso y busco en los folios todo el material de Immanuel Kant. Garrett desliza su enorme cuerpo hasta el cabecero de la cama, descansa su cabeza en el marco de madera y suelta un profundo suspiro cuando dejo caer los textos en su regazo.

—Lee —le ordeno.

—¿En voz alta?

—Exacto. Y cuando hayas terminado, quiero que me resumas lo que has leído. ¿Crees que podrás hacerlo?

Hay un silencio y, a continuación, su labio inferior empieza a temblar.

—Quizá este no sea buen momento para decírtelo, pero no sé leer.

Me quedo boquiabierta. Mierda. No puede ser verd...

Garrett suelta una carcajada.

—Tranquila, te estoy tomando el pelo. —Entonces frunce el ceño—. ¡¿En serio te has creído que no sabía leer?! Joder, Wellsy.

Le ofrezco una sonrisa dulce.

—No me habría sorprendido lo más mínimo.

Pero Garrett sí que acaba sorprendiéndome. No solo lee el material con tono suave y vocalizando, sino que empieza a resumir el imperativo categórico de Kant casi palabra por palabra.

—¿Tienes una supermemoria fotográfica o algo así? —pregunto.

—No. Soy bueno con los datos. —Se encoge de hombros—. Es solo que me cuesta mucho aplicar la teoría a los conflictos morales.

Le doy un respiro.

—¿Sabes lo que pienso? Que es una chorrada monumental. ¿Cómo podemos saber lo que estos filósofos, que llevan muertos mucho tiempo, pensarían en los hipotéticos casos que nos plantea Tolbert? No lo sabemos. Quizá habrían evaluado cada caso de forma individual. Que esté bien o mal no se puede analizar como blanco y negro. Es mucho más complejo que...

El teléfono de Garrett vibra.

—Mierda, un segundo. —Mira la pantalla, frunce el ceño y envía otro mensaje—. Perdona, ¿qué decías?

Los siguientes veinte minutos los dedicamos a repasar los puntos clave de la visión de la ética de Kant.

Garrett envía unos cinco mensajes más durante ese tiempo.

—Dios —exploto—. ¿Voy a tener que confiscar esa cosa?

—Lo siento —dice por enésima vez—. Lo pondré en silencio.

Algo que no arregla nada, porque deja el teléfono sobre su carpeta y el dichoso aparato se ilumina cada vez que llega un nuevo mensaje.

—Así que, básicamente, la lógica es la columna vertebral de la ética kantiana... —Me detengo cuando la pantalla del teléfono parpadea de nuevo—. Esto es ridículo. ¿Quién te está mandando mensajes sin parar?

—Nadie.

Nadie, una mierda. Cojo el teléfono y le doy al icono de mensaje. No hay ningún nombre, solo un número, pero no hace falta ser un genio para entender que los mensajes son de una chica. A menos que haya un tío por ahí que quiere «lamer a Garrett por todas partes».

—¿Estás haciendo *sexting* durante tu clase particular? ¿De qué vas?

Suspira.

—Yo no estoy haciendo *sexting*. Es ella.

—Ajá. O sea que la culpa es suya, ¿no?

—Lee mis respuestas —insiste—. No dejo de decirle que estoy ocupado. No tengo la culpa de que no quiera darse por aludida.

Miro toda la conversación y descubro que está diciendo la verdad. Todos los mensajes que ha enviado en los últimos treinta minutos llevaban las palabras «ocupado», «estudiar» y «hablamos más tarde».

Con un suspiro, espero a que aparezca el teclado táctil y comienzo a escribir. Garrett protesta e intenta quitarme el móvil de la mano, pero es demasiado tarde. Ya le he dado a «enviar».

—Ya está —anuncio—. Asunto cerrado.

—Juro por Dios, Wellsy, que si... —Calla mientras lee el mensaje.

> **Yo:** Soy la profesora particular de Garrett. Estás molestando. Terminamos en treinta minutos. Estoy segura de que puedes mantener la cremallera de tus pantalones cerrada hasta entonces.

Garrett me mira a los ojos y se ríe tan fuerte que no puedo evitar sonreír.

—Debería ser más eficaz que tu vago «déjame en paz», ¿no te parece?

Se ríe de nuevo.

—No hay discusión posible.

—Esperemos que eso silencie a tu novia un rato.

—No es mi novia. Es una conejita con la que me enrollé el año pasado y...

—¿«Conejita»? —suelto con horror—. Eres un cerdo. ¿Así es como llamáis a las mujeres?

—Cuando una mujer solo está interesada en acostarse con un jugador de *hockey* para poder presumir delante de todos sus amigos de que se ha tirado a un jugador de *hockey*... Sí, así es como las llamamos —dice con cierta amargura en su voz—. En todo caso, aquí el que está siendo usado como un objeto soy *yo*.

—Vale. Si eso te hace dormir mejor por las noches... —Cojo la carpeta—. Pasemos al Utilitarismo. Por ahora, nos centraremos en Bentham.

Más tarde, le hago preguntas sobre los dos filósofos que hemos discutido esta noche y me alegro cuando veo que contesta a todo correctamente, incluso a las preguntas trampa que le lanzo.

Vale. Igual Garrett Graham no es tan tonto como pensaba.

Cuando termina la hora, estoy convencida de que no solo ha memorizado toda la información y me la ha soltado, la ha comprendido realmente. Parece que las ideas filosóficas han calado en él de verdad. Es una pena que el examen de recuperación no sea tipo test, porque no me cabe ninguna duda de que lo aprobaría con nota.

—Mañana le daremos al postmodernismo. —Suspiro—. La que, en mi humilde opinión, sea probablemente la escuela de pensamiento más enrevesada de la historia de la humanidad. Tengo ensayo hasta las seis, pero después estoy libre.

Garrett asiente.

—Yo habré terminado el entrenamiento a las siete. Así que ¿te parece bien a las ocho?

—Me parece bien. —Meto los libros en el bolso y entro en el baño a hacer pis antes de ponerme en camino. Cuando salgo, me encuentro con que Garrett está mirando lo que tengo en el iPod.

—¿Has estado cotilleando mi bolso? —exclamo—. ¿En serio?

—El iPod estaba colgando del bolsillo delantero —protesta—. Tenía curiosidad por ver lo que tenías. —Sus ojos grises permanecen pegados a la pantalla mientras empieza a leer los nombres en voz alta—. Etta James, Adele, Queen, Ella Fitzgerald, Aretha, Beatles... Uau, esto es la leche de ecléctico. —De repente niega con la cabeza, sorprendido—. Oye, ¿sabías que tienes aquí a One Direction?

—No, ¿en serio? —Reboso sarcasmo—. Debe de haberse descargado solo.

—Creo que acabo de perder todo el respeto por ti. Se supone que te vas a licenciar en Música.

Le arranco el iPod de las manos y lo meto en el bolso.

—One Direction tiene armonías estupendas.

—Totalmente en desacuerdo. —Levanta la barbilla con decisión—. Te voy a hacer una *playlist*. Está claro que necesitas aprender la diferencia entre la buena música y la música de mierda.

Hablo con los dientes apretados.

—Te veo mañana.

El tono de Garrett suena preocupado mientras se dirige al iMac de su escritorio.

—¿Qué piensas de Lynyrd Skynyrd? ¿O solo te molan los grupos en los que los chicos combinan entre ellos la ropa que llevan?

—Buenas noches, Garrett.

Cuando salgo de la habitación tengo ganas de tirarme de los pelos. No me puedo creer que haya dicho que sí a una semana y media de esto.

Dios mío, ayúdame.

CAPÍTULO 8

HANNAH

Allie me llama la noche siguiente, cuando salgo hecha una furia del edificio de Música, echando humo tras un nuevo y desastroso ensayo con Cass.

—¡Oye! —me dice cuando escucha mi cortante tono de voz—. ¿Qué coño te pasa?

—Cassidy Donovan —le contesto airadamente—. El ensayo ha sido una absoluta pesadilla.

—¿Ha vuelto a intentar robarte las buenas melodías?

—Todavía peor. —Estoy demasiado cabreada como para hacer un resumen de lo que ha pasado, así que ni lo intento—. Quiero matarlo mientras duerme, Allie. No, quiero matarlo cuando esté despierto para que pueda ver la felicidad en mi rostro mientras lo hago.

Su risa me hace cosquillas en la oreja.

—Jo. Te ha cabreado bien, ¿eh? ¿Quieres desahogarte durante una cena?

—No puedo. Tengo que ver a Graham esta noche. —Otro encuentro que no me apetece nada tener. Lo único que quiero hacer ahora es ducharme y ver la tele, pero conociendo a Garrett, me perseguirá y pegará voces si me atrevo a cancelar nuestra clase.

—Todavía no me creo que cedieras con lo de las clases particulares —dice Allie con asombro—. Debe de ser un tipo muy persuasivo.

—Algo así —respondo sin dar más detalles.

No le he contado a mi amiga el trato que tengo con Garrett, sobre todo porque quiero retrasar la inevitable burla cuando se entere de lo desesperada que estoy por conseguir que Justin se fije en mí. Sé que no seré capaz de ocultarle la verdad toda la vida y que, sin duda, va a hacer preguntas cuando se entere de que voy a ir a una fiesta con Garrett. Pero estoy segura de que para entonces se me ocurrirá una buena excusa.

Hay algunas cosas que dan demasiada vergüenza admitir, incluso a tu mejor amiga.

—¿Cuánto te paga? —pregunta con curiosidad.

Como una imbécil, suelto el primer número que se me viene a la cabeza.

—Eh… sesenta.

—¡¿Sesenta dólares la hora?! ¡Santo cielo! Eso es una locura. Más te vale invitarme a cenar un buen solomillo cuando acabéis.

¿Una cena con solomillo? Mierda. Eso para mí es como tres turnos en el restaurante. Ves, esto es por lo que la gente no debe mentir nunca. Siempre se vuelve en contra y te muerde en todo el culo.

—Por supuesto —digo con suavidad—. Pero bueno, tengo que irme. No he traído el coche de Tracy esta noche y tengo que llamar a un taxi. Nos vemos en un par de horas.

El taxi del campus me lleva a casa de Garrett y hago una reserva para que me recoja en una hora y media. Garrett me dijo que entrara sin llamar cuando viniera, porque nadie oye nunca el timbre con la tele o la música a todo volumen. Sin embargo, la casa está en silencio cuando entro.

—¿Graham? —llamo desde la entrada.

—Arriba. —Su respuesta llega amortiguada.

Me lo encuentro en su habitación, vestido con pantalones de chándal y una camiseta interior de tirantes blanca, que muestra sus bíceps perfectamente formados y sus fuertes antebrazos. No puedo negar que su cuerpo es… atractivo. Está cachas, pero no hinchado como un defensa de fútbol americano. Él es del tipo musculado más fibroso y esbelto. Su camiseta sin mangas deja ver el tatuaje que lleva en la parte superior derecha del brazo: unas llamas negras que trepan hasta su hombro y rodean su bíceps.

—Oye. ¿Dónde están tus compañeros de piso?

—Es viernes por la noche, ¿dónde crees que están? De fiesta. —Su tono denota cierta melancolía. Saca los textos de clase de la mochila que hay en el suelo.

—Y tú prefieres estudiar —comento—. No sé si debería estar impresionada o si debería sentir lástima por ti.

—No salgo de fiesta durante la temporada, Wellsy. Ya te lo he dicho.

Sí que me lo había dicho, pero lo cierto es que no le había creído. ¿Cómo es que no va de fiesta *todas* las noches? Es que solo hay que mirarlo: está que te mueres de bueno y es más popular que Justin Bieber. Bueno, por lo menos antes de que al Bieber se le fuera la cabeza y abandonara a su pobre mono en un país extranjero.

Nos instalamos en la cama y acto seguido nos ponemos a trabajar, pero cada vez que Garrett usa unos minutos para repasar un tema, mi cabeza viaja de nuevo al ensayo de la tarde. Hiervo de rabia en mi interior y, aunque me da vergüenza admitirlo, mi mal humor se filtra en la clase. Estoy más gruñona de lo que pretendo y soy mucho más dura de lo necesario cuando Garrett malinterpreta los textos.

—¡Pero que no es tan complicado! —exclamo cuando no lo entiende por tercera vez—. Está diciendo que...

—Vale, ya lo entiendo —Me interrumpe, arrugando la frente de la irritación—. No es necesario que me hables mal, Wellsy.

—Lo siento. —Cierro los ojos brevemente para calmarme—. Vamos a pasar al siguiente filósofo. Volveremos con Foucault al final.

Garrett frunce el ceño.

—No vamos a pasar a nada. No hasta que me digas por qué me has estado ladrando desde que has llegado. ¿Qué, *Loverboy* te ha ignorado en el patio o algo así? —Su sarcasmo solo intensifica mi cabreo.

—No.

—¿Estás con la regla?

—Dios. Eres *lo peor*. Lee eso de una vez, ¿quieres?

—No voy a leer una mierda. —Se cruza de brazos—. Mira, hay una solución fácil para terminar con esta actitud de *capulla*. Lo único que tienes que hacer es decirme por qué estás enfadada; yo te digo que es totalmente absurdo, y después nos ponemos a estudiar en paz.

He subestimado la cabezonería de Garrett. Pero debería haber aprendido la lección, teniendo en cuenta que su tenacidad ha superado a la mía en más de una ocasión. No es que me apetezca particularmente hacerle una confidencia, pero mi bronca con Cass es como una nube negra sobre mi cabeza y necesito disipar la energía tormentosa antes de que me consuma.

—¡Quiere un coro!

Garrett parpadea.

—¿Quién quiere un coro?

—Mi compañero de dueto —digo sombríamente—. También conocido como «la pesadilla de mi existencia». Te juro que si no tuviera miedo de romperme la mano, le daría un puñetazo en toda la presumida y estúpida cara que tiene.

—¿Quieres que te enseñe a pelear? —Garrett aprieta los labios como si tratara de no reírse.

—Estoy tentada a decir que sí. En serio, es imposible trabajar con ese tío. La canción es fantástica, pero lo único que hace es buscarle tres pies al gato continuamente, a cada detalle microscópico. La clave, el tempo, los arreglos, la ropa de las narices que nos vamos a poner...

—Vale. ¿Y qué es eso de que quiere un coro?

—Flipa: Cass quiere un coro para que nos acompañe en el último estribillo. ¡Un puto coro! Llevamos ensayando este tema *semanas,* Garrett. Se suponía que iba a ser algo sencillo, solo los dos mostrando nuestras voces. Y ¿de repente quiere hacer una gran producción?

—Suena como una diva.

—Es que lo es. Me encantaría arrancarle la cabeza. —Mi cabreo es tan monumental que me llena la garganta y hace que me tiemblen las manos—. Y encima, por si eso no fuera lo suficientemente exasperante, dos minutos antes de que acabe el ensayo, decide que debemos cambiar el arreglo.

—¿Qué pasa con el arreglo?

—Nada. No hay nada malo con el arreglo. Y Mary Jane, la chica que escribió la puta canción, ¡está allí sentada sin decir nada! No sé si es que tiene miedo de Cass, si es que está enamorada de él, o qué leches pasa, pero no ayuda en absoluto. Cada vez que empezamos a pelearnos, se calla, cuando lo que debería hacer es expresar su opinión y tratar de resolver el problema.

Garrett frunce los labios. Es parecido a lo que hace mi abuela cuando está absorta en sus pensamientos. Es adorable, la verdad.

Pero probablemente me mataría si le digo que me recuerda a mi abuela.

—¿Qué piensas? —pregunto cuando veo que no habla.

—Quiero escuchar la canción.

La sorpresa me inunda.

—¿Qué? ¿Por qué?

—Porque has estado parloteando sobre ese tema desde que te conocí.

—¡Pero si esta es la primera vez que saco el tema!

Él responde otra vez agitando la mano de forma impertinente. Empiezo a sospechar que lo hace a menudo.

—Bueno, quiero oírla. Si esta chica, Mary Jane, no tiene lo que hay que tener para hacer una crítica válida, la haré yo. —Se encoge de hombros—. Quizá tu pareja en el dueto, ¿cómo se llamaba?

—Cass.

—Tal vez Cass tiene razón y tú eres demasiado cabezota como para verlo.

—Créeme, no tiene razón.

—Bien, en ese caso, déjame ser yo quien juzgue. Canta las dos versiones de la canción para mí, tal y como está ahora y como Cass quiere que sea. Te diré lo que pienso. Tú tocas algo, ¿no?

Arrugo la frente.

—Que si toco ¿qué?

Garrett resopla y niega con la cabeza.

—Instrumentos.

—Ah. Sí, sí. Piano y guitarra. ¿Por?

—Vuelvo ahora mismo.

Sale de la habitación y escucho el golpe de sus pasos en el pasillo, seguido por el chirrido de una puerta al abrirse. Vuelve con una guitarra acústica en la mano.

—Es de Tuck —explica—. No le importará que toques.

Aprieto los dientes.

—No voy a cantar para ti.

—¿Por qué no? ¿Te da corte o algo así?

—No. Solo que tengo cosas mejores que hacer. —Le lanzo una mirada cargada de intención—. Como ayudarte a que apruebes el examen parcial.

—Ya casi hemos terminado con el postmodernismo. Todas las cuestiones difíciles empiezan en la próxima clase. —Su voz adquiere un punto vacilón—. Venga, tenemos tiempo. Déjame oírla.

A continuación, saca esa sonrisa de niño y vaya que si cedo. El tío ha acabado dominando esa mirada de niño pequeño a la perfección. Pero no es un niño pequeño; es un hombre con un cuerpo grande y fuerte y una barbilla que levanta con determinación. Independientemente de la sonrisa vacilona, sé que Garrett me dará la brasa toda la noche si no accedo a cantar.

Acepto la guitarra y la dejo caer en mi regazo, rasgando las cuerdas para probar. Está afinada, el sonido es un poco más metálico que el de la acústica que tengo en casa, pero suena genial.

Garrett se sube a la cama y se recuesta, con la cabeza apoyada en una montaña de almohadas. Nunca he conocido a nadie que se acueste con tantas almohadas. Igual es que las necesita para envolver su enorme ego.

—De acuerdo —digo—. Así es como lo estamos haciendo ahora. Imagina que hay un tío que se une a mí en el primer estribillo y que luego canta la segunda estrofa.

Conozco a muchos cantantes que son demasiado tímidos como para cantar delante de extraños, pero yo nunca he tenido ese problema. Desde que era una niña, la música siempre ha sido una válvula de escape para mí. Cuando canto, el mundo desaparece. Somos solo la música, yo y una profunda sensación de tranquilidad que nunca he sido capaz de encontrar en ningún otro lugar, por mucho que lo haya intentado con todas mis fuerzas.

Cojo aire, toco los acordes iniciales y empiezo a cantar. No miro a Garrett porque yo ya estoy en otro lugar, perdida en la melodía y en las palabras, totalmente concentrada en el sonido de mi voz y en la resonancia de la guitarra.

Me encanta esta canción. De verdad. Es de una belleza inquietante, e incluso sin la intensa voz de barítono de Cass complementando mi voz, tiene la misma fuerza, la misma emoción desgarradora que Mary Jane ha vertido en la letra.

Casi de inmediato, mi cabeza se despeja y mi corazón parece más ligero. Me siento completa de nuevo, porque la música me hace sentir de esa manera, al igual que lo hizo después de la violación. Cuando la situación me resultaba demasiado agobiante o dolorosa, me sentaba al piano o cogía mi guitarra, y entendía que la felicidad no estaba fuera de mi alcance. Estaba siempre ahí, siempre disponible para mí, siempre y cuando pudiera cantar.

Unos minutos después, la nota final permanece en el aire, como un rastro de perfume dulce, y yo regreso, flotando, al aquí y ahora. Miro a Garrett, pero su rostro no refleja emoción alguna. No sé qué esperaba que hiciese. ¿Felicitarme? ¿Burlarse de mí?

Pero lo que no esperaba era el silencio.

—¿Quieres escuchar la versión de Cass? —digo para cubrirme.

Él asiente con la cabeza. Eso es todo. Un rápido movimiento de cabeza y nada más.

La inexpresividad de su cara me inquieta, así que opto por, esta vez, cerrar los ojos cuando canto. Cambio el puente de la canción donde Cass insistía que debía estar, añado un segundo coro como él decía y, sinceramente, no creo que esté siendo parcial cuando digo que prefiero el original. Esta segunda versión se hace pesada y el coro extra sobra.

Para mi sorpresa, una vez he acabado, Garrett está de acuerdo conmigo.

—Es demasiado larga cuando lo haces así —dice con voz ronca.

—¿A que sí? —Estoy feliz de escucharle dar por buenas mis preocupaciones. Dios sabe que Mary Jane no puede decir lo que piensa delante de Cass.

—Y olvídate del coro. No lo necesita. Vamos, ¡no creo ni que necesites a Cass! —Sacude la cabeza, atónito—. Tu voz es…, joder, Wellsy, es preciosa.

Me arden las mejillas.

—¿Eso crees?

Su expresión apasionada me revela que lo dice completamente en serio.

—Toca otro tema —me ordena.

—Eh. ¿Qué quieres escuchar?

—Lo que sea. No me importa. —Estoy sorprendida por la intensidad de su voz, por la emoción que ahora brilla en sus ojos grises—. Necesito escucharte cantar otra vez.

Uau. Vale. Durante toda mi vida, la gente me ha dicho que tengo talento, pero, aparte de mis padres, nunca nadie antes me había suplicado que le cantase.

—Por favor —dice en voz baja.

Y entonces canto. Esta vez una canción compuesta por mí, pero aún está demasiado cruda, así que acabo cambiando a otra. Toco «Stand By Me». Es la canción favorita de mi madre, la que le canto todos los años por su cumpleaños, y los recuerdos me transportan a ese tranquilo lugar de nuevo.

A mitad de canción, Garrett cierra los ojos. Miro cómo sube y baja constantemente su pecho mientras mi voz se quiebra por la emoción que esconde la letra. Después, le miro a la cara y me fijo en una pequeña cicatriz blanca que tiene en la barbilla y le divide en dos la barba de tres días. Me pregunto cómo se la haría. ¿Jugando al *hockey*? ¿Un accidente cuando era niño?

Sus ojos permanecen cerrados durante el resto de la canción, y cuando toco el último acorde, pienso que debe de estar dormido. Dejo que la última nota desaparezca y suelto la guitarra.

Los ojos de Garrett se abren de repente antes de que pueda levantarme de la cama.

—Oh. Estás despierto. —Trago saliva—. Pensaba que te habías dormido.

Él se incorpora, se sienta y dice con un tono lleno de genuino asombro:

—¿Dónde has aprendido a cantar así?

Me encojo de hombros con torpeza. A diferencia de Cass, soy demasiado modesta como para ensalzar mis destrezas.

—No sé. Es algo que siempre he sido capaz de hacer.

—¿Has ido a clases?

Niego con la cabeza.

—Así que un buen día abriste la boca y ¿te salió *eso?*

Se me escapa una carcajada.

—Pareces mis padres. Solían decir que en el hospital se debieron de equivocar cuando nací y les dieron el bebé que no era. En mi familia nadie tiene ni el más mínimo oído. Siguen sin saber de dónde me viene el gen musical.

—Me tienes que firmar un autógrafo. Así, cuando arrases en los Grammy y te los lleves todos, podré venderlo en eBay y sacarme un pastón.

Dejo escapar un suspiro.

—El negocio de la música es muy difícil, tío. No se sabe, pero es posible que me estrelle si lo intento.

—No lo harás. —La convicción resuena en su voz—. Y por cierto, creo que estás cometiendo un error cantando un dueto en el concierto. Deberías estar sola en el escenario. En serio, si te sientas ahí, con el centro de atención puesto en ti, y cantas como acabas de hacerlo ahora... Todo el público va a tener escalofríos.

Pienso que Garrett podría tener razón. No sobre lo de los escalofríos, pero he cometido un error juntándome con Cass.

—Bueno, es demasiado tarde. Ya me he comprometido.

—Siempre te puedes echar atrás —sugiere.

—De ninguna manera. Eso sería una cabronada.

—Solo estoy diciendo que, si te echas atrás ahora, todavía tienes tiempo de preparar un tema sola. Si esperas demasiado, estarás jodida.

—No puedo hacer eso. —Lp miro desafiante—. ¿Dejarías colgados a tus compañeros de equipo si contaran contigo?

Él contesta sin dudarlo.

—Nunca.

—Entonces, ¿qué te hace pensar que yo haría eso?

—Que Cass no es tu compañero de equipo —dice Garrett en voz baja—. Por lo que parece, él ha estado trabajando exclusivamente contra ti desde el principio.

Una vez más, me temo que tiene razón, pero lo cierto es que es demasiado tarde para hacer un cambio. Me he comprometido al dueto y ahora tengo que seguir adelante con él.

—Acordé cantar con él —le digo con firmeza—. Y mi palabra tiene valor. —Miro el reloj despertador de Garrett y maldigo cuando me doy cuenta de la hora que es—. Me tengo que ir. Mi taxi probablemente esté esperando fuera. —Me bajo rápidamente de la cama—. Antes tengo que ir a hacer pis.

Suelta una risita.

—Demasiada información.

—La gente hace pis, Garrett. Asúmelo.

Cuando salgo del baño un minuto más tarde, Garrett tiene en su cara la expresión más inocente del planeta. Así que, por supuesto, desconfío al instante. Miro los libros esparcidos sobre la cama, después miro mi bandolera que he dejado en el suelo. Nada parece fuera de lugar.

—¿Qué has hecho? —exijo.

—Nada —dice con tranquilidad—. Por cierto, tengo un partido mañana por la noche, así que nuestra próxima clase tendrá que ser el domingo. ¿Te parece bien? ¿Por la tarde?

—Sin problema —le respondo, pero todavía no puedo ignorar la sospecha de que trama algo.

Pero hasta que no entro en mi habitación en la residencia quince minutos más tarde, no descubro que mis sospechas estaban justificadas. Abro la boca de par en par con indignación cuando entra un mensaje de Garrett.

> **Él:** Confieso: He eliminado todos los temas de One Direction de tu iPod cuando estabas en el baño. De nada.

> **Yo:** Cómo??!! Te voy a besar!

> **Él:** Con lengua?

Me lleva un segundo darme cuenta de lo que ha pasado y me muero totalmente de la vergüenza.

> **Yo:** Matar! Quería decir MATAR. Mierda de corrector.

> **Él:** Claaaaaro. Ahora le echamos la culpa al corrector.

Yo: Para.

Él: Creo que alguien quiere darme un beso.

Yo: Bs noches, Graham.

Él: Seguro que no quieres volver a casa? Así ejercitamos un poco nuestra lengua.

Yo: Puaj. Jamás.

Él: Ya, ya. PS: mira tu email. Tienes un zip con música. Música d verdad.

Yo: Q va directo a la papelera…

Sonrío para mis adentros mientras envío el mensaje y Allie elige justo ese momento para entrar en mi habitación.

—¿Con quién te escribes? —Está bebiendo uno de sus desagradables zumos y la pajita se sale de su boca cuando pega un gritito—. ¡Ostras! ¿Es Justin?

—Naah, solo Graham. Se está comportando como un idiota pesado, como de costumbre.

—¿Y eso? ¿Es que ahora sois amigos? —se burla.

Vacilo. Estoy a punto de negarlo, pero no parece coincidir con la realidad cuando recuerdo que he pasado las últimas dos horas confesándole mis problemas con Cass a Garrett y luego cantándole canciones como si fuera un mariachi. Y para ser honestos, a pesar de lo insoportable que es a veces, Garrett Graham no es tan malo como pensaba.

Así que le devuelvo una sonrisa de leve arrepentimiento y digo:

—Sí. Supongo que lo somos.

Greg Braxton es una bestia. Estoy hablando de un tío de uno noventa y cinco y cien kilos de pura potencia, y del tipo de velocidad y precisión que le llevará a firmar un suculento contrato con un equipo de la Liga Nacional de Hockey en el futuro. Bueno, solo si la liga está dispuesta a pasar por alto todo el tiempo que se sienta en el banquillo de expulsados. Estamos en el segundo tiempo y a Braxton ya le han pitado tres penaltis; uno de ellos tiene como resultado un gol, cortesía de Logan, quien a continuación pasa por delante del banquillo de expulsados para hacerle un gesto de chulería a Braxton. Craso error, porque ahora Braxton está en el hielo y tiene hambre de venganza.

Me golpea contra la valla con tanta fuerza que sacude cada hueso de mi cuerpo, pero por suerte consigo pasar el disco y sacudo las estrellas que dan vueltas por mi cabeza a tiempo para ver a Tuck batir, con un tiro de muñeca, al portero del St. Anthony. El marcador se ilumina y ni los gemidos ni los abucheos de la multitud disminuyen la sensación de victoria que corre por mis venas. Los partidos fuera de casa nunca son tan estimulantes como los que se juegan en casa, pero yo me alimento de la energía de la multitud, incluso cuando es negativa.

Cuando el timbre señala el final del segundo tiempo, vamos a los vestuarios ganando por 2-0 al St. Anthony. Todo el mundo está de subidón, porque no nos han marcado un gol en dos tiempos, pero el entrenador Jensen no nos permite celebrarlo. No importa que vayamos ganando, nunca nos deja olvidar lo que estamos haciendo mal.

—¡Di Laurentis! —le grita a Dean—. Estás dejando que el 34 te zarandee por ahí como una muñeca de trapo! Y tú —el entrenador mira a uno de nuestros defensores de segundo curso—. ¡A ti se te han escapado DOS veces! Tu trabajo consiste en ser la sombra de esos gilipollas. ¿Has visto el golpe que Logan ha lanzado al empezar el segundo tiempo? Espero ese tipo de juego físico de ti, Renaud. No quiero ver más cargas de cadera de gatito. ¡Dales como un león, chaval!

Cuando el entrenador se va hacia el otro extremo del vestuario para repartir más críticas, Logan y yo intercambiamos sonrisas. Jensen es duro que te cagas, pero es muy bueno en su trabajo. Felicita cuando los elogios son merecidos, aunque la mayoría de las veces, nos aprieta fuerte y nos hace mejores.

—Vaya hostiazo te ha dado. —Tuck me lanza una mirada compasiva cuando me levanto la camiseta para examinar con cuidado mi costado izquierdo.

Braxton me ha golpeado pero bien y ya veo cómo mi piel adquiere un tono azulado. Me va a dejar un moratón cojonudo.

—Sobreviviré —respondo encogiéndome de hombros.

El entrenador da una palmada para señalar que es hora de volver al hielo; nos quitamos los protectores de cuchillas y formamos una línea en el túnel.

Cuando salgo al hielo, siento su mirada clavada en mí. No lo busco, pero sé que si lo hago, lo encontraré: mi padre, sentado en su asiento habitual en la parte superior de las gradas, con su gorra de los Rangers calada hasta los ojos y los labios apretados en una línea tensa.

El campus de St. Anthony no está demasiado lejos de Briar, lo que significa que mi padre solo ha tenido que conducir una hora para llegar hasta aquí desde Boston. Pero incluso si jugáramos un partido de fin de semana, durante la tormenta de nieve del siglo, a horas de Boston, también estaría en el campo. Mi viejo nunca se pierde un partido.

Phil Graham, leyenda del *hockey* y padre orgulloso.

Sí, ya. Y una mierda.

Yo sé muy bien que no viene a los partidos para ver jugar a su hijo. Viene a ver cómo juega una extensión de sí mismo.

A veces me pregunto qué hubiera pasado si yo fuese una puta mierda en el hielo. ¿Y si no se me diera bien patinar? ¿O disparar? ¿Y si hubiese salido escuálido como un alfiler y con la coordinación de una caja de Kleenex? ¿O si me hubiese molado el arte o la música o la ingeniería química?

Probablemente le habría dado un infarto. O tal vez habría convencido a mi madre para darme en adopción.

Me trago el sabor acre de la amargura y me uno a mis compañeros de equipo.

«Bloquéalo de tu mente. Él no es importante. Él no está aquí».

Es lo que me recuerdo a mí mismo cada vez que subo la valla y planto los patines sobre el hielo. Phil Graham no es nada para mí. Dejó de ser mi padre hace mucho tiempo.

El problema es que mi mantra no es infalible. Puedo bloquearlo en mi mente, sí, y no es importante para mí, ¡por supuesto! Pero él *sí* está aquí. Él siempre está aquí. Maldita sea.

El tercer tiempo es intenso. Los del St. Anthony juegan a saco, desesperados por evitar quedar a cero. Atacan a Simms desde el primerísimo segundo, mientras que Logan y Hollis salen frenéticamente a evitar que la línea de ataque del St. Anthony se abalance hasta nuestra red.

El sudor me gotea por la cara y el cuello mientras mi línea —Tuck, uno de cuarto apodado Birdie y yo— va la ataque. La defensa del St. Anthony es de chiste. Los defensores delegan en sus delanteros para que marquen, en su portero para que detenga los disparos y, gracias a su ineptitud, permiten que entren en su zona. Logan se pelea con Braxton detrás de nuestra red y sale victorioso. Su pase conecta con Birdie, que va a la velocidad del rayo cuando se precipita hacia la línea azul. Birdie le pasa el disco a Tucker y los tres volamos hasta el territorio enemigo —somos tres contra dos—, echándonos encima de los terribles defensores que no saben ni de dónde les ha venido el golpe.

El disco vuela en mi dirección y el rugido de la multitud late en mi sangre. Braxton se aproxima por el hielo para atacar; yo estoy en su punto de mira, pero no soy estúpido. Le paso el disco a Tuck, cargando con la cadera a Braxton mientras mi compañero de equipo engaña al portero, finge que va a tirar, me vuelve a pasar el disco y disparo un tiro directo a portería.

Mi tiro entra con un zumbido en la red y el temporizador se queda a cero. Ganamos 3-0 al St. Anthony.

Hasta el entrenador está de buen humor cuando caminamos en fila hacia el vestuario después del tercer tiempo. El otro equipo no nos ha metido ni un gol, hemos parado a la bestia que es Braxton y hemos sumado una segunda victoria a nuestro expediente. Todavía estamos al principio de la temporada, pero todo lo que vemos en este momento es a nosotros mismos de campeones.

Logan se deja caer en el banco junto a mí y se inclina para desatarse los patines.

—Entonces, ¿cuál es la movida con tu profesora particular? —Su tono es absolutamente informal, pero lo conozco bien y no hay nada informal en la pregunta.

—¿Wellsy? ¿Qué pasa con ella?

—¿Está soltera?

La pregunta me pilla desprevenido. Logan se siente atraído por las chicas delgadas como un alfiler y más dulces que el azúcar. Hannah, con sus interminables curvas y su rollo de listilla al cien por cien, no se ajusta a ninguno de los requisitos.

—Sí —le digo con cautela—. ¿Por?

Se encoge de hombros. Todo superinformal de nuevo. Y, también de nuevo, sé perfectamente lo que quiere.

—Está muy buena. —Hace una pausa—. ¿Te la estás tirando?

—No. Y tú tampoco lo harás. Tiene los ojos puestos en un gilipollas.

—¿Están juntos?

—Naah.

—En ese caso hay vía libre con ella, ¿no?

Me pongo rígido, solo un poco, y no creo que Logan se dé cuenta. Por suerte, Kenny Simms, nuestro *crack* de portero, se dirige hacia nosotros y pone fin a la conversación.

No sé muy bien por qué de repente estoy tan inquieto. No me mola Hannah en ese sentido, pero la idea de ella y Logan enrollándose me incomoda. Tal vez porque sé lo zorrón que puede ser Logan. No podría ni contar el número de veces que he visto a una chica hacer el paseo de la vergüenza saliendo de su dormitorio.

Me cabrea imaginarme a Hannah saliendo a escondidas de su habitación con el pelo alborotado por el sexo y los labios inflamados. Yo no lo esperaba, pero la verdad es que me mola. Me mantiene todo el rato alerta y anoche cuando la oí cantar... JO-DER. He oído las palabras «tonalidad» y «timbre» en el programa *American Idol,* pero no sé una mierda de los aspectos técnicos de canto. Lo que sí sé es que la voz rasgada de Hannah me dio escalofríos.

Expulso todos los pensamientos sobre Hannah de mi cabeza cuando llego a las duchas. Todo el mundo está de subidón por la victoria, pero esta es la parte de la noche que temo. Gane o pierda, sé que mi padre estará esperando en el aparcamiento cuando vayamos al autobús del equipo.

Dejo el estadio con el pelo húmedo de la ducha y la bolsa de *hockey* colgada del hombro. Efectivamente, mi viejo está ahí. De pie, cerca de una fila de coches, con la cazadora de plumas con la cremallera hasta el cuello y la gorra cubriéndole los ojos.

Logan y Birdie están a mi lado, pavoneándose de nuestro triunfo, pero este último se detiene en seco cuando ve a mi padre.

—¿Vas a saludar? —murmura. El toque ansioso de su voz no me pasa desapercibido. Mis compañeros de equipo no entienden por qué coño no le voy soltando a todo el mundo que mi padre es *él,* Phil Graham. Ellos piensan que es un dios, así que supongo que tener la suerte de que él me engendrara me convierte en un semidiós. Cuando llegué por primera vez a Briar, solían acosarme por un autógrafo suyo, pero me inventé la historia de que mi padre es extremadamente celoso de su privacidad y, afortunadamente, han dejado de agobiarme con que se lo presente.

—No. —Sigo caminando hacia el autobús y giro la cabeza justo cuando paso junto a mi viejo.

Nuestras miradas se encuentran por un momento, y él asiente con la cabeza.

Solo una leve inclinación de cabeza, y luego se da la vuelta y camina lentamente hacia su brillante todoterreno plateado.

Es la misma rutina de siempre. Si ganamos, me llevo un movimiento de cabeza. Si perdemos, no me llevo nada.

Cuando era más joven, si perdíamos, al menos fingía ser un padre compasivo, me soltaba una sonrisa falsa de apoyo o una palmadita de consuelo en la espalda si alguien nos miraba. Pero en el momento en el que nos quedábamos solos, se acababan las contemplaciones.

Me subo al autobús con mis compañeros de equipo y suspiro de alivio cuando el conductor sale del aparcamiento y dejamos a mi padre en nuestro espejo retrovisor.

De repente me doy cuenta de que, dependiendo de cómo vaya el examen de Ética, puede que ni siquiera juegue el próximo fin de semana. Sin duda, eso al viejo no le hará nada feliz.

Lo bueno es que no me importa una mierda lo que él piense.

Mi madre me llama el domingo por la mañana para nuestra charla telefónica semanal, algo que llevo días esperando. No es habitual que tengamos tiempo para hablar entre semana, porque estoy en clase todo el día, ensayando por las noches y durmiendo cuando mi madre termina su turno de noche en el supermercado.

Lo peor de vivir en Massachusetts es no poder ver a mis padres. Les echo mogollón de menos, pero, al mismo tiempo, necesitaba irme muy muy lejos de Ransom, en Indiana. Solo he vuelto una vez desde que acabé el instituto y después de esa visita, todos estuvimos de acuerdo en que lo mejor era que no volviera a casa nunca más. Mis tíos viven en Filadelfia, así que mis padres y yo volamos ahí para Acción de Gracias y Navidad. El resto del tiempo hablo con ellos por teléfono o, si tengo suerte, ahorran el dinero necesario y vienen a verme.

No es la situación ideal, pero entienden por qué no puedo ir a casa, y yo no solo entiendo por qué no pueden marcharse de ahí, sino también que es culpa mía. También sé que pasaré el resto de mi vida tratando de compensarles.

—Hola, cariño. —La voz de mi madre se desliza en mi oído como un cálido abrazo.

—Hola, mamá. —Todavía estoy en la cama, acurrucada, envuelta en mi edredón y mirando al techo.

—¿Cómo te ha ido en el parcial de Ética?

—He sacado un 10.

—¡Eso es maravilloso! ¿Ves?, te dije que no tenías de qué preocuparte.

—Créeme. Sí que lo tenía. La mitad de la clase ha suspendido. —Me giro a un lado y descanso el teléfono en mi hombro—. ¿Qué tal está papá?

—Bien. —Hace una pausa—. Haciendo horas extras en la fábrica, pero...

Mi cuerpo se tensa.

—¿Pero qué?

—Pero no parece que vayamos a poder ir a casa de la tía Nicole por Acción de Gracias, cariño.

El dolor y el remordimiento en su voz me cortan como un cuchillo. Las lágrimas me escuecen en los ojos, pero parpadeo para evitarlas.

—Ya sabes que teníamos que arreglar la gotera del tejado y nuestros ahorros se han resentido —dice mamá—. No tenemos suficiente dinero para los billetes de avión.

—¿Por qué no vais en coche? —pregunto sin mucha convicción—. No es tanto tiempo. —¡Qué va! «Solo» quince horas. No es mucho tiempo para nada.

—Si hacemos eso, tu padre tendrá que pedir días libres y no puede permitirse el lujo de renunciar a esas horas.

Me muerdo el labio para mantener las lágrimas a raya.

—Tal vez yo pueda... —Calculo rápidamente cuántos ahorros tengo. Está claro que no es suficiente para tres billetes de avión a Filadelfia.

Pero sí que es suficiente para un billete a Ransom.

—Puedo volar yo a casa —susurro.

—No. —Su respuesta es rápida y tajante—. No tienes por qué hacer eso, Hannah.

—Solo es un fin de semana. —Estoy intentando convencerme a mí misma, no a ella. Intentando ignorar el pánico que sube a mi garganta y me ahoga cuando pienso en volver allí—. No tenemos que salir al centro ni ver a nadie. Simplemente, puedo quedarme en casa contigo y con papá.

Hay otra larga pausa.

—¿Es eso lo que realmente quieres? Porque si es así, nosotros te damos la bienvenida con los brazos abiertos, ya lo sabes, cariño. Pero si no estás al cien por cien cómoda con la idea, quiero que te quedes en Briar.

¡¿Cómoda?! No estoy segura de poder sentirme cómoda en Ransom nunca más. Ya era una apestada antes de irme y la única vez que volví de visita, mi padre acabó en el calabozo por agresión. Así que la respuesta es «no», volver a casa es casi tan tentador como cortarme el brazo y arrojárselo a los lobos.

Mi silencio, aunque breve, es toda la respuesta que mi madre necesita.

—No vas a volver —dice con severidad—. A papá y a mí nos encantaría verte en Acción de Gracias, pero no voy a anteponer mi propia felicidad a la tuya, Hannah. —Su voz se quiebra—. Ya es bastante malo que todavía sigamos viviendo en este pueblo olvidado de Dios. No hay ninguna razón para que vuelvas a poner un pie aquí de nuevo.

Sí, no hay ninguna razón para que haga eso, excepto *mis padres*. Sí, ellos, las personas que me criaron, que me aman incondicionalmente, que estuvieron a mi lado mientras yo pasaba por la experiencia más horrible de mi vida.

Y que ahora están atrapados en un lugar donde todo el mundo los desprecia por mi culpa.

Dios, quiero liberarlos de ese pueblo. Me siento superculpable de haber podido salir de allí y, peor aún, de dejarlos atrás. Están pensando en mudarse en cuanto puedan, pero el mercado inmobiliario está en una mala racha, y con la segunda hipoteca que pidieron para pagar los honorarios de los abogados, se arruinarían si intentaran vender la casa ahora. Y aunque las reformas que está haciendo mi padre van a incrementar el valor de la casa, también le están vaciando el bolsillo en el proceso.

Me trago el nudo que tengo en la garganta, deseando con todas mis fuerzas que las circunstancias fueran diferentes.

—Te enviaré el dinero que tengo ahorrado —susurro—. Para que pagues un poco de la hipoteca.

Que no se oponga a mi ofrecimiento me dice que están en una posición aún peor de la que cuenta.

—Y si gano la beca con el concierto —agrego—, podré pagar la residencia y el comedor del año que viene para que tú y papá no tengáis que asumirlo. —Sé que eso les ayudaría incluso más; la beca que me dieron en Briar solo cubre la matrícula. Mis padres han estado ocupándose de los demás gastos.

—Hannah, no quiero que te preocupes por el dinero. Tu padre y yo estaremos bien, te lo prometo. En cuanto acabemos las reformas en casa, estaremos en una situación mucho mejor para venderla. Y, mientras tanto, quiero que disfrutes de la universidad, cariño. Deja de preocuparte por nosotros y empieza a centrarte en ti. —Su tono se vuelve alegre—. ¿Hay algún novio nuevo del que me quieras hablar?

Sonrío para mis adentros.

—No.

—Oh, vamos, tiene que haber alguien que te interese.

Mis mejillas se calientan cuando pienso en Justin.

—Bueno. Hay uno. A ver, que no estamos saliendo ni nada, pero vamos, yo no me opondría. Si él quisiera.

Mamá se ríe.

—Pues pídele salir.

¿Por qué todo el mundo piensa que eso me resultaría tan fácil?

—Sí, quizá. Ya me conoces, me gusta tomarme las cosas con calma. —O, mejor dicho, no me gusta tomármelas de ninguna manera. No he tenido ni una sola cita desde que Devon y yo lo dejamos el año pasado.

Cambio rápidamente de tema.

—Háblame de ese nuevo encargado del que te quejabas en el último correo electrónico. Parece que te está volviendo loca.

Charlamos sobre el trabajo de cajera de mi madre un rato, aunque me duele como una puñalada oírle hablar de eso. Ella era maestra en la escuela de primaria, pero después de mi escándalo, la despidieron, y los hijos de puta del sistema escolar encontraron un resquicio legal para acabar pagándole la indemnización más cutre posible. Algo que fue directamente al montón de deuda de mi familia y que apenas se notó.

Mamá me habla de la nueva obsesión de mi padre por las maquetas de aviones, me cuenta las travesuras de nuestro perro y me aburre con los detalles de la huerta que va a plantar en primavera. Algo notablemente ausente de la conversación es cualquier mención a amigos o cenas en el centro o celebraciones de la comunidad por las que todos los pueblos pequeños son conocidos. Y eso es porque, como yo, mis padres también son los apestados del pueblo.

Al contrario que yo, no salieron corriendo de Indiana como si tuvieran un petardo en el culo.

En mi defensa tengo que decir que yo necesitaba desesperadamente un nuevo comienzo.

Ojalá ellos también hubiesen podido tener uno.

Cuando cuelgo, estoy atrapada entre una alegría inmensa y una profunda tristeza. Me encanta hablar con mi madre, pero saber que no voy a verla ni a ella ni a papá en Acción de Gracias me da ganas de llorar.

Afortunadamente, Allie viene a mi cuarto antes de que pueda rendirme a la tristeza y termine de pasar el resto del día llorando en la cama.

—Hola —dice alegremente—. ¿Quieres desayunar en el centro? Tracy dice que podemos coger su coche.

—Solo si vamos a cualquier lugar que no sea el Della. —No hay nada peor que comer en el sitio en el que se trabaja, sobre todo porque la mayoría de las veces Della me lía para que me quede ahí durante un turno.

Allie resopla.

—No hay otro sitio en el que den desayunos. Pero vale. Vamos al comedor.

Salto de la cama y Allie se lanza a ella justo a continuación, estirándose sobre el edredón mientras voy hacia la cómoda para coger algo que ponerme.

—¿Con quién hablabas por teléfono? ¿Tu madre?

—Sí. —Deslizo un suéter azul, muy suave, por la cabeza y estiro el borde inferior—. No puedo verlos en Acción de Gracias.

—Oh, cuánto lo siento, preciosa. —Allie se sienta—. ¿Por qué no vienes a Nueva York conmigo?

Es una oferta tentadora, pero le prometí a mi madre que le enviaría dinero y no quiero dejar a cero mi cuenta de ahorros, fundiéndomelo todo en un billete de tren y en un fin de semana en Nueva York.

—No me lo puedo permitir —respondo con tristeza.

—Qué mierda. Te pagaría el billete si pudiera, pero no tengo pasta desde el viaje a México que Sean y yo hicimos en primavera.

—De todas formas, no permitiría que lo pagases por mí. —Sonrío—. Seremos artistas muertas de hambre cuando nos licenciemos, ¿recuerdas? Tenemos que ahorrar cada centavo que podamos.

Ella me saca la lengua.

—De ninguna manera. Seremos famosas desde el segundo que salgamos por la puerta. Tú firmarás un contrato discográfico de varios discos y yo seré la protagonista de una comedia romántica junto a Ryan Gosling, quien, por cierto, caerá perdidamente enamorado de mí. Después acabaremos yéndonos a vivir a una casa en la playa de Malibú.

—¿Tú y yo?

—No, ¡Ryan y yo! Pero puedes venir a visitarnos. Ya sabes, cuando no estés por ahí de marcha con Beyoncé y Lady Gaga.

Me río.

—Tus fantasías sí que son ambiciosas.

—Ese es nuestro futuro, ya verás.

Espero de verdad que así sea, sobre todo por Allie. Está pensando en mudarse a Los Ángeles nada más licenciarse y, si soy sincera, me la puedo imaginar perfectamente de protagonista en una comedia romántica. No es que sea guapa a lo Angelina Jolie, pero es muy mona, con mucha frescura y un ritmo para la comedia que iría perfecto en uno de esos papeles románticos. Lo único que me preocupa es…, bueno, que es demasiado blanda. Allie Hayes es, de lejos, la persona más compasiva que he conocido. Rechazó ir gratis al programa de teatro de UCLA porque no quería marcharse de la costa este; su padre tiene esclerosis múltiple y quería ser capaz de llegar a Nueva York en cualquier momento si alguna vez la necesitaba.

A veces tengo miedo de que Hollywood se la vaya a comer viva, pero su fortaleza es tan grande como su dulzura, y también es la persona más ambiciosa que he conocido jamás, así que si alguien puede conseguir que sus sueños se hagan realidad, esa es Allie.

—Me lavo la cara y los dientes y nos vamos. —Giro la cabeza cuando voy hacia la puerta de mi dormitorio—. ¿Estás por aquí esta noche? Doy clase hasta las seis, pero quizá después podríamos ver algunos capítulos de *Mad Men*.

Niega con la cabeza.

—Voy a cenar con Sean. Probablemente me quede a dormir en su casa esta noche.

Una sonrisa estira mis labios.

—Así que os lo estáis tomando en serio otra vez, ¿eh? —Allie y Sean han roto tres veces desde primero de carrera, pero los dos siempre parecen querer terminar en los brazos del otro.

—Creo que sí —admite mientras me sigue hasta la sala que tenemos en común—. Los dos hemos crecido mucho desde la última ruptura. Pero no pienso en el futuro. Estamos bien en este momento y eso es suficiente para mí. —Me guiña un ojo—. Eso y que el sexo increíblemente fantástico no hace daño.

Saco fuerzas para otra sonrisa, pero, en el fondo, no puedo evitar preguntarme cómo será eso. La parte fantástica que tiene el sexo.

Mi vida sexual no han sido exactamente cohetes, arcoíris y fuegos artificiales. Ha sido miedo, enfado y años de terapia y, cuando por fin estuve lista para probar suerte otra vez, sin duda no funcionó como yo quería. Dos años después de la violación, me acosté con un estudiante de primero de carrera que conocí en una cafetería en Filadelfia, cuando estaba de visita en casa de mi tía. Pasamos todo el verano juntos, pero el sexo era torpe y carente de pasión. Al principio pensé que tal vez simplemente no había química entre nosotros…, hasta que sucedió lo mismo con Devon.

Devon y yo teníamos esa química que podría hacer arder una habitación. Estuve ocho meses con él, sintiendo una loca atracción, pero daba igual lo mucho que lo intentara; yo no era capaz de ir más allá de mi… Vale, llamaré a las cosas por su nombre: mi disfunción sexual.

No era capaz de tener un orgasmo con él.

Me entra una vergüenza que te cagas simplemente con pensar en ello. Y es aún más humillante cuando me acuerdo de lo frustrante que todo era para Devon. Él intentó complacerme. Y vaya si lo intentó. Y no es que yo no pueda tener orgasmos por mi cuenta, porque sí que puedo. Perfectamente. Pero no podía hacer que sucediera con Devon, y con el tiempo se cansó de tantísimo esfuerzo y de no ver ningún resultado.

Así que me dejó.

No lo culpo. Debe de ser un golpe muy fuerte para tu hombría que tu novia no disfrute de la vida sexual que le das.

—Ey, estás pálida como la leche. —El tono preocupado de Allie me pega una sacudida y me trae de nuevo al presente—. ¿Estás bien?

—Sí, sí —aseguro—. Lo siento, se me ha ido la olla un momento.

Su mirada azul se enternece.

—Estás muy disgustada por no poder ver a tus padres por Acción de Gracias, ¿no?

Rápidamente me agarro a lo que dice y asiento.

—Justo eso. Es una mierda. —Me las apaño para encogerme de hombros—. Pero los veré en Navidad. Al menos, algo es algo.

—No es algo, es todo —dice con firmeza—. Ahora cepíllate los dientes y ponte guapa, nena. Tendré café esperando cuando vuelvas.

—¡Uau! Eres la mejor mujercita del mundo.

Ella sonríe.

—Solo por decir eso, voy a escupir en tu café.

CAPÍTULO 11

GARRETT

Hannah llega sobre las cinco con una parka gruesa con capucha de pelo y guantes de color rojo brillante. La última vez que miré, no había ni un copo de nieve en el suelo, pero ahora me pregunto si es posible que me haya quedado dormido y haya habido una tormenta de nieve durante mi siesta.

—¿Llegas ahora de Alaska? —pregunto mientras se baja la cremallera de la abultada parka.

—No. —Suspira—. Llevo el abrigo de invierno porque no encontraba el otro. Pensé que quizá me lo había dejado aquí. —Analiza mi dormitorio—. Pero supongo que no. Puf. Espero no habérmelo dejado en el aula de música. Sé que una de esas chicas de primero me lo robaría y me encanta ese abrigo.

Suelto una risita.

—¿Cuál es tu excusa para los guantes?

—Tenía las manos frías. —Ella ladea la cabeza—. ¿Cuál es tu excusa para la bolsa de hielo?

De repente caigo en que todavía sostengo una bolsa de hielo en el costado, justo donde el gigante cuerpo de Greg Braxton se estrelló contra mí. El moratón que tengo es la hostia y Hannah suelta un gritito ahogado cuando levanto la camiseta y le enseño el círculo morado del tamaño de un puño.

—¡Oh, Dios! ¿Eso te ha pasado en el partido?

—Sí. —Me deslizo fuera de la cama y voy hacia mi escritorio para coger los libros de Ética—. St. Anthony tiene al Increíble Hulk en su equipo. Le pirra darnos de hostias.

—No puedo creer que te expongas a esto de forma voluntaria —dice con asombro—. Es imposible que merezca la pena, ¿no?

—Sí que merece la pena. Créeme. Unos cuantos rasguños y moratones no son nada en comparación con la emoción de estar en el hielo. —La miro—. ¿Sabes patinar?

—No mucho. A ver, he patinado. Pero por lo general solo se tiene que ir en círculos por la pista. Nunca he tenido que coger un palo e ir persiguiendo un disco.

—¿Eso es lo que piensas que es el *hockey*? —le pregunto con una sonrisa—. ¿Coger un palo y perseguir un disco?

—Por supuesto que no. Sé que requiere un buen número de diferentes destrezas y que es muy intenso para el espectador —admite.

—Es intenso para el jugador.

Se sienta en el borde de la cama e inclina la cabeza con curiosidad.

—¿Siempre has querido jugar? ¿O es algo a lo que te ha obligado tu padre?

Me tenso.

—¿Qué te hace pensar eso?

Hannah se encoge de hombros.

—Alguien me dijo que tu padre es algo así como una superestrella del *hockey*. Sé que hay muchos padres por ahí que obligan a sus hijos a seguir sus pasos.

Mis hombros se ponen aún más rígidos. Me sorprende que no haya sacado el tema de mi padre antes —dudo que haya alguien en Briar que no sepa que soy hijo de Phil Graham—, pero también estoy sorprendido de lo perspicaz que es. Nadie me ha preguntado antes si de verdad disfruto jugando al *hockey*. Simplemente, todos asumen que debe de encantarme porque mi padre jugaba.

—Él me metió en esto —confieso con voz ronca—. Llevo patinando desde antes de empezar primaria, pero seguí jugando porque me encanta.

—Eso está bien —dice en voz baja—. Creo que es importante hacer lo que a uno le encanta.

Tengo miedo de que vaya a hacer más preguntas sobre mi padre, así que me aclaro la garganta y cambio de tema.

—Y ¿con qué filósofo empezamos hoy? ¿Hobbes o Locke?

—Elige tú. Los dos son muy aburridos.

Me río.

—¡Buen método para que lo coja con ganas, Wellsy!

Pero tiene razón. La siguiente hora es brutal y no solo por las teorías, abrumadoramente aburridas. Tengo un agujero enorme en el estómago porque me quedé dormido durante la hora de la comida, pero me niego a poner fin a la clase hasta que no domine los temas. La otra vez que me preparé el parcial, me centré únicamente en los puntos principales, pero Hannah me hace analizar hasta el último detalle. También me obliga a reformular cada teoría, lo que, tengo que admitir, facilita mi comprensión de toda esta mierda enrevesada que estamos estudiando.

Una vez desenmarañado todo, Hannah me hace preguntas de todo lo que hemos leído en los últimos días y, cuando está satisfecha al ver que sé las cosas, cierra la carpeta y asiente con la cabeza.

—Mañana empezaremos a aplicar las teorías a dilemas éticos reales.

—Suena bien. —Mi estómago se queja a tal volumen que prácticamente sacude las paredes. Pongo una mueca de dolor.

Resopla.

—¿Tienes hambre?

—Me muero de hambre. Tuck es el que cocina en casa, pero esta noche ha salido, así que iba a pedir una *pizza*. —Dudo—. ¿Te apetece quedarte? ¿Comemos un poco de *pizza* y podemos ver alguna peli o algo?

Parece sorprendida por la invitación. A mí también me sorprende, pero, sinceramente, no me importaría tener compañía. Logan y los demás han salido a una fiesta, pero yo no estaba de humor para acompañarlos. He leído todos los temas de las clases que había que leerse y no tengo nada que hacer esta noche.

—¿Qué quieres ver? —pregunta con cautela.

Señalo con un gesto la pila de Blu-rays que hay junto al televisor.

—Dean acaba de comprar todas las temporadas de *Breaking Bad*. Todo el rato pienso en lo que me apetece verla, pero nunca tengo tiempo.

—¿Es la serie sobre el traficante de heroína?

—Fabricante de metanfetamina. He oído que es la polla.

Hannah se pasa los dedos por el pelo. Parece reacia a quedarse, pero también reacia a irse.

—¿Qué más tienes que hacer esta noche? —pregunto.

—Nada —dice con tristeza—. Mi compañera de cuarto va a pasar la noche en casa de su novio, así que iba a ver la tele igualmente.

—Pues hazlo aquí. —Cojo el móvil—. ¿De qué quieres la *pizza*?

—Eh… champiñones. Y cebolla. Y pimiento verde.

—Básicamente, todos los ingredientes aburridos que hay, ¿no? —Niego con la cabeza—. Vamos a pedirla de beicon, salchichas y extra de queso.

—¿Por qué te molestas en preguntarme qué quiero si no vas a pedir nada de eso?

—Porque esperaba que tuvieras mejor gusto.

—Siento que las verduras te parezcan aburridas, Garrett. Pégame un toque cuando pilles escorbuto, ¿vale?

—El escorbuto es una deficiencia de vitamina C. Las *pizzas* no llevan luz solar ni naranjas, cariño.

Al final, cedo y pido dos *pizzas,* una con los superaburridos ingredientes de Hannah y la otra hasta arriba de carne y queso. Tapo el costado del móvil y la miro.

—¿Coca-Cola *light?*

—¿Qué pasa? ¿Tengo pinta de ñoña? Coca-Cola normal, por favor.

Me río entre dientes mientras hago el pedido, y a continuación pongo el primer disco de *Breaking Bad.* Llevamos veinte minutos de capítulo cuando suena el timbre de la puerta.

—Uau. El repartidor de *pizza* más rápido de la historia —comenta Hannah.

Mi estómago no protesta lo más mínimo. Voy abajo y cojo la comida. Después paso un momento por la cocina para coger el rollo de papel de cocina y una botella de Bud *Light* de la nevera. En el último segundo, cojo una botella extra por si a Hannah le apetece.

Pero cuando se la ofrezco en la habitación, ella niega con vehemencia con la cabeza.

—No, gracias.

—¿Qué? ¿Eres tan mojigata como para no tomarte una birra?

La incomodidad brilla en sus ojos.

—No bebo mucho, ¿vale?

Me encojo de hombros y abro la cerveza; le doy un buen trago mientras Hannah arranca un pedazo de papel del rollo y saca un trozo pringoso de *pizza* cubierto de verduras de la caja.

Nos acomodamos en la cama para comer, ninguno de nosotros habla cuando le doy al *play* de nuevo. El capítulo piloto es increíble y Hannah no se opone cuando hago clic en el siguiente.

Hay una mujer en mi habitación y ninguno de los dos está desnudo. Es extraño. Pero mola. No hablamos mucho durante el capítulo —estamos demasiado absortos por lo que sucede en la pantalla—, pero en cuanto acaba el segundo episodio, Hannah se vuelve hacia mí y abre la boca.

—Oh, Dios, ¿te imaginas no saber que tu marido fabrica metanfetamina? Pobre Skylar.

—Sin duda, acabará descubriéndolo.

Hannah resopla.

—Oye. ¡*Spoilers* no!

—No es un *spoiler* —protesto—. Es una suposición.

Se relaja.

—Vale, vale.

Coge su lata de Coca-Cola y toma un buen trago. Ya me he zampado mi *pizza,* pero Hannah solo lleva la mitad, así que le robo un trozo y le doy un bocado.

—Ohhhh, ¡mira quién se está comiendo mi aburrida *pizza!* A eso lo llamo yo ser un hipócrita.

—Yo no tengo la culpa de que comas como un pajarito, Wellsy. No puedo permitir que la comida se eche a perder.

—¡Me he comido cuatro trozos!

—Sí, la verdad es que eso te convierte en una cerda total en comparación con las chicas que conozco. Lo máximo que comen es la mitad de un plato de ensalada —admito.

—Eso es porque necesitan mantenerse delgadas como palos para que tipos como tú las encuentren atractivas.

—No hay nada atractivo en una mujer que es solo piel y huesos.

—Ya, claro, estoy segura de que a ti no te ponen nada las chicas delgadas.

Miro hacia arriba y niego con la cabeza.

—Solo digo que yo las prefiero con curvas. —Me trago el último bocado antes de coger el siguiente trozo—. A un hombre le gusta tener algo a lo que agarrarse cuando está…, ya sabes. —Arqueo las cejas en su dirección—. Esto funciona en ambos sentidos. A ver, ¿tú no prefieres acostarte con un tío con músculos que con un tirillas?

Resopla.

—¿Es este el momento en que te felicito por estar buenísimo?

—¿Piensas que estoy buenísimo? Gracias, amor.

—No, *tú* piensas que estás buenísimo. —Ella frunce los labios—. Pero supongo que tienes razón. No me siento atraída por chicos escuálidos.

—Entonces, supongo que es positivo que tu *Loverboy* esté mazado como Van Damme.

Suspira.

—¿Podrías dejar de llamarlo así?

—No. —Mastico pensativo—. Voy a ser honesto. No sé qué ves en él.

—¿Por qué? ¿Porque no es el «superhombre del campus»? ¿Porque es serio e inteligente y no es un mujeriego empedernido?

Mierda, supongo que se ha tragado el personaje que se ha creado Justin. Si tuviera un sombrero, probablemente lo inclinaría a su paso por haber creado con éxito un personaje que hace que las mujeres se vuelvan locas: el deportista empollón.

—Kohl no es lo que parece —le digo con brusquedad—. Sé que aparenta ser un deportista inteligente y misterioso, pero hay algo… falso en él.

—No creo que sea falso en absoluto —me contradice.

—Claro, lo dices porque has tenido un montón de conversaciones profundas e intensas con él. —Me río—. Créeme. Lo que él hace es teatro.

—Tenemos opiniones distintas. —Sonríe—. Además, no estás en posición de juzgar quién me interesa o no. Por lo que yo sé, solo sales con cabezas huecas. —Le devuelvo la sonrisa.

—Te equivocas.

—¿Sí?

—Sí. Yo solo *me acuesto* con cabezas huecas. No salgo con ellas.

—Putón. —Hace una pausa, la curiosidad está grabada en su rostro—. ¿Cómo es que no sales con ellas? Estoy segura de que todas las chicas de esta universidad matarían por ser tu novia.

—No estoy buscando una relación.

Eso la deja perpleja.

—¿Por qué no? Las relaciones pueden ser muy gratificantes.

—Dice la mujer que está sola.

—Estoy sola porque no he encontrado a nadie con quien conecte bien, no porque sea antirrelaciones. Es guay tener a alguien con quien pasar el tiempo. Ya sabes, hablar, darse cariño, todas esas cosas pastelosas. ¿No quieres eso?

—En algún momento. Pero no ahora. —Suelto una sonrisa arrogante—. Si tengo la necesidad de hablar con alguien, te tengo a ti.

—¿Así que tus cabezas huecas son las que pillan sexo y yo soy la que tiene que escuchar tus chorradas? —Niega con la cabeza—. Siento que me estoy llevando la parte chunga del acuerdo.

Muevo las cejas.

—Uau, ¿también quieres sexo, Wellsy? Por mí encantado de dártelo.

Sus mejillas se vuelven del rojo más intenso que he visto en mi vida y me echo a reír.

—Tranqui. Estoy de coña. No soy tan imbécil como para tirarme a mi profe particular. Te rompería el corazón y para vengarte me enseñarías cosas que están mal y acabaría suspendiendo el parcial.

—Otra vez —me corrige con una sonrisa—. Suspenderías el parcial *otra vez*.

Giro mi dedo anular, pero sonrío mientras lo hago.

—¿Tienes que irte ya o le doy al capítulo tres?

—Capítulo tres. Sin duda.

Volvemos a ponernos cómodos en la cama: yo sentado, con la cabeza en tres almohadas, y Hannah tumbada boca abajo a los pies de la cama. El siguiente capítulo es intenso y, una vez que se acaba, los dos estamos ansiosos por ver el siguiente. Antes de darme cuenta, hemos terminado con el primer disco y metemos el segundo. Entre final y final, hablamos de lo que acabamos de ver y especulamos con lo que va a pasar y, honestamente, no me lo he pasado tan bien en plan amigos con una chica desde, bueno, desde *nunca*.

—Creo que su cuñado sabe que es él —reflexiona Hannah.

—¿Estás de coña? Apuesto a que se lo guardan y hasta el final no lo desvelan. No obstante, creo que Skylar va a averiguarlo pronto.

—Espero que se divorcie. Walter White es el diablo. En serio. Lo odio.

Me río.

—Es un antihéroe. Está ahí para que lo odies.

El siguiente capítulo empieza y nos callamos de inmediato, porque este es el tipo de serie que requiere toda tu atención. Cuando me quiero dar cuenta, hemos llegado al final de la temporada, que termina con una escena que nos deja con los ojos como platos.

—Mierda —exclamo—. Hemos terminado la primera temporada.

Hannah se muerde el labio y echa un vistazo al reloj despertador. Son casi las diez. Hemos visto siete episodios sin ni siquiera ir al baño.

Presupongo que va a anunciar que es hora de irse, pero en vez de eso, suspira.

—¿Tienes la segunda temporada?

No puedo controlar mi risa.

—¿Quieres seguir viéndola?

—¿Después de ese final? ¿Cómo no?

Tiene razón.

—Por lo menos el primero —dice—. ¿No quieres ver lo que pasa?

Por supuesto que quiero y por eso no me opongo cuando se levanta y mete el siguiente disco.

—¿Quieres picar algo? —ofrezco.

—Claro.

—Voy a ver qué hay.

Encuentro dos bolsas de palomitas para microondas en el armario de la cocina, caliento las dos y subo al piso de arriba con dos cuencos llenos.

Hannah me ha robado mi sitio; su pelo oscuro se expande por la pila de almohadas y tiene las piernas estiradas. Sus calcetines de lunares rojos y negros me hacen sonreír. Me he dado cuenta de que nunca lleva ropa de diseño, ni *looks* pijos como la mayoría de las chicas de esta uni, ni la ropa de fiesta cutre que veo en las casas de las fraternidades o en los bares del campus los fines de semana. A Hannah le van los vaqueros pitillo, los *leggings* y los jerséis ajustados, algo que podría parecer elegante si no le diera por mezclarlo siempre con cosas de algún color brillante.

Como los calcetines, o los guantes, o esas horquillas extravagantes que lleva.

—¿Uno de esos es para mí? —Hace un gesto hacia los cuencos que sostengo.

—Sí.

Le entrego uno, se sienta y mete la mano dentro; a continuación, suelta una risita.

—No puedo comer palomitas sin pensar en Napoleón.

Parpadeo.

—¿El emperador?

Se ríe todavía más fuerte.

—No, mi perro. Bueno, el perro de mi familia. Está en Indiana con mis padres.

—¿Qué tipo de perro es?

—Un enorme chucho mezcla de tropecientas razas, pero que sobre todo se parece a un pastor alemán.

—¿A Napoleón le gustan las palomitas? —pregunto educadamente.

Ella sonríe.

—Le encantan. Lo tenemos desde que era un cachorro. Una vez, yo tendría unos diez años, mis padres me llevaron al cine y mientras estábamos fuera, él entró en la despensa y consiguió romper una caja llena de paquetes de palomitas de maíz para microondas. Habría unas cincuenta o así ahí dentro. A mi madre le flipan las ofertas, así que si hay un buen descuento en el supermercado, ella va y compra toda la estantería de cualquier producto que esté rebajado. Supongo que ese mes le tocaba a las palomitas Orville Redenbacher. Increíble, el perro se comió todos y cada uno de los paquetes, embalaje incluido. Estuvo cagando granos de maíz enteros y trozos de papel durante días.

Me río.

—Mi padre estaba de los nervios —continúa—. Pensó que Napoleón tendría una intoxicación alimentaria o algo así, pero el veterinario dijo que no pasaba nada y que todo saldría con el tiempo. —Hace una pausa—. ¿Tienes alguna mascota?

—No, pero mis abuelos tenían una gata cuando yo era un crío. Su nombre era Peaches y estaba como una puta cabra. —Me meto un puñado de palomitas en la boca y río mientras mastico—. Era muy cariñosa conmigo y con mi madre, pero detestaba profundamente a mi padre. Algo que no es sorprendente, supongo. Mis abuelos también lo detestaban, así que simplemente debía de seguir su ejemplo. Pero, joder, la gata tenía aterrorizado al cabrón.

Hannah sonríe.

—¿Qué hacía?

—Le arañaba siempre que podía, se meaba en sus zapatos, ese tipo de cosas. —De repente me echo a reír—. Ah, ¿sabes lo mejor que hizo una vez? Era la noche de Acción de Gracias y estábamos en la casa de mis abuelos en Buffalo; todos estamos reunidos en la mesa a punto de cenar cuando Peaches entra por la gatera. Justo detrás de la casa había un barranco por el que solía dar vueltas. Bueno, la cuestión es que la gata entra en la casa con algo en la boca, pero ninguno de nosotros llega a ver qué es.

—Ay, Dios. No me gusta cómo suena esto.

Sonrío tan fuerte que me duele.

—Peaches salta sobre la mesa como si fuera la reina del castillo o alguna mierda así, se da un paseo por todo el mantel y vuelca un conejo muerto en el plato de mi padre.

Hannah pega un grito ahogado.

—¿En serio? ¡Qué asco!

—Mi abuelo casi se mea de la risa ahí mismo y mi abuela casi se vuelve loca porque piensa que toda la comida de la mesa se ha contaminado y mi padre... —Mi buen humor se desvanece cuando recuerdo la expresión de la cara de mi viejo—. Lo dejaré en que no le gustó mucho.

Ahí va el eufemismo del año. Un escalofrío me recorre la columna vertebral al recordar lo que pasó cuando regresamos a Boston a los pocos días. Lo que le hizo a mi madre como castigo por «avergonzarlo», tal y como le escuché acusarla durante su estallido de ira.

Lo único piadoso que ocurrió es que mamá murió un año después. Ya no estaba allí para presenciar cómo empezó a volcar su rabia en mí, y doy gracias por ello todos los días de mi vida.

A mi lado, Hannah también está melancólica.

—No voy a ver a mis padres por Acción de Gracias.

La observo y analizo su rostro. Resulta evidente que está disgustada y su confesión en voz baja me distrae de los demoledores recuerdos que me aprietan el pecho.

—¿Normalmente vas a tu casa?

—No, vamos a casa de mi tía todas las fiestas, pero este año mis padres no se lo pueden permitir y yo no me puedo permitir ir con ellos.

Noto un punto falso en lo último que dice, pero no se me ocurre sobre qué puede estar mintiendo.

—No pasa nada —murmura cuando ve compasión en mi gesto—. Siempre está la Navidad, ¿verdad?

Asiento con la cabeza, aunque para mí, no hay fiestas. Prefiero cortarme las venas antes que ir a casa y pasar las fiestas con mi padre.

Pongo el cuenco de mis palomitas en la mesita de noche y cojo el mando a distancia.

—¿Lista para la segunda temporada? —pregunto en tono despreocupado. La conversación se ha vuelto demasiado profunda y me muero de ganas de salir de ahí.

—¡Dale!

Esta vez me siento a su lado, pero hay medio metro entre nosotros. Es increíble lo mucho que estoy disfrutando de esta situación. Estar con una chica sin tener que preocuparme de cómo voy a deshacerme de su compañía o de que empiece a hacer exigencias que no quiero conceder.

Vemos el primer episodio de la segunda temporada, y después el siguiente, y el siguiente y lo siguiente que sé es que son las tres de la mañana.

—Mierda, ¿en serio es esa hora? —suelta Hannah. Mientras hace la pregunta, un enorme bostezo abarca toda su cara.

Me froto los ojos cansados, incapaz de comprender cómo se ha hecho tan tarde sin que ninguno de los dos se diera cuenta. Hemos visto, ni más ni menos, una temporada y media de una serie en una sola sesión.

—Mierda —murmuro.

—No puedo creer que sea tan tarde. —Bosteza de nuevo, lo que provoca que yo bostece también. Estamos los dos ahí sentados a oscuras en mi habitación (no recuerdo haber apagado la luz), bostezando como dos personas que no han dormido en meses.

—Tengo que irme. —Se levanta con brusquedad de la cama y se pasa las manos entre el pelo—. ¿Dónde está mi móvil? Voy a llamar a un taxi.

Mi siguiente bostezo casi me parte la mandíbula.

—Puedo llevarte yo —digo somnoliento mientras me levanto del colchón.

—Ni de coña. Te has tomado dos cervezas.

—Hace horas —objeto—. Soy capaz de conducir.

—No.

La exasperación me invade.

—No voy a permitir que cojas un puto taxi y que andes por el campus a las tres de la mañana. O te llevo yo, o te quedas aquí.

Se sobresalta.

—No pienso quedarme aquí.

—Entonces te llevo. Fin de la discusión.

Su mirada se dirige a las dos botellas de Bud de la mesilla. Veo su reticencia, pero también veo su agotamiento en la expresión de su cara. Tras un instante, sus hombros caen y deja salir un suspiro.

—Vale, me quedo en el sofá.

Rápidamente niego con la cabeza.

—No. Es mejor que duermas aquí.

He dicho algo inapropiado, porque su cuerpo se tensa como una cuerda.

—No pienso dormir en tu habitación.

—Vivo con tres jugadores de *hockey*, Wellsy, quienes, por cierto, aún no han vuelto a casa después de una noche de fiesta. No estoy diciendo que vaya a ocurrir, pero hay una posibilidad de que entren dando tumbos al salón, borrachos como cubas, y te metan mano o algo si te ven en el sofá. Yo, por otro lado, no tengo ningún interés en meterte mano. —Hago un gesto con la cabeza hacia la cama—. En este bicho pueden dormir siete personas. Ni te enterarás de que estoy aquí.

—¿Sabes qué? Que un caballero se ofrecería a dormir en el suelo.

—¿Tengo yo pinta de ser un caballero?

Se ríe de esto último.

—No. —Hay un instante de silencio—. Vale, dormiré aquí. Pero solo porque prácticamente no puedo mantener los ojos abiertos y no tengo ganas de esperar un taxi.

Voy hacia la cómoda.

—¿Quieres algo para dormir? ¿Una camiseta? ¿Un pantalón de chándal?

—Una camiseta estaría guay. —Incluso en la oscuridad, veo el rubor en sus mejillas—. ¿Tienes un cepillo de dientes de sobra?

—Sí. En el armario, bajo el lavabo. —Le doy una de mis camisetas viejas y desaparece en el baño.

Me quito la camiseta y los vaqueros y trepo a mi cama en calzoncillos. Mientras me pongo cómodo, oigo cómo tira de la cadena y cómo abre y cierra el grifo. Después, Hannah regresa a la habitación; sus pies desnudos golpean con suavidad el suelo de madera.

—¿Te quieres meter en la cama de una vez por todas? —gruño—. No muerdo. E incluso si lo hiciera, estoy medio dormido. Así que deja de mirarme como una friki y métete dentro.

El colchón se hunde levemente cuando sube a la cama. Noto un tirón en el edredón, un susurro, un suspiro y por fin está tumbada junto a mí. Bueno, no exactamente; está en la otra punta de la cama, sin duda agarrándose al borde del colchón para no caerse.

Estoy demasiado cansado para soltar un comentario sarcástico, así que antes de cerrar los ojos, solo balbuceo:

—Buenas noches.

—Buenas noches —responde con otro balbuceo.

Unos segundos más tarde, el mundo ha desaparecido para mí.

CAPÍTULO 12

GARRETT

Soy adicto a ese momento justo antes de despertarme. Ese momento en el que las tenues telarañas que hay dentro de mi cerebro se juntan para formar una bola coherente de consciencia. Es el momento más «¡¿qué coño pasa?!» del día. Desorientado y confundido, con la mitad del cerebro perdido todavía en el sueño que estaba teniendo.

Pero esta mañana, algo es distinto. La temperatura de mi cuerpo parece más alta de lo normal y me doy cuenta del dulce olor que me rodea. ¿Fresas? No, cerezas. Sin duda, cerezas. Y algo me hace cosquillas en la barbilla, algo suave y duro al mismo tiempo. ¿Una cabeza? Sí, hay una cabeza en mi cuello. Y un brazo fino extendido sobre mi estómago. Una pierna cálida enganchada en mi muslo y un pecho blando descansando sobre mis pectorales.

Abro los ojos poco a poco y veo a Hannah acurrucada junto a mí. Yo estoy boca arriba envolviéndola a ella en mis brazos, sujetándola fuerte contra mi cuerpo. Ahora ya sé por qué tengo los músculos tan tensos. ¿Hemos dormido así toda la noche? Recuerdo que estábamos en lados opuestos de la cama cuando me quedé dormido, tan separados el uno del otro que casi esperaba encontrarme a Hannah en el suelo por la mañana.

Pero estamos enredados en los brazos del otro. Está guay.

Me pongo en alerta. Lo suficientemente alerta como para darme cuenta de ese último pensamiento. «¡¿Está guay?!». ¿En qué cojones estoy pensando? Los abrazos están reservados para las novias. Nada más.

Y las novias no son lo mío.

Pero tampoco la suelto. Ahora estoy totalmente despierto, oliendo su esencia y disfrutando de la calidez de su cuerpo.

Miro el despertador que va a empezar a sonar en cinco minutos. Siempre me levanto antes de que suene, como si mi cuerpo supiese que me tengo que despertar, pero lo programo de todos modos por si acaso. Son las siete. Solo he dormido cuatro horas, pero me siento, extrañamente, descansado. Con sensación de paz. Aún no estoy preparado para soltar esa sensación, así que me quedo ahí tumbado con Hannah en mis brazos escuchando su respiración constante.

¡¿Estoy empalmado?!

La voz horrorizada de Hannah rompe el tranquilo silencio. Salta hasta que se queda sentada, pero se cae hacia atrás. Sí, Grace Kelly pierde el equilibrio mientras está tumbada porque su pierna sigue sobre mis muslos. Y sí, sin duda hay una tienda de campaña montada en mi zona sur.

—Tranqui —digo con voz ronca de recién despertado—. No es más que un empalme mañanero.

—Un empalme mañanero —repite—. Dios, eres tan…

—¿Chico? —respondo con frialdad—. Sí, lo soy. Y eso es lo que nos pasa a los chicos por las mañanas. Es la naturaleza, Wellsy. Nos despertamos empalmados. Si te hace sentir mejor, no estoy ni un poco cachondo ahora mismo.

—Vale. Acepto tu excusa biológica. Y ahora, ¿puedes explicarme por qué has decidido abrazarme por la noche?

—Yo no he «decidido» una mierda. Estaba dormido. Y por lo que sé, has sido *tú* la que ha trepado encima de mí.

—Jamás haría eso. Ni siquiera dormida. Mi subconsciente nunca lo permitiría.

Me empuja con el dedo en el centro del pecho y a continuación se baja de la cama tan rápido que la veo moverse como en una imagen borrosa.

Al irse, experimento una sensación de pérdida. Ya nada es cálido ni acogedor, sino frío y solitario. Cuando me siento y subo los brazos para estirarme, sus ojos verdes miran fijamente mi pecho desnudo y su nariz se arruga con asco.

—No puedo creer que mi cabeza haya estado encima de esa cosa toda la noche.

—Mi pecho no es una «cosa». —La miro directamente a los ojos—. A otras mujeres parece gustarles bastante.

—Yo no soy otras mujeres.

No, no lo es. Porque otras mujeres no hacen que me lo pase tan bien como ella. De repente, me pregunto cómo he podido vivir hasta ahora sin las pullas sarcásticas de Hannah, o sin sus refunfuños.

—Deja de sonreír —suelta.

¿Estoy sonriendo? Ni me había dado cuenta.

Entrecierra los ojos mientras busca su ropa. Mi camiseta le llega a las rodillas, lo que resalta lo pequeña que es.

—No le digas a nadie esto —me ordena.

—¿Por qué no? Solo mejoraría tu reputación.

—No quiero ser una de tus «conejitas» y no quiero que la gente piense que lo soy. ¿Está claro?

Oír ese término saliendo de ella me hace sonreír aún más. Me gusta que esté pillando la jerga de *hockey*. Quizá algún día incluso pueda convencerla para que venga a un partido. Tengo la sensación de que Hannah sería una espectadora impertinente estupenda; siempre viene bien gente que insulte al oponente en los partidos que se juegan en casa.

Aunque, conociéndola, probablemente acabaría insultándonos a nosotros y le vendría bien al otro equipo.

—Bueno, si de verdad no quieres que nadie piense eso, te sugiero que te vistas pronto. —Elevo una ceja—. A no ser que quieras ver cómo mis compañeros de equipo te ven hacer el paseo de la vergüenza. Que lo harán, porque tenemos entrenamiento en media hora.

El pánico ilumina sus ojos.

—Mierda.

Tengo que confesar que es la primera vez que una chica se preocupa porque la pillen en mi cama. Normalmente, van por ahí pavoneándose como si acabaran de tirarse a Brad Pitt.

Hannah coge aire.

—Hemos estudiado. Hemos visto la tele. Me marché de aquí tarde. Eso es lo que ha pasado. ¿Entendido?

Reprimo una risa y digo con intención:

—Como desees.

—¿Lo estás diciendo en plan *La princesa prometida?*

—¿Acabas de decir *La princesa prometida?*

Me fulmina con la mirada y me señala con el dedo.

—Más te vale estar vestido y listo para irte cuando salga del baño. Me vas a llevar a casa antes de que tus compañeros de piso se levanten.

Una risita divertida se escapa de mis labios mientras se dirige hacia el baño y cierra la puerta.

HANNAH

Estoy funcionando con cuatro horas de sueño. ¡Quiero morir! La parte positiva es que nadie ha visto a Garrett dejarme en la residencia temprano y, al menos, mi honor está intacto.

Las clases de la mañana parecen interminables. Tengo una clase de Teoría, seguida de un seminario de Historia de la Música, y ambas asignaturas son de las que hay que prestar atención, algo dificilísimo cuando apenas puedo mantener los ojos abiertos. Ya me he enchufado tres cafés, pero en vez de darme un chute de energía, la cafeína ha consumido la poca que tenía.

Almuerzo tarde, en uno de los comedores del campus, eligiendo una mesa en la esquina de la parte de atrás y me preocupo de irradiar vibraciones de «déjame en paz», porque estoy demasiado cansada como para entablar una conversación con alguien. La comida consigue despertarme un poco y llego pronto a la enorme puerta de roble del edificio de Filosofía.

Me acerco al auditorio de Ética y me paro en seco. Justin —sí, Justin— deambula por el amplio pasillo. Sus oscuras cejas se fruncen mientras escribe un mensaje en el móvil.

Me he duchado y cambiado de ropa en mi residencia, pero aun así me siento muy desaliñada. Llevo un pantalón de yoga, un jersey con capucha de color verde y unas katiuskas rojas. La previsión meteorológica decía que iba a llover y no lo ha hecho, así que ahora me siento imbécil por haber elegido esas botas.

Justin, en cambio, es la absoluta perfección. Unos vaqueros oscuros abrazan sus largas y musculosas piernas, y su jersey negro se estira en su espalda ancha de una forma deliciosa que me hace temblar.

Mi corazón late más rápido a medida que me acerco. Intento decidirme entre decir «hola» o simplemente saludar con un gesto con la cabeza, pero es él quien resuelve mi duda al hablar primero.

—Hola. —Su boca se tuerce en una media sonrisa—. Bonitas botas.

Suspiro.

—Teóricamente iba a llover.

—No lo decía con sarcasmo. Me molan mucho tus botas. Me recuerdan a casa. —Se da cuenta de mi mirada de duda y enseguida es más concreto—. Soy de Seattle.

—Ah. ¿Vienes de la uni de allí?

—Sí, y créeme, si no está lloviendo es que algo va mal. Las katiuskas son necesarias para la supervivencia en Seattle. —Se mete el móvil en el bolsillo y su tono se vuelve despreocupado—. Y ¿qué pasó contigo el miércoles?

Frunzo el ceño.

—¿Qué quieres decir?

—En la fiesta Sigma. Te estuve buscando cuando terminé la partida de billar, pero ya te habías ido.

Ay, Dios. ¡¿Me estuvo buscando?!

—Sí, me fui pronto —respondo, esperando sonar tan despreocupada como él—. Tenía una clase a las nueve de la mañana siguiente.

Justin inclina la cabeza.

—He oído que te fuiste con Garrett Graham.

Eso me pilla desprevenida. No pensé que nadie me viera irme con Garrett, pero claramente estaba equivocada. Por lo que parece, las palabras corren como la pólvora en Briar.

—Me llevó a casa —contesto mientras encojo los hombros.

—No sabía que fuerais amigos.

Sonrío con picardía.

—Hay muchas cosas que no sabes sobre mí.

¡Ostras! Estoy flirteando con él.

Él también sonríe y el hoyuelo más *sexy* que he visto en la vida aparece en su barbilla.

—Supongo que tienes razón. —Hace una pausa dramática—. Quizá deberíamos cambiar eso.

¡Ostras! *¡Él* está flirteando conmigo!

Y por mucho que deteste admitirlo, empiezo a pensar que la teoría de Garrett de hacerme la dura es válida. Justin parece estar curiosamente obsesionado con el hecho de que me fui de la fiesta con Garrett.

—Y... —Sus ojos parpadean alegremente—. ¿Qué haces después de cl...?

—¡Wellsy!

Reprimo un gruñido al oír la alegre interrupción de ¿quién va a ser? Garrett. Los labios de Justin se fruncen ligeramente cuando Garrett se acerca a paso ligero hacia nosotros, pero después sonríe y saluda con la cabeza al intruso no deseado.

Garrett lleva en la mano dos vasos de plástico y me da uno con una sonrisa.

—Te he pillado un café. He pensado que lo necesitarías.

La extraña mirada que Justin dispara en nuestra dirección no me pasa desapercibida, ni el destello de enfado en sus ojos, pero acepto con gratitud el café. Abro la tapa y soplo el líquido caliente antes de darle un pequeño sorbo.

—Eres mi salvador —digo.

Garrett le hace un gesto de cabeza a Justin.

—Kohl —dice a modo de saludo.

Los dos se saludan dándose una especie de palmada muy masculina; no es un apretón de manos, pero tampoco un saludo con los puños.

—Qué tal, Graham —dice Justin—. He oído que les disteis bien a los del St. Anthony este fin de semana. Enhorabuena por la victoria.

—Gracias. —Garrett se ríe—. He oído que a vosotros os dieron bien los de Brown. Lo siento.

—Adiós a nuestra temporada perfecta —dice Justin con tristeza.

Garrett se encoge de hombros.

—Ya recuperaréis. El brazo de Maxwell es increíble.

—Ya ves.

Dado que pongo las conversaciones sobre deportes en el mismo puesto del *ranking* de aburrimiento que la política y la jardinería, doy un paso hacia la puerta.

—Me meto dentro. Gracias por el café, Garrett.

Mi pulso sigue yendo a mil cuando entro en el auditorio. Es curioso, pero, de repente, mi vida parece estar moviéndose a gran velocidad. Antes de la fiesta de Sigma, el mayor contacto que había tenido con Justin había sido un triste saludo con la cabeza a distancia, y eso en dos meses. Ahora, en menos de una semana, hemos tenido dos conversaciones y, o son imaginaciones mías, o estaba a punto de proponerme una cita antes de que Garrett nos interrumpiera.

Me siento en mi silla habitual junto a Nell, que me saluda con una sonrisa.

—Hola —dice.

—Hola. —Abro la cremallera de mi mochila y cojo un cuaderno y un bolígrafo—. ¿Qué tal tu fin de semana?

—Inhumano. He tenido un examen de química supertocho esta mañana y me he quedado toda la noche estudiando.

—¿Qué tal te ha ido?

—Ah, saco un 10 seguro. —Sonríe con felicidad, pero su alegría se desvanece rápidamente—. Ahora solo tengo que hacerlo mejor en la recu del viernes y todo volverá a brillar en el mundo.

—Te llegó mi *email,* ¿verdad? —Le había enviado a Nell una copia de mi examen a principios de semana, pero no me respondió.

—Sí. Siento no haber contestado. Estaba concentrada en la química. Mi plan es leer tus respuestas esta noche.

Una sombra cae sobre nosotras y lo siguiente que sé es que Garrett se sienta en la silla a mi otro lado.

—Wellsy, ¿tienes un boli de sobra?

Las cejas de Nell casi se dan con el techo. A continuación, me mira como si me hubiera brotado perilla en los últimos tres segundos. Y no la culpo. Nos hemos sentado juntas desde que empezamos y no he mirado ni una sola vez en dirección a Garrett Graham, y mucho menos se me ha ocurrido hablar con él.

Nell no es la única que está fascinada por esta nueva disposición de sillas. Cuando miro hacia otro lado de la sala, me encuentro con Justin, que nos mira con una expresión indescifrable en su rostro.

—¿Wellsy? ¿Un boli?

Cambio mi mirada hacia Garrett.

—¿Has venido a clase sin estar preparado? Desastre. —Meto la mano otra vez en mi mochila y busco un boli. Cuando lo encuentro, se lo doy con una palmada en la mano.

—Gracias. —Me ofrece esa sonrisa arrogante antes de abrir su cuaderno en una página en blanco. Luego se inclina hacia adelante y se gira hacia Nell—. Soy Garrett.

Ella mira boquiabierta la mano que sobresale frente a sus narices antes de darle la suya.

—Nell —responde—. Encantada de conocerte.

Tolbert llega justo en ese momento y cuando Garrett pone su atención en la tarima, Nell me lanza una mirada de «¿qué coño es esto?». Llevo mis labios a su oreja y le susurro:

—Ahora somos más o menos amigos.

—Lo he oído —salta Garrett—. Y nada de «más o menos». Somos mejores amigos, Nelly. No dejes que Wellsy te diga lo contrario.

Nell se ríe en voz baja.

Yo solo suspiro.

Nuestra clase de hoy se centra en temas realmente densos. Principalmente, el conflicto entre la conciencia de un individuo frente a la responsabilidad con la sociedad.

Tolbert utiliza a los nazis como ejemplo.

No hace falta decir que es una hora y media deprimente.

Después de la clase, me muero de ganas de terminar mi conversación con Justin, pero Garrett tiene otras ideas en la cabeza. En lugar de dejar que me quede ahí esperando —o más bien, que vaya en línea recta hacia donde está Justin—, me sujeta el brazo con firmeza y me ayuda a levantarme. Yo echo un vistazo a Justin, que camina rápidamente por el pasillo como si tratara de llegar a donde estamos nosotros.

—Ignóralo. —La voz de Garrett apenas se oye mientras me dirige hacia la puerta.

—Pero yo quiero hablar con él —protesto—. Estoy casi segura de que iba a proponerme una cita.

Todo lo que hace Garrett es abrirse paso con su mano sujetando mi antebrazo como una grapa de hierro. Tengo que correr para no quedarme atrás de sus largas zancadas.

Cuando salimos al aire fresco de octubre llevo un cabreo monumental.

Estoy tentada a girar la cabeza para ver si Justin está detrás de nosotros, pero sé que Garrett me echaría la bronca si lo hago, así que me resisto a la tentación.

—¡¿Qué leches haces?! —exijo, sacudiéndome su mano de encima.

—Se supone que debes ser inalcanzable, ¿recuerdas? Se lo estás poniendo todo demasiado fácil.

El cabreo retumba en mi interior.

—El objetivo era que se fijara en mí. Bueno, se ha fijado en mí. ¿Por qué no puedo dejar el juego ahora?

—Has despertado su interés —dice Garrett mientras avanzamos por el camino empedrado hacia el patio—. Pero si quieres mantener su interés, tienes que hacer que se lo curre. A los tíos les gustan los retos.

Quiero discutir con él, pero creo que podría estar en lo cierto.

—Hazte la guay hasta la fiesta de Maxwell —aconseja.

—Sí, señor —me quejo—. Ah, y por cierto, tengo que cancelar lo de esta noche. Estoy agotada por nuestro maratón de ayer, y si no consigo dormir un poco, seré un zombi el resto de la semana.

Garrett no parece contento.

—Pero íbamos a empezar con los temas complicados hoy.

—Mira, hagamos esto: te mando por *mail* un tema para desarrollar, algo que Tolbert podría pedir. Date dos horas para escribirlo y mañana lo repasamos juntos. De esa manera, puedo tener una idea de qué tenemos que reforzar.

—Vale —cede—. Tengo entrenamiento por la mañana y después alguna clase. ¿Vienes sobre las doce?

—Perfecto, pero tengo que salir a las tres para el ensayo.

—Guay. Nos vemos mañana, entonces. —Él me despeina como si fuera una niña de cinco años y después se marcha.

Una sonrisa irónica tira de mis labios mientras lo veo marcharse con su cazadora de *hockey* negra y plateada pegada al pecho mientras camina contra el viento. No soy la única que mira; varias chicas también giran la cabeza en su dirección, y prácticamente veo cómo se derriten sus bragas mientras lanza esa sonrisa pícara al aire.

Resoplo y me dirijo en dirección opuesta. No quiero llegar tarde al ensayo, sobre todo porque Cass y yo todavía no hemos llegado a un acuerdo sobre su ridícula idea del coro.

Pero cuando entro en la sala de música, no veo a Cass por ningún lado.

—Hola —saludo a MJ, que está al piano estudiando unas partituras.

Su cabeza rubia se levanta con una sonrisa forzada en el rostro.

—Ah, hola. —Hace una pausa—. Cass no viene hoy.

El enfado estalla en mi vientre.

—¿Qué quieres decir con eso de que no viene hoy?

—Me ha enviado un mensaje hace unos minutos. Tiene migraña.

Sí, claro. Sé con certeza que un grupo de compañeros de clase, Cass incluido, salieron de copas anoche, porque uno de ellos me envió un mensaje para invitarme mientras Garrett y yo estábamos viendo *Breaking Bad*. Blanco y en botella. Cass está de resaca y por eso se ha rajado.

—Pero aun así podemos ensayar —dice MJ. Esta vez su sonrisa le llega a los ojos—. Puede estar bien repasar la canción sin pararse a discutir cada cinco segundos.

—Sí, excepto que lo que hagamos hoy, Cass acabará vetándolo mañana. —Me dejo caer en una silla cerca del piano y la observo con dureza—. La idea del coro es una mierda, MJ. Sabes perfectamente que es así.

Ella asiente con la cabeza resignada.

—Lo sé.

—Entonces, ¿por qué no me apoyas? —pregunto, incapaz de ocultar mi resentimiento.

Un rubor aparece en sus pálidas mejillas.

—Yo... —Traga saliva de forma visible—. ¿Puedes guardar un secreto?

Mierda. No me gusta nada a donde va esto.

—Claro...

—Cass me ha pedido una cita.

—Oh. —Intento no sonar sorprendida, pero es difícil de ocultar. MJ es una chica muy dulce y lo cierto es que no es fea, pero también es la última persona a la que Cass Donovan consideraría su tipo.

Por mucho que le aborrezca, Cass está como un queso. Tiene el tipo de cara amable de chico de portada de disco que venderá como churros algún día, no cabe duda de eso. Y, a ver, no es que yo diga que una chica normal no pueda conseguir un tío bueno. Estoy segura de que es algo que ocurre todo el tiempo. Pero Cass es un gilipollas pretencioso obsesionado con su imagen. Alguien tan superficial no perdería la cabeza por una chica apocada como Mary Jane, no importa lo dulce que pueda llegar a ser.

—Todo bien —dice con una carcajada—. Sé que te sorprende. A mí también me sorprendió. Me lo pidió antes de ensayar ese día. —Suspira—. Ya sabes, el día de lo del coro.

Yyyyyyy ¡rápidamente todas las piezas del rompecabezas encajan! Sé exactamente qué está haciendo Cass y necesito esforzarme mucho para tragarme mi rabia. Una cosa es convencer a MJ para que te apoye en las discusiones y otra muy distinta es darle falsas esperanzas a la pobre chica.

Pero ¿qué se supone que debo decirle? ¿Que solo le ha pedido una cita porque quiere que apoye todas sus locas ideas para el concierto?

Me niego a comportarme como una cabrona, así que le planto la sonrisa más amable posible y le pregunto:

—¿Tú *quieres* salir con él?

Sus mejillas se ponen aún más rojas y asiente.

—¿En serio? —le digo con escepticismo—. Pero si es un superdivo. Vamos, que podría competir con Mariah Carey a ver quién gana. Lo sabes, ¿verdad?

—Lo sé. —Ahora parece avergonzada—. Pero eso es solo porque le apasiona cantar. En realidad es una buena persona cuando quiere.

¡¿Cuando quiere?! Lo dice como si fuera la cualidad del año. Pero tal y como yo lo veo, la gente debe ser maja simplemente porque lo es, no como parte de un movimiento calculado y estratégico.

Pero eso también me lo guardo para mí.

Adopto un tono diplomático.

—¿Te da miedo que si no estás de acuerdo con sus ideas, cancele la cita?

Hace una mueca.

—Suena patético planteado así.

Mmm, ¿cómo quiere que lo plantee?

—Es solo que no quiero crear problemas ¿sabes? —murmura. Parece incómoda.

No, no lo sé. Para nada.

—Es tu canción, MJ. Y no deberías tener que censurar tu opinión solo para hacer feliz a Cass. Si te disgusta la idea del coro tanto como a mí, díselo. Créeme, los hombres aprecian a las mujeres que dicen lo que piensan.

Aunque cuando suelto esas palabras, ya sé que Mary Jane Harper no es de ese tipo de mujer. Es tímida y retraída, y se pasa la mayor parte del tiempo escondida tras su piano o acurrucada en su dormitorio, escribiendo canciones de amor sobre chicos que no la corresponden.

Oh, mierda. De repente algo me pasa por la cabeza. ¿Nuestra canción habla de Cass?

Estoy asqueada de pensar que la conmovedora letra que he estado cantando durante meses podría estar inspirada en un tipo que detesto.

—Tampoco es que odie la idea del coro —dice evasiva—. No me encanta, pero no creo que sea terrible.

Y en ese momento, sé que irremediablemente habrá un puto coro de tres filas de pie detrás de Cass y de mí en el concierto de invierno.

CAPÍTULO 13

GARRETT

Esta noche me toca trabajar en la encimera de la cocina. Con una frustración de la hostia, releo el ensayo práctico que Hannah me ha «calificado» antes. Se ha ido de mi casa mandándome repetir la redacción, pero me está costando un huevo. La respuesta es sencilla, joder, si alguien te ordena asesinar a millones de personas, dices: «No, gracias, paso». Excepto si se sigue el criterio establecido en esta teoría de mierda, donde hay pros y contras en ambas visiones, y no me entra en la cabeza. Supongo que se me da fatal ponerme en la piel de otro y eso es un poco decepcionante.

—Pregunta —anuncio cuando Tuck entra en la cocina.

—Respuesta —responde al instante.

—Aún no he hecho la pregunta, imbécil.

Sonríe y se lava las manos en el fregadero. Después se ata un delantal rosa fucsia alrededor de la cintura. Logan, Dean y yo le regalamos esa cosa horrenda con volantes como broma para su cumpleaños, con el argumento de que si iba a ser nuestra mamá gallina, también debía parecer una. Tucker respondió insistiendo que era lo suficientemente masculino como para ponerse cualquier cosa que le regalásemos y ahora lleva la movida esa como una medalla al honor masculino.

—Está bien, dispara —dice de camino a la nevera—. ¿Cuál es la pregunta?

—Vale. Imagina que eres un nazi.

—Y una puta mierda —interviene.

—Déjame terminar, ¿vale? Eres un nazi y Hitler te acaba de ordenar que cometas un acto que va en contra de todo lo que tú crees. ¿Le dices: «Qué guay, jefe, ahora mato a toda esta gente para ti»? ¿O le dices: «Que te jodan» y asumes el riesgo de que te maten?

—Le digo que le jodan. —Hace una pausa—. La verdad es que no; le metería una bala en la cabeza. Problema resuelto.

Gruño.

—Sí, ¿verdad? Pero este cabrón —Señalo el libro que hay sobre la encimera— cree que el gobierno existe por una razón, y que los ciudadanos tienen que confiar en su líder y obedecer sus órdenes por el bien de la sociedad. Así que, en teoría, hay un argumento para el genocidio.

Tuck saca una bandeja de muslos de pollo del congelador.

—Y una mierda.

—No estoy diciendo que yo esté de acuerdo con esa línea de pensamiento, pero tengo que defender el punto de vista de ese tío. —Me paso una mano con frustración por el cuero cabelludo—. Odio esta puta asignatura, tronco.

Tuck desenvuelve la bandeja de pollo y la mete en el microondas.

—La recuperación es el viernes, ¿no?

—Sí —digo con tristeza.

Duda.

—¿Vas a jugar el partido contra Eastwood?

Mi rostro se ilumina, porque esta mañana he recibido la notificación oficial del entrenador diciendo que el viernes podré estar en el hielo. Al parecer, las notas de los parciales no se meten en el sistema hasta el lunes siguiente, así que por el momento, mi nota media todavía es la que tiene que ser.

Pero, en cuanto llegue el lunes, si mi nota de Ética es un cinco o menos, me enviarán al banquillo hasta que cambien las cosas.

Al banquillo. Dios. Solo pensarlo me marea. Todo lo que quiero hacer en el mundo es llevar a mi equipo a una nueva victoria en la Frozen Four y llegar a la liga profesional. No. Yo quiero destacar entre los profesionales. Quiero demostrar a todos que he llegado allí por mérito propio y no porque soy el hijo de un famoso jugador de *hockey*. Es lo único que siempre he querido y me pone malo pensar que todas mis metas, todo lo que he trabajado dejándome la piel, corren peligro por una estúpida clase.

—El entrenador me ha dicho que juego —le digo a Tuck, quien choca los cinco conmigo tan fuerte que me pica la mano.

—De puta madre —exclama.

Logan entra en la cocina con un cigarrillo apagado colgando de la comisura del labio.

—Más te vale no fumar aquí —le advierte Tucker—. Linda te daría p'al pelo.

—Ahora voy fuera —promete Logan, que sabe bien lo que es cabrear a nuestra casera—. Solo quería deciros que Birdie y los demás chicos vienen esta noche a ver el partido de los Bruins.

Entrecierro los ojos.

—¿Qué chicos?

Logan parpadea con inocencia.

—Ya sabes, Birdie, Pierre, Hollis, Niko, si es capaz de dejar de ser un calzonazos durante el tiempo suficiente y sale un rato de su residencia…, eh… Rogers y Danny. Connor. Ah, y Kenny también, y…

Lo detengo antes de que nombre a toda la alineación.

—Todo el equipo, quieres decir —suelto con brusquedad.

—Y sus novias, los que las tienen. —Nos mira a Tuck y a mí—. Os parece bien, ¿verdad? No será toda la noche ni nada así.

—Mientras que cada uno traiga su bebida, me parece bien —contesta Tuck—. Y si viene Danny, será mejor que cierres con llave el mueble bar.

—Podemos llevar las botellas a tu habitación, Garrett —propone Logan con un resoplido—. Todo el mundo sabe que no te vas a beber ni una gota.

Tuck me mira con una sonrisa.

—Pobre bebé. ¿Cuándo vas a aprender a beber como un hombre?

—Oye, lo que es beber se me da bien. Es la mañana siguiente la que me deja para el arrastre. —Sonrío a mis compañeros de equipo—. Además, yo soy vuestro capitán. Alguien tiene que estar sobrio para mantener vuestros culos a raya.

—Gracias, mamá. —Logan hace una pausa y después niega con la cabeza—. En realidad, no, *tú* eres la mamá —le dice a

Tucker, sonriéndole a su delantal antes de girarse hacia mí—. Supongo que eso significa que el papá eres tú. Sin duda, los dos sois muy hogareños.

Los dos le hacemos la peineta.

—¡Oh, no! ¿Mamá y papá se han enfadado conmigo? —Emite un gritito de burla—. ¿Os vais a divorciar?

—Vete a la mierda —dice Tuck, pero se está riendo.

El microondas pita y Tucker saca el pollo descongelado, luego se pone a preparar la cena mientras yo hago mis deberes en la encimera. Y sí, es una escena hogareña al mil por mil.

—Hola, Han-Han. —Allie me sorprende en el trabajo esta noche, se sienta en una de mis mesas con una sonrisa radiante. Cuando Sean se sienta junto a ella en el banco corrido, me cuesta reprimir una sonrisa. ¿Están sentados en el mismo lado de la mesa? Uau, deben de estar volviendo a ir en serio, porque solo las parejas que están locamente enamoradas hacen eso.

—¿Qué tal, Hannah? —dice Sean mientras estira el brazo sobre los delgados hombros de Allie.

—Hola. —Toda la noche he estado aguantando a clientes pesados, así que estoy superfeliz de ver algunas caras amigas—. ¿Queréis algo de beber mientras miráis la carta?

—Para mí un batido de chocolate, por favor —responde Allie.

Sean levanta sus dedos índice y corazón.

—Con dos pajitas —añade, guiñando un ojo.

Me río.

—Madre mía, estáis tan acaramelados que me están saliendo caries.

Pero me hace feliz verlos felices. Para ser miembro de una fraternidad, la verdad es que Sean es bastante guay y, que yo sepa, nunca le ha puesto los cuernos a Allie. Sus últimas rupturas fueron decisión de ella —pensaba que eran demasiado jóvenes para una relación seria—, y Sean se ha mostrado infinitamente paciente con ella en todo momento.

Preparo el batido del amor, lo llevo a la mesa con una reverencia extravagante.

—*Madame, monsieur.*

—Gracias, cariño. Ah, escucha —dice Allie mientras Sean estudia el menú—. Algunas de las chicas de nuestra planta van a hacer un maratón de pelis de Ryan Gosling mañana por la noche.

Sean gruñe.

—¿Otra fiesta Gosling? No sé lo que veis en ese tío. Está escuálido como un palo.

—Es muy guapo —corrige Allie antes de mirarme otra vez—. ¿Vienes?

—Depende de la hora.

—Tracy tiene una clase tarde, pero volverá a las nueve. Así que será más o menos a esa hora.

—Mierda. Doy clase a las nueve.

La cara de Allie se ensombrece con decepción.

—¿No puedes intentar dar la clase antes? —Sube y baja las cejas como si tratara de seducirme—. Val hará sangría.

Tengo que admitir que la idea me tienta. Hace ya tiempo que no quedo con las chicas o consumo alcohol. Yo no bebo en las fiestas —y por una buena razón—, pero no me importa pillar un puntito de vez en cuando.

—Llamo a Garrett durante el descanso. A ver si él está libre antes.

Sean mira por encima de la carta, interesado otra vez en la conversación.

—¿Entonces tú y Graham ahora sois mejores amigos?

—Naah. Es solo una relación profe-alumno.

—No, no —se burla Allie. Se vuelve hacia su novio—. Son superamigos. Se envían mensajes y todo.

—Vale. Somos amigos —le digo a regañadientes. Cuando Sean me dirige una sonrisa de complicidad, enseguida le gruño—. Solo amigos. Así que quítate todos esos pensamientos guarros de tu cabeza.

—Oh, vamos, no puedes culparme. Es el capitán del equipo de *hockey* y se le acaban las chicas antes de lo que se le acaba un rollo de papel higiénico. Sabes perfectamente que todo el mundo va a pensar que eres su nueva conquista.

—Todo el mundo puede pensar lo que quiera. —Me encojo ligeramente de hombros—. Pero no es lo que hay entre nosotros.

Sean no parece muy convencido. Algo que atribuyo a que es un chico. Dudo que exista por ahí un chico que piense que los hombres y las mujeres son capaces de tener una relación puramente de amistad.

Dejo a Allie y Sean y atiendo a mis otros clientes. Cuando llega mi descanso, entro en la sala de personal para llamar a Garrett. El tono continuo de la línea suena una eternidad antes de que por fin conteste, con un «hola» ronco, eclipsado por la música a todo volumen del fondo.

—Eh, soy Hannah —le digo.

—Ya lo sé. Me sale en la pantalla, idiota —ríe.

—Llamaba para ver si podemos cambiar la clase de mañana.

Una oleada de hiphop retumba en mi oído.

—Perdona, ¿qué?

Levanto la voz para que pueda oírme mejor.

—¿Podemos quedar antes mañana? Tengo planes a las nueve. Me gustaría ir alrededor de las siete. ¿Te parece bien?

Su respuesta la ahoga el martilleo ensordecedor de Jay-Z.

—¿Dónde estás? —prácticamente tengo que gritar.

—En casa. —Su respuesta suena como amortiguada por la música—. Hemos invitado a algunos colegas a ver el partido.

¿Algunos colegas? Suena como si estuviera en medio de Times Square.

—Entonces, ¿vienes a las nueve?

Reprimo mi cabreo.

—No, ¡¡a las SIE-TE!! ¿Te parece bien?

—Garrett, cariño, ¡dame una cerveza! —Una voz suena sobre la conversación. A juzgar por el débil acento de Texas, debe de tratarse de Tucker.

—Espera, Wellsy. Un segundo. —Una especie de crujido llega a mi oído, seguido de unas carcajadas; a continuación, vuelve Garrett—. Vale, mañana a las nueve entonces.

—¡A las siete!

—Eso, a las siete. Lo siento, no oigo nada. Te veo mañana.

Me cuelga, pero no me importa. La semana pasada descubrí que Garrett nunca se molesta en decir adiós por teléfono. Al principio me jorobó un poco, pero ahora la verdad es que aprecio su enfoque de cómo ahorrar tiempo.

Meto mi móvil en el delantal y vuelvo a la sala principal para contarle a Allie que puedo ir mañana por la noche. Ella chilla en respuesta.

—¡Hurra! Estoy impaciente por la sesión con mi Gosling. El tío más bueno del universo.

—Estoy aquí, ¿sabes? —se queja Sean.

—Cariño, ¿has visto los abdominales de ese hombre? —le pregunta. Él suspira.

Al día siguiente, aparezco en la casa de Garrett a las siete en punto y entro sin llamar como hago de forma habitual. Antes de dirigirme arriba, meto la cabeza en el salón para saludar a Logan y los demás. Logan no está, pero Tuck y Dean sí, y me lanzan una mirada de confusión al verme.

—Hola, Wellsy. —Tucker arruga la frente—. ¿Qué haces aquí?

—Darle clase a tu capitán, ¿qué otra cosa podría ser? —Niego con la cabeza mientras empiezo a distanciarme de la puerta.

—Cielo, no quieres subir, créeme —dice Dean en voz alta.

Me detengo en seco.

—¿Por qué no?

Sus brillantes ojos verdes brillan divertidos.

—Eh... es posible que a Garrett se le haya olvidado.

—Bueno, pues entonces voy a recordárselo.

Un minuto más tarde, me arrepiento por completo de esta acción.

—Oye, Graham, vamos a terminar con esto y así puedo... —Abro la puerta y me detengo a mitad de frase; me quedo congelada como un ciervo ante los faros de un coche.

La vergüenza me golpea cuando me doy cuenta de lo que estoy viendo.

Garrett está tumbado en la cama con el torso desnudo en todo su esplendor mientras una chica desnuda cabalga sobre sus muslos.

Sí, Miss Tanga está completamente desnuda y se gira en una nube de pelo rubio al oír el sonido de mi voz. Unos pechos turgentes asaltan mi visión, pero no tengo tiempo para juzgarlos en un sentido u otro, porque su chillido perforador de tímpanos se abre camino.

—¡¡Pero qué narices!!

—Mierda. Lo siento mucho —suelto.

Cierro la puerta de golpe y salgo corriendo a la planta baja como si me persiguiera un asesino en serie.

Cuando entro de sopetón en el salón un segundo después, dos caras sonrientes me dan la bienvenida.

—Te hemos dicho que no fueras allí —dice Tucker tras un suspiro.

La sonrisa de Dean se ensancha.

—¿Qué tal el espectáculo? No podemos oír mucho desde aquí abajo, pero me da la sensación de que es de las que gritan.

Estoy tan avergonzada que siento mis mejillas arder de adentro afuera.

—¿Podéis decirle a vuestro amigo el zorrón que me llame cuando termine? Bueno, mira, en realidad, no. Dile que se le acabó la suerte. Mi tiempo es muy valioso, joder. Paso de darle más clases particulares cuando es evidente que él no se toma en serio mis horarios.

Dicho eso, me marcho de su casa. Mis emociones van alternándose entre la vergüenza y la ira. Increíble. ¿Cómo puede ser que tirarse a una tía sea más importante para él que aprobar su parcial? ¿Y qué clase de idiota haría eso cuando *sabe* que voy a ir a su casa?

Estoy a mitad de camino llegando al coche de Tracy cuando la puerta principal se abre de golpe y Garrett sale corriendo. Por lo menos ha tenido la decencia de ponerse unos vaqueros, pero sigue sin llevar camiseta. Ni zapatos. Viene corriendo hacia mí con una expresión que es una mezcla entre vergüenza y cabreo.

—¿Qué coño ha sido eso? —exige.

—¿Estás de broma? —le contesto—. Soy yo la que debería estar haciendo esa pregunta. ¡Sabías que venía a tu casa!

—¡Me dijiste a las nueve!

—Lo cambié a las siete y lo sabes de sobra. —Mis labios se tuercen en una mueca—. Quizá la próxima vez deberías prestarme más atención cuando te llamo.

Se pasa una mano por el pelo corto y sus bíceps aumentan con el movimiento. El aire frío hace que se le erice toda su suave piel dorada y mi mirada se siente inconscientemente atraída por la delgada línea de vello que apunta hacia la cintura del pantalón desabrochado.

Al ver eso, una extraña oleada de calor recorre el camino entre mi pecho y mis entrañas. Mi cuerpo se siente repentinamente tenso y lleno de deseo, mis dedos hormiguean de ganas de…, ah, mierda. ¡No! ¿Y qué más da si este tío está como esculpido en mármol? Eso no significa que quiera subirme a horcajadas en sus piernas como una *cowgirl*.

Él ya tiene otra persona haciéndole eso.

—Lo siento, ¿vale? —se queja—. La he cagado.

—No, ¡no vale! Para empezar, está claro que no respetas mi tiempo, y para terminar, está clarísimo que no quieres aprobar esta asignatura, de lo contrario tendrías los pantalones cerrados y el libro de texto abierto.

—Oh, ¿lo dices en serio? —me reta—. ¿Esperas que me crea que tú estudias veinticuatro horas al día, siete días a la semana y que nunca te enrollas con nadie?

El cabreo se revuelve en mi estómago y cuando no contesto, la sospecha inunda sus ojos.

—Porque tú te enrollas con gente, ¿no?

Un resoplido enfadado se escapa de mis labios.

—Por supuesto que sí. Solo…, solo que hace tiempo que no.

—¿Cuánto es «hace tiempo»?

—Un año. Y no es que sea de tu incumbencia. —Aprieto la mandíbula y abro la puerta del conductor—. Vuelve con tu putita, Garrett. Me voy a casa.

—¿Putita? —repite—. Eso es una suposición bastante maleducada, ¿no crees? Por lo que tú sabes, podría ser una erudita de la fraternidad Rodas.

Levanto una ceja.

—¿Lo es?

—Bueno, no —cede—. Pero Tiffany…

Resoplo. Ohhh, Tiffany. *Por supuesto,* se llama Tiffany.

—… es una chica muy inteligente —acaba.

—Ya, claro, estoy segurísima de que lo es. En ese caso, vuelve con Miss Inteligencia. Yo me largo.

—¿Podemos quedar mañana?

Abro la puerta del coche.

—No.

—¿Ah, no? —Agarra con la mano el marco de la puerta—. En ese caso creo que nuestra cita para el sábado también queda cancelada.

Él me mira fijamente.

Le devuelvo la mirada.

Pero los dos sabemos que no será él quien dé marcha atrás.

De repente recuerdo la conversación que tuve con Justin en el pasillo el otro día. Mis mejillas se calientan de nuevo, pero esta vez no tiene nada que ver con que acabo de pillar a Garrett con los pantalones bajados. Literalmente. Por fin Justin se ha dado cuenta de que existo y si no voy a esa fiesta, estaré dejando escapar la oportunidad de hablar con él fuera del contexto de la universidad. No es que pertenezcamos a los mismos círculos, así que si no quiero limitarme a un encuentro una vez a la semana en clase de Ética, tengo que ser proactiva y buscar el contacto con él fuera del aula.

—Va —le bufo a Garrett—. Te veo mañana. A las siete *en punto*.

Su boca se curva en una sonrisa de satisfacción.

—Eso me parecía a mí.

CAPÍTULO 15

GARRETT

Me aseguro de estar en casa —y solo— cuando Hannah aparece el jueves por la tarde. Que nos pillara *in fraganti* a Tiff y a mí me divierte más que me avergüenza, y bueno, al menos no entró mientras me estaba corriendo. La cara de Hannah se habría puesto cien veces más roja si hubiera oído los gritos de Tiffany durante su orgasmo.

Honestamente, una parte de mí se pregunta si Tiff fingía esos gemidos de estrella porno. No es que pretenda ser un semental en la cama, pero sí que soy superatento y nunca he tenido ninguna queja. Sin embargo, anoche fue la primera vez que sentí que la chica que había en mi cama estaba en realidad haciendo teatro. Hubo algo muy insatisfactorio en todo el asunto. No sabría decir si fingía, o si simplemente estaba exagerando mucho su placer, pero, de cualquier manera, lo cierto es que no tengo muchas ganas de volver a ver su espectáculo.

Hannah llama a mi puerta, pero no se detiene tras el primer golpe. Aporrea la puerta al menos diez veces más, y después, cuando ya le he gritado que entre, le da dos veces más.

La puerta se abre y Hannah entra en mi cuarto tapándose los ojos con ambas manos.

—¿Es seguro entrar? —pregunta en voz alta. Con los ojos todavía cerrados, extiende sus brazos hacia delante como una persona ciega a tientas en su oscuridad.

—Joder, Hannah, eres como una niñata impertinente —digo con un suspiro.

Sus párpados se abren de repente y me mira con gravedad.

143

—Estoy siendo cuidadosa —contesta en tono arrogante—. Solo le pido a Dios no volver a entrar en medio de otro de tus polvos.

—No te preocupes, ni siquiera habíamos llegado a eso. Por si te interesa, todavía estábamos en los juegos preliminares. Segunda y tercera fase: tocamientos y sexo oral, para ser exactos.

—Qué asco. Demasiada información.

—Eres tú la que has preguntado.

—Yo no he preguntado nada. —Se acomoda con las piernas cruzadas en la cama y tira de la carpeta que hay en su mochila—. Vale. Suficiente charla. Primero leeremos tu texto revisado y después resumiremos unos cuantos ejercicios prácticos.

Le doy el texto corregido y me recuesto sobre las almohadas mientras Hannah lo lee. Cuando termina, me mira, y veo en sus ojos que está sorprendida para bien.

—Esto está bastante guay —admite.

Experimento una explosión de orgullo en mi interior. He trabajado como una bestia para el ensayo este de los nazis y la felicitación de Hannah no solo me gusta, sino que también confirma que estoy mejorando en la tarea de ponerme en la cabeza de otra persona.

—La verdad es que, más que guay, está superguay —rectifica mientras relee la conclusión.

Finjo un grito ahogado.

—Ostras. ¿Eso ha sido un cumplido?

—No. Me retracto. Es una mierda que flipas.

—Demasiado tarde. —Muevo el dedo índice delante de sus ojos—. Crees que soy inteligente, ¿eh?

Deja escapar un profundo suspiro.

—Eres inteligente cuando te aplicas. —Hace una pausa—. Bueno, igual te parezco una capulla por decir esto, pero siempre he asumido que la uni era más fácil para los buenos deportistas. Académicamente, quiero decir. Ya sabes, que os regalan los 10 por ser superimportantes para la institución.

—Ya me gustaría. Conozco a algunos chicos del Eastwood cuyos profesores ni siquiera se leen sus exámenes; simplemente, les plantan un 10 y se los devuelven. Pero los profes de Briar nos hacen currárnoslo. Son unos cabrones.

—¿Cómo te va en tus otras asignaturas?

—10 en todas y un incómodo 6 en Historia española, pero cambiará cuando haga el examen final. —Sonrío—. Supongo que no soy el deportista tonto que pensabas que era, ¿eh?

—Nunca he pensado que fueras tonto. —Saca la lengua—. Pensaba que eras un gilipollas.

—¿*Pensabas?* —Salto al darme cuenta de que ha usado el verbo en pasado—. ¿Eso significa que admites que estabas equivocada?

—Nah, sigues siendo un gilipollas. —Sonríe—. Pero al menos eres un gilipollas inteligente.

—¿Lo suficientemente inteligente como para sacar un 10 en el examen? —Mi ánimo se hunde cuando lanzo la pregunta. La recuperación es mañana y me estoy empezando a poner de los nervios otra vez. No sé si estoy preparado, pero la confianza de Hannah alivia un poco mi incertidumbre.

—Sin ninguna duda —me garantiza—. Siempre y cuando te olvides de tus opiniones y te ciñas a lo que pensarían los filósofos, creo que todo irá bien.

—Más vale que sea así. Necesito esa nota como respirar, Wellsy.

Su voz se suaviza.

—¿El equipo es tan importante para ti?

—Es toda mi vida —le digo sin rodeos.

—¿Toda tu vida? Uau. Te estás poniendo mucha presión a ti mismo, Garrett.

—¿Quieres que hablemos de presión? —La amargura tiñe mi voz—. La presión es tener siete años y que te obliguen a seguir una dieta alta en proteínas para promover tu crecimiento. La presión es que te despierten al amanecer seis días por semana para ir a patinar y hacer una tabla de ejercicios mientras tu padre te pita con su silbato en tu cara durante dos horas. La presión es que te digan que si fallas, nunca serás un hombre de verdad.

Su cara está afectada.

—Mierda.

—Sí, eso más o menos lo resume todo. —Intento expulsar los recuerdos lejos de mí, pero brotan en mi cerebro de forma intermitente, tensando mi garganta—. Créeme, la presión que

145

me pongo a mí mismo no es nada en comparación con toda la que tuve que aguantar mientras crecía.

Hannah entrecierra los ojos.

—Me dijiste que te encantaba el *hockey*.

—Y me encanta. —Mi voz sale ronca—. Cuando estoy en el hielo, es el único momento en que me siento… *vivo*, supongo. Y créeme, voy a esforzarme hasta reventar para llegar a donde quiero. No… joder, no puedo fallar.

—¿Qué pasa si lo haces? —responde—. ¿Cuál es tu plan B?

Frunzo el ceño.

—No tengo ninguno.

—Todo el mundo necesita un plan B —insiste Hannah—. ¿Qué pasa si te lesionas y no puedes jugar más?

—No lo sé. Supongo que me haría entrenador. O tal vez comentarista deportivo.

—¿Ves?, *sí* que tienes un plan.

—Supongo que sí. —La miro con curiosidad—. ¿Cuál es tu plan B si no tienes éxito como cantante?

—Honestamente, a veces no sé si quiero ser cantante. A ver, cantar me flipa, totalmente, pero hacerlo profesionalmente es otra historia. No me enloquece la idea de pasarme la vida con una maleta a cuestas, ni de pasar todo el tiempo en un autobús de gira. Y sí, me gusta cantar frente al público, pero no tengo claro si quiero estar en un escenario frente a miles de personas todas las noches. —Se encoge de hombros, pensativa—. A veces pienso que prefiero ser compositora. Me gusta componer, así que no me importaría trabajar detrás de los escenarios y dejar que alguien distinto sea la estrella. Si eso no funciona, podría dedicarme a la enseñanza. —Sonríe subestimándose a sí misma—. Y si eso tampoco funciona, siempre puedo probar suerte en el mundo del *striptease*.

Miro su cuerpo de arriba abajo y de abajo arriba y me humedezco los labios de forma muy exagerada.

—Bueno, sin duda tienes las tetas que se necesitan.

Ella niega con la cabeza y resopla.

—Pervertido.

—Oye, solo estoy afirmando un hecho. Tus tetas son fantásticas. No sé por qué no les sacas más partido. Ya sabes, podrías incluir unos cuantos escotes en tu vestuario.

Un rubor rosado aparece en sus mejillas. Me encanta lo rápido que pasa de seria y descarada a tímida e inocente.

—Por cierto, no puedes hacer eso el sábado —le informo.

—¿El qué? ¿Hacer un *striptease?* —dice en tono burlón.

—No, ponerte como un tomate cada vez que te hago un comentario lascivo.

Hannah arquea una ceja.

—¿Cuántos comentarios lascivos pretendes hacer?

Sonrío.

—Depende de lo que beba.

Ella deja escapar un suspiro de exasperación y un mechón de pelo oscuro se suelta de su coleta y cae sobre su frente. Sin pensarlo, acerco la mano y le meto el mechón detrás de la oreja.

Que sus hombros se tensen de forma inmediata hace que mis labios se frunzan.

—No puedes hacer eso. Quedarte congelada cuando te toco.

Sus ojos muestran alarma.

—¿Por qué tendrías que tocarme?

—Pues porque se supone que soy tu cita. ¿No me conoces o qué? Soy un sobón.

—Bueno, pues el sábado puedes dejar tus manos quietas —dice ella remilgadamente.

—Un maravilloso plan. Y entonces *Loverboy* pensará que solo somos amigos. O enemigos, dependiendo de lo nerviosa que te pongas.

Se muerde el labio, y su visible nerviosismo solo consigue que me meta más con ella.

—¡Ah! Y también puede que te bese.

Ahora es ella la que me mira fijamente.

—Ni de coña.

—¿Quieres o no quieres que Kohl piense que te molo? Porque si eso es lo que quieres, al menos tendrás que intentar actuar como si te molase.

—Eso va a resultarme difícil —dice con una sonrisa.

—Mentira. Te gusto un montón.

Resopla.

—Me encanta ese resoplido tuyo —le digo con sinceridad—. La verdad es que me pone un poco.

—¿Quieres parar de una vez? —se queja—. Justin no está en tu habitación ahora; puedes guardarte el coqueteo para el sábado.

—Estoy intentando conseguir que te acostumbres. —Hago una pausa como si estuviera reflexionando sobre algo, pero en realidad es que me flipa hacer rabiar a Hannah—. La verdad es que, cuanto más lo pienso, más me pregunto si deberíamos calentar.

—¿Calentar? ¿Qué leches significa eso?

Ladeo la cabeza.

—¿Qué crees que tengó que hacer antes de un partido, Wellsy? ¿Crees que simplemente aparezco en la pista y me pongo los patines? Por supuesto que no. Practico seis días a la semana para prepararme; en el hielo, en la sala de musculación, viendo vídeos de partidos, en reuniones de estrategia. Piensa en toda la preparación que conlleva.

—Esto no es un partido —dice ella con enfado—. Es una cita falsa.

—Pero para *Loverboy* tiene que parecer real.

—¿Podrías dejar de llamarlo así?

No, no tengo ninguna intención de parar. Me gusta cómo la cabrea. Es más, me mola cabrearla y punto. Cada vez que Hannah se enfada, sus ojos verdes resplandecen y sus mejillas se tornan de un color rosa superbonito.

—Así que sí —digo con una inclinación de cabeza—. Si voy a tocarte y besarte el sábado, creo que es imprescindible que ensayemos. —Me vuelvo a humedecer los labios—. De forma meticulosa.

—Sinceramente, me resulta imposible saber si me estás tomando el pelo o no. —Exhala un suspiro cansado—. En fin, no voy a dejar que me toques. Ni que me beses. Así que borra todas esas ideas guarras de tu cabeza. Si quieres un poco de acción, llama a Tiffany.

—Sí, ya, eso no va a suceder.

—¿Por qué no? Parecía gustarte mucho ayer por la tarde.

—Hay algo de frialdad en el tono de Hannah.

—Fue un rollo de una sola vez. Y deja de intentar cambiar de tema. —Sonrío—. ¿Por qué no quieres besarme? —Entrecierro los ojos—. Oh, mierda. Solo hay una explicación posible. —Hago una pausa—. Besas mal.

Abre la boca indignada.

—Ni de coña beso mal.

—¿En serio? —Mi tono de voz es ahora más grave, seductor—. Demuéstramelo.

CAPÍTULO 16

HANNAH

Es como si hubiera viajado al pasado, a los días de parque infantil de tercero de primaria. A no ser que exista otra explicación de por qué Garrett me está provocando para que lo bese.

—No tengo que demostrar absolutamente nada —le informo—. Resulta que beso estupendamente bien. Por desgracia, *nunca* llegarás a saberlo.

—Nunca digas de esta agua no beberé —responde con voz cantarina.

—Gracias por el consejo, Justin Bieber. Pero sí, amigo, no lo sabrás jamás.

Suspira.

—Lo pillo. Estás intimidada por mi potente masculinidad. Anímate, me pasa todo el tiempo.

Ay, madre. Todavía recuerdo aquellos días —hace una semana— en los que Garrett Graham no formaba parte de mi vida. Aquellos días en los que no tenía que escuchar sus arrogantes comentarios, ni ver sus sonrisas pícaras, ni verme arrastrada a una batalla de flirteo por la que no tengo ningún interés.

Pero Garrett resulta ser muy muy bueno en una cosa en concreto: desafiar.

—El miedo forma parte de la vida —dice con solemnidad—. No permitas que eso te desanime, Wellsy. Todo el mundo lo experimenta. —Se inclina hacia atrás sobre sus codos, en plan mafioso—. Pero te diré algo, eres libre. Si estás demasiado asustada como para besarme, no voy a obligarte.

—¿Asustada? —le suelto—. No tengo miedo, idiota. Simplemente, no quiero.

Otro suspiro se escapa de su pecho.

—Vale, entonces creo que lo que tenemos aquí es un problema de confianza en ti misma. No te preocupes, hay un montón de gente que besa mal en este mundo, querida. Estoy seguro de que con práctica y perseverancia, algún día podrás...

—De acuerdo —interrumpo—. Hagámoslo.

Cierra la boca de golpe y abre los ojos como platos por la sorpresa. Ajá. Así que no esperaba que aceptase el reto.

Nos miramos fijamente el uno al otro durante una eternidad. Está esperando a que yo dé marcha atrás, pero estoy convencida de que puedo ganarle en la espera. Es posible que sea infantil por mi parte, pero Garrett ya se ha salido con la suya con lo de las clases particulares. Esta vez quiero ganar *yo*.

Pero, de nuevo, lo he subestimado. Sus ojos grises se oscurecen y pasan a un tono plateado metálico ahumado, y de repente hay calor en su mirada. Calor y un destello de confianza en sí mismo: está convencido de que no voy a llegar hasta el final.

Detecto esa seguridad en el tono despectivo que usa cuando por fin habla:

—Muy bien, pues enséñame lo que tienes que ofrecer.

Vacilo.

Joder. No puede ir en serio.

Y yo no puedo estar, de verdad, planteándome esta locura de reto. No me siento atraída por Garrett y no quiero darle un beso. Fin de la historia.

Aunque, bueno, no da la impresión de ser el fin de *nada*. Mi cuerpo está como envuelto en llamas y mis manos tiemblan, pero no de los nervios, sino de anticipación. Cuando me imagino su boca contra la mía, mi corazón se acelera y va más rápido que un tema de *drum and bass*.

¿Qué narices me pasa?

Garrett se acerca unos centímetros. Nuestros muslos se tocan y, o bien estoy teniendo alucinaciones, o veo perfectamente cómo le palpita el pulso en el centro de la garganta.

No puede ser que él quiera esto, ¿verdad?

El sudor de mis manos aumenta, pero me resisto a limpiarlas en mis *leggings* porque no quiero que sepa lo nerviosa que estoy. Soy totalmente consciente del calor que irradia de su muslo cubierto por el vaquero, del tenue aroma a madera de su loción para después del afeitado, de la leve curva de su boca mientras espera mi próximo movimiento.

—Vamos —se burla—. No tenemos toda la noche, nenita.

Ahora estoy cabreada. A la porra. No es más que un beso, ¿no? Ni siquiera me tiene que gustar. Hacerle cerrar esa boca de listillo será suficiente recompensa.

Arqueo una ceja y acerco la mano para tocarle la mejilla.

Su aliento se ha convertido en jadeos.

Paso mi pulgar sobre su mandíbula, deteniéndome ahí, esperando a ver si me para. Y cuando no lo hace, poco a poco voy acercando mi boca a la suya.

En el preciso momento en el que nuestros labios se encuentran, sucede algo superextraño. Oleadas intermitentes de calor se despliegan en mi interior: empiezan en mi boca y se propagan por todo mi cuerpo, provocando un hormigueo en mis pezones antes de dirigirse ahí abajo. Su boca sabe al chicle de menta que ha estado masticando toda la tarde y el sabor mentolado impregna mis papilas gustativas. Mis labios se mueven por voluntad propia y Garrett lo aprovecha al máximo deslizando su lengua dentro de mi boca. Cuando mi lengua se enreda con la suya, él emite un gruñido grave desde la parte posterior de su garganta; un sonido erótico que vibra y atraviesa todo mi cuerpo.

De repente, una sacudida de pánico me golpea y me hace romper el beso.

Reprimo un suspiro agitado.

—Ya está. ¿Qué tal? —Intento no parecer afectada por lo que acaba de pasar, pero el ligero temblor de mi voz me traiciona.

Los ojos de Garrett están como derretidos.

—No estoy seguro. No ha sido lo suficientemente largo como para que pueda juzgar correctamente. Necesitaré más para continuar.

Sus grandes manos rodean mis mejillas.

Eso debería ser el gesto clave para salir de ahí.

Pero, en lugar de escapar, me inclino a por otro beso.

Y es tan sorprendentemente increíble como el primero. Cuando su lengua se escurre sobre la mía, acaricio su mejilla y, ay, Dios, craso error. La sensación áspera de su barba en la palma de mi mano intensifica el placer que ya está causando estragos en mi cuerpo. Su cara es fuerte y masculina y *sexy*, y su absoluta virilidad desencadena otro estallido de necesidad en mí. Necesito más. No esperaba eso, pero, mierda, *necesito más*.

Con un gemido de angustia, ladeo mi cabeza para que el beso sea más profundo y mi lengua explora con ansia su boca. No, no es ansia, es *hambre*. Tengo hambre de él.

Garrett pasa sus dedos por mi pelo y me atrae hacia él; un potente brazo rodea mi cadera para que no pueda moverme. Mis pechos están aplastados contra su pecho, duro como una piedra, y siento el martilleo salvaje de su corazón. Su excitación coincide con la mía. El gemido ronco y áspero que deja escapar me cosquillea en los labios y hace que mi pulso vuele.

Algo me pasa. No puedo dejar de besarlo. Garrett es demasiado adictivo. Y a pesar de que he podido comenzar llevando las riendas, ya no tengo ningún control.

La boca de Garrett se mueve sobre la mía con una habilidad y confianza que roba el aliento de mis pulmones. Cuando me mordisquea el labio inferior, mis pezones responden con un tirón, y aprieto una mano contra su pecho para anclarme, para tratar de evitar salir flotando en una nube de placer que me lleva a la deriva. Sus templados labios dejan los míos y recorren mi mandíbula para sumergirse después en mi cuello, donde siembra besos con la boca abierta que dejan escalofríos a su paso.

Oigo un quejido torturado y me sorprende descubrir que viene de mí. Estoy desesperada por sentir su boca en la mía de nuevo. Pongo mi mano en su pelo para tirar de él y forzarlo regresar donde yo lo quiero, pero su pelo oscuro es demasiado corto. Todo lo que puedo hacer es empujar su cabeza hacia delante, lo que provoca una pequeña risa por su parte.

—¿Es esto lo que quieres? —dice con voz ronca, y a continuación sus labios encuentran los míos y mete su prodigiosa lengua otra vez en mi boca.

Un gemido sale de mi garganta en el momento exacto en el que se abre la puerta de la habitación.

—Eh, G, necesito que me prestes...

Dean se detiene.

Con un chillido de horror, separo mi boca de la de Garrett y salgo disparada de la cama.

—Uy. No quería interrumpir. —La sonrisa de Dean le ocupa toda la cara y sus centelleantes ojos verdes hacen que mis mejillas ardan.

Vuelvo a la realidad más rápido que un cohete. Mierda. Me acaban de pillar enrollándome con Garrett Graham.

Y me lo estaba pasando genial.

—No interrumpes —suelto.

A Dean parece que le cuesta reprimir la risa.

—¿No? Porque, sin duda, parecía que sí.

A pesar del apretado nudo de vergüenza que me oprime la garganta, me obligo a mirar a Garrett, y en silencio le suplico ayuda, pero su expresión me pilla desprevenida: profunda intensidad y un punto de cabreo, pero este último va dirigido a Dean. También veo en él algo parecido a la fascinación, como si no se pudiese creer lo que él y yo acabamos de hacer.

Yo tampoco puedo creerlo.

—Así que esto es lo que hacéis cuando estáis aquí arriba —dice Dean, arrastrando las palabras—. «Clases particulares» intensivas y profundas. —Entrecomilla con las manos las primeras dos palabras, riendo de satisfacción.

Su vacile me fastidia. Y no quiero que piense que Garrett y yo estamos... liados. Que nos hemos estado enrollando la semana pasada a espaldas de los demás.

Y eso significa que tengo que cortar sus sospechas de raíz. Lo antes posible.

—En realidad, Garrett me estaba ayudando a poner al día mis habilidades como «besadora» —le digo a Dean en el tono más trivial que soy capaz de conseguir. Llegados a este punto, decir la verdad es mucho menos humillante que dejar que su imaginación corra como un caballo salvaje, pero la confesión suena bastante absurda cuando la digo en voz alta—. Sí, aquí estoy, perfeccionando mis habilidades de «besadora» con el capitán del equipo de *hockey*. No es para tanto —digo a Dean entre risas.

—¿En serio?

—Sí —le digo con firmeza—. Tengo una cita pronto y tu amigo querido piensa que no se me da bien. Créeme, no nos molamos. Para nada. —Me fijo en que Garrett todavía no ha dicho ni una sola palabra y me dirijo a él buscando su confirmación—. ¿Verdad, Garrett? —pregunto sin rodeos.

Se aclara la garganta, pero su voz todavía sigue superronca cuando habla.

—Verdad.

—De acuerdo. —Los ojos de Dean brillan—. En ese caso, acepto el reto, muñeca. Muéstrame cómo lo haces.

Parpadeo sorprendida.

—¡¿Qué?!

—Si un médico te dijera que te quedan diez días de vida, buscarías una segunda opinión, ¿no? Bueno, pues si te preocupa besar como el culo, no puedes aceptar solo lo que diga G. Necesitas una segunda opinión. —Sus cejas se levantan desafiantes—. Vamos a ver qué ofreces.

—Deja de comportarte como un capullo —murmura Garrett.

—No, no, tiene sentido lo que dice —respondo con torpeza y mi cerebro grita:

«¡¿Cómo!».

¡¿Que tiene sentido lo que dice?! Según parece, los impresionantes besos de Garrett me han vuelto loca. Me siento en *shock* y confundida, pero, sobre todo, estoy preocupada. Preocupada de que Garrett sepa que... ¿Qué? ¿Que nunca antes un beso me había puesto tan a mil? ¿Que me ha flipado cada segundo?

Sí, y sí. Eso es precisamente lo que no quiero que sepa.

Así que camino en dirección a Dean diciéndole:

—Dame una segunda opinión.

Él parece atónito por un segundo, justo antes de mostrar otra sonrisa. Se frota las manos y a continuación hace crujir sus nudillos como si estuviera preparándose para una pelea. Ese gesto ridículo me hace reír.

Cuando llego a él, su bravuconería se tambalea.

—Que estaba de coña, Wellsy. No tienes que...

Le hago callar poniéndome de puntillas y apretando mi boca contra la suya.

Sí, esa soy yo, otra universitaria más besando a un chico después de otro.

Esta vez, no hay calor. Ni hormigueo. No hay una sensación de desesperación abrumadora. Besar a Dean no tiene nada que ver con besar a Garrett, pero Dean parece estar disfrutando del beso, porque deja escapar un gemido cuando abro mis labios. Su lengua entra en mi boca, y yo lo permito. Solo unos segundos. Después doy un paso atrás y pongo mi cara más indiferente.

—¿Y bien? —suelto.

Sus ojos están completamente vidriosos.

—Eh. —Se aclara la garganta—. Eh... sí..., no creo que tengas nada de lo que preocuparte.

Está tan aturdido que no puedo evitar sonreír, pero mi humor desaparece cuando me giro y veo a Garrett levantándose de la cama, con su cincelado rostro más oscuro que un nubarrón.

—Hannah —dice con brusquedad.

Pero no puedo escuchar el resto. No quiero pensar en ese beso más tiempo por hoy. O nunca. El mero recuerdo hace que mi cabeza dé vueltas y que mi corazón se acelere.

—Buena suerte en el examen de mañana. —Las palabras salen apresuradas en un rápido chorro de nerviosismo—. Me tengo que ir ya, pero mañana me cuentas qué tal te ha ido, ¿vale?

A continuación, recojo rápidamente mis cosas y salgo a toda velocidad de la habitación.

CAPÍTULO 17

HANNAH

—Así que has perdido una apuesta —dice Allie, dubitativa.

—Sí. —Me siento en el borde de la cama y me inclino para cerrar la cremallera de mi bota izquierda, evitando deliberadamente la mirada de mi compañera de piso.

—Y ahora tienes una cita con él.

—Ajá. —Froto uno de los laterales de la bota con mi dedo pulgar como si estuviera limpiando una mancha de la piel.

—Una cita con Garrett Graham.

—Eso es.

—Me estás tomando el pelo.

Por supuesto que no. ¿Una cita con Garrett Graham? Bien podría también haber anunciado que me voy a casar con Chris Hemsworth.

Así que no, no culpo a Allie por su estupefacción. Haber perdido una apuesta era la mejor excusa que se me había ocurrido y aun así es bastante floja. Ahora tengo la duda de si debería confesarle a mi amiga lo de Justin o no.

O mejor aún, me pregunto si debo cancelar la cita por completo.

No he visto a Garrett desde… «el gran error»… como llamo ahora al beso. Ayer me envió un mensaje después de su examen de recuperación. Cinco miserables palabras: pan comido, chupado y rechupado.

No voy a mentir, me puse supercontenta al saber que todo había ido bien, pero no lo suficientemente contenta como para empezar una conversación de verdad. Decidí contestar con un simple ok. Ese era el único contacto que habíamos tenido hasta hace veinte minutos, cuando me ha enviado un mensaje para decirme que venía de camino a casa para recogerme e ir a la fiesta.

Por lo que a mí respecta, el beso nunca existió. Nuestros labios no se tocaron y mi cuerpo no se estremeció. Él no gimió cuando mi lengua llenó su boca, y yo no gemí cuando sus labios chocaron contra ese punto sensible de mi cuello.

No pasó nada de eso.

Pero..., vale, si no fue así, entonces no hay razón para que me eche atrás con lo de la fiesta ahora, ¿verdad? Porque no importa lo confundida y afectada que me haya dejado el bes... «el gran error»; sigo muriéndome de ganas de tener la oportunidad de ver a Justin fuera de clase.

Aun así, no me atrevo a contarle la verdad a Allie. Normalmente me siento muy segura en otras áreas de mi vida: cantar, deberes, amigos. Pero cuando se trata de las relaciones con los chicos, vuelvo a ser la chica traumatizada de quince años que necesitó tres de terapia para ser capaz de sentirse normal de nuevo. Sé que si Allie supiera que he estado usando a Garrett para llegar a Justin lo desaprobaría por completo, y ahora mismo no estoy de humor para aguantar ningún sermón.

—Créeme, «tomar el pelo» es el segundo apellido compuesto de Garrett —digo cortante—. El tío afronta la vida como si fuera un juego.

—Y tú, Hannah Wells, ¿estás jugando también? —Niega con la cabeza, incrédula—. ¿Estás segura de que no te mola nada ese chico?

—¿Garrett? ¡Qué va! —contesto de inmediato.

Ya, ya. Porque tú sieeeeeeempre te enrollas con chicos que *no* te gustan.

Aparto la vocecita burlona de mi cabeza. No, yo no me he enrollado con Garrett.

Simplemente acepté un reto.

La vocecita burlona asoma otra vez: y no sentiste absolutamente nada, ¿verdad?

Aaaaahhh, ¿por qué no hay un botón que apague esa parte sarcástica del cerebro? Pero lo cierto es que sé que eso no borraría la verdad. *Sí*, sentí algo cuando nos besamos. ¿Ese hormigueo que Justin provoca en mí? Lo sentí la otra noche con

Garrett. Aunque son hormigueos diferentes. Las mariposas no se quedaron flotando en mi vientre. Con Garrett se escaparon y revolotearon por todo mi interior, haciendo que cada centímetro de mi cuerpo palpitara de placer.

Pero eso no significa nada. En diez días, Garrett ha pasado de ser un completo desconocido a ser una carga, para acabar siendo un amigo, y es justo esto último lo máximo que estoy dispuesta a llegar con él. No quiero salir con él, no me importa lo genial que bese.

Antes de que Allie pueda seguir interrogándome, me llega un mensaje de Garrett informándome de que ya está aquí. Mi intención es decirle que espere en el coche, pero creo que tenemos diferentes formas de entender la palabra «aquí», porque un segundo después un fuerte golpe resuena en nuestra puerta.

Suspiro.

—Es Garrett. ¿Le puedes abrir? Todavía tengo que recogerme el pelo.

Allie sonríe y desaparece. Mientras me paso el cepillo por el pelo, oigo voces en el salón compartido, y una que protesta. A continuación, unos pesados pasos se dirigen hacia mi dormitorio.

Garrett aparece por la puerta vestido con pantalones vaqueros oscuros y un suéter negro. Entonces sucede algo terrible. Mi corazón se convierte en un delfín y hace una absurda pirueta de la emoción.

Sí, emoción. Joder.

Dios, ese bes… *error* me ha jorobado la cabeza pero bien.

Garrett analiza mi ropa antes de levantar una ceja.

—¿Eso es lo que te vas a poner?

—Sí —contesto—. ¿Tienes algún problema con mi aspecto?

Gira la cabeza hacia un lado como si fuera el mismísimo Tim Gunn juzgando a un joven diseñador en el programa *Project Runway*.

—Estoy totalmente a favor de los vaqueros y las botas, pero la parte de arriba tiene que cambiar.

Examino mi jersey holgado a rayas azules y blancas, pero, sinceramente, no veo cuál es el problema.

—¿Qué hay de malo en mi jersey?

—Es demasiado holgado. Pensé que ya habíamos hablado de que tienes que lucir más tus tetas de *stripper*.

Una tos estrangulada proviene de detrás de Garrett.

—¿Tetas de *stripper*? —repite Allie entrando en la habitación.

—No le hagas caso —digo—. Es un machista.

—No, soy un chico —corrige para después hacer florecer su sonrisa patentada—. Quiero ver canalillo.

—Me gusta este jersey —protesto.

Garrett mira a Allie.

—Hola, soy Garrett. ¿Cómo te llamabas?

—Allie. Compañera de habitación de Hannah y su mejor amiga.

—Estupendo. Bueno, pues ¿puedes decirle a tu compañera y mejor amiga que parece la perdedora de un concurso de disfraces de marinero?

Allie se ríe, y, para mi estupefacción —¡Judas!—, está de acuerdo con él.

—No estaría mal si llevaras algo más ceñido —dice con delicadeza.

Frunzo el ceño en su dirección.

Garrett sonríe de oreja a oreja.

—¿Lo ves? Estamos de acuerdo. Todo o nada, Wellsy. Hay que arriesgar.

La mirada de Allie va de mí a Garrett, y sé exactamente lo que está pensando. Pero se equivoca. No estamos el uno por el otro y, desde luego, no estamos saliendo. Pero supongo que es mejor que piense *eso* a que sepa que tengo esta cita con él para impresionar a otro.

Garrett se dirige a mi armario como si fuera suyo. Cuando mete la cabeza en el oscuro interior, Allie me lanza una sonrisa. Parece estar pasándoselo pipa con todo esto.

Repasa percha por percha, analizando toda mi ropa, y saca un top totalmente negro.

—¿Qué tal este?

—Ni de coña. Se transparenta.

—Entonces, ¿para qué lo tienes aquí?

Buena pregunta.

Sostiene otra percha, esta vez es un jersey fino de color rojo con un pronunciado escote de pico.

—Este —dice mientras asiente—. El rojo te sienta genial.

Las cejas de Allie golpean el techo y yo maldigo a Garrett por poner todas estas ideas innecesarias en la cabeza de mi amiga. Pero, al mismo tiempo, noto que mi corazón está más caliente y empieza a derretirse porque... ¡¿Garrett piensa que el rojo me sienta genial?! Es decir, ¿se ha fijado en la ropa que me he ido poniendo?

Garrett me lanza el jersey.

—Venga, cámbiate. Queremos llegar tarde rollo glamuroso, no rollo somos-unos-capullos.

Allie se ríe.

Miro fijamente a los dos.

—¿Podría, por favor, tener un poquito de privacidad?

O bien los dos no se han percatado de mi cabreo, o bien han decidido ignorarlo, porque los oigo charlar animosamente en el salón. Sospecho que Allie lo está interrogando sobre nuestra «cita», y yo rezo porque Garrett se ciña a la historia de la apuesta. Cuando su risa ronca flota hasta mi dormitorio, un escalofrío involuntario me atraviesa la columna vertebral.

¡¿Qué me está pasando?! Estoy perdiendo de vista qué es lo que quiero. No. Mejor dicho, a *quién* quiero. Justin. Justin Kohl. ¡Joder! No debería andar besando a Garrett —o a Dean, si nos ponemos—, ni distraerme con esta extraña oleada de calor que se desata dentro de mí.

Es hora de centrarme de una vez y recordar por qué accedí a llevar a cabo esta farsa.

A partir de *ya*.

GARRETT

Beau Maxwell vive fuera del campus con cuatro de sus compañeros de equipo. Su casa está solo a unas pocas manzanas de la mía, pero es muuuuucho más grande, y está llena hasta los topes cuando Hannah y yo entramos por la puerta, como un estadio de *hockey* en un partido nocturno. Un ensordecedor tema de hiphop sale de los altavoces, y varios cuerpos sudorosos y calientes nos empujan mientras nos adentramos más y más en la casa. Todo lo que huelo es alcohol, sudor y colonia.

Me doy palmaditas en la espalda a mí mismo por convencer a Hannah de que se cambiara al jersey rojo; le queda de flipar. El material es tan fino que define cada dulce curva de su pecho; y el escote... Ay, Dios. Sus tetas prácticamente se derraman fuera, es como si intentaran salir de ahí a saludar. No sé si lleva puesto un sujetador *push-up* o si sus tetas son tan grandes al natural, pero, sea como sea, rebotan como locas con cada paso que da.

Varias personas se acercan a saludarme y veo mogollón de miradas curiosas que se dirigen a Hannah. Ella se mueve inquieta a mi lado; claramente, se siente fuera de lugar. Mi pecho se ablanda como la mantequilla cuando veo la mirada de cervatilla en sus ojos.

Le cojo la mano, lo que hace que su mirada vuele hasta la mía con sorpresa. Llevo mis labios a su oreja y le digo:

—Relax.

Inclinarme hacia ella ha sido un gran error, porque huele maravillosamente bien. Es esa familiar fragancia dulce a cereza, mezclada con un leve toque a lavanda y algo únicamente femenino. Se necesita una fuerza de voluntad de caballo para no meter la nariz en su cuello y olisquearla. O saborearla con la lengua. Lamer y besar la carne caliente de su garganta hasta hacerla gemir.

Joder. Me he metido en un buen lío. No me puedo quitar ese beso de la cabeza. Cada vez que el recuerdo flota en mi cerebro, mi pulso se acelera y mis huevos se tensan, y lo único que quiero es besarla hasta desgastarla otra vez.

Sin embargo, este irresistible deseo va acompañado de una sensación de rechazo. Porque, claro, yo he sido el único al que ha afectado ese dichoso beso. Si Hannah hubiera sentido algo, incluso lo más mínimo, no le habría metido la lengua en la garganta a Dean dos segundos más tarde. Dean. Uno de mis mejores amigos.

Pero ella no está aquí con Dean esta noche, ¿verdad? No, es mi cita, y estamos aquí para darle celos a otro tío. ¿Por qué no ceder a la tentación? Esta podría ser la única oportunidad que tenga.

Así que le planto un beso suave en el lateral del cuello antes de susurrar:

—Vas a ser el centro de atención esta noche, pequeña. Sonríe y finge que estás disfrutando.

Le robo otro beso, esta vez en el borde de la mandíbula, y se le corta la respiración. Sus ojos se abren y, o es fruto de mi imaginación, o he visto un destello de calor en ellos.

Antes de que pueda interpretar lo que estoy viendo, un defensa del equipo nos interrumpe.

—¡Graham! ¡Qué bueno verte, tronco! —Ollie Jankowitz se mueve con pesadez hacia nosotros y me da un par de golpes en la espalda que provocan que todo mi cuerpo se sacuda. Tiene el tamaño de un gigante.

—Eh, Ollie —digo antes de hacer un gesto hacia Hannah—. ¿Conoces a Hannah?

Por un momento, su mirada es inexpresiva, pero a continuación sus ojos bajan hasta sus pechos, y una lenta sonrisa se va expandiendo por su barbudo rostro.

—Ahora sí que la conozco. —Extiende una mano rolliza—. Hola, soy Oliver.

Ella le da la mano con torpeza.

—Hola. Encantada de conocerte.

—¿Tenéis algo de beber en esta casa? —pregunto a Ollie.

—Hay barriles de birra en la cocina. Y hay cosas más divertidas por ahí también.

—Genial. Gracias, tío. Te veo en un rato.

Enredo mis dedos con los de Hannah y la llevo a la cocina, que está hasta los topes de hermanos de fraternidad borrachos. No he visto a Beau todavía, pero sé que en algún momento nos encontraremos con él.

En cambio, la perspectiva de ver a Kohl no me emociona mucho.

Cojo dos vasos de plástico de la torre que hay en la encimera de granito y me abro paso hasta uno de los barriles. Los chicos de la fraternidad protestan, pero, cuando se dan cuenta de quién los está apartando, se separan ante mí como el mar Rojo. Otra ventaja de ser el capitán del venerado equipo de *hockey* de Briar. Sirvo dos cervezas y me alejo de la multitud; le doy un vaso a Hannah, que niega con la cabeza con rotundidad.

—Es una fiesta, Wellsy. Tomarte una triste cerveza no va a matarte.

—No —dice con firmeza.

Me encojo de hombros y tomo un sorbo de la cerveza aguada. Joder, la cerveza no podría ser peor, pero eso es algo probablemente positivo. Significa que no hay posibilidades de que me pille un pedo de los gordos con esta mierda, a no ser que me beba un barril entero yo solo.

Cuando la cocina se vacía, Hannah se apoya en la encimera y suspira.

—Odio las fiestas —dice con aire sombrío.

—Igual es porque te niegas a beber —la provoco.

—Por favor, empieza con tus gracietas sobre lo mojigata que soy. Me da igual.

—Sé que no eres una mojigata. —Subo y bajo mis cejas—. Una mojigata no besa como tú.

Sus mejillas se enrojecen.

—¿Qué leches significa eso?

—Significa que tienes una lengua muy *sexy* y que sabes usarla. —¡Ahhh, mierda! No debería haber dicho eso. Porque ahora estoy empalmado. Por suerte, mis vaqueros son lo suficientemente apretados como para que no se me note la tienda de campaña como a un gilipollas.

—A veces pienso que dices las cosas solo para hacer que me sonroje —me acusa Hannah.

—No. Solo estoy siendo sincero. —Se oye una oleada de voces que vienen de fuera de la cocina y rezo para que no entre nadie. Me gusta estar a solas con Hannah.

Y a pesar de que no hay ninguna razón para seguir la farsa cuando estamos solos, me acerco a ella y apoyo un brazo alrededor de su hombro mientras me tomo otro sorbo de cerveza aguada.

—En serio, ¿por qué eres tan antialcohol? —pregunto con voz ronca.

—Yo no soy antialcohol. —Hace una pausa—. Es más, la verdad es que me gusta. Con moderación, por supuesto.

—Ya, ya, por supuesto —repito elevando las cejas antes de llegar a la segunda copa que había dejado sobre la encimera—. ¿Quieres tomarte una cerveza de una vez?

—No.

Tengo que reírme.

—Acabas de decir que te gusta.

—No me importa beber en mi habitación con Allie, pero nunca bebo en las fiestas.

—Madre mía. Así que cuando bebes, ¿te sientas en tu casa sola como una borrachina?

—No. —Parece enfadada—. Solo..., déjalo ya, ¿quieres?

—¿Alguna vez dejo yo algo?

Su enfado se convierte en derrota.

—Mira, tío, me emparanoia pensar lo que puede haber en mi copa, ¿vale?

Me siento insultado.

—Por el amor de Dios, ¿crees que yo podría aprovecharme de ti metiéndote algo en la bebida?

—Claro que no.

Su rápida respuesta alivia mis preocupaciones, pero lo que añade después dispara mis sospechas:

—Tú, sé que no.

—Te ha… —Frunzo el ceño al máximo—. ¿Te ha pasado eso?

El rostro de Hannah se tensa de repente y después sacude la cabeza lentamente.

—Le pasó a una amiga mía en el instituto. La drogaron.

Mi boca se abre de par en par.

—¿En serio?

Asiente con la cabeza.

—Alguien le puso GHB en la copa en una fiesta y…, eh bueno, digamos que no fue una buena noche para ella, ¿vale?

—Joder. Vaya puta mierda. ¿Tu amiga está bien?

Hannah parece triste.

—Sí. Está bien. —Sube los hombros con torpeza—. Pero me ha hecho desconfiar de beber en público. Incluso si me sirvo la bebida yo mí misma, nunca se sabe qué puede pasar si me doy la vuelta, aunque sea solo un segundo. Paso de correr el riesgo.

Mi voz se espesa.

—Sabes que nunca dejaría que te pasara eso a ti, ¿verdad?

—Eh, sí. Claro, lo sé. —Pero no suena del todo convencida y no puedo sentirme ofendido por ello, porque sospecho que la experiencia de su amiga realmente le ha jodido la cabeza. Y con razón.

He oído historias horripilantes como esa antes. Hasta donde yo sé, no ha sucedido en Briar, pero seguro que pasa en otras universidades. Chicas que ingieren involuntariamente éxtasis o Rohypnol, o a las que emborrachan hasta que pierden el conocimiento, mientras unos cabrones pervertidos se aprovechan de ellas. Sinceramente, no entiendo cómo un hombre le puede hacer eso a una mujer. En lo que a mí respecta, todos ellos deberían estar entre rejas.

Pero ahora que sé la razón que hay detrás de su rechazo al alcohol, dejo de darle la brasa para que se tome una cerveza y nos dirigimos de nuevo a la sala principal. Los ojos de Hannah escanean la multitud y yo me tenso al instante porque sé que está buscando a Kohl.

Afortunadamente, no está.

Nos mezclamos con la gente un rato. Cada vez que se la presento a alguien, parecen sorprendidos, como si no pudiesen entender por qué estoy con ella y no con una chica boba de alguna fraternidad. Y más de un chico se come con los ojos los pechos de Hannah, antes de guiñarme un ojo como diciéndome «buen trabajo».

Oficialmente me retracto de mis palmaditas de antes. Ojalá no la hubiera convencido para llevar ese jersey. Por alguna razón, esas miradas de admiración que le lanzan me cabrean, y mucho. Pero me trago los impulsos del cavernícola posesivo que hay en mí y trato de disfrutar de la fiesta. Los invitados son más de fútbol americano que de *hockey*, pero aun así conozco prácticamente a todo el mundo, algo que hace que Hannah murmure:

—Por Dios. ¿Cómo es que conoces a toda esta gente?

Le sonrío.

—Ya te dije que soy popular. Mira, ahí está Beau. Venga, vamos a saludar.

Beau Maxwell es el típico *quarterback* universitario. Lo tiene todo: está bueno, tiene rollo y, lo más importante, juega bien. Pero aunque cualquier otra persona en su lugar pensaría que está en su perfecto derecho de ser un gilipollas integral, Beau es realmente un tipo majo. Estudia Historia, como yo, y parece genuinamente feliz de verme esta noche.

—¡G! ¡Has venido! Toma, prueba esto. —Me pasa una botella de algo. La botella es de color negro y sin etiqueta, así que no tengo ni idea de lo que me está ofreciendo.

—¿Qué es? —le pregunto con una sonrisa.

Beau me devuelve la sonrisa.

—Aguardiente casero, cortesía de la hermana de Big Joe. Está que te cagas de fuerte.

—¿Sí? Entonces, mantenlo bien alejado de mí. Tengo partido mañana por la tarde.

No puedo aparecer con una resaca de aguardiente.

—Entiendo. —Dirige sus ojos azul claro a Hannah—. ¿Quieres un poco, guapa?

—No, gracias.

—Beau, Hannah. Hannah, Beau —los presento.

—Tu cara me resulta muy familiar —dice mientras la mira de arriba abajo—. ¿Dónde he podido verte? ¡Ah! Joder, ya lo sé. Te vi cantar en el concierto exhibición de primavera el año pasado.

—¿En serio? ¿Estabas ahí?

Hannah parece al mismo tiempo sorprendida y contenta, y me pregunto si es posible que yo haya estado viviendo en otro planeta o algo así, porque ¿por qué soy el único que no sabe nada de esos conciertos?

—Por supuesto que estaba —afirma Beau—. Y tú estuviste impresionante. Cantaste..., ¿qué era? «Stand By Me», ¿no?, ¿puede ser?

Ella asiente con la cabeza.

Arrugo la frente mientras la miro.

—Pensé que solo se permitía cantar temas originales.

—Eso es un requisito para los de tercero y cuarto —explica—. Los estudiantes de primero y segundo pueden cantar lo que quieran porque no optan a ninguna beca.

—Sí, mi hermana tuvo que cantar una canción original —cuenta Beau—. Estaba en el grupo de cuarto. Joanna Maxwell. ¿La conoces?

Hannah jadea.

—¿Joanna es tu hermana? He oído que este verano consiguió un papel en Broadway.

—¡Sí! —exclama Beau con orgullo—. Mi hermana mayor es una estrella de Broadway. ¿Mola o no mola?

Atraemos aún más miradas ahora que estamos charlando con el cumpleañero, pero Hannah parece ajena a todo eso. Por otro lado, me jode la atención que estamos recibiendo de una persona en particular. Kohl acaba de entrar en el salón y frunce sus labios cuando nuestras miradas se encuentran. Lo saludo con un gesto, después giro la cabeza y muy deliberadamente le planto un beso en la mejilla a Hannah.

Da un respingo, sorprendida, así que justifico el gesto repentino diciendo:

—Ahora mismo vuelvo. Voy a por otra cerveza.

—Vale. —Al instante se gira hacia Beau y siguen charlando sobre su hermana.

No detecto ningún interés romántico por parte de Hannah en Beau, algo que extrañamente me produce una punzada de alivio. La verdadera amenaza está al otro lado del salón y empieza a ir en línea recta en su dirección, un instante después de haberme alejado yo de Hannah y Beau.

Intercepto a Justin antes de que pueda alcanzarlos y le doy una palmada despreocupada en el brazo.

—Kohl. Una fiesta guay, ¿eh?

Su gesto es distraído, su mirada sigue centrada detrás de mi hombro, a lo lejos: en Hannah. Mierda. ¿Es posible que realmente esté interesado en ella? Pensé que esta gran farsa nuestra no se traduciría en algo de lo que tendría que preocuparme de verdad, pero está claro que mi plan está funcionando muy bien. Kohl solo tiene ojos para Hannah, y no me gusta. Ni lo más mínimo.

Echo un vistazo a sus manos vacías y sonrío.

—Venga, vamos a servirte una birra.

—Naaah, estoy bien. —Él ya me ha sobrepasado y va hacia donde yo no quiero que vaya.

En el instante en el que Hannah se da cuenta de la presencia de Justin, sus mejillas se enrojecen y una mirada de sorpresa cruza sus ojos, pero se recupera rápidamente y lo saluda con una sonrisa dubitativa.

No, joder, no. Mi espalda se pone recta como un palo de *hockey*. Quiero ir ahí y llevarla lejos de Kohl. O mejor aún, traerla directamente a mis brazos y besarla hasta que vea luces de colores.

No hago ninguna de las dos cosas porque esta vez soy yo al que interceptan.

Kendall aparece en mi camino, su pelo largo y rubio trenzado sobre un hombro y el extremo de la trenza colgando hasta su escote. Está arregladísima con un vestido rojo y unos tacones imposibles, pero su expresión refleja el monumental cabreo que tiene.

—Hola —dice con tensión.

—Eh. —Me aclaro la garganta—. ¿Qué tal?

Sus labios se cierran en disgusto.

—¿Estás de coña? ¡¿Estás aquí con una cita y eso es todo lo que me dices?!

Mierda. La mitad de mi atención sigue en Hannah, que ahora mismo se ríe de algo que ha dicho Kohl. Afortunadamente, Beau todavía está allí para servir de mediador, pero no me mola nada verla a ella y a Justin así de amigables.

El resto de mi atención está en Kendall. De repente me da miedo que monte un pollo.

—Me dijiste que no querías tener novia —me susurra.

—No quiero —respondo muy rápido.

Está de tan mala leche que tiembla.

—Entonces, ¿cómo me explicas lo de «esa»? —Un dedo con la manicura recién hecha se levanta en dirección a Hannah.

Genial. Bueno, ahora sí que estoy bien jodido. No puedo insistir en que en realidad *no* es una cita, porque se supone que Kohl tiene que pensar que lo es. Pero si digo que *sí* es una cita, corro el riesgo de que Kendall me dé una bofetada.

Bajo la voz.

—No es mi novia. Es una cita, sí, pero no es algo serio, ¿vale?

—No, ¡no vale! ¡Me gustas mucho! Y yo a ti no te gusto, no pasa nada, pero por lo menos ten la decencia de…

169

—¿Por qué? —Soy incapaz de detener la pregunta que acabé reprimiendo la semana pasada, cuando me dijo que habíamos terminado.

Kendall parpadea, confundida.

—¿Por qué, qué?

—¿Por qué te gusto?

Frunce el ceño hacia mí como si se sintiera superinsultada porque le pregunte algo así.

—Ni siquiera me conoces —digo en voz baja—. No has intentado conocerme nunca.

—Eso no es cierto —protesta, y el ceño fruncido da paso a un gesto de preocupación.

Dejo escapar un suspiro afligido.

—Nunca hemos mantenido una conversación de verdad, Kendall, y nos hemos visto decenas de veces desde el verano. No me has hecho una sola pregunta sobre mi niñez, o mi familia, o mis clases, mis compañeros de equipo, mis intereses... Joder, si ni siquiera sabes cuál es mi color favorito; y eso es el tipo de cosas que encuentras en *101 cosas para conocerte*.

—Sí que lo sé —insiste.

Suspiro de nuevo.

—¿Sí? A ver, ¿cuál es?

Duda un segundo y después dice:

—El azul.

—En realidad es el negro —dice otra voz a mi espalda. A continuación, Hannah aparece a mi lado y siento un alivio tan grande que casi le doy un abrazo de oso.

—Lamento interrumpir —dice con una vocecita—, pero tronco, ¿dónde están nuestras cervezas? ¿Te has perdido de camino a la cocina o algo así?

—Me han entretenido.

Hannah mira a Kendall.

—Hola. Soy Hannah. Lo siento, pero tengo que robártelo un segundo. La sed me llama.

Que Kendall no se oponga me dice que mi argumento ha dado en el clavo, y cuando Hannah me coge del brazo y me arrastra hacia el pasillo, la expresión del rostro de Kendall es una mezcla de vergüenza y culpa.

Una vez estamos fuera de su vista, bajo la voz y digo:

—¡Gracias por salvarme! Estaba a punto de echarse a llorar, o de darme una patada en los huevos.

—Estoy segura de que eso último habría sido merecidísimo —responde Hannah con un suspiro—. Déjame adivinar... Le rompiste el corazón.

—No. —El cabreo me sube a la garganta—. Pero resulta que nuestra separación amistosa no era tan amistosa como yo pensaba.

—Ah. Ya veo.

Entrecierro los ojos.

—Así que mi color favorito es el negro, ¿eh? ¿Qué te hace pensar eso?

—Pues que todo lo que te pones siempre es negro. —Me lanza una mirada directa al jersey.

—¿Igual es porque el negro va bien con todo? ¿Alguna vez lo has pensado? —Sonrío—. Eso no quiere decir que sea mi color favorito.

—Está bien, soy toda oídos. A ver, ¿cuál es tu color favorito?

Dejo escapar un suspiro.

—El negro.

—¡Ja! Lo sabía. —Hannah también suspira—. Entonces, ¿qué? ¿Tenemos que escondernos en el pasillo el resto de la noche para evitar a esa chica?

—Sí. A menos que quieras largarte ya —digo con esperanza. La fiesta ha perdido toda emoción para mí, sobre todo ahora que Justin Kohl ha llegado. Antes de que pueda contestar, refuerzo mi argumentación y añado—: Kohl ha mordido el anzuelo, por cierto. Así que si nos piramos ahora, lo dejarás con ganas de más. Ese era el plan, ¿no?

La duda dibuja una línea en su frente.

—Sí, supongo. Pero...

—Pero ¿qué?

—Me estaba gustando hablar con él.

Joder, es como si me clavaran un cuchillo en el corazón. Pero ¿por qué? No estoy interesado en Hannah. O, por lo menos, no lo había estado antes. Todo lo que quería de ella eran sus clases particulares, pero ahora..., ahora no sé lo que quiero.

—¿De qué hablasteis? —pregunto con la esperanza de que no se percate del ansia en mi tono de voz.

Hannah se encoge de hombros.

—De clase, de fútbol, del concierto. Me preguntó si me apetecía tomar un café en algún momento y estudiar Ética juntos.

Eh, ¡¿cómo?!

—¿Me estás tomando el pelo? —suelto—. ¿Se ha puesto a ligar con mi cita delante de mis narices?

La diversión baila en sus ojos.

—Tú y yo no estamos juntos de verdad, Garrett.

—¡Él no lo sabe! —No puedo controlar la ira que hierve en mis entrañas—. Un hombre no le entra a la cita de otro hombre. Punto final. Eso es ser un cabrón.

Frunce los labios.

Yo la miro.

—¿Te gustaría salir con un tipo que hace algo así de ruin?

—No —admite después de una pausa larga—. Pero… —Parece estar pensando—. No había nada abiertamente sexual en la invitación. Si hubiese estado ligando conmigo, me habría invitado a cenar. Tomar un café y estudiar se pueden interpretar como actividades de amigos.

Lo que dice puede ser cierto, pero yo sé bien cómo piensan los chicos. Ese hijo de puta estaba ligando con ella en las narices del chico con el que ha llegado a la fiesta.

Cabrón.

—Garrett. —Su tono se vuelve cauteloso—. Tú sabes que nuestro beso no significó nada, ¿verdad?

La pregunta me pilla desprevenido.

—Eh… Sí. Por supuesto que lo sé.

—Porque somos *solo* amigos, ¿verdad?

La forma en la que ha subrayado el «solo» me jode, pero sé que ahora no es el momento para discutir sobre esto. Sea lo que sea *esto*.

Así que asiento con la cabeza y digo:

—Verdad.

El alivio flota en sus ojos.

—Guay. Bueno, tal vez deberíamos irnos, ¿no? Creo que ya hemos socializado lo suficiente por hoy.

—Claro. Lo que quieras.

—Despidámonos de Beau primero, ¿vale? Me cae muy bien ese tipo. No es para nada lo que me esperaba.

Ella continúa charlando en mi oreja mientras volvemos al salón, pero no oigo ni una sola palabra. Estoy demasiado ocupado con la bomba de verdad que acaba de soltar sobre mi cabeza.

Sí, Hannah y yo somos *solo* amigos. De hecho, es la única amiga chica que he tenido. Y sí, quiero seguir siendo amigo de Hannah.

Pero...

También quiero acostarme con ella.

He estado descuidando a mis amigos desde que empecé a darle clases particulares a Garrett, pero ahora que ya ha hecho el examen, mi tiempo libre vuelve a pertenecerme. Así que la noche después de la fiesta de Beau Maxwell, me encuentro con mis amigos de siempre en la cafetería del campus; estoy emocionada por volver a ver a todo el mundo. Y es evidente que me han echado de menos igual que yo a ellos.

—¡Han-Han! —Dexter salta de su silla y se me tira encima en un abrazo de oso. Y cuando digo abrazo de oso, lo digo de verdad, porque Dex es un tío gigante. Siempre se burlan de él diciendo que es igual al chico de la peli *Un sueño posible* y que, por lo tanto, debería estar jugando de defensa en el equipo de fútbol americano, pero Dex no tiene ni una célula de deportista en su cuerpo. Estudia Música como yo, y créeme, el tío canta de muerte.

Megan es la siguiente en saludarme y, como de costumbre, su boca de listilla suelta un comentario listillo.

—¿Te han abducido los extraterrestres? —pregunta mientras me abraza con tanta fuerza que apenas puedo respirar—. Espero que la respuesta sea que sí y que te hayan metido una sonda por el culo durante diez horas seguidas, porque te lo mereces por ignorarme durante más de una semana.

Me río de la imagen que ha descrito.

—Lo sé. Soy lo peor. Pero tenía que dar unas clases particulares y me han tenido superocupada.

—Oh, todos sabemos quién te ha tenido superocupada —suelta Stella desde la silla junto a Dex—. ¿Garrett Graham, Han? ¿En serio?

Ahogo un suspiro.

—¿Quién os lo ha dicho? ¿Allie?

Stella sube las cejas elevando la mirada al aire de la manera más teatral posible. Creo que es algo de los estudiantes de teatro. Es como que no pudieran decir una palabra ni hacer un gesto sin sobreactuar.

—Por supuesto que nos lo dijo. A diferencia de ti, Allie no guarda nunca ningún secreto.

—Oh, basta ya. Simplemente he estado ocupada con las clases particulares y los ensayos. Y todo lo que Allie os haya dicho sobre Garrett es mentira. —Me desabrocho el abrigo de invierno y lo dejo caer sobre la silla vacía junto a Meg—. Lo estoy ayudando a aprobar Ética. Eso es todo.

El novio de Meg, Jeremy, mueve las cejas en mi dirección por encima de su taza de café.

—Sabes que eso te convierte en el enemigo, ¿no?

—Eh, vamos —protesto—. Eso es muy cruel.

—Dice la traidora —se burla Meg—. ¿Cómo te atreves a hacerte colega de un deportista imbécil? ¡¡Cómo te atreves!!

Por sus expresiones divertidas, veo que todos están de broma. O al menos así es hasta que Garrett me manda un mensaje.

Mi teléfono maúlla y sonrío nada más sacarlo del bolso.

Garrett: Tenías q haber venido a la fiesta ayer. 1 chica le tiró una jarra de birra a Dean n toda la cabeza.

Resoplo y respondo rápidamente; quiero saber más.

Yo: Dios. Por qué? (aunq estoy segura d q se lo merecía).

Él: Supongo q se le olvidó decirle q no salían juntos en exclusiva.

Yo: Por supuesto. Hombres.

Él: Hombres…, termina esa frase… Hombres, q son todos impresionantes. Gracias, peque. Acepto ese premio en nombre d todos nosotros.

Yo: El premio al más gilipollas? Sí, eres el portavoz perfecto.

Él: Ayyyy. Eso ha dolido. No soy un gilipollas.

La idea de haber podido herir sus sentimientos me provoca un sentimiento de culpa.

Yo: Tienes razón. No lo eres. Lo siento.

Él: Jaja. Eres la más blanda en el planeta Tierra. No me ha dolido en absoluto.

Yo: Me alegro. La disculpa era puro teatro.

—¡¡Hannah Wells, pase a la oficina del director!!

Subo la cabeza de un respingo y descubro a mis cuatro amigos observándome y sonriéndome de nuevo.

Dex, responsable de la estruendosa orden, se dirige al grupo.

—Oh, uau, mirad, nos está prestando atención.

—Lo siento —digo con gesto de culpabilidad—. Pondré el móvil lejos de mi alcance el tiempo que dure este encuentro.

—Oye, ¿a que no adivinas a quién vimos anoche en el Ferro? —dice Meg, refiriéndose al restaurante italiano del pueblo.

—Ya estamos —suspira su novio—. ¿No puedes estar ni cinco segundos sin soltar un chisme, cariño?

—No. —Meg le dirige una sonrisa alegre a su chico antes de volverse hacia mí—. Cass y Mary Jane —anuncia—. Tenían una cita.

—¿Tú sabías que estaban juntos? —pregunta Stella.

—Sé que él la invitó a salir —admito—. Pero albergaba la esperanza de que Mary Jane fuese lo suficientemente inteligente como para decir que no.

Pero no me sorprende escuchar que MJ ha hecho todo lo contrario. Y ahora, lo que menos me apetece en el universo es ir al ensayo del lunes, porque si ahora Cass y MJ son «pareja», no volveré a ganar una discusión sobre el dueto nunca más.

—¿Ese capullo sigue causando problemas en los ensayos? —pregunta Dex con el ceño fruncido.

—Sí. Es como si hubiese tomado la decisión de que su misión en la vida es darme por saco. Pero no ensayamos los fines de semana, así que hasta el lunes tengo un descansito de sus mierdas. ¿Cómo va tu canción?

La expresión de Dex se pone seria.

—La verdad es que muy bien. Jon se está portando muy bien; escucha todas mis sugerencias. No se muestra posesivo con su canción, pero tampoco tiene ningún problema en rechazar mis ideas cuando lo cree conveniente, algo que agradezco.

Bueno, al menos uno de nosotros ha tenido suerte en el tema de los compositores. MJ parece estar totalmente conforme con dejar que Cass acerque una cerilla a su canción y le prenda fuego.

—Qué guay. Quiero que me cuentes más, pero tengo que tomarme un café primero. —Salto de la silla y cojo el bolso—. ¿Queréis que os traiga alguna cosa?

Todos niegan con la cabeza a la vez y me dirijo a la barra de pedidos para situarme al final de la larguísima cola. La cafetería está sorprendentemente llena para ser un domingo por la noche. Me quedo perpleja cuando varias personas de la cola me hacen un gesto de saludo con la cabeza o me dicen «hola». No conozco a ninguna. Sonrío con torpeza, devuelvo el gesto y a continuación finjo escribir en el móvil, porque no quiero verme obligada a mantener una conversación con un extraño. ¿Quizá los conocí en la fiesta de Beau? Todas las personas que Garrett me presentó aparecen totalmente borrosas en mi recuerdo. Las únicas personas cuyos nombres y rostros recuerdo son Beau, Justin y algunos de los otros jugadores de fútbol americano.

Noto un suave golpe en mi hombro, me doy la vuelta y me encuentro con los despiertos ojos azules de Justin.

Hablando del rey de Roma.

—Oh, hola —digo con una voz más aguda de lo normal.

—Ey. —Se mete las manos en los bolsillos de su cazadora de fútbol—. ¿Qué tal?

Intento sonar relajada a pesar de tener el corazón a mil por hora.

—Bien. ¿Y tú?

—Muy bien. Pero tengo curiosidad por una cosa. —Ladea la cabeza de la manera más adorable del universo, y cuando un mechón de pelo negro cae sobre su frente, me tengo que reprimir las ganas de apartárselo—. ¿Qué es exactamente lo que tienes en contra de las fiestas? —pregunta con una sonrisa.

Parpadeo.

—¿Qué?

—Te he visto en dos fiestas y en las dos te marchaste pronto. —Hace una pausa—. En realidad, en las dos te marchaste con Graham.

Cierto malestar se enrolla en mi columna vertebral.

—Eh, sí. Bueno, Garrett tiene coche. Me cuesta decir que no si me ofrecen montar en uno.

En cuanto las palabras salen de mi boca, me doy cuenta de lo guarro que suena, pero, a diferencia de Garrett, que se habría lanzado corriendo a bromear con lo de «montar», Justin ni siquiera esboza una sonrisa. Si acaso, parece un poco desconcertado.

Se queda callado un segundo antes de decir en voz baja:

—¿Sabes qué? Te lo voy a preguntar directamente. Tú y Garrett, ¿sois amigos o hay algo más?

Mi teléfono suena en el mismo instante que Justin plantea la pregunta, lo que demuestra que los iPhone carecen totalmente del don de la oportunidad. Cuando el *Sexy Back* de Justin Timberlake resuena desde el altavoz, toda la gente que está en la cola me mira con una sonrisa. ¿Por qué está saliendo *Sexy Back* a todo volumen de mi teléfono? Bueno, pues porque un jugador de *hockey* muy desagradable ha programado ese tono de llamada para su contacto y yo he sido demasiado vaga como para cambiarlo.

La mirada de Justin baja de sopetón a mi teléfono y, como la pantalla está hacia arriba, ve perfectamente el nombre que aparece parpadeando en letras mayúsculas bien grandes.

GARRETT GRAHAM

—Supongo que eso responde a mi pregunta —dice con ironía.

Le doy rápidamente al botón de ignorar.

—No. Garrett y yo no estamos juntos. Y para que no pienses que soy una friki total, he de decir que yo no he asignado ese tono a su contacto. Ha sido él.

Justin todavía parece dudar.

—Entonces, ¿no estáis saliendo?

Dado que la razón para ir a la fiesta de Beau con Garrett era convertirme en un objetivo deseable, sigo con la mentira.

—Salimos de vez en cuando, pero no estamos saliendo en exclusiva ni nada. También vemos a otras personas.

—Ah. Vale.

La cola se va desplazando hacia la barra y voy avanzando junto con él.

—¿Eso significa que puedes cenar conmigo alguna vez? —pregunta Justin con una leve sonrisa.

Una señal de alarma se enciende en mi vientre. No entiendo a qué viene, así que decido ignorarla.

—Puedo hacer lo que quiera. Como he dicho antes, Garrett y yo no estamos juntos. Solo pasamos el rato juntos de vez en cuando.

Dios, ¡cómo ha sonado eso! Sé lo que piensan los chicos cuando escuchan algo así. Para eso podría haber dicho: solo me acuesto con él, pero sin compromiso ninguno. Sin embargo, a Justin eso no parece desanimarlo. Sus manos van de los bolsillos a las trabillas de sus pantalones cargo, lo que compone una pose un poco rara.

—Mira, Hannah. Creo que eres una chica muy guay. —Se encoge de hombros—. Me gustaría llegar a conocerte mejor.

Mi corazón se para en seco.

—¿En serio?

—Totalmente. Y no me importa que estés saliendo con otras personas al mismo tiempo, pero... —Su expresión se vuelve intensa—. Si tú y yo salimos por ahí un par de veces y tenemos el tipo de conexión que creo que vamos a tener, querré firmar una cláusula de exclusividad enseguida.

No puedo evitar sonreír.

—No sabía que los futbolistas estuviesen interesados en la monogamia —bromeo.

Él se ríe.

—Te aseguro que mis compañeros de equipo no lo están ni de lejos, pero yo no soy como ellos. Si me gusta una chica, quiero que esté conmigo y con nadie más. —No sé qué decir a eso, pero por suerte continúa antes de que yo pueda responder—. Pero es demasiado pronto para hablar de esas cosas, ¿eh? ¿Qué tal si empezamos con la cena?

Ay, Dios bendito. Me está pidiendo salir. No para un café, ni para estudiar; esto es una cita en toda regla.

Debería estar dando volteretas por dentro o algo así, pero no me puedo deshacer de un cierto temor que revolotea en mi estómago: las pequeñas campanas de alarma que me están diciendo que diga no. ¡Pero eso es una locura! He estado obsesionada con este tío desde que comenzó el curso. Quiero salir con él.

Exhalo una respiración lenta.

—Claro, eso suena muy bien. ¿Cuándo?

—Bueno, estoy un poco liado esta semana que viene. Tengo que escribir dos ensayos y después, el fin de semana, estaré en Buffalo con el equipo. ¿Qué tal en una semana a partir de hoy? ¿El próximo domingo, quizá?

Mi teléfono escupe su interpretación de *Sexy Back*.

Los labios de Justin se fruncen ligeramente, pero se relajan cuando me apresuro a darle otra vez al botón de ignorar.

—El próximo domingo me viene guay —digo con firmeza.

—Estupendo.

Llegamos a la barra y yo pido un *mocha latte* grande, pero antes de que pueda coger mi cartera, Justin se acerca a mi lado, hace su pedido y ofrece pagar por los dos.

—Yo invito.

Su voz ronca me provoca un escalofrío.

—Gracias.

Mientras avanzamos hacia el otro extremo de la barra a esperar a que nos traigan nuestras bebidas, hace esa inclinación de cabeza tan linda de nuevo.

—¿Te quedas por aquí o quieres que te acompañe de vuelta a tu residencia? Porque vives en una de las residencias, ¿verdad? ¿O vives fuera del campus?

—Estoy en la Residencia Bristol.

—Ey, somos vecinos. Estoy justo al lado, en la Hartford.

La camarera deposita nuestros cafés en la barra. Justin coge su vaso y después me sonríe.

—¿Le apetece dar un paseo a casa conmigo, bella dama?

Bueno. Eso ha sido muy cursi. Y no le ha dado las gracias a la chica de la barra cuando le ha entregado su café. No sé por qué, pero me molesta.

Aun así, fuerzo una sonrisa, a pesar de negar con la cabeza.

—Lo haría, pero estoy aquí con mis amigos.

Sus ojos parpadean.

—Eres una *crack* de la socialización, ¿no?

Me río con torpeza.

—En realidad no. Hacía tiempo que no los veía. He estado demasiado ocupada como para salir.

—No tan ocupada como para ver a Graham —corrige. Hay un punto burlón en su voz, pero también noto algo más amargo. ¿Celos? O tal vez es resentimiento. Pero a continuación vuelve a sonreír y coge juguetonamente el teléfono de mi mano—. Voy a apuntarte mi número. Mándame un mensaje cuando tengas un rato y vamos viendo los detalles para la próxima semana.

Mi corazón se acelera, pero esta vez es de excitación nerviosa. No puedo creer que estemos planeando una cita.

Justin acaba de guardar su número en mi lista de contactos cuando el teléfono suena en su mano.

¡Sorpresa! Es Garrett otra vez.

—Quizá sea mejor que respondas —murmura Justin.

Creo que podría tener razón. ¿Tres llamadas en dos minutos? Está claro que puede ser una emergencia.

O puede que Garrett esté intentando tocarme las narices como de costumbre.

—Nos vemos el domingo. —Justin me devuelve el teléfono y sonríe otra vez, pero la sonrisa es megaextraña. Después se marcha de la cafetería.

Me alejo de la barra y contesto la llamada antes de que salte el buzón de voz.

—Ey, ¿qué pasa? —le digo, irritada.

—¡Por fin! —La voz cabreada de Garrett se mete en mi oído—. ¿Por qué llevas encima un teléfono móvil si no te molestas en cogerlo cuando alguien te llama? Será mejor que tengas una buena razón para haberme ignorado, Wellsy.

—¿Y si estaba en la ducha? —me quejo—. O haciendo pis. O practicando yoga. O corriendo en bolas por el patio.

—¿Estabas haciendo alguna de esas cosas? —pregunta.

—No, pero podría haber estado haciéndolas. No me paso el día sentada esperando a que me llames, idiota.

Ignora la pulla.

—¿Qué son todas esas voces? ¿Dónde estás?

—En el Coffee Hut. Me estoy poniendo al día con algunos amigos. —Omito la parte en la que Justin me ha invitado a salir con él. Por alguna razón, no creo que Garrett lo aprobara y no estoy de humor para discutir con él—. Y bien, ¿qué es eso tan importante que te ha hecho llamarme cinco millones de veces?

—El cumpleaños de Dean es mañana y el equipo va al bar Malone's. Probablemente terminemos la fiesta en nuestra casa. ¿Te vienes?

Me río.

—¿Me estás preguntando si quiero ir a un bar a ver cómo un montón de jugadores de *hockey* se pillan un pedo? ¿Cómo puedes pensar que eso me puede molar?

—Tienes que venir —dice con firmeza—. Mañana me dan el resultado del parcial, ¿recuerdas? Y eso significa que estaré celebrándolo o ahogando mis penas. Sea lo que sea, te quiero ahí.

—No sé…

—Por favor.

Uau. ¿Garrett conoce las palabras «por favor»? Impactante.

—Muy bien —cedo, porque por alguna estúpida razón, no puedo decir que no a este chico—. Iré.

—¡De puta madre! ¿Te recojo a las ocho?

—Vale.

Cuelgo y me pregunto cómo es posible que en cinco minutos haya organizado no una, sino *dos* citas. Una con el chico que me gusta y otra con el chico a quien he besado.

Sabiamente, mantengo ambos detalles para mí misma cuando me reúno en la mesa con mis amigos.

CAPÍTULO 19
HANNAH

Salta totalmente a la vista que Garrett tenía razón. Es un potenciador de popularidad. Mientras camino por la senda empedrada que va hasta el edificio de Filosofía, al menos quince personas se dirigen a mí. «Hola». «¿Cómo estás?». «Qué guapa vas». Me saludan tantas sonrisas, manos y voces que siento como si hubiese puesto el pie en otro planeta completamente diferente. Un planeta llamado «Hannah», porque todo el mundo parece conocerme. Pero yo no tengo ni idea de quiénes son. Supongo que los conocí en la fiesta de Beau.

Una sensación de malestar retuerce mi estómago y una oleada de vergüenza me envuelve. Acelero el paso. Desconcertada por la atención, prácticamente echo a correr hasta que entro en la clase y me siento en mi silla junto a Nell. Garrett y Justin no han llegado aún, algo que me produce cierto alivio. No estoy segura de tener ganas de hablar con ninguno de ellos en este momento.

—He oído que has salido con Garrett Graham este fin de semana. —Es lo primero que me dice Nell.

Madre del amor hermoso. ¿No puedo estar ni un solo segundo sin que alguien me recuerde a este tío?

—Eh, sí —digo sin darle importancia.

—¿Eso es todo? ¿«Sí»? Vamos, quiero todos los detalles sucios.

—No hay ninguno. —Me encojo de hombros—. Solo pasamos el rato juntos de vez en cuando. —Al parecer, ahora esta es mi respuesta comodín.

—¿Qué pasa con tu otro flechazo? —Nell hace un gesto descarado con la cabeza hacia el pasillo opuesto.

Sigo su mirada y me doy cuenta de que Justin acaba de aparecer. Se instala en su sitio y saca un MacBook de su mochila, y como si sintiese mis ojos puestos en él, levanta la cabeza y sonríe.

Le devuelvo la sonrisa y a continuación entra Tolbert. Rompo el contacto visual y me concentro en la tarima.

Garrett se retrasa, lo cual es raro en él. Sé que anoche estuvo con sus compañeros de equipo y que no tenía entrenamiento esta mañana, pero dudo que se haya quedado durmiendo hasta las cuatro de la tarde. Discretamente, saco mi teléfono para escribirle, pero su mensaje llega primero.

> **Él:** He tenido q solucionar una emergencia. Llego para la segunda mitad d clase. Coge apuntes para mí hasta q llegue, ok?

> **Yo:** Todo OK??

> **Él:** Sí. Resolviendo un marrón de Logan. Larga historia. T veo luego.

Cojo muchos apuntes durante la clase, más por Garrett que por mí; yo ya me he estudiado el tema que está explicando y he memorizado la última teoría. Mientras Tolbert suelta su rollo, mi mente empieza a volar. Pienso en mi próxima cita para cenar con Justin y vuelvo a sentir esa sensación de inquietud que me hace tener el estómago revuelto.

¿Por qué estoy tan nerviosa? Solo es una cena. Y en eso se va a quedar. Hay chicas que se abren de piernas en la primera cita, pero, desde luego, yo no soy una de ellas.

Pero Justin es un jugador de fútbol americano. Las chicas con las que sale probablemente se desnudan antes de que el camarero haya traído la carta. ¿Y si espera eso de mí?

¿Y si...?

¡No!, me digo con firmeza a mí misma. Me niego a creer que Justin sea el tipo de tío capaz de presionar a alguien para que se acueste con él.

A los cuarenta y cinco minutos, Tolbert concede un descanso, y todos los fumadores salen de la clase como si hubieran estado atrapados en el interior de una mina durante dos semanas. Yo también voy fuera, pero no a fumar, sino a buscar a Garrett, que todavía no ha hecho acto de presencia.

Justin me sigue al pasillo.

—Voy a por un café. ¿Te apetece uno?

—No, gracias.

Curva los labios cuando nuestras miradas se encuentran.

—¿Sigue en pie lo del domingo?

—Sí.

Asiente contento con la cabeza.

—Guay.

No puedo dejar de admirar su culo mientras se aleja. Sus pantalones cargo no son superajustados, pero recogen muy bien su culo. Su cuerpo es realmente increíble. Solo desearía tener una mejor idea de cómo es su personalidad. Todavía me resulta difícil saber cómo es y eso me da rabia.

«Por eso precisamente vas a cenar con el chaval, para llegar a conocerlo».

Exacto. Me obligo a recordar eso cuando dirijo mi atención de nuevo a la puerta principal. En ese preciso instante, Garrett entra dando grandes zancadas. Sus mejillas están sonrojadas por el frío y lleva la cazadora de *hockey* cerrada hasta el cuello.

Sus Timberlands negras hacen un ruido sordo al chocar con el suelo brillante mientras se dirige hacia mí.

—Ey, ¿qué me he perdido? —pregunta.

—No mucho. Tolbert está hablando de Rousseau.

Garrett mira a la entrada de la clase.

—¿Está ella ahí dentro?

Asiento con la cabeza.

—Bien, bien. Voy a ver si puede darme el examen corregido ahora en lugar de al final de la clase. Todavía sigo gestionando esa emergencia, así que no puedo quedarme.

—¿Vas a decirme lo que ha pasado o tengo que empezar a jugar a las adivinanzas?

Él sonríe.

—Logan ha perdido su carnet falso. Lo necesita en caso de que esta noche nos lo pidan en la puerta, así que voy a llevarlo en coche a Boston, a un tío que los prepara en el acto. —Hace una pausa—. Tienes carnet, ¿verdad? El portero del Malone's nos conoce a los chicos y a mí, por lo que no deberíamos tener problemas para entrar, pero tú igual sí.

—Sí, tengo carnet. Y por cierto, ¿por qué Dean celebra su fiesta de cumpleaños un lunes? ¿Hasta qué hora tenéis pensado quedaros por ahí?

—Probablemente no hasta demasiado tarde. Me aseguraré de que llegues a casa cuando te quieras ir. Y es un lunes porque Beau Maxwell le «robó» la oportunidad a Dean al hacer su fiesta el sábado. Eso, y que no entrenamos en el hielo los martes. Al equipo le toca sala de musculación y cuando estás con resaca, es mucho más fácil levantar pesas que patinar.

Resoplo.

—¿No sería más fácil simplemente no emborracharse?

Se ríe.

—Eso díselo al cumpleañero. Pero no te preocupes, me toca ser el conductor esta noche. Voy a estar absolutamente sobrio. Ah, y quería hablar contigo de una cosa, pero en un segundo, ¿vale? Déjame hablar con Tolbert primero. Vuelvo enseguida.

Un momento después de que Garrett desaparezca en el aula, Justin reaparece con un café en un vaso de plástico.

—¿Entras? —me pregunta mientras camina hacia la puerta.

—Entro en un minuto. Estoy esperando a alguien.

Dos minutos más tarde, Garrett aparece en el pasillo. Le echo un vistazo a su expresión y sé que está a punto de darme buenas noticias.

—¿Has aprobado? —le grito.

Él levanta el examen sobre su cabeza como si estuviera representando una escena de *El rey león*.

—¡Un 9! ¡La hostia!

Suspiro.

—¡Joder! ¿En serio?

—Sí.

Antes de que pueda parpadear, Garrett me coge en sus brazos y me abraza hasta sacarme el aire de los pulmones. Le pongo mis brazos alrededor del cuello y me echo a reír cuando me eleva hasta que dejo de tocar el suelo con los pies y me da tantas vueltas que me mareo.

Nuestra imagen eufórica llama la atención de varias miradas curiosas, pero no me importa. La alegría de Garrett es contagiosa. Cuando por fin me deja en el suelo, le arranco el papel de la mano. Después de todas las horas que he invertido en esas clases particulares, siento que la nota es un poco mía también, y mi pecho rebosa de orgullo cuando me pongo a leer sus palabras de sobresaliente.

—Está genial —le digo—. ¿Significa que tu media vuelve a estar donde tiene que estar?

—Por supuesto que sí.

—Bien. —Entrecierro los ojos—. Ahora asegúrate de que sigue siendo así.

—Lo será si prometes que me vas a ayudar a preparar los exámenes y los trabajos que hay que entregar.

—Oye, tronco, nuestro acuerdo ya no tiene validez. No te prometo nada, pero... —Como siempre que estoy con Garrett Graham, acabo cediendo—. Voy a ayudarte a mantener la nota como muestra de mi amistad, pero solo cuando tenga tiempo.

Con una sonrisa, tira de mí para darme otro abrazo.

—No podría haberlo hecho sin ti, ¿sabes? —Su voz ahora es más grave y su cálido aliento me hace cosquillas en la sien. Se separa de mí, pero centra sus magnéticos ojos grises en mi cara y luego baja la cabeza ligeramente; por un angustiante segundo, creo que va a besarme.

Salgo de forma abrupta del abrazo.

—Así que supongo que esta noche toca celebración —digo, quitándole hierro.

—Todavía tienes pensado venir, ¿verdad? —Hay un punto de intensidad en su voz.

—¿No acabo de decir eso? —gruño.

Su rostro muestra fugazmente alivio.

—Oye. Quería contarte algo a ver qué piensas.

Reviso mi teléfono y me doy cuenta de que solo quedan tres minutos para que la clase comience de nuevo.

—¿Puedes hacerlo más tarde? Debería volver a...

—Solo será un minuto. —Su mirada se queda fija en la mía—. ¿Confías en mí?

Una sensación de cautela me invade, pero, cuando respondo, lo hago con una certeza tan indiscutible que me sorprende a mí misma.

—Por supuesto que sí.

Es que es verdad. A pesar de conocerlo desde hace poco, confío totalmente en él.

—Me alegro mucho. —Su voz se espesa y se aclara la garganta antes de continuar—. Quiero que te tomes una copa esta noche.

Me pongo rígida.

—¿Qué? ¿Por qué?

—Porque creo que te vendrá bien.

—A ver si me entero bien, ¿por eso me has invitado a la fiesta de Dean esta noche? —le digo con sarcasmo—. ¿Para emborracharme?

—No. —Garrett niega con la cabeza, visiblemente agotado—. Para ayudarte a ver que no pasa nada por bajar la guardia a veces. Mira, esta noche me toca conducir a mí, pero me ofrezco a ser algo más que tu conductor. Seré tu guardaespaldas y tu camarero y, lo más importante, tu amigo. Me comprometo a cuidar de ti esta noche, Wellsy.

Estoy extrañamente conmovida por su discurso. Pero no está para nada justificado.

—No soy una alcohólica que necesita beber, Garrett.

—No pienso eso para nada, idiota. Solo quería que supieras que si decides que te apetece tomar una cerveza o las que sean, no tienes que preocuparte. Yo me encargo. —Duda—. Sé que tu amiga tuvo una mala experiencia bebiendo en público, pero te prometo que nunca dejaría que eso te pasara a ti.

Me estremezco cuando dice «tu amiga», pero, por suerte, no creo que se haya dado cuenta. Parte de mí desea no haberle soltado nunca la típica excusa de «le pasó a una amiga», pero me resulta imposible arrepentirme del todo. Solo mis amigos más cercanos saben lo que me pasó y sí, podría confiar en Garrett, pero no me sentiría cómoda contándole lo que pasó.

—Así que si quieres beber esta noche, te prometo que no te pasará nada malo. —Suena tan sincero que mi corazón se contrae de la emoción—. En fin, eso es todo lo que quería decirte. Solo piénsatelo, ¿vale?

Mi garganta está tan cerrada que apenas puedo decir una palabra.

—Vale. —Exhalo un suspiro tembloroso—. Lo pensaré.

GARRETT

Cada centímetro de espacio disponible en el Malone's, un bar que para empezar no tiene mucho espacio, está ocupado por jugadores de *hockey*. El lugar es tan pequeño que la mayoría de las veces solo se puede estar de pie.

Esta noche apenas hay espacio suficiente para respirar, y de lo de sentarse, mejor ni hablamos.

El equipo al completo ha venido a la fiesta de cumpleaños de Dean y los lunes son la noche de karaoke, así que la estrecha sala es la hostia de ruidosa y está abarrotada de gente. Lo positivo de todo esto es que ninguno de nosotros ha tenido que enseñar el carnet falso en la puerta.

De repente me doy cuenta de que en unos pocos meses mi carnet falso dejará de ser útil. Una vez llegue el 21 de enero, seré recompensado con algo más que ser legalmente un adulto; por fin tendré acceso a la herencia que me dejaron mis abuelos, lo que significa que voy a estar un paso más cerca de librarme de mi viejo.

Hannah llega unos veinte minutos después que nosotros. No la he ido a buscar porque su ensayo ha acabado tarde y ha insistido en que cogía un taxi. También ha insistido en ir primero a su residencia a ducharse y cambiarse de ropa, y cuando la veo entrar, apoyo de todo corazón esa decisión. Está que te mueres de guapa con sus *leggings,* botas de tacón alto y su camiseta de algodón. Todo negro, por supuesto. Cuando se va acercando, busco dónde están sus detalles de color. Lo descubro cuando gira la cabeza para saludar a Dean. Una horquilla enorme de color amarillo con pequeñas estrellas azules le sujeta el pelo oscuro hacia atrás. La mitad del pelo lo tiene suelto y enmarca su cara enrojecida.

—Ey —dice ella—. Hace un calor de morirse aquí dentro. Me alegro de no haber traído abrigo.

—Hola. —Me inclino y le doy un beso en la mejilla. Me habría encantado apuntar a sus deliciosos labios, pero, a pesar de que yo considero esto una cita, estoy convencido de que para Hannah no es así—. ¿Cómo ha ido el ensayo?

—Como siempre —dice con mirada sombría—. Como siempre quiere decir una mierda.

—¿Qué ha dicho el subnormal de Cass esta vez?

—Nada importante. Solo se ha comportado como el capullo que es. —Hannah suspira—. Gané la discusión sobre dónde colocar el puente en la canción, pero he perdido con lo del segundo estribillo. Ya sabes, cuando quiere que entre el coro.

Me quejo en voz alta.

—¡Jo, por el amor de Dios, Wellsy! ¿Has cedido en eso?

—Eran dos contra uno —dice con tristeza—. MJ ha decidido que su canción necesita irremediablemente un coro para una apoteosis máxima. Empezamos a ensayar con ellos el miércoles.

Está muy cabreada, así que le doy un pellizquito en el brazo y digo:

—¿Quieres beber algo?

Observo cómo su esbelta garganta se mueve de arriba abajo cuando traga saliva.

No responde al instante. Solo me mira a los ojos, como si tratara de taladrar mentalmente mi cerebro y entrar en él. Termino conteniendo la respiración, porque sé que algo importante está a punto de suceder. Puede pasar que Hannah deposite su confianza en mis manos o que la encierre y tire la llave. Esto último sería el equivalente a una brutal carga de cadera porque, joder, quiero que confíe en mí.

Cuando finalmente contesta, su voz es tan débil que no puedo oírla por encima de la música.

—¿Qué?

Un suspiro se escapa de sus labios y a continuación levanta la voz.

—He dicho que vaaaale.

Con esa palabra pequeñita mi corazón se hincha como un globo de helio. «Confianza de Hannah, te presento a Garrett».

Lucho para controlar mi total felicidad conformándome con un ligero gesto afirmativo con la cabeza mientras la acerco hasta la barra del bar.

—¿Qué te apetece? ¿Cerveza? ¿*Whisky?*

—No, yo quiero algo más rico.

—Te juro por Dios, Wellsy, que si te pides un licor de melocotón o algo típico de chicas como eso, oficialmente dejo de ser tu amigo.

—Pero es que yo soy una chica —protesta—. ¿Por qué no me puedo tomar una copa de chicas? Ah, mira, creo que me apetece una piña colada.

Suelto un suspiro.

—Vale. Por lo menos es mejor que el licor de melocotón.

Ya en la barra, pido la bebida de Hannah y empiezo a examinar cada movimiento del barman. Hannah también lo mira con ojos de halcón.

Con dos de los clientes más vigilantes del planeta haciendo un escrupuloso seguimiento del proceso de preparación de una piña colada de principio a fin, no hay ni un asomo de duda de que la copa no contiene ninguna droga. Unos minutos más tarde, pongo la copa en la mano de Hannah.

Le da un pequeño sorbo y después me sonríe.

—Mmm. Delicioso.

La alegría casi se desborda en mi corazón.

—Ven, te voy a presentar a algunos de los chicos.

La vuelvo a coger del brazo y caminamos hacia el ruidoso grupo que hay en la mesa de billar; ahí le presento a Birdie y a Simms. Logan y Tucker nos ven, se dirigen hacia nosotros y ambos saludan a Hannah con un abrazo. El abrazo de Logan dura quizá demasiado tiempo, pero cuando me encuentro con su mirada, su expresión es de total inocencia. Es posible que esté siendo un poco paranoico.

Pero qué coño, ya estoy compitiendo con Kohl por el afecto de Hannah y lo último que quiero es a mi mejor amigo presentándose también como candidato.

Pero ¿estoy realmente compitiendo? Todavía no sé lo que quiero de ella. A ver, vale, quiero sexo. Quiero sexo ya, ya y ya. Pero si por algún milagro decide darme eso, ¿qué pasa? ¿Qué sucede después? ¿Clavo una bandera en la tierra y la reclamo como mi novia?

Las novias son una distracción y yo no puedo permitirme ninguna distracción en este momento, sobre todo cuando hace solo dos semanas he estado a punto de perder mi posición en el equipo.

No hay muchas cosas en las que mi padre y yo estemos de acuerdo, pero cuando se trata de centrarse y de ser ambicioso, coincidimos al cien por cien. Después de licenciarme seré jugador profesional. Hasta entonces, tengo que concentrarme en mantener mis notas altas y en llevar a mi equipo a una nueva victoria en el Frozen Four. Fracasar no es una opción.

Pero ¿ver a Hannah enrollándose con otro tío?

Eso tampoco es una opción.

«Espada, te presento a la pared».

—Oh, Dios, esto está taaaan bueno —anuncia ella mientras se toma otro trago enorme—. Quiero otro ya.

Me río.

—¿Qué te parece si te acabas este primero? Después podemos hablar del siguiente.

—Vale —resopla. A continuación vacía el resto de su copa a una velocidad que no he visto en la vida, lame sus labios y me mira sonriente—. Bueno, ¿qué te parece si vamos a por el siguiente?

Imposible reprimir la sonrisa que se extiende por mi cara. Ay, ay, ay. Tengo la sensación de que Hannah va a ser una borracha muy interesante.

Doy totalmente en el clavo.

Tres piñas coladas después, Hannah está subida en el escenario cantando una canción con el karaoke.

Sí. Chica borracha de karaoke.

Lo único que le salva es que es una cantante estupenda. No puedo ni imaginar lo vergonzoso que sería si estuviese borracha y no tuviese buen oído.

Todo el bar está como loco con la interpretación de Hannah. Ella canta a todo pulmón *Bad Romance* de Lady Gaga y casi todo el mundo está cantando, incluyendo a más de uno de mis compañeros de equipo borrachos. De repente me encuentro sonriendo como un idiota mientras miro el escenario. No hay nada lascivo en lo que hace. No va de Lolita provocativa. Ni un movimiento de baile sugerente. Mientras canta, Hannah echa la cabeza hacia atrás con entusiasmo, con las mejillas encendidas y los ojos brillantes. Es tan guapa que hace que me duela el pecho.

Joder, quiero besarla de nuevo. Quiero sentir sus labios sobre los míos. Quiero oír ese ruido gutural que hizo la primera vez que le chupé la lengua.

Maravilloso. Ahora estoy duro como una roca, en medio de un bar hasta arriba de amigos.

—¡Hannah es increíble! —grita Logan, desplazándose hacia mí. Él también sonríe mientras observa a Hannah, pero hay un brillo extraño en los ojos. Un brillo que parece deseo.

—Es una gran artista —es la respuesta absurda que se me ocurre, porque estoy demasiado distraído por su expresión.

Un aplauso ensordecedor estalla cuando termina la canción de Hannah. Un segundo después, Dean se sube al escenario y le susurra algo al oído. Por lo que deduzco, está tratando de convencerla para cantar a dúo, pero no deja de tocarle el brazo desnudo mientras la persuade, y no cabe duda de que hay una chispa de inquietud en los ojos de Hannah.

«Es mi señal para rescatarla», me digo antes de comenzar a caminar entre la multitud. Cuando llego a la parte inferior del escenario de baja altura, me rodeo la boca con las manos y llamo a Hannah.

—¡Wellsy, trae tu precioso culito aquí!

Su cara se ilumina cuando me ve. Sin perder un instante, sale del escenario hasta donde mis brazos la esperan, riendo de alegría mientras la hago girar sobre sus pies.

—Oh, Dios, ¡esto es superdivertido! —exclama—. ¡Tenemos que venir aquí tooooodos los días!

Una risa cosquillea mi garganta; analizo su cara para ver dónde la puedo situar en mi escala de borrachera increíblemente fiable. 1 es estar sobrio y 10 es estar «voy a despertarme en pelotas en Portland sin acordarme de cómo he llegado aquí». Dado que su mirada sigue nítida y no se traba al hablar ni se tropieza, decido que probablemente esté en un 5: contenta pero consciente de lo que pasa.

Y es posible que esto me convierta en un arrogante cabrón, pero me encanta ser el que la ha llevado a estar así. Soy la persona a la que ha confiado su cuidado para permitirse relajarse y pasar un buen rato.

Con otra sonrisa brillante, coge mi mano y tira de mí para alejarnos de la pista de baile.

—¿A dónde vamos? —pregunto riéndome.

—¡Tengo que hacer pis! Y me prometiste que serías mi guardaespaldas, así que eso significa que tienes que esperar junto a la puerta haciendo guardia. —Sus hipnóticos ojos verdes me miran, temblando de incertidumbre—. No vas a dejar que nada malo me pase, ¿verdad, Garrett?

Un nudo del tamaño de Massachusetts se instala en mi garganta. Trago con fuerza e intento hablar por encima de él.

—Jamás.

CAPÍTULO 20

HANNAH

¿Cómo es posible que estuviese nerviosa por el hecho de venir a este bar esta noche? Y es que ¡madre del amor hermoso!, ¡me lo estoy pasando en grande! Ahora mismo estoy sentada en el banco corrido de una mesa junto a Garrett y estamos metidos en un acalorado debate con Tucker y Simms sobre la tecnología, entre otras muchas cosas. Tucker no da su brazo a torcer en su opinión de que a los niños pequeños no se les debería permitir ver más de una hora de televisión al día. Estoy totalmente de acuerdo con él sobre eso, pero Garrett y Simms, no. Los cuatro llevamos discutiendo este asunto más de veinte minutos. Me da vergüenza admitirlo, pero sinceramente no esperaba que todos estos jugadores de *hockey* tuvieran opiniones claras y supieran expresarse bien sobre asuntos no relacionados con el *hockey*. Para mi sorpresa, son mucho más complejos de lo que habría apostado.

—Los niños necesitan estar en la calle montando en bicicleta, atrapando ranas y trepando a los árboles —insiste Tucker, agitando su vaso de cerveza en el aire como si quisiese subrayar su argumento con eso—. No es saludable que se queden encerrados dentro de casa mirando una pantalla todo el día.

—Estoy de acuerdo con todo, menos con lo de las ranas —suelto—. Las ranas son babosas y asquerosas.

Los chicos se echan a reír.

—Cobarde —se burla Simms.

—Va, venga, Wellsy, dale una oportunidad a las ranas —protesta Tucker—. ¿Sabías que si le pegas un lametazo a algunas de ellas te puedes pillar un buen pedo?

Lo miro con horror.

—Mi interés en lamer una rana es *cero*.

Tras una carcajada, Simms suelta:

—¿Ni siquiera para que aparezca tu príncipe azul?

—No, ni siquiera en ese caso —le digo con firmeza.

Tucker toma un gran trago de cerveza antes de guiñarme un ojo.

—¿Qué tal lamer algo distinto a una rana? ¿O eres antilamidos en general?

Mis mejillas arden ante la indirecta, pero el brillo pícaro de sus ojos me dice que su intención no es ser grosero, así que respondo con mi propia dosis de provocación.

—Naah, soy prolamidos, siempre y cuando lama algo rico.

Otra ronda de carcajadas estalla en la mesa, pero Garrett no se une. Cuando lo miro me doy cuenta de que sus ojos están abiertos de par en par y desprenden calor.

Me pregunto si se está imaginando mi boca en su... No, no vayas por ahí.

—Joder, que alguien le ate las manos a la espalda a ese viejo para que deje de monopolizar la máquina de discos —dice Tucker mientras otro tema más de Black Sabbath resuena en el bar.

Todos miramos al culpable: un tipo local con una tupida barba roja y una cara de malo como nunca había visto en la vida. Un instante después de que la máquina de karaoke se clausurara por esta noche, Barbarroja corrió a la máquina de discos, metió diez dólares en monedas de veinticinco centavos y seleccionó una *playlist* de *rock* que hasta ahora ha consistido en Black Sabbath, Black Sabbath y más Black Sabbath. Ah, y una canción de Creedence Clearwater Revival, con la que al parecer Simms perdió su virginidad.

Finalmente nuestro debate pasa al *hockey*; Simms intenta convencerme de que el portero es el jugador más importante de un equipo de *hockey* mientras que Tucker le abuchea sin parar. La canción de Black Sabbath llega felizmente a su fin, y es reemplazada por el tema de Lynyrd Skynyrd, «Tuesday's Gone». Cuando los primeros acordes suenan, noto que Garrett se pone tenso a mi lado.

—¿Qué pasa? —pregunto.

—Nada. —Se aclara la garganta y luego se levanta de la mesa y tira de mí hacia arriba hasta que también estoy de pie—. Baila conmigo.

—¿Esto? —Por un momento estoy desconcertada hasta que me acuerdo de lo que le pone Lynyrd Skynyrd. Ahora que lo pienso, estoy bastante segura de que esta canción estaba en esa *playlist* que me envió por *mail* la semana pasada.

Oigo las risitas de Tucker desde su lado de la mesa.

—¿Desde cuándo bailas, G?

—Desde ahora mismo —murmura Garrett.

Me lleva a la pequeña zona frente al escenario, que está completamente vacía, porque nadie más está bailando. Cierto malestar se mete dentro de mí, pero cuando Garrett me tiende la mano, dudo solo un segundo antes de cogerla. Oye, si quiere bailar, entonces, a bailar. Es lo menos que puedo hacer teniendo en cuenta lo increíblemente bien que se ha portado esta noche.

Se pueden decir muchas cosas sobre Garrett Graham, pero sin duda es un hombre de palabra. Ha estado pegado a mi lado toda la noche, vigilando mis bebidas, esperándome fuera del baño, asegurándose de que no me acosaban ni sus amigos ni la gente que hemos conocido aquí. Me ha cubierto las espaldas totalmente y, gracias a él, he sido capaz de bajar la guardia por primera vez en mucho tiempo.

Dios. No me creo que en el pasado haya llegado a pensar que no era una buena persona.

—Sabes que esta canción dura como unos siete minutos, ¿verdad? —le recuerdo cuando llegamos a la pista de baile.

—Lo sé. —Su tono es despreocupado. Neutro. Pero tengo la extraña sensación de que está disgustado por algo.

Garrett no pega su cuerpo al mío ni trata de bailar frotándose contra mí. En vez de eso, bailamos como he visto bailar a mis padres, con una mano de Garrett en mi cadera y la otra cerrada en mi mano derecha. Yo descanso mi mano libre sobre su hombro y él se inclina más hacia mí y presiona su mejilla contra la mía. Su barba de tres días es como una provocación contra mi cara, y me pone la piel de gallina en los brazos desnudos.

Cuando inhalo, su loción con olor a madera llena mis pulmones y una sensación de vértigo me recorre el cuerpo.

No sé qué me está pasando. Me siento un poco febril y excitada y… Es el alcohol, me aseguro a mí misma. Tiene que ser eso. Porque Garrett y yo hemos acordado que solo somos amigos.

—Dean está pasándoselo pipa, ¿eh? —comento, sobre todo porque estoy desesperada por encontrar algo con lo que distraer a mis descontroladas hormonas.

Garrett sigue mi mirada hacia la mesa de atrás, donde Dean está entre dos rubias que le mordisquean el cuello de forma muy ansiosa.

—Sí. Supongo que sí.

Su mirada de ojos grises está distante. Su tono ausente deja claro que no le interesa mantener una conversación, así que me callo y me esfuerzo en no dejar que su abrumadora masculinidad me afecte.

Pero cada vez que su mejilla roza mi cara, la piel de gallina va a más. Y cada vez que el aire que exhala por la boca roza mi mandíbula, un torrente de escalofríos me atraviesa. El calor de su cuerpo arde sobre el mío, su olor me rodea y soy terriblemente consciente de cómo su cálida mano aprieta la mía. Antes de poder reprimirme, acaricio el centro de su mano con mi pulgar.

El aliento de Garrett de detiene.

Sí, *tiene* que ser el alcohol. No hay otra explicación para las sensaciones que recorren mi cuerpo. El deseo en mi pecho, la tensión en mis muslos y el extraño vacío en mi interior.

Cuando termina la canción, exhalo un suspiro de alivio y doy un paso atrás. Un paso que necesitaba dar cuanto antes.

—Gracias por el baile —murmura Garrett.

Puede ser que esté contentilla, pero no estoy borracha y al instante detecto la tristeza que irradia su ancho pecho.

—Oye —le digo con preocupación—. ¿Qué te pasa?

—Nada. —Su garganta sube y baja cuando traga—. Es solo que esa canción…

—¿Qué pasa con ella?

—Me trae recuerdos, eso es todo. —Hace una pausa tan larga que pienso que no va a continuar, pero estoy equivocada—. Era la canción favorita de mi madre. La pusieron en su funeral.

Mi respiración se corta por la sorpresa.

—Oh. Vaya, Garrett, lo siento.

Se encoge de hombros, como si nada en el universo le preocupase.

—Garrett...

—Mira, era o bailar o ponerme a llorar como un niño, ¿vale? Así que sí, gracias por el baile. —Se aparta cuando voy a cogerle del brazo—. Tengo que ir a mear. ¿Estarás bien aquí sola durante un par de minutos?

—Sí, pero...

Se marcha antes de que pueda terminar.

Lo miro marchar, luchando contra una oleada de dolor que contrae mi garganta. Me quedo ahí de pie observando cómo va hacia los baños y me duele el alma. Quiero ir tras él y obligarle a que me hable de eso.

No, *tengo* que ir tras él.

Cuadro mis hombros y empiezo a avanzar rápidamente cuando me quedo congelada en mi sitio: estoy cara a cara con mi ex.

—Devon —digo en un gritito agudo.

—Hannah, hola. —Devon está visiblemente incómodo.

Me lleva un segundo darme cuenta de que no está solo. Una pelirroja alta y guapa está de pie a su lado y están cogidos de la mano.

Mi pulso se acelera porque no he visto a Devon desde que rompimos el invierno pasado. Está estudiando Ciencias Políticas, así que no coincidimos en ninguna clase, y nuestros círculos sociales no suelen cruzarse. Probablemente jamás nos hubiéramos conocido si Allie no me hubiese arrastrado a ese concierto en Boston el año pasado. Era un local pequeño donde solo tocaban unas cuantas bandas locales. Devon era el batería de una de las bandas. Pasamos toda la noche charlando y descubrimos que los dos estudiábamos en Briar; esa noche nos llevó en su coche a Allie y a mí de regreso al campus.

Después de ese día, fuimos inseparables. Estuvimos juntos durante ocho meses y yo estaba inequívocamente loca de amor por él. Él me dijo que me quería y yo se lo dije a él, pero después de que me dejara, una parte de mí se preguntó si tal vez solo se había quedado conmigo por lástima.

«No pienses de esa manera».

La voz severa en mi cabeza pertenece a Carole, y de repente echo de menos escucharla en persona. Nuestras sesiones de terapia terminaron cuando empecé la universidad y, aunque hemos tenido un par de conversaciones esporádicas por teléfono, no es lo mismo que estar en ese acogedor sillón de cuero en su despacho, respirando su aroma tranquilizador de lavanda y escuchando su cálida y reconfortante voz. Ya no necesito a Carole como antes, pero en este momento, al estar frente a Devon y su preciosa nueva novia, las viejas inseguridades vuelven a toda velocidad.

—¿Qué tal has estado? —pregunta.

—Bien. No, superbién —modifico a toda prisa—. ¿Cómo estás tú?

—No me puedo quejar. —La sonrisa que me ofrece parece forzada—. Eh, la banda se separó.

—Oh, mierda. Lo siento mucho. ¿Qué pasó?

Se toca el aro de plata de su ceja izquierda de forma mecánica y me recuerda todas las veces que besé su *piercing* cuando estábamos tumbados en la cama juntos.

—Pasó Brad —admite Devon—. Ya sabes que siempre nos amenazaba con ir en solitario, ¿no? Bueno, pues finalmente decidió que no le hacíamos falta. Firmó un contrato discográfico con un nuevo sello independiente puntero, y cuando le dijeron que querían que la banda del sello estuviera detrás, no peleó por nosotros.

No me sorprende escucharlo. Siempre pensé que Brad era el imbécil más pomposo del planeta. En realidad, probablemente se llevara maravillosamente bien con Cass.

—Sé que es una mierda, pero creo que es lo mejor —le digo a Devon—. Brad os la habría jugado de todos modos en algún momento. Al menos ha sido ahora, antes de tener firmado nada, ¿sabes?

—Eso es lo que le digo todo el rato —interviene la pelirroja, después de escuchar a Devon—. Mira, alguien más está de acuerdo conmigo.

«Alguien más». ¿Eso es lo que soy? Nada de la exnovia de Devon, o su amiga, ni siquiera una conocida. Simplemente soy alguien más.

La forma en que la chica desprecia mi lugar en la vida de Devon hace que mi corazón se tense de dolor.

—Soy Emily, por cierto —dice la pelirroja.

—Es un placer conocerte —le contesto de forma incómoda.

Devon tiene aspecto de estar tan incómodo como yo.

—Así que, ey, tienes el concierto exhibición de invierno dentro de nada, ¿eh?

—Sí. Estoy preparando un dueto con Cass Donovan. —Suspiro—. Algo que empieza a parecerme un gran error.

Devon asiente.

—Bueno, siempre has trabajado mejor sola.

Mi estómago se pone tenso. Por alguna razón, siento como si Devon me estuviera soltando una pulla. Como si estuviera insinuando algo. Como si en realidad estuviera diciendo: «No tienes ningún problema para correrte *sola,* ¿eh, Hannah? Pero no puedes hacerlo con un compañero, ¿verdad?».

Sé que no es más que mi inseguridad. Devon no es tan cruel. Y él lo intentó. Lo intentó de verdad.

Pero sea una insinuación o no, me duele.

—Bueno, ha estado guay verte, pero estoy aquí con unos amigos, así que…

Señalo con la cabeza hacia la mesa donde están Tucker, Simms y Logan y una arruga de confusión aparece en la frente de Devon.

—¿Desde cuándo sales con la gente del *hockey?*

—Doy clases particulares a uno de los jugadores y, eh…, sí, salimos de vez en cuando.

—Oh. Guay. Vale, bueno, nos vemos por ahí.

—¡Un placer conocerte! —dice Emily.

Mi garganta se cierra mientras se alejan cogidos de la mano. Trago saliva, luego giro en dirección opuesta. Entro en el pasillo que lleva a los baños, parpadeando para evitar las templadas lágrimas que brotan de mis ojos.

Dios, ¿por qué estoy llorando?

Repaso rápidamente todas las razones por las que no debería estar llorando.

Devon y yo hemos terminado.

Ya no le quiero.

Llevo meses fantaseando con otra persona.

Tengo una cita con Justin Kohl este fin de semana.

Pero el repaso no consigue nada, y mis ojos escuecen aún más porque ¿a quién coño pretendo engañar? ¿Qué posibilidades tenemos de verdad Justin y yo? Incluso si salimos, incluso si intimamos lo suficiente como para dar ese paso, ¿qué pasará cuando nos acostemos? ¿Qué pasará si todos los problemas que tuve con Devon emergen de nuevo, como un molesto sarpullido que no desaparece?

¿Y si realmente hay algo mal en mí y ya nunca, nunca más podré tener una vida sexual normal como una mujer normal? ¡Joder!

Parpadeo rápido para tratar de detener el torrente de lágrimas. Me niego a llorar en público. *Me niego.*

—¿Wellsy?

Garrett sale del baño de caballeros y frunce el ceño nada más verme.

—Oye —dice con urgencia, agarrando mi barbilla con las dos manos—. ¿Qué pasa?

—Nada —murmuro.

—Estás mintiendo. —Sujeta mi barbilla con firmeza mientras barre la zona de debajo de mis ojos con sus pulgares—. ¿Por qué estás llorando?

—No estoy llorando.

—Estoy limpiando tus lágrimas, Wellsy. Ergo, estás llorando. Ahora dime qué ha pasado. —Su rostro palidece de repente—. Oh, mierda, ¿alguien te ha intentado acosar o algo así? Solo me he ausentado un par de minutos. Lo siento mucho.

—No, no es eso —lo interrumpo—. Te lo prometo.

El rostro de Garrett se relaja, pero solo un poco.

—Entonces, ¿por qué estás disgustada?

Ahogo el nudo que hay en mi garganta.

—Me he encontrado con mi ex.

—Oh. —Parece sorprendido—. ¿El tipo con el que saliste el año pasado?

Asiento con la cabeza débilmente.

—Estaba con su nueva novia.

—Mierda. Ha debido de ser una situación incómoda.

—Supongo. —La hostilidad se arrastra por mi cuerpo como un ejército de hormigas diminutas—. Es muy guapa, por cierto. Increíblemente guapa. —La sensación amarga se intensifica, retorciendo mis entrañas y endureciendo mi mandíbula—. Apuesto a que tiene orgasmos que duran horas y probablemente grita «¡me corro!» cuando llega al clímax.

Veo cierta alarma brillar en los ojos de Garrett.

—Eh. Sí. Bueno. La verdad es que no entiendo bien lo que dices, pero vamos, que tranquila por lo de esa chica. Tranquila que todo está bien.

Pero no está bien. ¡No lo está!

¿Cómo es posible que haya llegado a pensar que soy una estudiante universitaria normal? No soy normal. Estoy rota. Me repito a mí misma una y otra vez que la violación no me destruyó, pero sí que lo hizo. El hijo de puta no se limitó a robar mi virginidad. Me robó la capacidad de tener relaciones sexuales y de sentir placer como una mujer sana de sangre caliente.

¿Cómo narices voy a tener una relación de verdad con Devon, con Justin o con cualquiera cuando no puedo...?

Con brusquedad aparto las manos de Garrett de mi cara.

—Olvídalo. Estoy siendo una estúpida. —Levanto la barbilla y doy un paso hacia la puerta—. Vamos, quiero otra copa.

—Hannah...

—Quiero otra copa —le corto y a continuación paso por delante de él y voy con paso decidido hacia la barra.

CAPÍTULO 21

GARRETT

Hannah está como una cuba.

No solo eso, sino que además se niega a volver a casa. Es la una de la mañana y la fiesta se ha trasladado del bar a mi casa, y no importa lo mucho que lo intente, me resulta imposible convencer a Hannah de que se retire por hoy.

Empieza a ser absolutamente esencial que Hannah vuelva a su residencia. Mi salón está lleno de jugadores de *hockey* y de conejitas, y todos sin excepción tienen por lo menos un 8 en mi escala de borrachera: no tardan en desinhibirse y cometen algunos errores garrafales.

Dean acaba de arrastrar a una Hannah muerta de la risa al centro del salón y los dos han empezado a bailar el «Baby, I Like It Raw» de ODB, que sale de los altavoces a todo volumen.

Hannah no se movía de forma sugerente mientras cantaba Lady Gaga en el karaoke del bar, pero todo ha cambiado. Ahora se mueve *sexy* de flipar. Ha pasado de la «Miley Cyrus del Disney Channel» al modo «zorrón total Miley» y es, sin duda, el momento adecuado para parar esto de raíz antes de que llegue al modo «¡hagamos un vídeo acostándonos, Miley!». Bueno, Miley nunca ha grabado un vídeo manteniendo relaciones, ¿no? Joder, ¿se me ha ido la olla o qué? Por supuesto que sí.

Voy directo hasta donde están Hannah y Dean, los separo con fuerza sujetando con firmeza el hombro de Hannah.

—Necesito hablar contigo —le grito encima de la música.

Ella pone mala cara.

—¡Estoy bailando!

—Estamos bailando —añade Dean.

Le lanzo una mirada muy seria a mi compañero de equipo.

—Baila con otra persona —concluyo.

Como si hubiera hecho una señal, una chica dispuesta a bailar con él se acerca cual aparición y tira de Dean hacia sus brazos. Dean se olvida de inmediato de Hannah, lo que me permite arrastrarla fuera del salón sin más objeciones.

Le rodeo el brazo con mi mano y la dirijo al piso de arriba; no la suelto hasta que estamos en la tranquila seguridad de mi dormitorio.

—La fiesta se ha acabado —anuncio.

—Pero me lo estoy pasando pipa —se queja.

—Sé que es así. —Cruzo los brazos—. Te lo estás pasando *demasiado* pipa.

—Eres malo. —Con un suspiro exagerado, Hannah se acuesta en la cama y cae sobre su espalda—. Tengo sueño.

Sonrío.

—Vamos, te llevo a tu residencia.

—No quiero ir. —Extiende los brazos y las piernas y empieza a hacer un ángel de nieve en mi cama—. Tu cama es muy grande y cómoda.

Entonces, sus párpados aletean hasta que se cierran y se queda quieta. Otro profundo suspiro se escapa de sus labios.

Reprimo un gemido cuando me doy cuenta de que está a solo unos segundos de quedarse dormida, pero luego decido que es mejor que la deje dormir aquí esta noche y la lleve a su casa por la mañana. Porque si yo la llevo a casa y se anima otra vez, no estaré allí para asegurarme de que no se mete en algún lío.

—Vale —digo, asintiendo una vez con la cabeza—. Quédate aquí a dormir la mona, Cenicienta.

Ella resopla.

—¿Eso te hace mi príncipe?

—Exacto. —Me meto en el baño y rebusco en el armario donde guardo las medicinas hasta que encuentro ibuprofeno. Después, lleno un vaso con agua y regreso a la cama; me siento en el borde y obligo a Hannah a sentarse—. Tómate dos de estas y bébete el agua —ordeno, y pongo dos pastillas en la palma de su mano—. Créeme, mañana por la mañana me lo agradecerás.

Meter pastillas y agua en la garganta de otra persona no es nada nuevo para mí. Lo hago a menudo con mis compañeros de equipo. Especialmente con Dean, que lleva el tema de pillarse pedos a un nivel completamente diferente, y no solo en su cumpleaños.

Hannah sigue obedientemente mis instrucciones antes de volver a caer sobre el colchón.

—Buena chica.

—Tengo calor —murmura—. ¿Por qué hace tanto calor aquí?

Mi corazón deja de latir, literalmente, cuando empieza a quitarse los *leggings* tumbada.

La prenda se engancha en sus rodillas, lo que provoca que suelte un fuerte gemido.

—¡Garrett!

No puedo evitar reírme. En una actitud piadosa por mi parte, me inclino para ayudarla, le quito los *leggings* de sus piernas y hago todo el esfuerzo posible por ignorar la piel suave y sedosa bajo mis dedos.

—Ya está —le digo con voz ronca—. ¿Mejor?

—Aaaaajá. —Coge la parte de debajo de su camiseta.

Ay, santo Dios.

Aparto la mirada de su cuerpo y voy casi tropezando hasta mi armario para buscarle algo para dormir. Cojo una camiseta vieja, respiro profundamente y me doy la vuelta para mirarla.

Ya no lleva camiseta.

Afortunadamente, tiene el sujetador puesto.

Por desgracia, el sujetador es de encaje negro y transparente y veo perfectamente sus pezones detrás de la tela.

No mires. Está borracha.

Obedezco a mi severa voz interior y le prohíbo a mi mirada que insista. Y puesto que ni de coña es posible que le quite el sujetador sin correrme en los pantalones, le meto la camiseta por la cabeza y rezo para que no sea una de esas chicas que detesta dormir con sujetador.

—Me lo he pasado muy bien esta noche —balbucea Hannah, feliz—. ¿Ves? Es posible que esté rota, pero todavía puedo divertirme.

Me quedo congelado donde estoy.

—¿Qué?

Pero ella no responde. Sus piernas desnudas le dan una patada al edredón y se mete debajo, rodando sobre su lado mientras suelta un pequeño suspiro.

Pierde el sentido en cuestión de segundos.

Siento una oleada de malestar cuando apago la luz. ¿Está rota? ¿Qué coño significa eso?

Con el ceño fruncido, salgo de puntillas de la habitación y en silencio cierro la puerta detrás de mí. Las crípticas palabras de Hannah siguen resonando en mi cabeza, pero no tengo la oportunidad de reflexionar más sobre eso porque, cuando llego abajo, Logan y Dean no pierden ni un segundo en llevarme a rastras a la cocina para una ronda de chupitos.

—Es su cumpleaños, tronco —dice Logan cuando digo que no quiero—. Tienes que tomar un chupito.

Cedo y acepto el vaso. Los tres chocamos nuestros vasos y nos tomamos el *whisky* de un trago. El alcohol quema mi garganta y calienta el estómago, y le doy la bienvenida al cálido zumbido que flota por mi cuerpo. Toda la noche me he estado sintiendo raro. Esa estúpida canción, las lágrimas de Hannah en el bar, la confusión de no entender bien lo que ella me hace sentir.

Estoy ansioso y raro, y cuando Logan me sirve otra copa, esta vez no me opongo.

Después del tercer chupito, ya no pienso en la confusión que siento.

Después del cuarto, simplemente no pienso nada.

Son las dos y media de la mañana cuando por fin me arrastro, borracho, al piso de arriba. La fiesta se ha apagado casi por completo. Solo siguen aquí las conejitas de Dean, tumbadas en el sofá con él, en una maraña de brazos y piernas desnudas. Paso por la cocina y descubro a Tucker dormido sobre la encimera, su mano todavía agarra una botella de cerveza vacía. Logan desapareció en su habitación hace ya un rato con una guapa chica morena, y mientras paso por delante de su habitación, oigo el tipo de gemidos y quejidos que me confirman que está MOF.

Mi habitación está sumida en sombras cuando camino en su interior. Parpadeo un par de veces y cuando mis ojos se acostumbran a la oscuridad, encuentran un bulto en forma de Hannah en la cama. Estoy demasiado cansado como para lavarme los dientes o seguir mi propio método de prevención de resaca, así que me quedo en calzoncillos y me dirijo a tumbarme junto a Hannah.

Intento ser lo más silencioso posible mientras me pongo cómodo, pero el ruido de las sábanas hace que Hannah se mueva. Un gemido suave flota en la oscuridad y entonces se da la vuelta y una cálida mano aprieta mi pecho desnudo.

Me pongo rígido. O, mejor dicho, mi pecho se pone rígido. Ahí abajo, estoy más blando que un flan. Es la típica polla de borracho, lo que es la hostia de triste si tenemos en cuenta que todo lo que he bebido han sido cinco chupitos. Joder. El alcohol y yo no hacemos buenas migas.

Aunque quisiera aprovecharme de Hannah en este momento, yo no serviría para nada. Y, joder, ¡qué cosa tan repulsiva en la que pensar! Jamás me aprovecharía de ella. Antes que forzar a alguien, me arranco la polla.

Pero, por lo que parece, solo hay una persona con intenciones decentes en esta cama hoy.

Mi pulso se acelera cuando unos labios suaves se pegan a mi hombro.

—Hannah… —digo con cautela.

Hay un momento de silencio. Una parte de mí reza para que esté dormida, pero Hannah destruye esa esperanza murmurando:

—¿Sí? —su voz es ronca y *sexy* a morir.

—¿Qué haces? —le susurro.

Sus labios suben de mi hombro al cuello y entonces ella succiona mi carne repentinamente febril y encuentra un punto maravilloso que envía una chispa de calor directamente a mis huevos. ¡Dios! Puede ser que mi polla no funcione correctamente en este momento, pero eso no significa que no sea capaz de sentir excitación. Y madre mía, no hay palabras para describir lo excitado que estoy cuando la boca golosa de Hannah explora mi cuello como si estuviera probándolo todo en un puto bufet libre.

Ahogo un gemido y le toco el hombro para pararla.

—Tú no quieres hacer esto.

—No, no. Te equivocas. Quiero hacerlo mucho.

El gemido que he reprimido estalla cuando se sube encima de mí. Sus firmes muslos se sientan sobre los míos. Su pelo cosquillea mi clavícula cuando se inclina hacia adelante.

Mi corazón despega en un galope fuerte y veloz.

—¿Quieres dejar de ser tan difícil? —me dice.

Y entonces me besa.

Oh, mierda.

Debería pararla. Sí, debería hacerlo ya mismo, pero su cuerpo es cálido y suave y huele tan bien que no puedo pensar. Su boca se mueve con ganas sobre la mía, y le devuelvo el beso con ansia, envolviendo mis brazos alrededor de su cuerpo y acariciando su espalda mientras nuestros labios se funden. Sabe a piña colada y hace los sonidos más *sexys* que he oído jamás cuando aspira ansiosa mi lengua como si nada le bastase.

—Hannah —murmuro contra sus ansiosos labios—. No podemos.

Pero ella empieza a lamer mi labio inferior para después morderlo con fuerza suficiente como para convocar el gruñido de mi garganta. Mierda. Mierda, mierda, *mierda*. Necesito descarrilar este tren de lujuria antes de que se precipite hacia el punto de no retorno.

—Me encanta tu pecho —respira y, ay, Dios santo, empieza a frotar sus pechos contra mis pectorales y siento sus pezones sobresaliendo de su camiseta.

Quiero romper esa camiseta de mierda. Quiero llevar esos pezones duros a mi boca, meterlos bien dentro y chuparlos. Pero no puedo. No voy a hacerlo.

—No. —Le meto la mano en el pelo y lo aprieto entre mis dedos—. No podemos hacer esto. No esta noche.

—Pero yo quiero hacerlo —susurra—. Me muero de ganas de hacerlo contigo.

Acaba de pronunciar las palabras que todo chico quiere oír: «Me muero de ganas de hacerlo contigo», pero, joder, está borracha y no puedo permitir que haga esto.

Su lengua rodea mi lóbulo de la oreja y mis caderas salen disparadas hacia arriba. Ay, Dios. Quiero estar dentro de ella.

Necesito una fuerza sobrehumana para apartarla de mi cuerpo. Ella gime en señal de protesta, pero cuando toco suavemente su mejilla, el gemido se convierte en un suspiro de felicidad.

—No podemos hacer esto —le digo con voz ronca—. Me pediste que cuidara de ti, ¿te acuerdas? Bueno, pues este soy yo cuidando de ti.

No veo su expresión en la oscuridad, pero suena sorprendida al decir:

—Oh. —Entonces se acerca a mí y mi cuerpo se tensa al instante. Estoy listo para dejar las cosas bien claras de nuevo, pero Hannah simplemente se acurruca contra mi cuerpo y descansa su cabeza en mi pecho—. Vale. Buenas noches.

¿Vale? ¿Buenas noches?

¿De verdad piensa que voy a ser capaz de dormir después de lo que acaba de suceder?

Pero creo que no piensa nada en absoluto. No, se ha quedado frita otra vez y mientras su respiración constante me hace cosquillas en el pezón, me trago otro gemido y cierro los ojos, haciendo todo el esfuerzo que soy capaz para ignorar la lujuria que palpita en mi ingle.

Pasa mucho, mucho tiempo antes de que pueda dormirme.

CAPÍTULO 22

HANNAH

Me despierto en brazos de Garrett Graham por segunda vez en dos semanas. Pero esta vez, esta vez quiero estar ahí.

Ayer por la noche sucedieron una serie de experiencias reveladoras. Bebí en público sin tener un ataque de pánico. Me vi obligada a aceptar que la violación me ha jodido mucho más de lo que me permito admitir.

Y decidí que Garrett es la respuesta a todos mis problemas.

Mi intento de seducción puede haber fallado, pero no fue por falta de deseo por parte de Garrett. Sé exactamente lo que le pasó por la cabeza: «Hannah está borracha y no está pensando con claridad».

Pero se equivoca.

Mi cerebro estaba absolutamente despejado. Besé a Garrett porque quería hacerlo.

Me habría acostado con él porque quería hacerlo.

Ahora, a la luz del día, sigo queriendo hacerlo. Ver a Devon me dejó con una sensación de miedo e incertidumbre. Me hizo cuestionarme qué pasaría si empiezo una relación con Justin. Me hizo preguntarme si eso no abriría una puerta a más frustración y decepción en mi vida.

Sé que suena a locura, pero un test con Garrett podría ser justo lo que necesito para resolver mis problemas. Él mismo lo dijo: no sale con chicas, se acuesta con ellas. No hay riesgo de que se enamore de mí o de que me exija una relación. Y no es que no haya química entre nosotros. Hay tanta que podríamos perfectamente servir de inspiración para una canción de R & B.

Sería un plan perfecto: yo podría acostarme con un chico sin sentirme ahogada por la presión de estar en una relación. Con Devon, mis problemas sexuales se hicieron cien veces peor justo por esa presión, porque la parte del sexo estaba entremezclada con la parte del amor.

Con Garrett, puede ser solo sexo. Puedo intentar juntar de nuevo las piezas de mi sexualidad sin preocuparme de acabar decepcionando a alguien a quien quiero.

Pero, primero, necesito que esté de acuerdo con el plan.

—Garrett —murmuro.

Él no se mueve.

Yo me arrimo a su cuerpo todavía más y le acaricio la mejilla. Sus párpados se mueven, pero no se despierta.

—Garrett —digo de nuevo.

—¿Mmmmfhrhghd?

Su galimatías me hace sonreír. Me inclino sobre él y presiono mis labios contra los suyos.

Sus ojos se abren.

—Buenos días —digo con inocencia.

Parpadea rápidamente.

—¿Lo he soñado o acabas de darme un beso? —pregunta aturdido.

—No lo has soñado.

La confusión empaña sus ojos, pero cada vez está más alerta.

—¿Por qué?

—Porque me apetece. —Me siento y cojo aire—. ¿Estás cien por cien despierto? Porque hay algo muy importante que tengo que preguntarte.

Un enorme bostezo eclipsa su rostro mientras se coloca en posición vertical. El edredón cae hasta la cintura, su pecho desnudo aparece y mi boca se seca de inmediato. Su pecho está esculpido como un diamante. Bordes angulosos, piel brillante y masculinidad pura.

—¿Qué pasa? —dice con voz ronca medio dormida.

No existe manera en el mundo de expresar lo que voy a decir sin parecer desesperada y patética, así que simplemente dejo escapar las palabras para que se queden colgando en el aire.

—¿Quieres acostarte conmigo?

Después de la pausa más larga que uno se pueda imaginar, Garrett arruga la frente.

—¿Ahora?

A pesar de que la vergüenza me estruja el estómago, no puedo dejar de reír.

—Mmm, no. Ahora no. —Llámame superficial, pero me niego a mantener relaciones sexuales con alguien si tengo aliento mañanero, la mente poco despejada y no me he depilado las zonas oportunas—. Pero, ¿tal vez esta noche?

La expresión de Garrett es como La rueda de la fortuna en pleno giro; pasa de estado de *shock* a incredulidad y después a perplejidad; sigue avanzando a intriga antes de, finalmente, quedarse parada en sospecha.

—Creo que esto podría ser una broma, pero no puedo adivinar qué pretendes.

—No es una broma. —Lo miro fijamente, sin rodeos—. Quiero que te acuestes conmigo. —Oh, vale, eso puede haber sonado un poco raro—. Lo que quiero decir, es que *yo* quiero acostarme contigo. Quiero que nos acostemos el uno con el otro, vaya.

Sus labios se tensan.

Genial. Está intentando aguantarse la risa.

—¿Todavía estás borracha? —pregunta—. Porque si es así, me comprometo a ser un caballero y no volver a sacar jamás esta conversación.

—No estoy borracha. Lo digo en serio. —Me encojo de hombros—. ¿Quieres o no?

Garrett me mira fijamente.

—¿Y bien? —le suelto.

Sus cejas oscuras se juntan cuando frunce el ceño. Es bastante obvio que no tiene ni idea de qué hacer con mi pregunta.

—La respuesta es muy simple, Garrett. ¿Sí o no?

—¿Simple? —estalla—. ¿Me estás tomando el pelo? No hay nada simple en lo que planteas. —Se pasa la mano por el pelo—. ¿Te has olvidado de lo que me dijiste en la fiesta de Beau Maxwell? El beso no significa nada, solo somos amigos, bla, bla, bla.

—Yo no he dicho «bla, bla, bla» —gruño.

—Pero dijiste todo lo demás. —Su mandíbula se tensa—. ¿Qué leches ha cambiado desde entonces?

Trago saliva.

—No lo sé. Acabo de cambiar de opinión.

—¿Por qué?

—Porque sí. —El cabreo pellizca mi pecho—. ¿Qué más da? ¿Desde cuándo los chicos interrogan a una chica sobre sus motivos para querer desnudarse?

—¡Desde que tú no eres el tipo de chica que se desnuda! —grita.

Aprieto los dientes.

—No soy virgen, Garrett.

—Pero tampoco eres una «conejita».

—¿Y eso significa que no se me permite acostarme con un chico que me atrae?

Se pasa ambas manos por el cuero cabelludo; parece igual de irritado que yo. A continuación, coge aire, exhala lentamente y me mira a los ojos.

—Muy bien, esta es la cuestión. Te creo cuando dices que te sientes atraída por mí. A ver, por un lado, ¿quién no? Y por otro, gimes como una loca cada vez que te meto la lengua en la boca.

—Yo no hago eso —respondo enfurecida.

—Cada uno lo ve de una manera. —Cruza sus musculosos y pulidos brazos sobre su musculoso y pulido pecho—. Pero no me creo que hayas sufrido una transformación así, mágica, y de repente quieras echarme un polvo solo por el mero placer de hacerlo. Ya sabes, por pasar un buen rato en la cama. —Su cabeza se inclina pensativa—. Venga, dime, ¿por qué? ¿Quieres vengarte de tu ex o algo así? ¿Poner celoso otra vez a *Loverboy*?

—No —le digo tensa—. Yo solo… —La frustración me golpea—. Yo solo quiero hacerlo, ¿vale? Quiero hacerlo contigo.

Su expresión es una combinación peculiar de diversión y enfado.

—¿Por qué? —pregunta de nuevo.

—Porque *quiero* y ya está, joder. ¿Por qué es necesario que haya alguna razón profunda y filosófica detrás de todo esto? —Pero en su cara veo que no lo he convencido, y soy lo suficientemente inteligente como para saber cuándo hay que admitir una derrota—. ¿Sabes qué? Mira, olvídalo. Olvida que te lo he pedido.

Sujeta mi brazo antes de que pueda saltar de la cama.

—¿Qué narices está pasando, Wellsy?

La preocupación que veo en sus ojos duele más que su rechazo. Prácticamente le he suplicado que se acostara conmigo y parece preocupado por mí.

Dios, ni siquiera puedo hacerle proposiciones sexuales a un chico de la manera correcta.

—Olvídalo —murmuro de nuevo.

—No.

Suelto un leve grito cuando de repente tira de mí hacia su regazo.

—No vamos a hablar de esto nunca más —protesto mientras intento escapar de sus brazos.

Sujeta mi cintura con sus manos para que no me mueva.

—Sí que vamos a hablarlo.

Sus ojos grises se clavan en mi cara, buscando, indagando… Y me aterroriza sentir cómo las lágrimas me irritan los párpados.

—¿Qué pasa? —pregunta con voz ronca—. Dime cuál es el problema e intentaré ayudarte.

Una risita histérica se escapa de mi boca.

—No, ¡no quieres ayudarme! ¡Acabo de pedirte ayuda y me has rechazado!

Ahora parece todavía más desconcertado que antes.

—No me has pedido ayuda, Hannah. Me has pedido que te folle.

—Es lo mismo, joder —murmuro.

—Por el amor de Dios, ¡no tengo ni puta idea de lo que estás diciendo! —Coge aire lentamente como si tratara de calmarse—. Juro por Dios que si no me dices de qué coño hablas en los próximos dos segundos, voy a estallar del cabreo.

Una inmensa tristeza se asienta en mi garganta. Ojalá nunca hubiese abierto la boca para proponerle esto. Debería haberme escapado de su habitación mientras dormía y haber fingido que no le había entrado a saco la noche anterior.

Pero entonces Garrett se acerca y me acaricia la mejilla con una ternura infinita y algo dentro de mí se abre de par en par.

215

Dejo escapar un suspiro tembloroso.

—Estoy rota y quería que me arreglaras.

Abre los ojos, asustado.

—Yo... Sigo sin entender.

No mucha gente sabe lo que me pasó. Lo que quiero decir es que no voy por ahí soltándole a la gente que acabo de conocer que me violaron. Para confesar algo tan brutal, tengo que confiar, de verdad, en esa persona.

Si alguien me hubiera dicho hace unas semanas que iba a confiar a Garrett Graham la experiencia más traumática de mi vida, me habría meado de la risa en los pantalones.

Y ahora, aquí estoy, haciendo precisamente *eso*.

—Te mentí en la fiesta de Beau —admito.

Su mano se aparta de mi cara, pero su mirada sigue sin moverse de la mía.

—Vale...

—No drogaron a ninguna amiga en el instituto. —Mi garganta se cierra—. Fue a mí a quien drogaron.

El cuerpo de Garrett se pone rígido.

—¿Qué?

—Cuando tenía quince años, un chico que iba a clase conmigo me drogó. —Trago el ácido que cubre mi tráquea—. Y después me violó.

Conmocionado, respira lenta y silenciosamente. Aunque no dice nada, veo claramente cómo su mandíbula se tensa y la rabia calienta sus ojos.

—Fue... es... bueno, joder, estoy segura de que te puedes imaginar lo horrible que fue. —Trago de nuevo—. Pero, por favor, no sientas pena por mí, ¿vale? Fue horrible y aterrador y me destruyó por completo en el momento, pero lo he trabajado y estoy bien. No tengo miedo de los hombres, ni estoy cabreada con el mundo, ni nada de eso.

Garrett no dice nada, pero su expresión contiene más rabia de la que le he visto nunca.

—Lo he superado. En serio. Pero algo dentro de mí se rompió, ¿vale? No puedo... no puedo... Ya sabes. —Mis mejillas están tan calientes que me siento como si acabara de tener una insolación.

Por fin, abre la boca. Su voz sale a bajo volumen y distorsionada.

—No, no lo sé.

He llegado ya hasta este punto, así que me obligo a explicarme mejor.

—No puedo tener un orgasmo con un chico.

Garrett traga saliva.

—Oh.

Aprieto los labios para tratar de aplacar la vergüenza que sube por mi garganta.

—Pensé que tal vez si tú y yo... si... ya sabes, nos enrolláramos un poco, podría ser capaz de... no sé... reprogramar mi cuerpo para, eh, ¿responder?

Oh, Dios. Las palabras salen titubeantes de mi boca antes de que mi cerebro pueda revisarlas, y mi cara arde en llamas cuando me doy cuenta de lo lamentable que suena todo. El hecho de darme cuenta de que oficialmente he tocado fondo en lo que a humillación se refiere desata mis lágrimas.

Cuando un sollozo ahogado sale de mi boca, intento de forma frenética escaparme del regazo de Garrett, pero sus brazos me rodean con fuerza. Enreda una mano en mi pelo y acerca mi cabeza a la suya. Entierro mi cara en su cuello, temblando violentamente mientras las lágrimas se deslizan por mis mejillas en un torrente salado.

—Ey, vamos, no llores —suplica—. Me rompe el puto corazón verte llorar.

Pero no puedo parar. Cojo una bocanada de aire y me acurruco en sus brazos. Garrett me acaricia el pelo y emite sonidos roncos y tranquilizadores que solo consiguen que llore más fuerte.

—Estoy *rota*.

Mi voz se amortigua contra su cuello, pero oigo su voz fuerte y clara cuando dice:

—No estás rota, pequeña. Te lo prometo.

—Pues ayúdame a demostrármelo —le susurro—. Por favor.

Él tira suavemente de mi cabeza. Me encuentro con su mirada y no encuentro más que pura emoción y sinceridad.

—Está bien —me susurra. Después deja escapar un largo suspiro tembloroso—. Está bien. Lo haré.

CAPÍTULO 23

GARRETT

La mitad de los chicos de la sala de pesas tiene una resaca de flipar. Yo, sorprendentemente, no soy uno de ellos. No. Las revelaciones de esta mañana han fulminado cualquier resquicio de dolor de cabeza o náuseas que haya podido sentir.

Violaron a Hannah.

Esas tres palabras han estado dando vueltas en mi cabeza desde que la dejé en su residencia, y cada vez que aparecen, una rabia enfurecida estalla dentro de mí como una granada. Ojalá me hubiera dado el nombre de ese hijo de puta, su número de teléfono y su dirección.

Pero es mejor que no lo haya hecho; de lo contrario, probablemente, estaría en mi coche ahora mismo, de camino a cometer un asesinato.

Solo espero que quienquiera que haya sido haya pagado por lo que le hizo a Hannah. Espero por Dios que se esté pudriendo en una cárcel ahora mismo. O mejor aún, espero que el hijo de puta esté muerto.

—Dos más. —Logan está sobre mí mientras estoy tumbado en el *press* de banca—. Vamos, tío, que estás haciendo el vago.

Resoplo y hundo mis dedos en la barra. Canalizo toda mi rabia en levantar las pesas por encima de mi cabeza, mientras Logan me mira desde arriba. Una vez termino la última serie de repeticiones, Logan deja caer la barra en el soporte y me ofrece la mano. Dejo que me ayude a ponerme de pie y nos cambiamos el sitio.

Joder, tengo que conseguir concentrarme. Menos mal que hoy no nos toca estar en el hielo, porque ahora mismo juro que no estoy seguro siquiera de recordar cómo se patina.

Violaron a Hannah.

Y ahora ella quiere acostarse conmigo.

No, ella quiere que yo la «arregle».

Santa Madre de Dios. ¿En qué coño estaba yo pensando al comprometerme a hacer algo así? He querido desnudarla desde ese primer beso, pero esto no me mola nada. No me mola cuando es como una especie de experimento sexual. No cuando siento tanta presión para… ¿Para qué? ¿Hacerlo bien? ¿No decepcionarla?

—Cuando usted quiera —dice la voz burlona de Logan.

Le doy una patada a mis pensamientos estresantes y veo que mi amigo está esperando a que deje caer la barra es sus manos extendidas.

Cojo aire y me obligo a dejar de estar obsesionado con Hannah y a poner toda mi atención en asegurarme de que Logan no muere por mi culpa.

—Estoy cabreado contigo, tío —me dice mientras flexiona los brazos y lleva la barra hasta su pecho.

A continuación suelta un gruñido y la sube.

—¿Qué he hecho yo ahora? —pregunto con un suspiro.

—Me dijiste que no estabas interesado en Wellsy.

Mi pecho se tensa, pero finjo no inmutarme mientras cuento sus repeticiones.

—No lo estaba, al menos no cuando hablamos del tema.

Logan gruñe cada vez que extiende los brazos. Ambos estamos levantando diez kilos menos de lo habitual; la gran borrachera de anoche hace que ninguno pueda rendir al cien por cien.

—Entonces qué, ¿ahora te interesa?

Trago saliva.

—Sí. Supongo que sí.

Logan no dice nada más. Mis dedos revolotean bajo la barra de las pesas mientras mi amigo termina su serie.

Observo vigilante el reloj que hay encima de la puerta de la sala de musculación. Son casi las cinco. Hannah termina de trabajar a las diez; de ahí vendrá directamente a mi casa.

Y nos acostaremos.

La presión en mis entrañas se encoge al máximo convirtiéndose en un nudo brutal. No tengo ni idea de si podré hacerlo o no. Me acojona hacer algo mal. Hacerle daño.

—No me sorprende que te hayas dado cuenta del error en tu forma de pensar —dice Logan mientras volvemos a cambiarnos de sitio—. Es una tía muy muy guay. Lo supe desde el momento en que la conocí.

Sí, Hannah es muy guay. Y también es guapa, inteligente y divertida.

Y *no* está rota.

La opresión de mi estómago se relaja cuando me aferro a ese último pensamiento.

Por eso accedí a acostarme con ella, porque no importa lo que le haya ocurrido en el pasado, no importa cuántas cicatrices conserve aún de esa terrible experiencia; sé, sin la más mínima duda, que Hannah Wells no está rota. Es demasiado fuerte como para permitir que cualquier otra persona, especialmente un hijo de la gran puta violador del instituto, la rompa.

No. Lo que le falta es la capacidad de confiar en los demás y, en cierta medida, la confianza en sí misma. Solo necesita a alguien que… ¿la guíe? No se me ocurre un verbo mejor. Pero, joder, ¿puedo ser yo realmente ese alguien? No sé nada sobre el protocolo a seguir si te vas a acostar con la víctima de una violación.

—En fin, igual no me cabrea que te hayas adelantado —sigue Logan.

Esbozo una leve sonrisa.

—Vaya, gracias.

Me devuelve la sonrisa.

—Dicho esto, solicito una exención de la parte del código de hermanos que dice que no puedo salir con una chica después de que tú hayas roto con ella.

Mis dedos aprietan la barra con más fuerza. Y una mierda. La idea de Logan liándose con Hannah me da ganas de hacerme el He-Man y lanzarlo al otro lado del gimnasio. Pero, al mismo tiempo, estoy bastante seguro de que ni de casualidad Hannah se enrollaría con Logan, sobre todo ahora que conozco sus problemas.

Así que me encojo de hombros con ligereza y le digo:

—Exención concedida.

—Guay. Ahora le voy a poner otros cinco kilos a este cabrón, porque la verdad, G, lo podemos hacer mejor.

Los siguientes treinta minutos pasan volando. La sala se vacía cuando los jugadores se dirigen a las duchas, pero cuando veo que Birdie todavía sigue con sus flexiones en barra al otro lado de la sala, cambio de dirección y me dirijo hacia él.

—Ey, tío, ¿tienes un segundo? —le pregunto mientras me seco la frente sudada con una toalla.

Birdie suelta la barra y sus zapatillas aterrizan en la alfombra azul del gimnasio. Después coge su toalla.

—Claro. ¿Qué pasa?

Dudo. Los jugadores de *hockey* no son conocidos por tener charlas íntimas entre ellos. La mayoría de las veces nos permitimos tener conversaciones de vestuario o nos lanzamos insultos los unos a los otros; muy esporádicamente podemos añadir una conversación seria.

Jake «Birdie» Berderon es la excepción a esa regla. El alto e intenso jugador de último curso es esa persona a la que uno acude cuando busca consejo, al que uno llama cuando está en un apuro; es esa persona que deja todo lo que está haciendo solo para ayudar. La temporada pasada, después de que la mitad de nuestros jugadores se graduaran y se empezara a hablar de las nominaciones para ser capitán del equipo, le dije a Birdie que, si quería el puesto, lo apoyaría al cien por cien. Lo rechazó e insistió en que era malísimo dando charlas motivacionales y que prefería patinar a liderar, pero lo cierto es que, en el fondo, yo sé que Birdie es nuestro verdadero líder.

Es imposible encontrar a alguien mejor que él. En serio.

Miro la puerta abierta y, a continuación, bajo la voz.

—Esto tiene que quedar entre nosotros, ¿de acuerdo?

Una sonrisa irónica levanta sus labios.

—Tío, si supieras la de secretos que flotan en esta cabeza que tengo, te asustarías. Créeme, sé cómo mantener el pico cerrado.

Me dejo caer en el largo banco de madera que hay contra la pared y descanso las manos en mis rodillas. No sé por dónde empezar, pero sí sé que no puedo decirle la verdad. Eso es algo que solo Hannah tiene derecho a compartir.

—¿Alguna vez te has acostado con una chica virgen? —pregunto desviando el tema.

Parpadea.

—Eh… Ok. Bueno, sí. Sí que lo he hecho. —Birdie se sienta a mi lado—. ¿Entre tú y yo? —dice.

—Claro.

—Nat era virgen cuando empezamos. —Nat es Natalie, la novia de Birdie desde primero. Ellos dos son una de esas parejas de las que todo el mundo se burla por ser tan asquerosamente perfectos, pero que, en secreto, todos envidian.

Tengo que preguntarle.

—¿Tú también lo eras?

Él sonríe.

—Naah. Me estrené a los quince años.

Quince. Esa era la edad que tenía Hannah cuando… De repente me pregunto si esa fue su primera vez y el terror suelta sus garras sobre mi garganta. Dios. Perder la virginidad es un asunto muy importante para algunas chicas. No puedo ni imaginar lo que se debe de sentir cuando te lo arrebatan.

—¿Por qué? ¿Tienes una cita con una virgen cañón? —se burla Birdie.

—Algo así. —Teniendo en cuenta que conoció a Hannah anoche en el Malone's, estoy seguro de que Birdie está sumando dos más dos ahora mismo en su cabeza, pero sé que no va a hablar de esto con nadie.

Además, pienso que esta historia de la chica virgen es más segura que pronunciar las palabras «víctima de una violación». Porque, pensándolo bien, a la hora de acostarte con una chica, la forma de abordarlo, en caso de que sea virgen, no puede ser muy diferente al otro caso. En ambos es necesario ser paciente, respetuoso y cuidadoso, ¿no?

—Entonces, ¿qué hiciste para la primera vez de Nat? —pregunto con torpeza.

—¿Honestamente? Solo intenté que se sintiera cómoda. —Birdie se encoge de hombros—. A ella no le va toda esa mierda cursi de flores, velas y pétalos de rosa por toda la cama. Ella tampoco quería darle mucha importancia. —Vuelve a encogerse de hombros—. Pero algunas chicas sí que quieren que te curres una gran superproducción. Así que, en tu caso, creo que lo primero que hay que hacer es averiguar qué tipo de chica es: sencilla o megarromántica.

Pienso en Hannah y en toda la presión que tiene para ser «normal» —que probablemente será un millón de veces peor que la presión que siento yo en este momento— y de inmediato sé la respuesta.

—Sin duda, sencilla. Creo que lo de las velas y los pétalos de rosa haría que se pusiera nerviosa.

Birdie asiente con la cabeza.

—Entonces solo tienes que ir despacio y asegurarte de que se sienta cómoda. Ese es el único consejo que te puedo dar. —Hace una pausa—. Y yo metería un montón de juegos preliminares, tío. Las chicas necesitan esas movidas. ¿Entendido?

Me río.

—Sí, señor.

—¿Alguna otra pregunta? Porque apesto como un cerdo y necesito desesperadamente una ducha.

—Naah, eso es todo. Gracias, tío.

Birdie me da una palmada en el hombro y se pone en pie.

—No te estreses demasiado con este asunto, G. Se supone que el sexo es divertido, ¿te acuerdas? —Después me guiña un ojo y se mueve con pesadez hacia la salida de la sala de musculación.

¿Que no me estrese? Por Dios, ¿cómo no voy a estresarme?

Suelto un quejido en voz alta, y agradezco que no haya nadie alrededor para escuchar el sonido del pánico.

Que se sienta cómoda. Ve despacio. Muchos juegos preliminares. No te estreses.

Bueno. Eso lo puedo hacer.

O, al menos espero, por Dios, poder hacerlo.

Casi vomito tres veces de camino a casa de Garrett, pero me aguanto los nervios porque voy en el coche de Tracy, y lo último que quiero en el mundo es tener que pagar para que limpien mi vómito de la tapicería.

Sinceramente, no recuerdo ni un segundo de mi turno de cinco horas en el Della. Ni de mi ensayo de una hora con Cass antes de ir a trabajar. Ni de cómo he llegado de un sitio a otro. Llevo puesto el piloto automático desde que salí de la habitación de Garrett por la mañana; cada pensamiento consciente se ha centrado en lo que voy a hacer esta noche.

¿He dicho ya que estoy nerviosa?

De todos modos, no debería estarlo. Solo es sexo. Sexo con un chico que me atrae, un chico que realmente me gusta y en el que confío.

Mis manos no deberían estar temblando así y mi corazón no debería estar latiendo tan rápido. Pero, entrelazándose con los nervios, hay una sensación de emoción. De anticipación. Incluso me he puesto un sujetador a juego con las bragas debajo de mi uniforme de camarera. Sí, una sabe que está a punto de tener relaciones sexuales con alguien cuando llevas un suje y unas bragas de encaje negro y tu piel está suave como la seda y lista para ser acariciada.

Los compañeros de piso de Garrett no están en casa cuando entro. A menos que se hayan atrincherado en sus habitaciones, claro. No creo que sea así, porque no oigo nada más que silencio en el pasillo de arriba cuando me dirijo hacia la habitación de Garrett.

Me pregunto si Garrett ha mandado que se esfumaran. Espero que no, porque, bueno, eso es como poner un cartel de neón anunciando que él y yo vamos a hacerlo esta noche.

—Ey —dice cuando entro.

Mi corazón hace un salto mortal de nervios y una voltereta de admiración a la vez.

Es evidente que se ha tomado su tiempo para prepararse, porque su pelo todavía está un poco mojado de la ducha y su cara está completamente afeitada. Echo un vistazo a sus pantalones de chándal negros y su camiseta interior ceñida de color gris; después miro mi uniforme chillón. Gracias al estado de histeria en el que me he pasado todo el día, he olvidado traer una muda de ropa.

Aunque, por otra parte, es probable que no llevemos la ropa puesta mucho más tiempo.

—Ey —digo, tragando saliva—. Bueno, y entonces ¿cómo quieres hacer esto? ¿Me quito la ropa? —Hago una pausa como si se me ocurriera algo—. No te atrevas a pedirme que haga un *striptease* porque ya estoy bastante nerviosa ahora mismo, y es completamente imposible que pueda bailar algo que se parezca a un baile *sexy;* vamos, ni de lejos.

Garrett se echa a reír.

—No sabes ni cómo tomártelo, ¿verdad, Wellsy?

Gimo con tristeza.

—Tienes razón. Es que estoy nerviosa —insisto. Cojo aire y me limpio las manos sudorosas en la parte delantera de mi falda—. ¿Podemos empezar? Estás ahí de pie mirándome y me estás poniendo histérica.

Se acerca con una sonrisa sosegada y rodea mi barbilla con sus manos.

—Primero, relájate, no hay ninguna razón para estar nerviosa. Segundo, no esperaba ningún *striptease;* y, a decir verdad, tampoco me apetece especialmente. —Me guiña un ojo—. Al menos, no esta noche Y tercero, no vamos a empezar nada ahora mismo.

Lucho contra una punzada de decepción.

—¿No?

Garrett me lanza la misma camiseta con la que dormí anoche.

—Quítate ese disfraz de *Grease* y ponte esto. Voy preparando el siguiente disco. —Va hasta la tele y coge la caja de *Breaking Bad.*

—¿Quieres ver la tele? —pregunto con incredulidad.

—Exacto.

Abro la boca. Después la cierro. Y la dejo cerrada, porque de repente me doy cuenta de lo que está haciendo, y se lo agradezco de todo corazón.

Está intentando que me sienta cómoda.

Y funciona.

Me meto en el baño para cambiarme y vuelvo un minuto después para subirme a la cama junto a Garrett. Al instante, pone su brazo alrededor de mis hombros y tira de mí hacia él; su familiar aroma masculino me relaja.

—¿Lista? —dice de forma casual, mientras sostiene el mando a distancia. Me doy cuenta de que sonrío.

—Sí.

El episodio llena la pantalla y apoyo la cabeza sobre su hombro mientras me concentro en el televisor. Igual que ha ocurrido las otras veces que hemos visto esta serie juntos, ninguno de los dos abre mucho la boca aparte de algún jadeo ocasional por mi parte o alguna especulación por la suya, pero, a diferencia de las otras veces, yo solo presto atención a la serie a medias. Garrett toca mi hombro con la palma de la mano con una caricia suave y sensual que hace que sea muy difícil concentrarse en el televisor.

A mitad del episodio, se inclina y me besa el cuello.

Yo no digo absolutamente nada, pero se me escapa un suspiro involuntario. Se me pone la piel de gallina en el lugar que sus labios tocan y, cuando descansa una gran mano en mi muslo desnudo, una sacudida de calor abrasa mi piel.

—¿Qué haces? —balbuceo.

Sus labios se desplazan a lo largo de mi cuello.

—Crear el ambiente adecuado. —Mordisquea el lóbulo de mi oreja—. A diferencia de algunas personas que yo me sé, sé cómo hacerlo.

Le saco la lengua aunque no pueda verla. Está demasiado ocupado volviéndome loca con sus labios, plantándome besos húmedos con la boca abierta en un lado de mi garganta.

La excitación comienza a despegar desde lo más profundo, extendiéndose hacia afuera, revoloteando por todo mi cuerpo y cosquilleando mis zonas erógenas. Cada vez que sus labios me besan un nuevo pedazo de piel, tiemblo de placer. Cuando su lengua me hace cosquillas en la mandíbula, giro la cabeza y nuestras bocas se encuentran en el beso más caliente del universo.

Me encanta cómo besa Garrett. No es ni descuidado ni apresurado, sino hábil y lento y absolutamente increíble. Sus labios rozan los míos, relajados y provocativos, mientras su lengua se cuela en el interior de mi boca, solo a veces, para una cata fugaz antes de volver a salir de forma seductora. Ladeo la cabeza para permitir que el beso sea más profundo y gimo cuando el sabor a menta de su boca invade mi lengua. Un estruendo masculino surge de la parte posterior de su garganta y mi vientre se contrae en respuesta.

Su boca permanece pegada a la mía mientras me empuja suavemente sobre mi espalda, colocándose a mi lado. Una mano cálida cubre mi pecho sobre la fina tela de mi camiseta y un fogonazo de placer me hace gimotear de deleite.

—Dime si voy demasiado rápido. —Su voz profunda me hace cosquillas en los labios; después, su lengua se abre camino a través de ellos para encontrarse de nuevo con la mía.

Todos mis sentidos están sobreestimulados. Garrett me besa mientras me aprieta los pechos y frota suavemente mi pezón con el pulgar, y todo lo que hace me gusta tanto que no sé en qué sensación centrarme.

Mis latidos enloquecen cuando baja su mano por mi cuerpo. Duda cuando llega a la parte inferior de la camiseta, pero, a continuación, emite un sonido ronco y desliza sus dedos por debajo.

Cuando su mano se mueve entre mis piernas, se me corta la respiración. Cuando sus dedos tocan mi clítoris sobre la ropa interior, gimo.

La mano de Garrett se detiene.

—¿Quieres que pare?

—Dios. ¡No! Sigue.

Una risa ronca sale de su boca, y luego su mano comienza a moverse de nuevo. Justo cuando creo que no puedo sentir nada mejor, me demuestra que estaba equivocada; aparta a un lado el trozo de tela que cubre mi sexo y presiona su dedo índice directamente sobre mi clítoris.

Mis caderas se disparan como si las hubiese alcanzado un rayo.

—Oooh. Sigue haciendo eso.

Traza pequeños círculos alrededor de mi parte más sensible; son suaves pero firmes, y después baja el dedo para tocar el líquido que encharca mi sexo.

El gemido que deja escapar vuela por mi espalda.

—Oh, Dios. Estás empapada.

Sí que lo estoy. Totalmente. Y el deseo entre mis piernas está empeorando, palpitando más y más, mientras olas de placer bailan en mi interior. Me sorprende muchísimo sentir los signos reveladores del orgasmo inminente. Esto es lo más cerca que he estado de sentirme así jamás, pero me distraigo cuando noto el duro bulto que presiona mi cadera. Sentir la erección de Garrett frotándose contra mí es tan erótico que me impide pensar con claridad.

Estoy desesperada por tocarlo y mis manos se mueven como si estuviesen poseídas, deslizándose bajo la goma del pantalón y sus calzoncillos. Nada más tocar su erección, abro la boca de par en par.

—Oh, Dios mío, *¿estás de coña?*

—¿Qué pasa? —dice con sorpresa.

—¿Tomas hormonas del crecimiento o algo así? —Aparto la mano rápidamente e intento resistir otra oleada de nerviosismo—. ¡Es completamente imposible que ese monstruo humano pueda entrar dentro de mí!

La cabeza de Garrett cae de golpe en el hueco de su brazo mientras su cuerpo se mueve con pequeños espasmos. Al principio, pienso que está cabreado. O que incluso está llorando. Necesito unos cuantos segundos para darme cuenta de lo que sucede en realidad. ¡Se está riendo!

No, retiro eso. Le está dando un ataque de histeria.

Su ancha espalda tiembla con cada carcajada, lo que hace que el colchón que hay debajo de nosotros se mueva también. Cuando por fin habla, su voz es jadeante y suena rota por las risas.

—¡¿Monstruo humano?!

—Deja de reírte de mí. Lo digo en serio —insisto—. Puede que tenga las tetas grandes y un culo generoso, pero ¿tú has visto mis caderas? ¡Son diminutas y estrechas! Lo que indica que mi canal femenino es...

Suelta una carcajada.

—¡¿Canal femenino?!

—También es estrecho. Me vas a partir en dos.

Levanta la cabeza y juro que veo lágrimas en sus ojos.

—Creo que es el mejor cumplido que una chica me ha hecho jamás —dice medio ahogándose.

—No es divertido, ¿vale?

Sigue riéndose como un loco.

—Es superdivertido.

—¿Sabes qué? No vamos a seguir con esto. Oficialmente, te has cargado el «ambiente adecuado». Eres un *cortarrollos*.

—¿Yo? —pregunta entre risas—. Te lo has cargado tú solita, guapa.

Me siento mientras gruño de cabreo.

—En serio, era una idea absurda.

Suspirando, busco el mando a distancia por el colchón.

—Vamos a ver la serie.

—De ninguna manera. Ya hemos llegado hasta aquí. —Su voz se vuelve áspera—. Dame la mano.

Lo miro con recelo.

—¿Por qué?

—Porque creo que si llegas a conocer mejor a mi «monstruo humano», verás que no tienes por qué tenerle miedo.

Me río. Pero el humor se desvanece cuando Garrett coge mi mano y la coloca directamente dentro de sus calzoncillos.

¿Que me he cargado el ambiente adecuado? Ruge de vuelta a la vida cuando, con cuidado, pongo mis dedos alrededor de su polla. Es larga y gruesa y palpita bajo mis dedos, y eso es todo lo que necesito para que mi cuerpo vuelva a sentir un hormigueo feroz.

Lo toco indecisa y él gime en voz baja.

—¿Ves? No es más que un viejo pene normal y corriente, Wellsy.

Mi garganta se cierra con una carcajada.

—Hay tantas cosas raras en esa frase que no sé ni por dónde empezar. —Me detengo—. ¿Exactamente qué edad tiene tu pene?

—Veinte años, como yo —contesta Garrett, serio—. Pero es mucho más maduro que yo. ¿Y tu canal femenino? Es más sabio y maduro que…

Lo callo con un beso.

No mucho después estoy temblando de placer otra vez. La mano de Garrett regresa a donde yo quiero que esté. No sé cómo, pero mis bragas desaparecen y un largo dedo se desliza dentro de mí, haciéndome jadear. Mis músculos interiores lo presionan y un rayo de calor asciende por mi columna vertebral.

La lengua de Garrett llena mi boca y su erección se mueve en mi mano. Nunca me he sentido con tanto control ni tan deseable, porque sé que soy la responsable de los sonidos graves que hace. Rompe el beso para mordisquear mi hombro, y la mecha que hay en mi cuerpo quema aún más, está tan cerca de la detonación que empiezo a gemir más fuerte.

Pero la excitación se extingue cuando abro los ojos y me lo encuentro observándome.

El hormigueo desaparece y yo me tenso bajo sus manos.

—¿Qué pasa? —murmura.

—Nada. —Trago saliva—. Solo… bésame otra vez. —Tiro de su cabeza y abro los labios para darle la bienvenida a su lengua.

Garrett me acaricia el clítoris con una destreza que me sobrecoge. Es como si supiera exactamente cuánta presión ejercer, cuándo frotar más rápido, cuándo hacerlo más despacio. Aprieto su talentosa mano, pero cuando él gruñe de nuevo, la excitación se desvanece una vez más.

Gruño también, de frustración.

—¿Qué pasa, Wellsy? —Sus dedos rozan mi sexo—. Sé que te está gustando. Lo noto.

—Sí que me gusta. Yo… —Mi garganta se contrae cuando la impotencia aumenta en mi interior—. Estoy cerca y… se va. —Me aterra sentir el aguijón de las lágrimas—. Eso es lo que pasa siempre.

—¿Cómo puedo hacer que te corras? —dice, atento.

—No lo sé. Vuelve a tocarme. Por favor.

Lo hace, y, ¡oh, Dios! Lo hace tan bien. Cuando sus dos dedos se mueven dentro de mí en un movimiento lento, cierro los ojos otra vez, pero no importa; todavía siento que me mira.

Igual que hizo Aaron cuando decidió llevarse lo que yo no le quería dar.

Fui plenamente consciente durante la violación. A veces, cuando estoy deprimida o dándome un baño de autocompasión, maldigo que las drogas no me noquearan aquel día. Se supone que las drogas de las violaciones te dejan inconsciente, joder. No debería recordar lo que me pasó. Desearía no recordarlo.

Pero sí que me acuerdo. Los recuerdos de ese momento son más borrosos que los recuerdos normales, pero la mirada salvaje de los ojos de Aaron está grabada en mi cerebro. Recuerdo estar acostada en la cama de los padres de Melissa, sintiendo su peso encima de mí, sintiendo cómo empujaba dentro de mí, con fuerza, hasta el fondo y con dolor. Pero era como si estuviera paralizada. Mis brazos y piernas no parecían funcionar y daba igual las inmensas ganas que tenía de golpearle o de darle una patada. Mis cuerdas vocales se congelaron, por lo que no pude emitir ni un solo grito. Lo único que podía hacer era mirar esos ojos marrones engreídos, teñidos de placer y brillantes de lujuria.

Los terribles recuerdos se mueven por mi mente como el ataque de un enjambre de abejas, robando los últimos rastros de deseo que había dentro de mí. Sé que Garrett siente el cambio en mi cuerpo, que yo ya no estoy húmeda ni dilatada y que mi temperatura ha bajado. Que estoy más rígida que una tabla y más fría que el hielo.

—Esto no está funcionando —dice con voz ronca.

Me incorporo, reprimiendo con fuerza las ganas de llorar.

—Lo sé. Lo siento. Es solo que... tú estás... me estás mirando y...

Me ofrece una sonrisa torcida.

—¿Ayudaría si cierro los ojos?

—No —le digo con tristeza—. Porque sabré que me estás imaginando en tu cabeza.

Con un suspiro, se incorpora y apoya la cabeza en el cabecero de la cama. Sigue empalmado, veo su erección presionando bajo los pantalones de chándal, pero cuando lentamente encuentra mis ojos, parece ajeno a su propio estado de excitación.

—No confías en mí.

Lo niego con rapidez.

—Claro que confío en ti. No estaría aquí si no lo hiciese.

—Está bien, rectifico lo que he dicho. No confías en mí lo suficiente como para dejarte llevar del todo.

Mis dientes se hunden en mi labio inferior. Quiero decirle que está equivocado, pero una parte de mí no cree que lo esté.

—El sexo es confianza, nada más —dice—. Incluso si no quieres a la otra persona, o si es solo un rollo de una noche, tiene que haber una buena dosis de confianza para abrirse y dejarse llevar a un lugar tan vulnerable, ¿sabes? Y no hay nada más vulnerable que tener un orgasmo. —Su boca se levanta en una sonrisa—. Al menos eso es lo que me ha dicho Doctor Google.

—¡¿Has buscado eso?! —le grito.

Sus mejillas enrojecen de la vergüenza.

—Tenía que hacerlo. Nunca me he acostado con una chica a la que han... ya sabes.

—Lo sé. —Me muerdo el labio aún más fuerte para evitar romper a llorar.

—Después de lo que te pasó, no es de extrañar que tengas miedo a ser vulnerable. —Duda antes de seguir—. ¿Eras virgen?

Aprieto los labios y asiento.

—Me lo imaginaba. —Garrett se queda en silencio unos segundos—. Tengo una idea, ¿estás dispuesta a escucharla?

No puedo hablar, porque estoy demasiado cerca de que me estallen los ojos de las lágrimas, así que se tiene que conformar con un asentimiento de cabeza.

—En vez de darte yo un orgasmo, ¿por qué no pruebas a dártelo tú?

Pensé que había llegado al nivel máximo de vergüenza esta noche, pero es evidente que siempre hay un poco más de humillación en la recámara.

—Lo hago todo el tiempo. —Mis mejillas arden cuando evito sus ojos.

—Delante de mí —corrige—. Provócate un orgasmo delante de mí. —Hace una pausa—. Y yo me provocaré uno delante de ti.

Ay, Dios.

No puedo creer que estemos teniendo esta conversación. Que me esté sugiriendo darnos placer a nosotros mismos delante del otro.

—Por favor, discúlpame mientras voy a colgarme del armario —balbuceo—. Estoy horrorizada ahora mismo.

—No deberías. —Su mirada de ojos grises se endurece con intensidad—. Será un ejercicio de confianza. En serio, creo que va a ser positivo. Ambos nos mostraremos vulnerables y verás que no hay nada que temer.

Antes de que pueda responder, Garrett salta de la cama y se saca la camiseta por la cabeza. Entonces, sin perder un instante, se baja de un tirón los pantalones a las caderas.

Mi respiración se corta en los pulmones. Antes había tocado su erección, pero en realidad no había visto lo que ahora tengo frente a los ojos; es larga y dura y perfecta. Mi cuerpo se estremece al ver su cuerpo desnudo y cuando mi mirada se eleva para mirarlo, lo único que veo en esas profundidades de color gris plata es un deseo sano y una amable mirada de aliento. Nada de sucio deseo, ni destellos de poder, brutalidad o malicia.

Él no es Aaron. Es Garrett. Y se está exponiendo delante de mí, demostrándome que no pasa nada por bajar la guardia.

—Quítate la camiseta, Hannah. Deja que te vea. —Sonríe—. Te prometo no mirar demasiado lascivamente tus tetas de *stripper*.

Una sonrisa involuntaria aparece en mis labios. Pero no me muevo.

—Enséñame lo que te haces a ti misma cuando estás sola —me provoca.

—Yo... —El nudo de mi garganta es demasiado grande como para poder hablar.

Su voz es cada vez más ronca y seductora.

—Enséñamelo y yo te lo enseñaré.

Envuelve su polla con su mano y un gemido sale tembloroso de mi boca.

Me encuentro con su mirada y algo en su sincera expresión me impulsa a la acción.

Mis dedos tiemblan incontrolablemente mientras agarro la parte de debajo de la camiseta y la paso por mi cabeza para quedarme solo en ropa interior.

A continuación, respiro hondo y me quito el sujetador.

Nunca me he hecho una paja delante de una chica. A ver, sí que me he tocado un poco antes de poner mi polla en un lugar más deseable que mi mano, pero ¿tocarme de principio a fin? Es la primera vez que lo hago. Y estoy nervioso.

Pero también mentiría si dijera que no estoy cachondo a más no poder.

No puedo creer que Hannah esté tumbada desnuda en mi cama. Está increíblemente buena. Su cuerpo es suave y tiene curvas en todos los lugares donde tienen que estar. Sus pechos son la perfección absoluta, redondos y firmes, y están rematados con unos pezones de color marrón rojizo. Mi mirada se dirige a la estrecha franja de pelo que hay entre sus piernas y me muero de ganas de que las abra. Quiero ver cada centímetro de su cuerpo.

Pero no quiero parecer un pervertido y no quiero asustarla, así que mantengo la boca cerrada. Estoy duro como una roca, mi polla palpita en mi mano mientras intento no comerme con los ojos a la chica *sexy* que está desnuda en mi cama.

—No estás hablando —me acusa con tono provocador y nervioso al mismo tiempo.

—No quiero asustarte —le digo con voz ronca.

—Chaval, estás de pie desnudo delante de mí con la polla en la mano. Si eso no me asusta, no creo que lo que vayas a decir lo haga.

Tiene razón. Y puf, mi polla se estremece del hormigueo que provoca cuando me llama chaval. De hecho, cada palabra que sale de su boca me pone cachondo.

—Abre las piernas —le digo—. Quiero verte.

Ella duda.

Pero entonces lo hace y mi respiración se sale de mis pulmones. Es la pura perfección, joder. De color rosa y bonito y brillante y perfecto.

Me voy a correr demasiado rápido. Es un hecho. Pero hago lo imposible por prolongar lo inevitable. Me toco a un tempo muy lento, evitando ejercer presión en la punta de mi polla, ignorando el punto especial debajo de ella.

—Enséñame qué harías si yo no estuviera aquí —murmuro—. Enséñame cómo te tocas.

Sus mejillas cambian al color rosa más dulce del mundo. Sus labios se separan, solo un poco, pero lo suficiente como para poder, si apretara mi boca sobre la suya, meterle la lengua entre la línea carnosa y llenarme de su sabor. Me muero por darle un beso, pero resisto a la tentación. Este momento es demasiado delicado como para arriesgarme a que entre en pánico de nuevo.

Muy lentamente, Hannah lleva su mano entre sus piernas.

Una ola de placer me hace estremecer.

—Eso es, Wellsy. Tócate.

Un dedo roza su clítoris. Lo frota. Mide la forma de tocarse, explora, se toma su tiempo para averiguar lo que le gusta.

Yo me uno a su ritmo pausado. Mi cuerpo me implora descargar, pero esto es demasiado importante como para estallar ahora. Literalmente estallar, porque estoy tan cerca de correrme que tengo que respirar por la nariz y apretar el culo para detener la explosión.

—¿Te gusta? —Mi voz suena baja y ahogada.

Hannah asiente, sus ojos verdes están abiertos como platos. Un ruido entrecortado se escapa de su boca, y de repente me imagino esa boca rodeando mi polla y estoy peligrosamente cerca de perder el control. Paso a modo emergencia en mi paja y aprieto mi polla con suficiente fuerza como para sentir una sacudida de dolor.

Hannah se frota todavía más rápido, su otra mano acaricia su cuerpo hasta rodear su pecho. Se pellizca el pezón con dos dedos y yo reprimo un gruñido. Quiero chupar ese botón rugoso más de lo que quiero mi próxima bocanada de aire.

—¿En qué piensas, Wellsy? —No solo hago la pregunta por su bien, también lo hago por el mío propio, porque necesito una distracción *ya*.

Su mirada se queda fija en el movimiento perezoso de mi mano.

—Estoy pensando en ti.

Joder, no. No es ese tipo de distracción lo que necesito.

Mis movimientos se vuelven más rápidos cuando mi mano adquiere vida propia. Hay una mujer desnuda en mi cama y no puedo follármela. No puedo porque esta noche no va de mí. Va de Hannah.

—Estoy pensando en lo *sexy* que eres —susurra—. Estoy pensando en lo mucho que quiero besarte otra vez.

Casi me inclino hacia ella para darle lo que quiere, pero me aterra que el hechizo se rompa si lo hago.

—¿Qué más? —pregunto con voz ronca.

Su mano abandona su pecho y se desplaza sobre su vientre plano, hasta el borde de sus caderas. Dios, qué pequeña es. Probablemente podría abarcar el ancho de su cintura con las dos manos.

—Estoy pensando en tus dedos dentro de mí.

Estoy pensando exactamente lo mismo, pero me complazco a mí mismo mirando *sus* dedos. Empuja dos de ellos dentro de su coño, mientras que con la otra mano sigue jugando con el clítoris. Sus mejillas están ahora todavía más sonrojadas. Al igual que sus tetas.

Me doy cuenta de que está cerca y la satisfacción que me invade no se parece a nada que haya experimentado antes. Yo soy quien le está provocando eso. No la estoy tocando, pero mi presencia la está poniendo cachonda.

Bombeo mi polla, apretando el capullo en cada movimiento ascendente.

—Estoy cerca —le advierto.

—¿Sí?

—Supercerca. Tanto que no creo que pueda aguantar mucho más tiempo. —A continuación, maldigo en voz baja, porque veo sus dedos mojados cada vez que los saca. Me estoy muriendo ahí mismo.

—Yo también. —Sus ojos se nublan de placer y convulsiona sin descanso en mi cama.

Los dos hacemos ruido. Yo gimo y ella gimotea y suspira. El aire es eléctrico y mi cuerpo está en llamas.

—Oh… Dios… —Jadea en busca de aire.

—Mírame —murmuro—. Mira lo que estás haciendo.

Me toco más rápido y ella grita:

—¡Garrett!

Hannah se corre con mi nombre en los labios y yo me corro cuando lo oigo. El placer me embiste, manchando mi mano y mis abdominales. La fuerza de mi liberación casi hace que pierda el equilibrio y me agarro con violencia a un lado del escritorio, sosteniéndome con fuerza mientras oleadas intermitentes rugen a través de mi cuerpo.

Cuando aterrizo de nuevo en la Tierra, veo a Hannah mirándome. Parece aturdida y fascinada y sus pechos se elevan cuando busca oxígeno.

—Dios mío. —El asombro ocupa todo su rostro—. No me puedo creer…

Parpadeo y de repente hay una chica desnuda en mis brazos. Se lanza hacia mí, imperturbable pese al líquido que hay en mi abdomen y que ahora se adhiere a su piel.

Envuelve sus brazos alrededor de mi cuello y entierra su cara en el centro de mi pecho.

—Me he corrido.

Ahogo una risa.

—Ya lo he visto.

—Me he corrido, y tú estabas aquí, y…

Levanta la cabeza y me mira con asombro. Siempre se me olvida lo bajita que es hasta que estamos de pie cara a cara y tiene que estirar el cuello para mirarme a los ojos.

—Acostémonos —anuncia.

Y mi polla se pone dura otra vez. Ella se da cuenta y sus ojos se abren mientras mi erección aprieta su vientre.

Y está claro que soy masoquista porque digo:

—No.

¡¿No?!

Es oficial. Me he vuelto loco.

—¿Qué quieres decir con eso de «no»? —exige.

Me mantengo firme a pesar de su visible decepción.

—Esta noche has dado un gran paso, pero creo que así es como tenemos que tratar la situación a partir de ahora. Poco a poco. —Trago saliva y me obligo a añadir—: Pasito a pasito.

Un brillo extraño cruza sus ojos.

—¿Qué pasa? —pregunto serio.

—Nada. Esa es justo la expresión que mi terapeuta utilizaba cuando me daba consejos. Pasito a pasito.

Se queda en silencio durante un rato largo y, a continuación, la más brillante de sus sonrisas llena su cara e ilumina la habitación. Es la primera vez que Hannah me sonríe de esa manera; es una sonrisa que llega hasta sus ojos y que provoca un nudo en mi corazón de lo más extraño.

—Eres un buen chico, Garrett. ¿Lo sabías?

¿Un buen chico? Ya me gustaría. Joder, si pudiera leer mi mente y ver todas las imágenes guarras que están pasando de forma intermitente ahí dentro, si supiese todas las guarradas que quiero hacer con ella, probablemente se retractaría de esa declaración.

—Tengo mis días —respondo encogiéndome de hombros.

Su sonrisa se ensancha y una grieta en mi pecho se abre de par en par.

En este instante sé que me he metido en un lío.

Accedí a ayudarla no solo porque soy su amigo, sino porque soy un tío. Y cuando una mujer te pide mantener relaciones sexuales con ella y darle un orgasmo, uno ni se lo piensa. Uno dice: «¡Claro que sí!».

Bien, ya ha tenido un orgasmo. Lo ha conseguido. Y sé que me acostaré con ella. Lo sé.

Pero en este momento, lo único que quiero es que esta chica me sonría otra vez.

—¡Alto ahí! —Una voz aguda retumba cuando voy con prisa a mi dormitorio—. ¿A dónde crees que vas, señorita?

Me doy la vuelta, sorprendida de encontrarme a Allie tumbada en el sofá en nuestra zona común, sosteniendo uno de sus vasos de zumo repulsivo en la rodilla. Con las prisas, ni siquiera la había visto.

—¿Qué haces en casa? —le pregunto con sorpresa—. ¿No tenías Economía los miércoles?

—Se ha cancelado porque el profe tiene ébola.

Cojo aire.

—¡No me jorobes! ¿En serio?

Ella se ríe traviesa.

—Bueno, no. Quiero decir, quizá sí que lo tenga. Nos ha enviado un correo electrónico para decir que había pillado una «enfermedad». —Mi amiga hace el gesto de las comillas en el aire—. Pero no ha dicho cuál. Y a mí me gusta imaginar que es algo malo. En ese caso, no podría darnos clase en lo que queda de curso, y todos sacaríamos un sobresaliente de forma automática.

—Eres mala, Allie —informo—. Y un día de estos, esa magia negra vudú tuya se va a volver en tu contra. En serio, no vengas arrastrándote a pedirme consuelo cuando contraigas ébola. Bueno, tengo que irme. Solo he venido a dejar mis cosas antes de pirarme al ensayo.

—De ninguna manera, Han-Han. Vas a sentar tu culito en este sofá porque tú y yo necesitamos tener una pequeña charla.

—De verdad, no puedo llegar tarde al ensayo.

—¿Cuántas veces ha llegado tarde Cass al ensayo? —pregunta.

Tiene razón.

Con un suspiro, me acerco al sofá y me dejo caer.

—Bueno. ¿Qué pasa? Y date prisa.

—Vale, si quieres ir rápido... ¿Qué narices de todos los colores y tamaños está pasando entre tú y Garrett?

Dejo la boca cerrada. Mierda. Me ha pillado. A ver, es verdad que anoche le envié un mensaje al móvil diciendo: «Estoy en casa de Garrett. Llegaré tarde». Pero, dado que Allie vive gran parte de su tiempo en su burbuja personal, cuyo centro está ocupado por Sean, había albergado la esperanza de que no sacara el tema.

—Nada. Eso es lo que está pasando —le respondo.

Ja. Si «nada» significa que «estuve en su casa, nos desnudamos y nos masturbamos el uno delante del otro y después tuve un orgasmo y él tuvo un orgasmo y fue la mejor sensación de la vida».

Allie percibe mi débil intento de mentir.

—Voy a preguntártelo una vez más y solo una vez: Hannah Julie Wells, ¿estás saliendo con Garrett Graham?

—No.

Entrecierra los ojos.

—De acuerdo. Te lo preguntaré dos veces. ¿Estás saliendo con...?

—No estoy saliendo con él. —Suspiro—. Pero estamos tonteando.

Su mandíbula se abre hasta el límite. Pasa un segundo, y después otro, y después sus ojos azules se iluminan por la victoria.

—¡Ja! ¡Sabía que estabas por él! ¡Oh, Dios mío! Sujeta mi zumo. ¡Creo que necesito saltar de la alegría! O, mejor dicho, ¡bailar! —Se levanta—. ¿Sabes cómo se baila la conga? Si es así, ¡bailemos ahora mismo!

Me río.

—Ay, Dios, por favor no te pongas a hacer ningún baile. Y no es para tanto, ¿vale? Probablemente se acabe pronto.

Sí, cuando tenga mi cita con Justin.

¡Mierda! Esta es la primera vez desde el cumpleaños de Dean que Justin se me cruza por la cabeza. He estado centrada en Garrett por completo, en cómo me excita y en las cosas que quiero hacer con él. Pero ahora que me acuerdo de mi inminente cita, experimento un fuerte retortijón de culpa.

¿De verdad puedo salir con alguien después de lo que Garrett y yo hicimos anoche?

Pero no es que esté saliendo con Garrett. No es mi novio, y ni de casualidad él me considera su novia, así que ¿por qué no?

Aun así, el impulso de cancelar la cena con Justin se niega a desaparecer. No obstante, Allie aparta este pensamiento a un lado cuando sigue hablando con entusiasmo sobre lo increíblemente maravilloso que es mi rollo con Garrett.

—¿Te has acostado con él? Oh, por favor, ¡dime que sí! Y por favor, ¡dime que fue genial! Sé que la química que tú y Devon teníais en la cama no llegaba al nivel de Brangelina, pero, por lo que he oído, Garrett Graham lo hace que te mueres.

Sí. Eso es verdad.

—No me he acostado con él.

Parece decepcionada.

—¿Por qué no?

—Porque, no lo sé, porque no sucedió. Hicimos otras cosas. —Mi cara arde más y más—. Y eso es todo lo que tengo que decir sobre este asunto, ¿vale?

—¡No vale! Se supone que las mejores amigas nos lo contamos todo. Quiero decir, tú lo sabes todo sobre mi vida sexual. Te conté cuando Sean y yo probamos el sexo anal y conoces el tamaño de la polla de mi novio, y...

—Algo que va mucho más allá de la información necesaria —interrumpo—. Te quiero hasta la muerte, Allie, pero nunca, nunca quise saber nada de vuestro sexo anal y, sin duda, podría haber vivido perfectamente sin que sacases una regla y me enseñases el tamaño del pene de Sean.

Allie hace pucheros.

—Eres lo peor. Pero tranquila, que tarde o temprano me enteraré de todos los detalles guarros. Soy muy buena en sonsacar detalles.

Es cierto. Lo es. Pero no va a sacarme ni uno en este momento.

Resoplo y me pongo de pie.

—Muy bien, ¿hemos acabado? Porque de verdad necesito irme al ensayo.

—Ok, vete. Y no, no hemos terminado. —Me sonríe—. No lo habremos hecho hasta que no saques la regla y pongas fin a la vieja pregunta, ¿cómo la tiene Garrett Graham?

—Adiós, pervertida.

Lo primero que veo cuando entro en la sala de música quince minutos más tarde es a un violonchelista.

Pregunta: ¿Cómo sabes cuándo las cosas se han escapado totalmente de tu control?

Respuesta: Cuando te encuentras a un violonchelista en tu local de ensayo y ni siquiera se inmuta.

Desde que MJ apoyó la idea del coro de Cass, he renunciado a discutir con cualquiera de ellos. Llegados a este punto, pueden hacer todo lo que les plazca —ergo, lo que le plazca a Cass—; sencillamente, no tengo la energía mental para seguirles el juego.

—Llegas tarde. —Cass chasquea la boca con desaprobación mientras me quito el abrigo.

—Lo sé.

Espera a que me disculpe.

No me disculpo.

—Hannah, te presento a Kim Jae Woo —dice MJ con una sonrisa vacilante—. Nos acompañará en el segundo estribillo.

¡Ajá! Claro.

No me molesto en preguntar cuándo se tomó esta decisión. Asiento con la cabeza y balbuceo:

—Suena bien.

Durante la siguiente hora, nos concentramos solo en la sección central de la canción. En una situación normal, Cass pararía el ensayo cada dos segundos para criticar algo que he hecho, pero hoy la peor parte se la lleva el pobre Kim Jae Woo. El estudiante coreano de primero me lanza una mirada de pánico cada vez que Cass le ladra, pero lo único que puedo hacer es ofrecerle una sonrisa de apoyo y consuelo y encoger los hombros.

Es triste. He perdido todo el entusiasmo por esta canción. Lo único que me ofrece algo de consuelo ahora es saber que si no ganamos la beca gracias al dramatismo de Cass, tendré una segunda oportunidad en abril en el concierto exhibición de primavera.

A las dos en punto, Cass pone fin a los ensayos y suspiro de alivio cuando me pongo el abrigo. Al salir de la sala, me sorprende ver a Garrett allí de pie. Lleva su cazadora de Briar y dos vasos de café en la mano; me saluda con una sonrisa torcida que hace que mi corazón se acelere.

—¡Ey! —Arrugo la frente—. ¿Qué haces aquí?

—He pasado por tu residencia, pero Allie me ha dicho que estabas ensayando, así que he pensado en venir y esperar hasta que acabaras.

—¿Has estado aquí todo el tiempo?

—Naah, he ido a por un café y me he dado una vuelta un rato. Acabo de volver ahora mismo. —Mira por encima de mi hombro hacia la sala de música—. ¿Habéis acabado el ensayo?

—Sí. —Cojo el vaso que me ofrece y le quito la tapa de plástico—. Ahora tenemos un violonchelista.

Los labios de Garrett se contraen.

—Ya veo, ya. Y apuesto a que estás *superemocionada* con la novedad.

—Más bien, indiferente.

Una voz fuerte suena detrás de mí.

—Estás bloqueando la puerta, Hannah. Hay personas que necesitan ir a otro sitio.

Resoplo en silencio y elevo las cejas. Me aparto de la puerta y dejo que Cass y Mary Jane salgan. Cass ni siquiera se digna a mirarme, pero cuando se da cuenta de con quién estoy hablando, sus ojos azules vuelan en mi dirección.

—Cass, ¿conoces a Garrett? —pregunto de forma educada.

Mira con recelo al fornido y alto jugador de *hockey* que hay a mi lado.

—No. Encantado de conocerte, tío.

—Igualmente, Chazz.

Mi compañero de dueto se tensa.

—Es Cass.

Garrett parpadea con inocencia.

—Oh, lo siento, ¿no es eso lo que he dicho?

Las fosas nasales de Cass se dilatan.

—He oído que estás cantando un dueto con mi chica —añade Garrett—. Espero que no le estés dando ningún problema. No estoy seguro de que lo sepas, pero mi Han-Han tiene la mala costumbre de dejar que la gente le pase por encima. —Arquea una de sus oscuras cejas—. Pero tú no harías eso, ¿verdad, Chazz?

A pesar de la punzada de vergüenza que me provocan sus palabras, a mí también me está costando lo mío no reírme.

—Es Cass.

—Eso es lo que he dicho, ¿no?

Hay un largo momento de rollo macho muy evidente en el que los dos chicos se miran fijamente. Tal y como sospechaba, Cass es el primero en romper el contacto visual.

—Da igual —murmura—. Venga, MJ, vamos a llegar tarde.

Mientras se lleva lejos a la dulce chica rubia como si fuera una maleta, me dirijo a Garrett con un suspiro:

—¿Eso era necesario?

—¡Claro que sí!

—Ok. Solo por saber.

Nuestras miradas se encuentran y una ráfaga de calor explota dentro de mí. Ay, madre. Sé exactamente lo que está pensando en este momento. O, más bien, lo que está pensando en hacer.

Hacerme.

Y yo estoy pensando exactamente lo mismo.

Puede que le dijera a Allie que esta cosa que hay entre nosotros se apagaría pronto, pero, por el momento, arde incluso más fuerte que anoche.

—¿Mi casa? —pregunta.

Esas dos palabras, graves y roncas, provocan que mis muslos se contraigan tanto que me sorprende que no me dé un tirón.

En lugar de responder —mi garganta se ha obstruido del deseo—, cojo el café que lleva en su mano y tiro los dos vasos en el cubo de basura que hay detrás de él.

Garrett se ríe.

—Lo tomaré como un sí.

CAPÍTULO 27

HANNAH

No tengo ni idea de lo que hemos hablado durante el viaje en coche hasta la casa de Garrett. Estoy segura de que habremos dicho algo. Estoy segura de que he visto el paisaje pasar por la ventana. Estoy segura de que el oxígeno entraba y salía de mis pulmones como una persona normal. Pero no recuerdo ninguna de esas cosas.

Un segundo después de entrar en su dormitorio, le lanzo mis manos alrededor del cuello y le beso. A la mierda el «pasito a pasito». Le deseo demasiado como para ir despacio, y mis manos buscan la hebilla de su cinturón incluso antes de que su lengua entre en mi boca.

Su risa ronca me hace cosquillas en los labios y después sus fuertes manos cubren la mía para que pare de desabrocharle el cinturón.

—Por mucho que me guste tu entusiasmo, voy a tener que reducir la velocidad, Wellsy.

—Pero yo no quiero reducirla —protesto.

—Te chinchas.

—¿«Te chinchas»? ¿Qué eres? ¿Mi abuela?

—¿Tu abuela dice «te chinchas»?

—Bueno, no —confieso—. Lo cierto es que mi abuela suelta tacos como un marinero. La Navidad pasada dejó caer una bomba en la mesa, dijo «hijo de la gran puta». Mi padre casi se atraganta con el pavo.

Garrett suelta una carcajada.

—Creo que tu abuela me cae bien.

—Es una señora muy dulce.

—Ya, ya. Eso parece. —Inclina la cabeza—. ¿Y ahora podemos dejar de hablar de tu abuela, señora Cortarrollos?

—Tú eres el que se ha cargado el ambiente primero —señalo.

—Naah, estaba cambiando la velocidad. —Sus ojos grises se funden del fuego—. Ahora ven a la cama para que pueda hacer que te corras.

Ay. Dios. Mío.

Subo al colchón con tal rapidez que otra risa sale de los labios de Garrett, pero no me importa lo ansiosa que parezco. Los nervios que sentí anoche no están afectando hoy a mi estómago, porque todo mi cuerpo está temblando de deseo. Sí que se me pasa por la cabeza que tal vez no vuelva a suceder, al menos no si es Garrett el que me toca, pero, uf, me muero de ganas de averiguarlo.

Se sitúa a mi lado y mete su mano en mi pelo mientras me besa. Nunca he estado con un chico que sea así de brusco conmigo. Devon me trataba como si pudiese romperme en pedazos, pero Garrett no. Para él, no soy una frágil pieza de porcelana. Simplemente soy yo. Me encanta lo excitado que está, la forma en la que me tira del pelo si mi cabeza no está exactamente donde él quiere que esté, o cómo se muerde el labio cuando trato de provocarlo privándolo de mi lengua.

Me incorporo solo para que pueda quitarme de un tirón la camiseta y, a continuación, usa una mano para desabrocharme el sujetador con la destreza que era de esperar en él. En cuanto se quita su propia camiseta, presiono mis labios contra su pecho. Ayer no pude tocarlo y me muero de hambre; quiero saber lo que se siente, a qué sabe. Su carne es cálida bajo mis labios, y cuando mi lengua se precipita indecisa sobre un pezón plano, un gemido ronco escapa de sus labios. Antes de que pueda parpadear estoy tumbada sobre mi espalda y nos estamos besando de nuevo.

Garrett rodea mi pecho con la mano y juega con mi pezón entre los dedos. Mis párpados se cierran con un aleteo y en este momento no me importa si Garrett me está mirando. Solo me importa lo bien que me hace sentir.

—Tu piel es como la seda —murmura.

—¿Has copiado esa frase de una tarjeta de Hallmark? —suelto.

—No, simplemente confirmo un hecho. —Sus dedos rozan la parte inferior de mis pechos—. Eres suave y lisa y perfecta. —Levanta la cabeza para ofrecerme una mirada irónica—. Las durezas de mis dedos deben de estar raspándote un montón, ¿eh?

La verdad es que sí, pero es el tipo de raspado erótico que hace que mi corazón lata con más fuerza.

—Si dejas de tocarme, te doy una bofetada.

—Naah, solo conseguirías romperte la mano. Y resulta que me gustan tus manos. —Con una sonrisa traviesa, coge mi mano derecha y la coloca directamente en su entrepierna.

El bulto duro debajo de mi mano es tan tentador que no puedo dejar de acariciarlo.

Las facciones de Garrett se tensan. Un segundo después, aparta mi mano con rapidez.

—Joder. Mala idea. No estoy listo para que esto termine todavía.

Resoplo.

—Anda… ¿Hay alguien por aquí rápido en disparar?

—Qué dices, tronca. Puedo hacerlo toda la noche.

—Sí, ya. Seguro que pue…

Él me interrumpe con un *sexy* y ardiente beso que me deja sin aire. Después, una luz traviesa ilumina sus ojos otra vez y baja la cabeza para besarme el pezón.

Una onda expansiva de placer va de mi pecho a mi sexo. Cuando la lengua de Garrett se precipita hacia mi dilatado pezón y da vueltas alrededor de él, prácticamente levito. Mis pechos siempre han sido sensibles y en este momento son un conjunto de terminaciones nerviosas tensas y crepitantes. Cuando me chupa el pezón metiéndoselo profundamente en la boca, veo los planetas y la luna. Cambia a mi otro pecho dándole la misma atención minuciosa, los mismos besos lentos y provocadores lamidos.

Entonces empieza, beso a beso, su camino hacia el sur.

A pesar de la emoción que brota en mi sangre, experimento una oleada de ansiedad. No puedo dejar de recordar todas las veces que Devon hizo exactamente lo mismo, besando todo mi cuerpo hasta llegar abajo. O todo el tiempo que pasó entre mis piernas cuando el coito no parecía satisfacerme.

Pero pensar en mi ex en este momento no es lo que debería hacer, así que expulso de mi cabeza todos los pensamientos sobre Devon.

El aliento de Garrett me hace cosquillas en el ombligo mientras su lengua roza mi vientre. Siento sus dedos temblorosos desabrochando el botón de mis vaqueros. Me gusta saber que puede estar nervioso o, por lo menos, tan emocionado como yo. Él siempre parece tan guay y seguro de sí mismo, pero ahora mismo, aquí y ahora, parece como si estuviera luchando por sujetarse al último resquicio de su control.

—¿Te parece bien esto? —susurra mientras me baja los vaqueros y las bragas por mis caderas. Entonces jadea y me siento un poco cohibida al ver su hambrienta mirada entre mis piernas.

Aspiro lentamente y digo:

—Sí.

El primer roce de su lengua contra mis labios es como una corriente eléctrica que sube por mi columna vertebral. Gimo tan alto que su cabeza se levanta abruptamente.

—Tuck está en casa —me advierte mientras sus ojos brillan con diversión—. Así que sugiero que usemos nuestras voces interiores.

Tengo que morderme el labio para no hacer ruido, porque lo que me está haciendo... Jesús, María, José y todos los santos. Es tan bueno... Garrett rodea mi clítoris con su lengua, luego lo lame en movimientos suaves y lentos que me vuelven absolutamente loca de deseo.

De repente, me acuerdo de cuando Allie me confesó que tuvo que «entrenar» a Sean a hacer esto porque solía darle en el clítoris a toda velocidad desde el primer momento. Pero Garrett no necesita ningún entrenamiento. Él deja que mi placer se vaya construyendo, poco a poco, despacio, volviéndome loca y haciendo que suplique.

—Por favor —gimo cuando el tempo vuelve a ser terriblemente lento—. Más.

Levanta la cabeza y estoy bastante segura de que nunca he tenido delante nada más *sexy* que la visión de sus labios brillantes y sus ardientes ojos grises.

—¿Crees que puedes correrte así?

Me sorprendo asintiendo con la cabeza. Pero la verdad es que no creo estar mintiendo. Tengo tanta presión dentro de mí que soy como una bomba de dibujos animados a punto de detonar.

Con un gruñido grave de aprobación, baja la cabeza y envuelve mi clítoris con sus labios. Lo lame con fuerza mientras al mismo tiempo me mete un dedo. Me corro como un lanzacohetes.

El orgasmo es mil veces más intenso que los orgasmos que me doy a mí misma, tal vez porque mi cuerpo sabe que no he sido yo quien lo ha provocado. Ha sido Garrett. Garrett ha convertido mis extremidades en gelatina y me ha enviado esta ola de satisfacción dulce y vibrante por todo mi ser.

Cuando las increíbles sensaciones finalmente ceden, dejan atrás una oleada cálida de paz y una extraña sensación agridulce. Lo que sucede después es algo que solo he visto suceder en las películas y que me avergüenza de flipar.

Me pongo a llorar.

De inmediato, Garrett sube y busca mi cara preocupado.

—¿Qué pasa? —Parece afectado de verdad—. Oh, mierda. ¿Te he hecho daño?

Niego con la cabeza y parpadeo tras la embestida de las lágrimas.

—Estoy llorando... porque... —Respiro profundamente—. Porque estoy feliz.

Su rostro se relaja y parece como si se estuviera aguantando las ganas de reír. Su mandíbula se retuerce cuando encuentra mi mirada.

—Dilo —ordena.

—¿Que diga qué? —Utilizo la esquina del edredón para limpiar las gotas que cubren mis mejillas.

—Di: «Garrett Graham, eres un dios del sexo. Has logrado lo que ningún otro hombre ha conseguido. Eres...».

Le doy un puñetazo en el hombro.

—Bah, eres un idiota. Yo nunca, nunca diré esas palabras.

—Claro que lo harás. —Me sonríe—. Una vez que haya terminado contigo, gritarás esas palabras a los cuatro vientos.

—¿Sabes lo que pienso?

—Las mujeres no están aquí para pensar, Wellsy. Por eso sus cerebros son más pequeños. La ciencia lo demuestra.

Le doy un golpe otra vez y un aullido de risa sale de su boca.

—Por Dios, que estoy de coña. Sabes que en realidad yo no pienso eso. Siento devoción por la sagrada feminidad. —Pone una cara solemne—. Vaaale, dime qué piensas.

—Pienso que es el momento de cerrarte la boca.

Suelta una risilla.

—¿Sí? ¿Cómo vas a…? —Sisea cuando le agarro el paquete y le doy un apretón—. Eres mala.

—Y tú eres un idiota prepotente, así que supongo que ambos tendremos que aguantarnos con lo que hay.

—Ah, gracias por darte cuenta de lo pre «potente» que soy. —Sonríe con inocencia, pero no hay nada inocente en la forma en que la que empuja su erección en mi mano.

De repente, ya no me apetece burlarme de él. Solo quiero ver cómo se deja llevar.

No me he quitado de la cabeza su cara de ayer por la noche cuando… Mi sexo se contrae con el recuerdo.

Cojo la hebilla de su cinturón, y esta vez sí me permite desabrocharlo. De hecho, cae sobre su espalda y me permite hacerle todo lo que quiera.

Me tomo mi tiempo y lo desvisto como si desenvolviera un maravilloso regalo, y en cuanto lo tengo desnudo delante de mí, me concedo un momento para admirar mi premio. Su cuerpo es alargado y esbelto, y tiene un tono dorado de piel que contrasta con el blanco pálido que se ve en muchos de los chicos de Briar. Paso los dedos por su abdomen, duro como una piedra, y sonrío cuando sus músculos tiemblan bajo mi tacto. A continuación, recorro con mi dedo el tatuaje en su brazo izquierdo y le pregunto:

—¿Por qué unas llamas?

Se encoge de hombros.

—Me gusta el fuego. Y creo que las llamas molan.

La respuesta me hace gracia, pero también me impacta.

—Uau. Esperaba oír alguna mierda de significado superpedante. Te juro que cada vez que le preguntas a alguien por su tatuaje, te dice que significa «coraje» en taiwanés o algo así, cuando los dos sabemos que probablemente significa «patata» o «zapato» o «borracho estúpido». O te suelta un rollo sobre cómo tocó fondo hace no sé cuántos años, pero que ha ido trabajándolo y que por eso tiene un ave fénix resurgiendo de sus cenizas tatuado en la espalda.

Garrett se ríe antes de ponerse serio.

—Supongo que este no es el momento para contarte lo de mi tatuaje tribal en la espinilla. Significa «eterno optimista».

—Ostras. ¿En serio?

—No. Mentira total. Pero te lo tendrías bien merecido por ir emitiendo juicios de valor sobre los tatus de la gente.

—Oye, a veces está guay escuchar que alguien se ha hecho un tatuaje solo porque le gusta. Te estaba felicitando, idiota. —Me inclino hacia delante y beso las llamas que rodean su bíceps, que, debo admitir, son muy chulas.

—Sí, señor. Sigue felicitándome entonces —dice—. Pero no olvides usar tu lengua cuando lo hagas.

Levanto las cejas, pero no dejo lo que estoy haciendo. Arrastro mi lengua por las llamas negras y, a continuación, sigo besándolo hasta llegar a su pecho. Sabe a jabón y a sal y a hombre, y me encanta. Tanto que no puedo dejar de lamer cada centímetro de él.

Sé que está disfrutando de mi completísimo reconocimiento tanto como yo, porque su respiración se vuelve irregular, y siento la tensión propagarse a través de sus músculos. Cuando mi boca termina su viaje rozando la punta de su pene, todo el cuerpo de Garrett se pone rígido.

Miro hacia arriba y me encuentro con sus ojos grises acristalados mirando hacia mí.

—No tienes que… hacer eso… si no quieres —dice con voz ronca.

—¿Eh? Entonces, si quiero hacerlo es guay, ¿no?

—A algunas chicas no les gusta.

—Algunas chicas son idiotas.

Mi lengua toca su dura carne y sus caderas se separan de la cama. Lamo su suave y dilatado capullo, saboreando su sabor, aprendiendo su textura con mi lengua. Cuando me meto la punta en la boca y succiono suavemente, un ruido torturado sale desde la profundidad de su garganta.

—Dios, Wellsy. Eso es...

—¿Es qué? —Lo miro provocativa.

—Increíble —ruge—. No vuelvas a parar. Lo digo en serio. Quiero que me sigas chupando el resto de tu vida.

¿Su súplica es buena para mi ego?

Naah.

¡Es *genial* para mi ego!

Dado que la tiene demasiado grande como para metérmela entera en la boca y yo no soy ninguna experta en garganta profunda, envuelvo mis dedos alrededor de la base, succionando y bombeando a la vez, alternando ritmos entre lento y *sexy*, y rápido y urgente. La respiración de Garrett es cada vez más y más pesada, sus gemidos son cada vez más y más desesperados.

—Hannah —se ahoga y siento cómo sus muslos se tensan y sé que está a punto de llegar al orgasmo.

Nunca antes me lo he tragado, y no soy lo suficientemente valiente como para intentarlo ahora, así que mi mano sustituye a mi boca mientras le acaricio hasta que se corre. Con un gruñido ronco, Garrett arquea la columna vertebral, y su líquido salpica mis dedos y su estómago. Su rostro es hipnótico y no puedo apartar la mirada de él. Sus labios están separados; sus mejillas, tensas. Sus ojos son como un remolino nebuloso de color gris, como una masa espesa de nubes antes de una inminente tormenta.

Varios segundos después, su cuerpo se relaja y prácticamente se hunde en el colchón mientras un suspiro saciado sale de su boca. Me encanta verlo así. Sin fuerzas y derrotado, y que todavía le cuesta respirar.

Cojo unos pañuelos de la caja que hay en la mesita de noche para limpiarlo, y cuando intento levantarme para deshacerme de ellos, tira de mí hacia abajo y me da un beso corto y fuerte.

—Dios, ha sido increíble.

—¿Eso significa que ahora vamos a acostarnos?

—Ja. Más quisieras. —Mueve el dedo en mi cara—. Pasito a pasito, Wellsy. ¿Recuerdas?

Hago pucheros como si fuera una niña de seis años.

—Pero ahora sabemos que sí puedo tener un orgasmo. Tú mismo acabas de verlo.

—En realidad, lo he sentido en la lengua.

Mi corazón da un vuelco al oír su descripción sin filtros. Me quedo en silencio por un momento y a continuación dejo escapar un suspiro derrotado.

—¿Crees que esto te puede hacer cambiar de opinión? —Me inclino hacia él y empiezo a recitar a regañadientes—: Garrett Graham, eres un dios del sexo. Has logrado lo que ningún otro hombre ha conseguido. Eres... «inserte más comentarios entusiastas aquí». —Levanto una ceja—. Y ahora, ¿podemos acostarnos de una vez?

—Absolutamente no —dice alegre.

Dicho esto, para mi consternación absoluta y total, salta de la cama y recoge sus vaqueros del suelo.

—¿Qué haces? —pregunto.

—Vestirme. Tengo entrenamiento en media hora.

Como si fuera una señal, alguien golpea con fuerza la puerta de Garrett.

—Soy yo, G. ¡Tenemos que largarnos ya! —grita Tucker.

Cojo el edredón en estado de pánico, desesperada por taparme, pero los pasos de Tucker ya se están alejando.

—Si quieres, puedes quedarte aquí hasta que volvamos —me ofrece Garrett mientras se pone la camiseta—. Solo estaré fuera un par de horas.

Dudo.

—Vamos, quédate —suplica—. Estoy seguro de que Tucker cocinará algo rico para la cena; puedes quedarte y después te llevo a casa.

La idea de estar sola en su casa es... rara. Pero la idea de comer una cena casera en lugar de ir al comedor suena muy muy tentadora.

—Está bien —cedo finalmente—. Supongo que puedo hacer eso. Pondré una peli o algo mientras estés fuera. O igual me echo una siesta.

—Te permito hacer cualquiera de esas dos cosas. —Me mira—. Pero en ningún caso tienes permiso para ver *Breaking Bad* sin mí.

—Vale, no lo haré.

—Prométemelo.

Resoplo.

—Te lo prometo.

—¡G! ¡Mueve el culo!

En un visto y no visto, Garrett se acerca y me planta un beso rápido en los labios.

—Tengo que irme. Nos vemos luego.

Y un segundo después, se ha ido y estoy sola en el dormitorio de Garrett Graham, algo que es, bueno… Solo diré que es la leche de surrealista. Antes de los parciales nunca había hablado con este chico y ahora estoy sentada desnuda en su cama. ¿Cómo te lo explicas?

Me sorprende que no le preocupe que me ponga a cotillear y encuentre su escondite porno, pero cuando me paro a pensar en ello, me doy cuenta de que no es tan sorprendente. Garrett es la persona más honesta y directa que he conocido. Si él tiene vídeos porno, es probable que no se moleste en ocultarlos. Apuesto a que todo está organizado de forma ordenada en una carpeta claramente etiquetada, justo en el escritorio de su ordenador.

Oigo voces y pasos en el piso de abajo y después el crujido de la puerta principal abriéndose y un fuerte golpe al cerrarse. Después de unos segundos, me levanto y me pongo mi ropa, porque no estoy cómoda caminando desnuda por una habitación que no es la mía.

Voto en contra de echarme la siesta, porque me siento extrañamente enérgica después del orgasmo. Y eso es mucho más surrealista que todo lo demás, ser consciente de que de verdad he tenido un orgasmo con un chico.

Devon y yo intentamos que sucediera durante ocho largos meses.

Garrett lo ha conseguido después de enrollarnos dos veces.

¿Significa eso que estoy arreglada?

Es una pregunta demasiado filosófica como para reflexionar sobre ella en medio de la tarde, así que la aparto a un lado y voy abajo a beber algo. Pero una vez que estoy en la cocina, la inspiración me golpea. Garrett y sus compañeros de equipo probablemente estarán agotados cuando lleguen a casa. ¿Por qué dejar que Tucker trabaje en los fogones cuando yo ya estoy en la cocina con un buen rato sin nada que hacer?

Una exploración rápida de la nevera, despensa y armarios revela que lo que decía Garrett no era ninguna broma. En esta casa se cocina. La despensa está hasta arriba de ingredientes. La única receta que conozco de memoria es la lasaña de tres quesos de mi abuela, así que cojo todo lo necesario y lo pongo en la encimera de granito. Estoy a punto de empezar a cocinar cuando algo me viene a la cabeza.

Frunciendo los labios, cojo mi teléfono móvil del bolsillo trasero del pantalón y marco el número de mi madre. No son más que las cuatro, así que espero que no haya ido a trabajar todavía.

Por suerte, responde tras el primer tono.

—¡Hola, cariño! Qué maravillosa sorpresa.

—Oye, ¿tienes un momento?

—La verdad es que tengo cinco minutos enteros para ti —responde con una carcajada—. Tu padre me va a llevar al trabajo esta tarde, así que él tiene el honor de limpiar toda la nieve del coche.

—¿Ya tenéis tanta nieve? —pregunto horrorizada.

—Por supuesto que sí. Es el calen...

—Juro por Dios, mamá, que si dices que es el calentamiento global, te cuelgo —le advierto, porque igual que puedo jurar que adoro a mis padres, sus charlas sobre el calentamiento global me sacan de quicio—. ¿Y por qué te tiene que llevar papá? ¿Qué pasa con tu coche?

—Está en el taller. Hay que cambiar las pastillas de freno.

—Oh. —Sin prestar mucha atención, abro una caja de placas de lasaña—. Bueno, en realidad quería preguntarte una cosa sobre la receta de la lasaña de la abuela. Es para ocho personas, ¿verdad?

—Diez —corrige.

Con el ceño fruncido, pienso en toda la comida que Garrett engulló cuando vino al restaurante la semana pasada; a continuación, multiplico eso por cuatro jugadores de *hockey* y...

—Mierda —balbuceo—. Creo que sigue sin ser suficiente. Si quisiera servir a veinte personas, ¿simplemente pongo el doble de todos los ingredientes, o hay una manera diferente de calcularlo?

Mi madre hace una pausa.

—¿Por qué vas a cocinar lasaña para veinte personas?

—No son veinte. Pero tengo que dar de cenar a cuatro jugadores de *hockey,* que me imagino que tendrán el apetito de veinte personas.

—Ya veo. —Hay otra pausa y casi oigo su sonrisa—. Y alguno de esos cuatro jugadores de *hockey* ¿es alguien especial?

—Me puedes preguntar directamente si es mi novio, mamá. No tienes que andarte con rodeos cursis.

—De acuerdo. ¿Es tu novio?

—No. A ver, más o menos nos estamos viendo y tal, supongo. —«¡¿Más o menos?! ¡Acaba de provocarte un orgasmo!»—. Pero somos amigos más que nada.

Amigos que se dan orgasmos entre sí.

Silencio la molesta vocecita en mi cabeza y cambio rápidamente de tema.

—¿Tienes tiempo para recordarme rápidamente la receta?

—Claro.

Cinco minutos más tarde, cuelgo el teléfono y empiezo a preparar la cena para el chico que hoy me ha dado un orgasmo.

Cuando entro por la puerta de casa, huele a restaurante italiano. Me giro hacia Logan, que me lanza una mirada en plan «¿qué coño pasa?» y yo me encojo de hombros como diciendo «y yo qué leches sé», porque es que sinceramente no lo sé. Me agacho a desatarme las botas negras desgastadas y después sigo el delicioso aroma hasta la cocina. Cuando llego a la puerta, parpadeo como si acabara de ver un espejismo en el desierto.

El culito *sexy* de Hannah saluda a mis ojos. Está agachada sobre la puerta del horno con los guantes de color rosa de Tuck, mientras saca una fuente humeante de lasaña de la bandeja del centro. Ante el sonido de mis pasos, mira hacia atrás y sonríe.

—Oh, hola. Justo a tiempo.

Todo lo que puedo hacer es mirarla boquiabierto.

—¿Garrett? ¿Hola?

—¿Has hecho la cena? —suelto.

Su expresión alegre se tambalea ligeramente.

—Sí. ¿Está bien?

Estoy demasiado aturdido, y sinceramente conmovido, como para contestar.

Afortunadamente, Dean aparece en la puerta y responde por mí.

—Muñequita, huele genial.

Tucker llega después de Dean.

—Voy a poner la mesa —anuncia.

Mis tres compañeros entran en la cocina; Tucker y Dean ayudan a Hannah, mientras que Logan está a mi lado, sorprendido.

—¿También cocina? —suspira.

Algo en su tono... bueno, no es «algo»; es el inconfundible tono de querer algo que no se tiene lo que provoca que mi guardia se dispare veinte metros hacia arriba. No me jodas. No puede estar de verdad por ella, ¿no? Pensé que solo quería echar un polvo, pero la forma en que la está mirando ahora mismo... No me gusta una mierda.

—Amigo, déjala quietecita en los pantalones —balbuceo, lo que provoca una risita de Logan, que obviamente sabe en qué estaba pensando yo y conoce mi opinión sobre esos pensamientos.

—Joder, esto tiene una pinta estupenda —dice Tucker mientras está de pie junto a la fuente de lasaña con un cuchillo y una espátula.

Los cinco nos sentamos en la mesa que Hannah no solo ha hecho el esfuerzo de limpiar, sino que además ha cubierto con un mantel azul y blanco. Aparte de mi madre, ninguna mujer me ha hecho la cena antes. Y la verdad es que me gusta.

—¿Te vas a disfrazar mañana? —le pregunta Tucker a Hannah mientras le sirve una porción de lasaña de tamaño modesto en su plato.

—¿Para qué?

Tuck sonríe.

—Halloween, idiota.

Hannah deja escapar un gruñido.

—Oh, mierda. ¿Es mañana? Te juro que no sé en qué día vivo.

—¿Quieres saber mi sugerencia de disfraz para ti? —interviene Dean—. Enfermera *sexy*. En realidad, que le den por culo a eso, vivimos en el mundo moderno: doctora *sexy*. ¡Oh! O piloto de la Marina *sexy*.

—No voy a ir de «*sexy*» nada, muchas gracias. Ya es bastante chungo que me tenga que quedar repartiendo bebidas en la residencia para la Ruta Anual de Halloween.

Me río.

—Mierda, ¿te han liado para hacer eso?

La Ruta Anual de Halloween consiste en que la gente entra en una residencia, le dan bebidas gratis y a continuación pasan a la siguiente residencia. He oído que en realidad es mucho más divertido de lo que parece.

Hannah resopla.

—Ya me tocó el año pasado. Fue lo peor. Más os vale pasaros por la Residencia Bristol si estáis pensando en asistir.

—Me encantaría, guapísima —dice Logan en un tono ligón que hace que me tense—. Pero no esperes que aparezca G...

Ella me mira.

—¿No vas a salir en Halloween?

—No —respondo.

—¿Por qué no?

—Porque odia Halloween —le informa Dean—. Tiene miedo de los fantasmas.

Le enseño el dedo corazón. Pero en lugar de confesar la verdadera razón por la que odio el 31 de octubre con cada célula de mi ser, me encojo de hombros y digo:

—Es una fiesta sin sentido con tradiciones tontas.

Logan se ríe.

—Dice el policía de la diversión.

Tucker termina de servirnos a todos, después se sienta y mete un tenedor en su lasaña.

—La madre que me parió, esto está cojonudo —dice entre bocado y bocado.

Desde ese momento, todas las conversaciones dejan de existir, porque los chicos y yo estamos superhambrientos después de tres horas de ejercicio, lo que significa que nos hemos convertido en hombres de las cavernas. Sin perder el tiempo, engullimos la lasaña, el pan de ajo y la ensalada César que Hannah ha preparado para nosotros. Y cuando digo engullir, quiero decir engullir. Apenas queda media porción en la fuente cuando hemos acabado.

—Sabía que tenía que haber triplicado los ingredientes —dice Hannah con arrepentimiento observando los platos vacíos con asombro. Después intenta levantarse para recoger la mesa, momento en el que Tucker le hace, literalmente, un bloqueo y la obliga a salir de la cocina.

—Mi madre me enseñó modales, Wellsy. —La mira con severidad—. Si alguien cocina para ti, tú limpias. Punto final.

—Su cabeza gira hacia la puerta justo cuando Logan y Dean tratan de escabullirse—. ¿Dónde van ustedes, señoras? Los platos, cabrones. G tiene carta blanca porque debe llevar a nuestra hermosa cocinera a su casa.

En el pasillo, planto mis manos en la cintura de Hannah y doblo mi cuello para darle un beso.

—¿Por qué no puedes ser más alta? —me quejo.

—¿Por qué no puedes ser más bajo? —responde.

Rozo mis labios con los suyos.

—Gracias por hacer la cena. Ha sido un detallazo.

Un rubor rosáceo tiñe sus mejillas.

—Pensé que te debía… ya sabes… —El tono rosáceo pasa a rojo—. Porque eres un dios del sexo y todo eso.

Me río.

—¿Eso significa que cada vez que te dé un orgasmo vas a hacerme la cena?

—No. Lo de esta noche es la excepción. Se acabaron las comidas caseras para ti. —Se pone de puntillas y lleva su boca a mi oreja—. Pero yo sigo consiguiendo mis orgasmos.

Como si *alguna vez* pudiera decir que no a eso.

—Vamos, te llevo a casa. Tienes una clase temprano mañana, ¿no? —Me sorprende darme cuenta de que me sé su horario.

No estoy seguro de lo que está pasando entre nosotros. Quiero decir, yo accedí a ayudarla con su problema sexual, pero problema resuelto, ¿no? Ella consiguió lo que quería de mí y ni siquiera necesitamos acostarnos para que sucediera. Así que, técnicamente, no hay razón para que nos acostemos. O, incluso, para que nos sigamos viendo.

Y yo, bueno, yo no quiero tener novia. Mi atención se centra y siempre se ha centrado exclusivamente en el *hockey*, en graduarme y en las pruebas de selección para los equipos profesionales, donde pretendo que me elijan en cuanto me gradúe. Por no hablar de impresionar a los cazatalentos que ya empiezan a aparecer en nuestros partidos. Ahora que la temporada está en pleno apogeo, significa más entrenamientos y partidos, y menos tiempo para dedicárselo a cualquier cosa o persona que no sea el *hockey*.

Entonces, ¿por qué la idea de no pasar más tiempo con Hannah provoca un retortijón de lo más extraño en mis entrañas?

Hannah intenta dar un paso por el pasillo, pero tiro de su mano y la beso de nuevo, y esta vez no es un besito. La beso con ganas, dejándome llevar por su sabor y su calor y todo lo demás que es ella. Jamás esperé a alguien como Hannah. A veces las personas aparecen en tu vida y de repente uno no sabe cómo has podido vivir sin ellas. Cómo pasaste los días, te reíste con tus amigos y te follaste a otras sin tener presente a esa persona tan importante en tu vida.

Hannah rompe el beso con una risa suave.

—Pilla una habitación de hotel —se burla.

Tomo la decisión de que puede ser el momento de reconsiderar mi postura sobre las novias.

HANNAH

—¡Buuuuu! ¡Jajajajajaja! ¡Feliz Halloweeeeen!

Me aparto del armario, donde estaba en pleno proceso de intentar encontrar un modelito rollo Halloween que no sea un disfraz en sí, porque odio disfrazarme, y miro boquiabierta a la criatura que honra mi puerta. Me resulta imposible adivinar qué es lo que lleva Allie. Todo lo que veo es un traje ceñido de color azul, un montón de plumas, y... ¿eso son orejas de gato?

Robo la frase registrada de Allie y exijo:

—¿Qué narices de todos los tamaños y colores se supone que eres?

—Soy un pájaro-gato. —Y entonces me lanza una mirada que dice: «Tía, es evidente».

—¿Un pájaro-gato? ¿Qué es...? Vale. ¿Por qué?

—Porque no podía decidirme si quería ser un gato o un pájaro, así que Sean me dijo: «Pues sé ambas cosas», y yo dije: «¿Sabes qué? Es una idea brillante, novio». —Me sonríe—. Estoy bastante segura de que se estaba haciendo el listillo, pero decidí tomarme la sugerencia al pie de la letra.

Tengo que reírme.

—Deseará haber sugerido algo menos ridículo, como enfermera *sexy*, o bruja *sexy*, o…

—Fantasma *sexy*, árbol *sexy*, caja de Kleenex *sexy*. —Allie suspira—. Por Dios, metamos la palabra «*sexy*» después de cualquier sustantivo que exista y ¡mira, ya tenemos un disfraz! Porque esa es la cuestión, Hannah: si quieres disfrazarte de puta, ¿por qué no te dejas de rollos «*sexys*» y te disfrazas de puta? ¿Sabes qué? Odio Halloween.

Resoplo.

—Entonces, ¿por qué vas a la fiesta? Ve con Garrett a pasar el rato. Está de mal humor en su casa esta noche.

—¿En serio?

—Es antiHalloween —explico, aunque al decirlo en voz alta suena raro.

Anoche me dio la extraña sensación de que tiene una razón de peso para odiar Halloween más allá de que «simplemente es una fiesta sin sentido». Tal vez le pasó algo terrible hace tiempo en una noche de Halloween, como que unos gamberros le tiraran huevos o algo así, cuando era pequeño. ¡Oh! O tal vez vio la película *Halloween* y tuvo pesadillas durante un montón de semanas, que es lo que me pasó a mí cuando vi la primera y única peli de Michael Myers, cuando tenía doce años.

—Bueno, Sean está esperándome abajo, así que me piro ya. —Allie se acerca y me da un gran beso en la mejilla—. Pásatelo bien repartiendo bebidas con Tracy.

Sí, claro. Ya me estoy arrepintiendo de haberme comprometido a ayudar a Tracy con la Ruta de Halloween. No estoy de humor para esperar toda la noche a que unos universitarios borrachos entren deambulando en la Residencia Bristol para que les den más bebidas y chupitos de gelatina. De hecho, cuanto más lo pienso, más me tienta echarme atrás, sobre todo cuando me imagino a Garrett solo en su casa, frunciéndole el ceño a su reflejo en el espejo, o lanzando una pelota de tenis contra la pared como los presidiarios en la cárcel.

En vez de seguir buscando un disfraz «no disfraz», salgo fuera de mi dormitorio y camino por el pasillo para llamar a la puerta de Tracy.

—¡Voy! —Tracy aparece casi un minuto más tarde, pasándose un peine por el pelo rizado pelirrojo con una mano y poniéndose polvos de color blanco en las mejillas con la otra.

—Ey —dice—. ¡Feliz Halloween!

—Feliz Halloween. —Hago una pausa—. Escucha, ¿cuánto me odiarías si me rajo para lo de la Ruta? Y, por otro lado, ¿cuánto daño añado a eso si te pido que me dejes el coche?

Veo cómo la decepción inunda sus ojos.

—¿No vienes? ¿Pooooooor?

Mierda, de verdad espero que no empiece a llorar. Tracy es de ese tipo de chicas que estallan en un abrir y cerrar de ojos; aunque, la verdad, creo que sus lágrimas son de cocodrilo, porque siempre se secan demasiado rápido.

—Un amigo mío está teniendo una mala noche —le digo con torpeza—. Le vendría bien un poco de compañía.

Me lanza una mirada sospechosa.

—¿Y ese amigo responde por el nombre de Garrett Graham?

Ahogo un suspiro.

—¿Por qué piensas eso?

—Porque Allie ha dicho que estabais saliendo.

Claro que lo ha hecho.

—No estamos saliendo, pero sí, él es el amigo al que me refiero —admito.

Para mi sorpresa, Tracy estalla en una enorme sonrisa.

—Bueno, ¿por qué no has empezado por ahí, tonti? ¡Por supuesto que te libero si eso significa que vas a follarte a Garrett Graham! Ten en cuenta esto: voy a estar viviendo indirectamente a través de ti, porque… Ay. Dios. Mío. Solo con que ese bombonazo me sonriera, se me derretirían las bragas.

No quiero analizar ni una sola parte de esa respuesta, así que decido ignorarla por completo.

—¿Estás segura de que estarás bien sin mí?

—Sí, todo bien. —Agita una mano—. Mi prima ha venido de visita desde Brown, así que la voy a liar.

—¡Te he oído! —grita una voz femenina desde dentro de la habitación.

—Gracias por portarte tan guay con esto —le digo con gratitud.

—No hay problema. Espera un segundo. —Tracy desaparece y vuelve un momento después con las llaves del coche colgando de su dedo índice—. Oye, no sé si te mola o no grabarte mientras haces guarradas, pero, si tienes la oportunidad, graba cada cosa que hagas con ese tío esta noche.

—Ni de coña, Tracy. —Cojo las llaves y sonrío—. Diviértete esta noche, cariño.

De vuelta en mi habitación, cojo mi móvil del sofá del salón y le mando un mensaje a Garrett.

Yo: Estás n casa?

Él: Sí.

Yo: Paso de la Ruta. Puedo venir?

Él: Guay que hayas entrado n razón, peque. Trae tu culito a casa.

CAPÍTULO 29

GARRETT

Cuando oigo el crujido de la puerta principal, estoy algo preocupado; me medio imagino que Hannah aparecerá vestida con algún disfraz ridículo que te cagas en un intento de difundir el entusiasmo de Halloween y convencerme para ir a esa fiesta de la residencia.

Afortunadamente, cuando asoma la cabeza en el salón, su aspecto es el de la Hannah de siempre. Es decir, está guapísima y mi polla inmediatamente le hace una reverencia. Se ha recogido el pelo en una coleta baja y tiene el flequillo hacia un lado; lleva un jersey rojo suelto y unos pantalones de yoga negros. Sus calcetines, cómo no, son rosa fucsia.

—Ey. —Se sienta a mi lado en el sofá.

—Ey. —Paso mi brazo alrededor de su cuello y le planto un beso en la mejilla; parece la cosa más natural del mundo.

Ignoro por completo si soy el único aquí que siente de esta manera, pero Hannah no se aleja ni se burla de mí por estar actuando «a lo novio». Así que me lo tomo como una señal prometedora.

—Y ¿cómo es que te has rajado de lo de la fiesta?

—No tenía ganas. No podía parar de imaginarte aquí solo, llorando. Al final, la compasión ha ganado la batalla.

—No estoy llorando, idiota. —Señalo al documental sobre la leche, aburrido que te cagas, parpadeando en la pantalla del televisor—. Estoy aprendiendo cosas sobre la pasteurización.

Ella me mira fijamente.

—Pagáis una suscripción para tener tropecientos canales y ¿esto es lo que eliges ver?

—Bueno, he hecho *zapping*, he visto un montón de ubres y, ya sabes, me he puesto cachondo y...

—¡Puaj!

Me echo a reír.

—Es una broma, peque. Si quieres saber qué ha pasado, las pilas del mando se han gastado y me daba demasiada pereza levantarme para cambiar de canal. Estaba viendo una impresionante miniserie sobre la guerra de Secesión antes de que aparecieran las ubres.

—Realmente te mola la historia, ¿eh?

—Es interesante.

—Bueno, algunas cosas. Otras, no tanto.

Descansa su cabeza en mi hombro y juega ausente con un mechón de pelo que se ha soltado de su coleta.

—Mi madre me ha dejado jodida esta mañana —confiesa.

—¿Sí? ¿Por?

—Me ha llamado para decirme que tampoco podrían salir de Ransom en Navidad.

—¿Ransom? —digo sin comprender.

—Es mi pueblo. Ransom, en Indiana. —Un tono amargo se arrastra hasta su voz—. También conocido como mi propio infierno personal.

Mi estado de ánimo se entristece al instante.

—Por...

—¿La violación? —Sonríe con ironía—. Se puede decir la palabra, ¿sabes? No es contagiosa.

—Lo sé. —Trago saliva—. Simplemente no me gusta decirlo, porque lo hace parecer real, supongo. Y no soporto la idea de que te haya ocurrido.

—Pero me ocurrió —dice en voz baja—. No podemos fingir otra cosa.

Un breve silencio cae entre nosotros.

—¿Por qué tus padres no pueden venir a verte? —pregunto.

—Pasta. —Suspira—. Si estabas tirándome los trastos porque pensabas que era una rica heredera, debes saber que estoy en Briar con una beca del cien por cien y que obtengo ayuda financiera para los gastos. Mi familia no tiene ni un céntimo.

—Fuera de aquí. —Señalo la puerta—. En serio. Fuera.

Hannah me saca la lengua.

—Muy gracioso.

—No me importa el dinero que tenga tu familia, Wellsy.

—Dice el millonario.

Mi pecho se tensa.

—No soy millonario; mi padre lo es. Yo no. Hay una diferencia.

—Supongo que sí. —Se encoge de hombros—. Pero sí, mis padres están ahogados por las deudas. Es… —Su voz se desvanece y veo un destello de dolor en sus ojos verdes.

—Es… ¿Qué?

—Es por mi culpa —admite.

—Dudo mucho que sea así.

—No, es la verdad. —Ahora suena triste—. Tuvieron que pedir una segunda hipoteca para pagar mis gastos legales. El caso contra Aaron, el tipo que…

—… espero que esté en la cárcel —termino la frase, porque, sinceramente, no puedo oír cómo dice la palabra violación de nuevo. Simplemente, no puedo. Cada vez que pienso en lo que ese hijo de puta le hizo, una rabia candente inunda mi estómago y mis puños hormiguean con ganas de golpear algo.

La verdad es que he trabajado toda mi vida para mantener mi temperamento bajo control. La ira era la única emoción constante que sentí al crecer, pero, por suerte, encontré una salida saludable para ella: el *hockey*. Un deporte que me permite golpear con dureza a los jugadores rivales en un ambiente seguro y regulado.

—No fue a la cárcel —dice Hannah en voz baja.

Mi mirada vuela a la suya.

—Estás de coña, ¿verdad?

—No. —Sus ojos adquieren un punto distante—. Cuando llegué a casa aquella noche, la noche que pasó, mis padres me miraron y supieron que algo malo había ocurrido. Ni siquiera recuerdo lo que dije. Solo recuerdo que llamaron a la policía y me llevaron al hospital, y me hicieron un reconocimiento médico, parte de lesiones, me entrevistaron, me interrogaron. Estaba tan avergonzada… No quería hablar con la policía, pero mi madre me dijo que tenía que ser valiente y contarles todo lo sucedido, para que pudieran impedir que se lo volviera a hacer a otra chica.

—Tu madre parece una mujer muy inteligente —le digo con voz ronca.

—Lo es. —La voz de Hannah tiembla—. Bueno, arrestaron a Aaron y después salió en libertad bajo fianza, así que tuve que verle la cara a ese hijo de puta en el pueblo y en el instituto.

—¿Dejaron que volviese al instituto? —exclamo.

—Se suponía que debía permanecer a cien metros de mí en todo momento, pero sí, regresó. —Su mirada ahora es sombría—. ¿He dicho ya que su madre es la alcaldesa del pueblo?

El impacto me golpea.

—Mierda.

—Y su padre, el pastor de la parroquia. —Se ríe sin humor—. Su familia es más o menos la dueña del pueblo, así que sí, me sorprende que la policía incluso lo detuviera en primer lugar. Escuché que su madre montó en cólera cuando la poli se presentó en su casa. Quiero decir su «mansión». —Hace una pausa—. Resumiendo un poco la larga historia, hubo un montón de audiencias preliminares y declaraciones, y tuve que sentarme frente a él en la sala del juzgado y mirar su presumida cara. Después de un mes de toda esa mierda, el juez decidió finalmente que no había pruebas suficientes para llevarlo a juicio y desestimó el caso.

El horror me golpea más fuerte que cualquier hostia que Greg Braxton pudiera soltarme.

—¿Hablas en serio?

—Y tan en serio.

—Pero tenían las pruebas médicas y tu testimonio —balbuceo.

—Lo que las pruebas médicas mostraron fue que había sangre y desgarro. —Se ruboriza—. Pero yo era virgen, por lo que su abogado alegó que la causa de todo eso podía ser haber perdido la virginidad. Después de aquello, fue la palabra de Aaron contra la mía. —Se ríe de nuevo, esta vez con asombro—. En realidad, era mi palabra contra la suya y la de tres de sus amigos.

Frunzo el ceño.

—Lo que significa...

—Lo que significa que sus amigos mintieron bajo juramento y le dijeron al juez que aquella noche tomé drogas porque yo quería. Ah, y que llevaba meses lanzándome a los brazos de Aaron para intentar seducirlo, y que, por supuesto, no pudo resistirse a lo que le ofrecía. Por cómo fue todo, se podría pensar que yo era la tía más guarra y drogata del planeta Tierra. Fue humillante.

Yo no sabía lo que era la rabia ciega hasta este mismo momento. Solo pensar que Hannah se vio obligada a sufrir todo eso me da ganas de asesinar a todos los habitantes de ese pequeño pueblo de mierda del que viene.

—Pero hay algo peor —advierte cuando se da cuenta de mi gesto.

Gruño.

—No, por Dios. No puedo oír nada más.

—Oh. —Ella aparta con torpeza su mirada—. Lo siento. Olvídalo.

Cojo al instante su barbilla y la obligo a mirarme.

—Era una forma de hablar. Quiero escucharlo.

—Ok. Bueno, pues después de que se retiraran los cargos, todo el pueblo se volvió contra mí y mis padres. Todo el mundo decía cosas horribles sobre mí. Que yo era una puta, que lo seduje, que le tendí una trampa, todas esas cosas tan divertidas. Yo acabé dejando el instituto para el resto del semestre y tuve que estudiarlo todo en casa. Y entonces Mamá Alcaldesa y su marido Pastor demandaron a mi familia.

Mi mandíbula se tensa.

—No me jodas.

—Sí te jodo. Alegaron que le habíamos causado angustia emocional a su hijo, que lo habíamos calumniado y un montón de mentiras varias que ahora mismo no recuerdo. El juez no les dio todo lo que querían, pero decidió que mis padres tenían que pagar los honorarios de los abogados de la familia de Aaron. Es decir, tenían que pagar los honorarios de dos abogados. —Hannah traga saliva visiblemente—. ¿Sabes la pasta que nuestro abogado cobró por cada día que pasó en el juzgado?

Tengo miedo de escucharlo.

—Dos mil dólares. —Sus labios se tuercen en una amarga sonrisa—. Y el nuestro era barato. Así que imagínate lo que el abogado de Mamá Alcaldesa facturaba por día. Mis padres tuvieron que pedir una segunda hipoteca y un préstamo para cubrir las costas.

—Mierda. —Literalmente siento cómo mi corazón se astilla en mi pecho—. Lo siento.

—Están atrapados en ese maldito pueblo por mi culpa —dice Hannah con rotundidad—. Mi padre no puede dejar su puesto en la fábrica de madera porque es un trabajo estable y necesita el dinero. Pero por lo menos trabaja en el pueblo de al lado. Él y mi madre no pueden ir en coche al centro de Ransom sin tener que aguantar miradas despectivas o susurros desagradables. No pueden vender la casa porque perderían dinero. No pueden darse el lujo de venir a verme este año. Y yo soy tan idiota que no me atrevo a volver a mi pueblo a verlos. Pero no puedo hacerlo, Garrett. No puedo volver allí nunca más.

No la culpo. Yo siento lo mismo acerca de la casa de mi padre en Boston.

—Los padres de Aaron todavía viven allí. Él los visita cada verano. —Me mira con una expresión de impotencia—. ¿Cómo se supone que puedo volver?

—¿No has ido nunca desde que empezaste la universidad?

Asiente con la cabeza.

—Una vez. En la mitad de esa visita, mi padre y yo tuvimos que ir a la ferretería, y nos encontramos con dos de los padres de los amigos de Aaron, los hijos de perra que mintieron por él. Uno de ellos hizo un comentario grosero, algo tipo «oh, mira, la puta y su padre comprando clavos, porque claro, le encanta que se la claven», o algo estúpido como eso. Y mi padre saltó.

Se me corta la respiración.

—Fue detrás del hombre y le dio bien fuerte en toda la cara antes de que pararan la pelea. Y por supuesto, el ayudante del *sheriff* pasaba justo por la calle frente a la tienda en ese momento y arrestó a mi padre por agresión. —Los labios de Hannah se fruncen—. Retiraron los cargos cuando el dueño de la ferretería fue y dijo que a mi padre lo habían provocado. Supongo que por lo menos quedan algunas personas honestas en Ransom.

Pero sí, no he vuelto desde entonces. Tengo miedo de que si voy, pueda encontrarme con Aaron y luego… No sé. Pueda matarlo por lo que le ha hecho a mi familia.

Hannah apoya la barbilla en mi hombro y siento las oleadas de tristeza irradiar de su cuerpo.

No tengo ni idea de qué decir. Todo lo que cuenta es tan brutal y, sin embargo, lo entiendo. Sé lo que se siente al odiar a alguien así, al huir porque tienes miedo de lo que podrías hacer si te ves cara a cara con esa persona; de lo que puedes ser capaz.

Mi voz es ronca como la de un ogro cuando digo:

—La primera vez que mi padre me pegó fue el día de Halloween.

La cabeza de Hannah sube a toda velocidad del *shock*.

—¿Qué?

Casi no puedo continuar, pero después de la historia que me acaba de contar, no me puedo contener. Necesito que sepa que no es la única que ha experimentado ese tipo de ira y desesperación.

—Yo tenía doce años cuando ocurrió. Fue un año después de que muriera mi madre.

—Dios mío. No tenía ni idea. —Sus ojos están abiertos como platos, no con pena, sino con compasión—. Tenía la sensación de que no te gustaba tu padre, lo deduje por cómo hablas de él, pero no caí en que era porque…

—¿Porque me daba palizas? —acabo la frase y mi tono de voz se ha llenado de resentimiento—. Mi padre no es el hombre que finge ser para el resto del mundo. Míster Estrella de *Hockey*, hombre de familia, todas esas cosas solidarias que hace. El papel lo hace a la perfección, ¿eh? Pero en casa, él era, joder, era un monstruo.

Noto la calidez de los dedos de Hannah cuando se entrelazan con los míos. Yo los aprieto, necesito una distracción física que me haga olvidar el dolor de la opresión en mi pecho.

—Ni siquiera sé lo que hice para molestarlo aquella noche. Llegué a casa después de pedir caramelos por las casas con mis amigos, e imagino que hablaríamos de algo, él debió de gritarme por algo, pero no lo recuerdo. Tan solo recuerdo el ojo morado y la nariz rota, y el aturdimiento al ser consciente de que me había pegado. —Me río de forma cruel—. Después de esa noche, empezó a pasar de forma regular. Sin embargo, nunca me rompió ningún hueso. No lo hizo porque eso me lesionaría, y necesitaba que pudiese jugar a *hockey*.

—¿Durante cuánto tiempo lo hizo? —susurra.

—Hasta que fui lo suficientemente grande como para defenderme. Tuve suerte, solo tuve que lamentarme durante tres o tal vez cuatro años. Mi madre lo vivió durante quince. Bueno, suponiendo que comenzara a maltratarla el día que se conocieron. Ella nunca me dijo cuánto duró en realidad. ¿Quieres que sea honesto, Hannah? —Me encuentro con sus ojos, me avergüenzo de lo que estoy a punto de decir—. Cuando murió de cáncer de pulmón —Ahora tengo náuseas—, me sentí aliviado. Porque eso significaba que ya no tenía que sufrir más.

—Podría haberlo dejado.

Niego con la cabeza.

—Él la habría matado antes de permitir que eso sucediera. Nadie abandona a Phil Graham. Nadie le pide el divorcio. Eso dejaría una mancha negra en su inmaculada reputación, y a él eso no le pasa. —Suspiro—. No bebe ni tiene problemas con drogas, si es lo que piensas. Simplemente está enfermo, supongo. Pierde los estribos a la primera de cambio, y la única manera que conoce de resolver los problemas es a base de puñetazos. Además, es un puto narcisista. Nunca he conocido a nadie tan egocéntrico, tan jodidamente arrogante. Mi madre y yo no éramos más que parte de su decorado. Esposa trofeo, hijo trofeo. A él no le importa una mierda nadie más que él mismo.

Nunca le había contado esto a nadie antes. Ni a Logan, ni a Tuck. Ni siquiera a Birdie, el capo de guardar secretos. Todo lo relacionado con mi padre me lo quedo para mí. Porque la triste realidad es que hay demasiada gente por ahí que tendría la tentación de vender la historia para sacar un poco de pasta. No es que no me fíe de mis amigos, sí que lo hago, pero cuando te ha decepcionado la persona en quien se supone que más debes confiar, ya no tienes especial interés en darle a la gente munición que puedan usar en tu contra.

Pero confío en Hannah. Sé que ella no le dirá a nadie nada de esto, y mientras mi confesión aún flota en el aire, siento como si una carga enorme se hubiese desprendido de mi pecho.

—Así que sí —le digo con dureza—, la última vez que celebré el puto Halloween, mi propio padre me dio una buena paliza. No es un recuerdo feliz, ¿eh?

—No, no lo es. —Su mano libre sube para acariciar mi mandíbula, que está cubierta de barba incipiente, porque he sido demasiado vago como para afeitarme hoy—. Pero ¿sabes lo que me decía mi psicóloga? Que la mejor manera de olvidar un mal recuerdo es sustituirlo por uno bueno.

—Estoy convencido de que es más fácil decirlo que hacerlo.

—Tal vez, pero no pasa nada por intentarlo, ¿verdad?

Mi respiración se detiene en mi garganta cuando Hannah se sube a mi regazo. Se podría pensar que es imposible para mí tener una erección inmediatamente después de tener la conversación más deprimente conocida por el ser humano, pero mi polla crece nada más sentir su firme culo sobre ella. El beso que me da es suave y dulce, y yo gimo de decepción cuando su boca de repente abandona la mía.

La decepción no me dura mucho tiempo porque lo siguiente que sé es que está de rodillas en el suelo delante de mí, liberando mi polla de los pantalones de chándal.

Me han hecho un montón de mamadas; no es por presumir, solo es la realidad. Pero cuando la boca de Hannah se encuentra con mi polla, mis huevos se encogen y se tensan y mi pene palpita con entusiasmo, late como si fuera la primera vez en la vida que la lengua de una chica lo toca.

Mi capullo casi estalla cuando el calor húmedo de su boca lo rodea. Una delicada y pequeña mano acaricia mi muslo mientras trabaja con la boca. Su otra mano está enroscada con fuerza alrededor de mi polla, su pulgar frota el punto sensible bajo el capullo, y cada una de las veces que succiona, me empuja más y más en una profunda y deliciosa inconsciencia.

Mis caderas empiezan a moverse. No puedo detenerlas. No puedo evitar meterme en su boca, más y más adentro, mientras enredo mis dedos en su pelo para guiarla. A ella no parece importarle. Mis golpes frenéticos provocan un gemido que sale de sus labios, y el *sexy* sonido vibra a través de mi polla y sube por mi columna vertebral.

La cálida succión me vuelve loco. No recuerdo un segundo en el que no deseara a esta chica. Un segundo en el que no estuviera absolutamente desesperado por ella.

Solo cuando abro los ojos me doy cuenta de dónde estamos. Mis compañeros están en una fiesta, pero tenemos entrenamiento a primera hora y un partido después, lo que significa que esta noche no van a salir hasta tarde. Lo que significa que podrían entrar en el salón en cualquier momento.

Toco la mejilla de Hannah para detenerla.

—Vamos arriba. No sé cuándo vuelven los demás a casa.

Ella se pone en pie sin decir una palabra y extiende su mano en mi dirección. La cojo y la llevo arriba.

HANNAH

Garrett deja la luz apagada.

Cierra la puerta detrás de nosotros y veo sus ojos brillando en la oscuridad.

Se desviste con tal rapidez que me hace reír. Ahora está desnudo delante de mí, su cuerpo musculoso es como una sombra borrosa mientras da un paso hacia mí.

—¿Por qué sigues vestida? —se queja.

—Porque no todo el mundo es tan hábil en desnudarse como tú.

—No es tan difícil, pequeña. Ven aquí, déjame ayudarte.

Me estremezco cuando mete ambas manos por debajo de mi camiseta y la arrastra lentamente hasta mi clavícula. Me da un beso suave entre las copas del sujetador, antes de tirar de la camiseta y sacarla por encima de mi cabeza. Sus ásperas yemas de los dedos raspan mis caderas, y hacen cosquillas en la parte superior de mi pubis mientras se pone de rodillas, llevándose con él la tela de algodón de mis pantalones de yoga.

Todo lo que veo es una cabeza oscura a unos centímetros de mis muslos, y es una imagen tan erótica, me pone tan absolutamente cachonda, que casi no puedo respirar. Cuando su boca roza el bulto sensible ya hinchando de deseo, una descarga de placer casi me hace perder el equilibrio, y me agarro a la parte superior de su cabeza para no caerme.

—Vale, no... —anuncio—. No voy a poder mantenerme de pie si me sigues haciendo eso.

Con una sonrisa, Garrett se pone de pie y me coge en brazos, como si yo no pesara absolutamente nada.

Aterrizamos en la cama con un ruido sordo, riendo mientras ponemos nuestras caras frente a frente. Los dos estamos desnudos y parece la cosa más natural del mundo.

Cuando empieza a hablar, lo que dice tiene tan poco sentido que me pilla totalmente desprevenida.

—Pensé que tu nombre empezaba por M.

—¿Pensabas que me llamaba Mannah?

Garrett se ríe.

—No, pensaba que te llamabas Mona, o Molly, o Mackenzie. Algo con M.

No sé si sentirme insultada o si me hace gracia.

—Vale...

—Durante casi dos meses, Hannah. Estuve dos meses sin saber cómo te llamabas.

—Bueno, no nos conocíamos.

—Tú sí sabías mi nombre.

Suspiro.

—Todo el mundo sabe tu nombre.

—¿Cómo es posible que estuviese tanto tiempo sin darme cuenta de tu presencia, joder? ¿Por qué tuvo que ser un estúpido 10 en un examen el que me hizo verte?

Suena tan sinceramente disgustado que me acerco todavía más y lo beso.

—No importa. Ahora me conoces.

—Sí, te conozco —dice con fuerza, y luego se desliza por mi cuerpo y se mete uno de mis pezones en la boca—. Sé que cuando hago esto... —Chupa más fuerte, un gemido sale de mi boca y él libera mi pezón con un sonido mojado—, gimes lo suficientemente fuerte como para despertar a los muertos. Y sé que cuando hago esto, tus caderas empezarán a moverse de adelante atrás como si estuvieran buscando mi polla. —Lame mi otro pezón, haciendo fuerza con la lengua y, por supuesto, mis caderas se mueven involuntariamente y mi sexo se contrae en un vacío ávido de deseo.

Garrett se apoya sobre un codo, su bíceps está flexionado contra mi hombro.

—También sé que me gustas —dice con voz ronca.

Una risa temblorosa sale de mi boca.

—Tú también me gustas.

—Lo digo en serio. De verdad, me gustas mazo.

No estoy segura de qué responder, así que simplemente le agarro de la nuca y tiro de él hacia abajo para darle un beso. Después de eso, todo se vuelve borroso. Sus manos y labios están en todas partes, y una ola de placer me arrastra a un lugar hermoso donde solo existimos Garrett y yo. Solo me suelta para abrir el cajón de la mesilla y mi pulso se acelera, porque sé lo que está haciendo, lo que está a punto de suceder. El sonido del plástico desgarrándose rompe la oscuridad, y yo vislumbro la sombra de Garrett poniéndose un condón, pero en vez de colocarse encima de mí para tomar el control, se da la vuelta, se tumba de espaldas y me entrega las riendas.

—Móntame. —Su voz es grave, temblorosa de ansia.

Trago saliva. Me subo a su regazo y cojo su pene con una mano. Es largo y grueso e imponente, pero esta posición me permite controlar cuánto quiero tener dentro. Mi pulso galopa como un caballo de carreras cuando me hundo en él. Experimento la sensación más deliciosa del mundo cuando voy bajando centímetro a centímetro hasta que está todo dentro de mí y de repente estoy llena. Superllena. Mis músculos internos aprietan su erección, palpitan a su alrededor y él suelta un sonido desesperado que resuena por mi cuerpo.

—Oh, mierda. —Los dedos de Garrett se clavan en mis caderas antes de que pueda moverme—. Háblame de tu abuela otra vez.

—¿*Ahora*?

Su voz suena tensa.

—Sí, ahora, porque no sé si alguna vez alguien te ha dicho esto antes, pero tu coño está más apretado que... Vale, no, no voy a pensar en lo apretado que está. ¿Cómo se llama tu abuela?

—Sylvia. —Hago un gran esfuerzo para no reírme.

Se oye cómo le cuesta respirar.

—¿Dónde vive?

—En Florida. En una residencia. —Varias gotas de sudor aparecen en mi frente, porque Garrett no es el único a punto de perder el control. La presión que hay entre mis piernas es insoportable. Mis caderas se quieren mover. Mi cuerpo quiere desahogarse.

Garrett deja salir una respiración larga y entrecortada.

—Vale. Ya estoy bien. —Sus dientes blancos brillan en las sombras cuando me sonríe—. Tienes permiso para proceder.

—Gracias a Dios.

Me elevo y me dejo caer de golpe con tanta fuerza que los dos gemimos.

Este tipo de necesidad ciega es nueva para mí. Lo monto a un tempo rápido y frenético, pero todavía no es suficiente. Necesito más y más y más, y, en un momento dado, estoy frotándome contra él, porque he descubierto que cuando me inclino hacia adelante y hago eso, mi clítoris toca su hueso púbico y el placer se intensifica.

Mis pechos están aplastados contra su pecho, duro como una piedra. Es tan masculino, tan jodidamente adictivo. Beso su cuello y su piel está caliente bajo mis labios. Está ardiendo, los latidos de su corazón golpean salvajemente mis pechos y, cuando levanto la cabeza levemente y veo su cara, me hipnotiza su expresión, la tensión de sus facciones y el intenso placer que brilla en sus ojos. Estoy tan concentrada en él cuando me golpea el orgasmo que me pilla totalmente por sorpresa.

—¡Ohhh! —grito, y me dejo caer sobre él cuando un torrente de dulce éxtasis invade todo mi cuerpo.

Garrett me toca la espalda mientras jadeo de placer. Mi vagina se contrae, apretando su polla dura, y sus dedos se clavan entre mis omóplatos mientras maldice.

—Hannah… Oh, mierda, peque, eso me pone muy cachondo.

Todavía estoy recuperando el aliento cuando él comienza a empujar hacia arriba, rápido y profundo, sus caderas chocan contra las mías mientras me llena, una y otra vez hasta que finalmente da un empujón final y gime. Su rostro se tensa, las cejas oscuras se juntan como si sintiera dolor, pero sé que no es eso. Le beso el cuello de nuevo, chupando su carne caliente mientras tiembla debajo de mí y me agarra con tanta fuerza que atrapa todo el aire de mis pulmones.

Una vez ambos nos hemos recuperado y el condón está fuera, Garrett se tumba a mi lado y me abraza desde atrás. El gran peso de su brazo me hace sentir segura, cálida y apreciada. Lo mismo ocurre con la forma en que extiende su mano sobre mi vientre y distraídamente acaricia mi piel desnuda. Sus labios presionan mi nuca y puedo decir, con el corazón en la mano, que nunca me he sentido más satisfecha que ahora.

—Quédate esta noche —murmura.

—No puedo —respondo—. Tengo que devolverle el coche a Tracy.

—Dile que se lo han robado —propone—. Yo te cubro.

Me río en voz baja.

—Imposible. Me mataría.

Garrett apoya la mejilla en mi hombro y gira sus caderas para que su polla semidura se frote contra mi culo. Él suspira con felicidad.

—Tienes el culo más bonito del universo.

No tengo idea de cómo hemos llegado a este punto. Un día lo mando a la mierda y al día siguiente estoy acurrucada en la cama con él. La vida es tan rara a veces…

—Oye —dice un rato más tarde—. No trabajas los viernes por la tarde, ¿verdad?

—No. ¿Por?

—Mañana jugamos contra Harvard. —Duda—. Quizá te apetezca venir al partido.

Yo dudo también. Siento que estoy metiéndome en un lugar que no puedo controlar.

Esta noche le he contado cosas que nunca había contado a nadie, y estoy bastante segura de que su confesión sobre su padre no es algo que mucha gente sepa. Aun así, no quiero preguntarle lo que eso significa. Me aterra pensar que le puedo estar dando demasiada importancia.

Me aterra convertirlo en algo real.

—Puedes coger mi Jeep —añade con voz ronca—. Yo iré en el autobús con el equipo, así que se va a quedar aquí aparcado de todos modos.

279

—¿Puedo ir con Allie?

—Claro. —Besa mi hombro y me recorre un escalofrío—. Trae a quien quieras. En realidad, nos vendría muy bien un poco de apoyo. Los partidos fuera de casa son una mierda, porque nadie nos anima.

Me trago el pequeño y extraño nudo que tengo en la garganta.

—Bueno. Sí, creo que puedo hacer eso.

Nos quedamos en silencio otra vez y de repente me doy cuenta del bulto duro que empuja mi trasero. Su erección tan evidente me hace reír.

—¿En serio, tronco? ¿Otra vez?

Él se ríe.

—¿Qué decías el otro día sobre mi aguante? Debería darte vergüenza, «tronca».

Sin dejar de reír, me doy la vuelta y pego mi cuerpo al suyo, duro y caliente.

—¿Segundo asalto? —pregunto.

Sus labios encuentran los míos.

—*Oh, yeah.*

CAPÍTULO 30

HANNAH

—No me creo que esto esté pasando —anuncia Dexter, por millonésima vez, desde el asiento trasero del Jeep de Garrett.

Junto a Dex, Stella suspira y dice en alto, también por millonésima vez:

—Qué fuerte ¿verdad? Estamos en el coche de Garrett Graham. Una parte de mí se siente tentada a hacer lo que dice Carrie Underwood en su tema «Before He Cheats» y grabar mi nombre en sus asientos de cuero.

—¡Ni se te ocurra! —le ordeno desde el asiento del conductor.

—Relax, Hannah, no voy a hacerlo. Pero tengo la sensación de que si no dejo mi huella en este coche, nadie se va a creer que he estado en él.

Jo, ni yo misma me creo que esté aquí. No me sorprendió que Allie saltara de alegría ante la oportunidad de ir a Cambridge conmigo, sigue a la caza de detalles sobre Garrett. Pero sí me sorprendió que Stella y Dex insistiesen en venir.

Durante este viaje, me han preguntado por lo menos dos veces cada uno si Garrett y yo estamos saliendo. Y aún no hemos llegado a nuestro destino. He respondido con mi frase estándar: «A veces pasamos el rato juntos». Pero cada vez se vuelve más difícil convencer a los demás, e incluso a mí misma, de eso.

Durante el resto del trayecto ponemos música a tope. Dex y yo cantamos y nuestras armonías son absolutamente increíbles. ¿Por qué no le pedí cantar un dueto conmigo? ¡Joder! Allie y Stella no pueden afinar ni aunque su vida dependa de ello, pero se suman en los estribillos, y cuando llegamos al *parking* del estadio de *hockey*, todos estamos de muy buen humor.

Yo nunca había estado en Harvard y me gustaría tener más tiempo para explorar el campus, pero ya llegamos tarde, así que conduzco a mis amigos dentro, porque no quiero que perdamos la oportunidad de encontrar asientos libres. Estoy flipando con lo grande y moderno que es el campo, y por la cantidad de personas que hay aquí esta noche. Por suerte, encontramos cuatro asientos vacíos cerca de la zona del equipo de Briar. No nos molestamos en ir a por comida, porque en el coche ya nos hemos puesto gochos de tortillas de maíz.

—Vale, entonces, otra vez, ¿cómo va el juego este? —pregunta Dexter.

Sonrío.

—¿Lo dices en serio?

—Sí, en serio. Soy un chico negro de Biloxi, Han-Han. ¿Qué coño sabré yo de qué va el *hockey*?

—Vale, tienes razón.

Mientras Allie y Stella charlan sobre una de sus clases de interpretación, le hago un rápido resumen a Dex de lo que se puede esperar del partido. Sin embargo, cuando los jugadores llegan al hielo, me doy cuenta de que mi explicación no le hace justicia. Este es el primer partido de *hockey* que veo en directo y me sorprende el rugido de la multitud, el estruendo ensordecedor de la megafonía, la rapidez infinita de los jugadores.

La camiseta de Garrett es la 44, pero no es necesario mirar el número para saber qué jugador vestido de negro y plata es él. Está en el centro de la línea de salida y, un segundo después de que el árbitro deje caer el disco, Garrett gana la puesta en juego y le pasa el disco a Dean, quien yo pensaba que era un extremo, pero, al parecer, es defensa.

Estoy demasiado ocupada viendo a Garrett como para centrarme en cualquiera de los demás jugadores. Él es fascinante. Ya es alto sin patines, así que los centímetros extra le hacen parecer enorme. Y es tan rápido que me cuesta bastante seguirlo con la mirada. Garrett vuela por el hielo, persiguiendo el disco que Harvard nos acaba de robar, y carga contra el jugador rival, arrebatándoselo como un campeón. Briar se pone pronto por delante en el marcador gracias al gol de un jugador al que el locutor llama Jacob Berderon; tardo un segundo en darme cuenta de que se refiere a Birdie, el chico moreno y alto que conocí en el Malone's.

El tiempo corre en el marcador, pero justo cuando pienso que Briar va a ganar a Harvard en el primer tiempo, uno de los delanteros del equipo rival lanza un tiro amplio que sobrepasa a Simms y empata el partido.

Cuando acaba el primer tiempo y los jugadores desaparecen en sus respectivos túneles, Dex me toca en las costillas y me dice:

—¿Sabes qué? Esto no está tan mal como pensaba. Quizá debería empezar a jugar al *hockey*.

—¿Sabes patinar? —pregunto.

—Naah. Pero no puede ser tan difícil, ¿verdad?

Resoplo.

—Céntrate en la música —le aconsejo—. O si de verdad estás decidido a practicar algún deporte, juega al fútbol americano. A Briar le podrías venir muy bien. Por lo que he oído, nuestro equipo de fútbol está teniendo los peores resultados que la universidad ha visto en años; solo han ganado tres de los ocho partidos jugados hasta ahora. Pero Sean me dijo que todavía tienen la oportunidad de llegar a la postemporada si, y cito, «se centran en sus putos objetivos y empiezan a ganar algunos putos partidos». Me siento mal por Beau, con quien de verdad disfruté hablando en la fiesta.

Nada más pensar en Beau, la cara de Justin pasa por mi cabeza como una ráfaga de viento.

Mierda.

Tenemos una cita para cenar el domingo.

¿Cómo leches me he podido olvidar de eso?

¿Porque estabas demasiado ocupada acostándote con Garrett?

Sí, por eso.

Me muerdo el labio mientras le doy vueltas a qué hacer. No he pensado en Justin en toda la semana, pero eso no anula el hecho de que estuve pensando en él todo el *semestre*. Algo me atrajo a él en primer lugar y no lo puedo ignorar de buenas a primeras. Además, ni siquiera sé lo que está pasando entre Garrett y yo. No ha sacado el tema «novio-novia» y yo no sé si *quiero* ser su novia.

Cuando se trata de chicos, tengo un tipo claro: tranquilo, serio, emotivo y creativo si tengo suerte; que le dé a la música siempre es un plus; inteligente, sarcástico pero sin maldad; sin miedo a mostrar sus emociones. Alguien que me haga sentir en paz.

Garrett tiene algunas de esas cualidades, pero no todas. Y no estoy segura de que «paz» sea la palabra exacta para describir lo que siento cuando estoy con él. Cuando estamos discutiendo o soltándonos pullas el uno al otro, es como si todo mi cuerpo estuviera conectado a una red eléctrica. Y cuando estamos desnudos es como si todos los fuegos artificiales del 4 de Julio se lanzaran dentro de mí.

Creo que eso se podría definir como positivo, ¿no?

Joder, no lo sé. Mi historial de chicos no es exactamente una serie de éxitos. ¿Qué sé yo acerca de las relaciones? ¿Y cómo puedo estar segura de que Justin *no* es el chico con el que debería estar, si no salgo con él al menos una vez?

—Entonces, ¿por qué «pastilla»? —pregunta Dex fascinado después de que empiece el segundo tiempo—. ¿Y por qué me suena tan guarro?

A mi otro lado, Allie se inclina para sonreír a Dexter.

—Cariño, todo lo relacionado con el *hockey* suena guarro. ¿Quinto agujero? *¿Poke check?* ¿Puerta de atrás? —Suspira—. Ven conmigo a mi casa un día a escuchar a mi padre gritar: «¡mételo ahí!, ¡mételo ahí!», una y otra vez cuando ve partidos de *hockey* por la tele; y después tú y yo podremos discutir lo que es guarro o no y superincómodo.

Dex y yo nos reímos tanto que casi nos caemos de las sillas.

GARRETT

Los chicos y yo vamos saliendo fuera del vestuario después del partido mientras seguimos de subidón por aplastar al equipo local. A pesar de que ha sido uno de nuestros estudiantes de segundo el que ha marcado esa belleza de último gol que ha asegurado nuestra victoria, he decidido que Hannah es mi amuleto de la suerte y que a partir de ahora tiene que asistir a todos los partidos, porque las tres últimas veces que jugamos contra Harvard, acabamos entregándoles nuestros culos como trofeo.

Quedamos en encontrarnos fuera del estadio después del partido, y como era previsible, está esperándome a la salida. Está con Allie, con una chica morena que no conozco y con un tío enorme, negro, que no entiendo por qué no está en el equipo de fútbol americano. Porque debería. Beau Maxwell se correría en sus pantalones si tuviera un monstruo como ese en su línea ofensiva.

Nada más verme, Hannah se aleja de sus amigos y se acerca hasta mí.

—Ey. —Está sorprendentemente tímida y la veo dubitativa, como si se debatiera entre darme un abrazo o un beso.

Resuelvo su dilema haciendo ambas cosas y mientras froto mis labios sobre los suyos, escucho un victorioso: *«¡Lo sabía!»*, procedente de donde están sus amigos.

La exclamación viene de la chica que no es Allie.

Me separo para sonreír a Hannah.

—Mantienes en secreto lo nuestro con tus amigos, ¿eh?

—¿Lo nuestro? —Eleva las cejas—. No sabía que había un «lo nuestro».

Bueno, está claro que este no es el momento para discutir el estado de nuestra relación, si es que existe tal cosa, así que me encojo de hombros y digo:

—¿Te ha gustado el partido?

—Ha sido muy intenso. —Me sonríe—. He visto que no has marcado ningún gol. ¿Qué? ¿Vagueando un rato?

Mi sonrisa se ensancha.

—Mis disculpas más sinceras por eso, Wellsy. Prometo hacerlo mejor la próxima vez.

—Más te vale.

—Haré un triplete solo para ti, ¿qué te parece eso?

Mis compañeros de equipo nos sobrepasan de camino al autobús, que espera a unos cinco metros de donde estamos. No obstante, no tengo intención de dejar a Hannah todavía.

—Me alegro de que hayas venido.

—Yo también. —Parece que lo dice realmente en serio.

—¿Tienes planes para mañana por la noche? —El equipo tiene otro partido mañana, pero es al mediodía y me muero de ganas de estar a solas con Hannah otra vez para que podamos *yeah*—. Pensé que podríamos vernos un rato después de que yo vuelva de... —Dejo de hablar cuando una sombra aparece en mi visión periférica, y mis hombros se cargan de tensión cuando veo a mi padre descendiendo los escalones de entrada al edificio.

Este es el punto de la noche que más temo. Es el momento para el gran movimiento de cabeza, seguido por la huida en silencio.

Como si se lo hubiera marcado, me dirige el movimiento de cabeza.

Pero no se marcha.

Mi padre me acojona cuando dice:

—Garrett. Unas palabras.

Su profunda voz envía un escalofrío por mi columna vertebral. Odio su asquerosa voz. Odio mirar su rostro.

Odio todo lo que viene de él.

La expresión de Hannah se arruga con preocupación cuando ve mi cara.

—¿Es ese...?

En lugar de responder, me alejo un paso a regañadientes.

—Vuelvo en un minuto —murmuro.

Mi padre ya está en mitad del aparcamiento. Ni siquiera se da la vuelta para comprobar si le sigo o no. Porque él es el puto Phil Graham y no se puede imaginar a alguien que no quiera estar cerca de él.

No sé cómo, pero mis rígidas piernas me llevan en su dirección. Me doy cuenta de que varios de mis compañeros de equipo se quedan en la puerta del autobús, mirándonos con curiosidad. Algunos de ellos parecen visiblemente envidiosos. Dios. Si supieran de lo que tienen envidia...

Cuando llego a él, no me ando con diplomacias. Frunzo el ceño y hablo con tono seco.

—¿Qué quieres?

Igual que yo, él va directo al grano.

—Cuento con que vengas a casa para Acción de Gracias este año.

Mi sorpresa se manifiesta en forma de una risa aguda.

—No, gracias. Prefiero pasar.

—No, lo que vas a hacer es venir a casa. —Una mirada oscura endurece sus facciones—. O yo te arrastraré hasta allí.

En realidad, no sé lo que está sucediendo ahora mismo. ¿Desde cuándo le importa una mierda si voy a casa o no? No he regresado ni una sola vez desde que empecé en Briar. Estoy en Hastings durante el año escolar y los veranos los paso trabajando sesenta horas a la semana en una empresa de construcción en Boston; ahorro hasta el último centavo para pagar el alquiler y la comida, porque no quiero usar nada del dinero de mi padre que no sea absolutamente necesario.

—¿Qué coño te importa lo que haga yo en las fiestas? —digo en voz baja.

—Te necesitan en casa este año. —Habla con los dientes apretados, como si disfrutara de todo esto aún menos que yo—. Mi novia va a preparar la cena y solicita tu presencia.

¿Su novia? Ni siquiera sabía que tenía novia. Ya es triste no saber nada de la vida de tu propio padre. La forma en la que lo ha dicho no se me escapa. *Ella* solicita mi presencia. No él.

Me encuentro con sus ojos, del mismo tono de gris que los míos.

—Dile que estoy enfermo. O qué coño, dile que me he muerto.

—No me pongas a prueba, niño.

Vaya, ya ha sacado otra vez lo de «niño». Así es como el cabrón me llamaba siempre justo antes de que sus puños golpearan mi estómago, o se estrellaran contra mi cara, o me rompiera la nariz por enésima vez.

—No voy a ir —le digo con frialdad—. Asúmelo.

Se acerca más a mí, sus ojos brillan bajo la visera de su gorra de los Bruins, mientras su voz baja a un susurro.

—Escucha, pedazo de mierda desagradecido. No te pido mucho. De hecho, no te pido nada. Te dejo hacer lo que te sale de los huevos, pago tu matrícula, tus libros, tu equipación.

Que me recuerde eso hace que mi estómago hierva de ira. Tengo una hoja de cálculo en mi ordenador que documenta todo lo que me ha pagado hasta ahora para saber, cuando acceda a mi herencia, la cantidad exacta que tengo que escribir en el cheque que pienso enviarle antes de despedirme de él para siempre jamás.

Pero la matrícula para el próximo semestre se paga en diciembre, un mes antes de recibir la herencia. Y no tengo suficiente pasta en mi cuenta de ahorros para cubrir el total.

Lo que significa que tengo que estar en deuda con él un poco más.

—Todo lo que espero a cambio —termina— es que juegues como el campeón que eres. El campeón que *yo* te he hecho. —Una mueca horrible tuerce su boca—. Bien, es el momento de pagar, hijo. Vas a venir a casa en Acción de Gracias, ¿entendido?

Nos miramos fijamente.

Podría matar a este hombre. Si supiese que no me pasaría nada, lo mataría sin pensarlo.

—¿Entendido? —repite.

Asiento levemente con la cabeza una vez y después me marcho sin mirar atrás.

Hannah me espera cerca del autobús; la preocupación nubla sus ojos verdes.

—¿Todo bien? —me pregunta en voz baja.

Cojo aire con dificultad.

—Sí. Todo bien.

—¿Estás seguro?

—Todo bien, peque. Te lo prometo.

—¡Graham! ¡Mete tu culo en el bus! —grita el entrenador detrás de mí—. Estamos esperándote.

No sé cómo me las arreglo para forzar una sonrisa.

—Tengo que irme. Quizá podamos vernos mañana después de mi partido, ¿no?

—Llámame cuando hayas terminado. A ver dónde estoy.

—Suena bien. —Le doy un beso en la mejilla y después voy hacia el autobús, donde el entrenador golpea el suelo con el pie, impaciente.

Observa a Hannah mientras vuelve con sus amigos; a continuación, me lanza una sonrisa irónica.

—Es guapa. ¿Tu novia?

—No tengo ni idea —confieso.

—Sí, así es en general con las mujeres. Ellas tienen todas las cartas y nosotros no tenemos ni la más pajolera idea. —El entrenador me da una palmada en el brazo—. Vamos, chaval. Date prisa.

Cojo mi asiento habitual junto a Logan, cerca de la parte delantera del autobús, y él me lanza una mirada rara mientras me quito la cazadora e inclino la cabeza hacia atrás.

—¿Qué pasa? —balbuceo.

—Nada —dice.

Conozco a este tío desde hace lo suficiente como para saber que un «nada» de Logan significa algo completamente diferente, pero se mete los auriculares de su iPod en las orejas y procede a ignorarme durante la mayor parte del viaje. Así hasta que, a diez minutos de Briar, de repente se quita de un tirón los cascos y se gira para mirarme.

—A la mierda —anuncia—. Te lo suelto y ya está.

El recelo recorre en círculos mi interior como un buitre. Espero sinceramente que no esté a punto de confesar que siente algo por Hannah, porque será todo bastante raro si lo hace. Echo un vistazo alrededor, pero la mayoría de mis compañeros de equipo están durmiendo o escuchando música. Los de cuarto, sentados en la parte de atrás, se están riendo de algo que Birdie acaba de decir. Nadie nos presta atención. Bajo la voz.

—¿Qué pasa?

Logan deja escapar un suspiro cansado.

—Me planteé no decirte nada en absoluto, pero joder, G, no me gusta ver cómo le toman el pelo a nadie, especialmente si es a mi mejor amigo. Pero pensé que sería mejor esperar hasta después del partido. —Se encoge de hombros—. No quería que te distrajeras en el hielo.

—¿De qué coño hablas, tronco?

—Dean y yo acabamos en casa de Beau Maxwell ayer por la noche en su fiesta de Halloween —confiesa Logan—. Kohl estaba allí, y...

Entrecierro mis ojos.

—¿Y qué?

Logan parece tan incómodo que mi guardia sube otros cinco metros. Él no es de los que se andan por las ramas, así que la movida tiene que ser chunga de verdad.

—Dijo que tenía una cita con Wellsy este fin de semana.

Mi corazón se detiene.

—Mentira.

—Eso es lo que pensé, pero… —Se vuelve a encoger de hombros—. Insistió en que era verdad. Pensé que deberías estar al tanto, ya sabes, por si acaso él está fardando por ahí de algo que no es.

Trago saliva, mi cabeza vuela a mil kilómetros por segundo. Que sea mentira sigue siendo mi primera opción, pero una parte de mí no está tan segura. Hannah está en mi vida por el puto Kohl. Esa es la razón. Porque ella estaba interesada en Kohl. Pero eso fue *antes*. Antes de que ella y yo nos besáramos. Sin embargo, fue a la fiesta a ver a Kohl después del beso.

Efectivamente. Trago saliva de nuevo. Bueno, fue después del beso, pero antes de todo lo demás. Del sexo. De los secretos que hemos compartido el uno con el otro.

Todos los mimos.

«Te dije que lo de los mimos era un error, tronco».

El cínico que hay en mi interior causa estragos en mi cerebro, trayendo una oleada de cansancio a mi pecho. No, Kohl ha tenido que estar tirándose el rollo. Ni de coña Hannah diría que sí a una cita con él sin decírmelo.

¿Verdad?

—Bueno, solo pensé que debías saberlo —dice Logan.

Es la hostia de difícil hablar con la garganta tan apretada como la tengo, pero consigo balbucear una palabra.

—Gracias.

Garrett me manda un mensaje cuando me estoy preparando para irme a la cama. Allie y yo hemos entrado por la puerta hace literalmente cinco minutos, y me pilla por sorpresa tener noticias suyas otra vez esta noche. Pensé que caería rendido nada más llegar a casa después del partido.

> **Él:** Necesito hablar contigo.

> **Yo:** Ahora?

> **Él:** Sí.

Vale. Puede que no sean más que mensajes de texto, pero no resulta difícil adivinar su tono. Es, sin lugar a dudas, cabreado.

> **Yo:** Eh… claro. Me llamas?

> **Él:** Estoy n tu puerta.

Mi cabeza gira con brusquedad hacia mi puerta abierta, esperando encontrarlo allí, pero inmediatamente me siento un poco tonta, porque me doy cuenta de que se refiere a la puerta de entrada del apartamento donde vivimos Allie y yo, no de mi habitación en particular. No obstante, debe de ser algo grave, porque Garrett no suele aparecer sin previo aviso.

Las náuseas se arremolinan en mi estómago mientras traspaso la zona común para abrir la puerta. Efectivamente, Garrett está de pie en el descansillo. Aún lleva su cazadora del equipo y los pantalones de chándal, como si hubiese venido directamente aquí sin pasar primero por su casa a cambiarse.

—Hola —lo saludo y hago un gesto para que entre—. ¿Qué pasa?

Él mira por encima de mí hacia el salón vacío.

—¿Dónde está Allie?

—Se ha ido a la cama.

—¿Podemos hablar en tu habitación?

Las náuseas empeoran. Me resulta totalmente imposible descifrar su expresión. Sus ojos están entrecerrados y su tono carece por completo de emoción. ¿Esto tiene algo que ver con su padre? No pude escuchar la conversación que mantuvieron tras el partido, pero su lenguaje corporal transmitía algún tipo de agresión seria. Me pregunto si tal vez ellos...

—¿Tienes una cita con Justin este fin de semana?

Garrett suelta la pregunta mientras estoy cerrando la puerta de mi habitación y me doy cuenta de que, a mi pesar, esto no tiene nada que ver con su padre.

Y tiene TODO que ver conmigo.

La sorpresa y una culpabilidad instantánea libran una guerra dentro de mí cuando me encuentro con su mirada.

—¿Quién te ha dicho eso?

—Logan. Pero a él se lo dijo Justin.

—Oh.

Garrett no se mueve. No se quita la cazadora. Ni siquiera parpadea. Él únicamente mantiene su mirada fija en la mía.

—¿Es verdad?

Trago saliva.

—Sí y no.

Por primera vez desde que llegó aquí, sus facciones muestran una emoción: cabreo.

—¿Qué coño significa eso?

—Eso significa que sí me invitó a salir, pero yo aún no he decidido si voy o no.

—¿Le dijiste que lo harías? —Hay un punto de tristeza en su tono de voz.

—Bueno, sí, pero...

Los ojos de Garrett arden.

—¿En serio dijiste que sí? ¿Cuándo te lo pidió?

—La semana pasada —admito—. El día después de la fiesta de Beau.

Su rostro se relaja. Pero solo un poco.

—¿Entonces fue antes de lo de Dean? ¿Antes de que tú y yo...?

Asiento con la cabeza.

—Vale. —Coge aire—. Bueno. No es tan malo como pensaba. —Pero entonces sus facciones vuelven a endurecerse y sus fosas nasales se dilatan—. Espera un momento, ¿qué quieres decir con eso de que no has decidido si vas a ir?

Encojo los hombros con impotencia.

—¡Y una mierda vas a ir, Hannah!

Su voz aguda me provoca una mueca de dolor.

—¿Y eso quién lo dice? ¡¿Tú?! Porque la última vez que pregunté, tú y yo no estábamos saliendo. Solo estábamos tonteando.

—¿Eso es lo que realmente...? —Se detiene, torciendo la boca hasta fruncirla—. ¿Sabes qué? Supongo que tienes razón. Supongo que solo estamos tonteando.

Apenas puedo seguir el ritmo de los confusos pensamientos que corren a toda velocidad por mi cerebro.

—Tú dijiste que no quieres novias —le digo.

—Te dije que no tengo tiempo para novias —dispara de vuelta—. Pero ¿sabes qué? Que las prioridades cambian.

Vacilo.

—Entonces, ¿estás diciendo que quieres que sea tu novia?

—Sí, quizá es eso lo que estoy diciendo.

Mis dientes se hunden en mi labio inferior.

—¿Por qué?

—¿Por qué, «qué»?

—¿Por qué quieres eso? —Me muerdo el labio aún más fuerte—. Vas a saco con el *hockey*, ¿recuerdas? Y, además, peleamos demasiado.

—No peleamos. Discutimos.

—Es lo mismo.

Él resopla y niega con la cabeza.

—No, no lo es. Discutir es divertido y se hace en tono amistoso. Pelearse es...

—Por Dios, ¡estamos peleándonos por la manera en la que nos peleamos! —lo interrumpo, incapaz de parar de reír.

Los hombros de Garrett se relajan con el sonido de mi risa. Da un paso hacia mí, buscando mi cara.

—Sé que estás por mí, Wellsy. Y yo sin duda estoy por ti. ¿Sería de verdad una tragedia si hiciésemos oficial lo nuestro?

Trago saliva de nuevo. No me gusta nada que me pongan en una situación comprometida como esta, y estoy demasiado confundida como para que ahora mismo nada tenga sentido. No suelo actuar por impulso. Nunca tomo decisiones sin reflexionar antes de forma cuidadosa y, aunque es perfectamente posible que otras chicas se pusieran a dar volteretas de la emoción ante la idea de hacer la cosa «oficial» con Garrett Graham, yo soy más pragmática que todo eso. No estaba en mis planes que me gustara este chico. Ni acostarme con él. Ni encontrarme en una situación que contemplara la posibilidad de que fuera mi novio.

—No lo sé —le digo al fin—. A ver, quiero decir que yo nunca pensé en ti y en mí en términos de ser novios. Yo solo quería… —Mis mejillas se calientan—, explorar la atracción y ver si, ya sabes. Pero no pensé en nada después de eso. —Mi confusión se triplica y mi mente ya no sabe ni dónde está—. No tengo ni idea de lo que es esto nuestro, o a dónde podría llegar, o…

Cuando empiezo a divagar, me doy cuenta de la expresión de Garrett, y el dolor que hay en sus ojos se me clava como un cuchillo.

—¿No sabes qué es esto ni a dónde puede ir? Jesús, Hannah. Si… —Deja escapar un suspiro tembloroso y sus anchos hombros caen—. Si de verdad no lo sabes, entonces estamos perdiendo el tiempo. Porque yo sí sé exactamente qué es esto. Yo… —Se detiene tan abruptamente que me siento aturdida.

—¿Qué? —susurro.

—Yo… —Se detiene de nuevo. Su mirada gris se oscurece—. ¿Sabes qué? Olvídalo. Supongo que tienes razón. Esta historia nuestra ha sido para «explorar la atracción». —Su tono es cada vez más amargo—. Yo no soy más que tu terapeuta sexual, ¿no? En realidad, no, en realidad soy tu puto *fluffer*.

—¿*Fluffer*? —pregunto sin comprender.

—Como en las pelis porno —balbucea—. Entra el *fluffer* entre toma y toma para chupársela a los tíos para que se les mantenga dura. —El cabreo tiñe su voz—. Ese era mi trabajo, ¿no? Conseguir que estuvieras bien cachonda para Justin, ¿verdad? Prepararte para que te lo pudieras tirar.

La indignación cosquillea mi piel.

—Número uno, eso es asqueroso. Y número dos, eso no es justo y lo sabes.

—No sé absolutamente nada, al parecer.

—¡Me invitó a salir antes de que me acostara contigo! ¡Y probablemente ni siquiera iba a ir!

Garrett ladra una carcajada áspera.

—¿*Probablemente* no ibas a ir? Ya. Gracias. —Da un paso hacia la puerta—. ¿Sabes qué? Vete a la puta cita esa. Ya tienes lo que querías de mí. Supongo que Justin puede retomarlo desde aquí.

—Garrett...

Pero él ya se ha ido. No solo se ha ido, sino que lo deja bien claro cerrando de un portazo. Oigo ruidos sordos en el salón, y después cierra esa puerta también.

Me quedo mirando el espacio vacío que él ocupaba hasta hace un segundo.

«Yo sí sé exactamente qué es esto».

Las palabras roncas de Garrett resuenan en mi cabeza y un nudo de sentimientos aprieta mi corazón, porque estoy bastante segura de que yo también sé exactamente qué es esto.

Y me da miedo que mi fracción de segundo de indecisión haya arrojado todo por la borda.

CAPÍTULO 32

GARRETT

Cuando salgo al exterior de la Residencia Bristol, la temperatura parece haber caído diez grados desde que entré. Una gélida ráfaga de viento me explota en la cara y enfría las puntas de mis oídos mientras me dirijo a paso rápido hacia el aparcamiento.

¿Ves? Precisamente por *esto* evito todo el drama de tener novia. Debería estar más feliz que una perdiz por haber aplastado a Harvard esta tarde y, en vez de eso, estoy cabreado, frustrado y más disgustado de lo que esperaba. Hannah tiene razón, solo estábamos tonteando. De la misma manera que tonteaba antes con Kendall, o la chica antes que ella, o la chica de antes de eso. Ni siquiera pestañeé cuando terminé el rollo con ninguna de ellas, así que ¿por qué leches estoy tan jodido en este momento?

Gracias a Dios que he salido de ahí. He estado a un segundo de hacer el imbécil integral diciendo cosas que no debería decir; incluso es posible que hasta hubiese *suplicado*. Jesús. Si eso no es un signo claro de ser un calzonazos, entonces no sé qué podría serlo.

Estoy a medio camino hacia mi Jeep cuando oigo a Hannah gritar mi nombre.

Mi pecho se contrae. Me doy la vuelta y la veo corriendo por el camino que va desde la Residencia Bristol hasta el aparcamiento. Sigue con su pijama de pantalones a cuadros y una camiseta negra con notas musicales amarillas dibujadas en la parte de delante.

Me tienta seguir caminando, pero veo sus brazos desnudos y las mejillas sonrojadas por el frío y me cabrea aún más que la pelea que hemos tenido.

—Por Dios, Hannah —murmuro cuando me alcanza—. Vas a coger un resfriado.

—Eso es un mito —responde—. El frío no causa los resfriados.

Pero está temblando y cuando se envuelve a sí misma con los brazos y empieza a frotarse la piel desnuda para mantener el calor, suelto un gruñido de cabreo y rápidamente me quito la cazadora.

Aprieto los dientes y le pongo mi chupa sobre los hombros.

—Toma.

—Gracias. —Parece tan disgustada como yo me siento—. ¿Qué leches te pasa, Garrett? ¡No puedes simplemente largarte en medio de una discusión seria!

—No había nada más que discutir.

—Y una mierda. —Sacude la cabeza con enfado—. ¡Ni siquiera me has dejado hablar!

—Sí lo he hecho —contesto con rotundidad—. Y créeme, has dicho muchas cosas.

—Casi no recuerdo lo que he dicho. ¿Sabes por qué? Porque me has pillado totalmente desprevenida y ni siquiera me has dado un segundo para pensar en ello.

—¿Qué hay que pensar? O te molo o no te molo.

Hannah suelta un gruñido de frustración.

—Otra vez estás siendo injusto. Que de repente hayas decidido que estás listo para una relación y que debemos estar juntos no significa que vaya a ponerme a gritar «¡yuju!, ¡yuju!» como una chica de una fraternidad. Está claro que tú has tenido tiempo para pensar en ello y procesarlo, pero no me has dado ningún tiempo a mí. Solo has entrado en mi cuarto, has hecho acusaciones y has salido corriendo.

Noto una punzada de culpabilidad. Lo que dice tiene sentido. He venido aquí esta noche sabiendo perfectamente lo que quería de ella.

—Siento no haberte dicho nada de la cita con Justin —dice en voz baja—. Pero no te voy a pedir disculpas por necesitar más de cinco putos segundos para pensar en la posibilidad de que tú y yo seamos pareja.

Mi aliento sale en una nube blanca que rápidamente se deja arrastrar por el viento.

—Te pido disculpas por haber salido corriendo —admito—. Pero no me voy a disculpar por querer estar contigo.

Sus preciosos ojos verdes analizan mi cara.

—¿Todavía quieres?

Asiento con la cabeza. Trago saliva.

—¿Tú?

—Depende. —Hannah ladea la cabeza—. ¿Sería en exclusiva?

—¡Por supuestísimo! —le digo sin vacilar. Pensar en ella con otro tío es como un machete directo al estómago.

—¿Te parece bien que nos tomemos las cosas con calma? —pregunta—. Porque el concierto está al caer, y Acción de Gracias y Navidad, y los exámenes, y tus partidos... Ambos vamos a estar ocupados y no te puedo prometer que nos vayamos a ver cada segundo del día.

—Nos veremos cuando nos veamos —digo simplemente.

Estoy sorprendido por lo tranquila que suena mi voz, lo sosegado que estoy cuando hay una bandada de mariposas excitadas revoloteando en mi estómago gritando «¡Síííííííí!» a todo volumen. Por Dios. Estoy a punto de complicar mi vida, invitando a que una novia entre en ella, y por alguna razón me parece perfecto al cien por cien.

—En ese caso, de acuerdo. —Hannah me sonríe—. Hagámoslo oficial.

Una nube negra oscurece ligeramente mi felicidad.

—¿Qué pasa con Justin?

—¿Qué pasa con él?

—Le dijiste que tendríais una cita —le digo entre dientes.

—En realidad, la he cancelado antes de bajar aquí.

Las mariposas de mi interior retoman el vuelo.

—¿En serio?

Asiente con la cabeza.

—¿Así que ya no te pone?

El humor baila en sus ojos.

—Me pones *tú*, Garrett. Solo tú.

Y, de repente, mi ansiedad se disuelve en una explosión de absoluta alegría que me provoca una sonrisa en los labios.

—Y tanto que sí, nena.

Hannah resopla y niega con la cabeza; después se acerca y frota su fría mejilla contra mi barbilla.

—¿Y ahora podemos, por favor, entrar? El culo se me está congelando y necesito que mi *fluffer* me lo caliente.

Entrecierro los ojos.

—¿Perdona?

Hannah parpadea con inocencia.

—¡Ay! Lo siento. ¿He dicho *fluffer*? —Su sonrisa le ilumina toda la cara—. Quería decir *novio*.

Son las palabras más maravillosas que he oído en mi vida.

CAPÍTULO 33

HANNAH

La vida es guay.

La vida es maravillosa, increíble y aterradoramente guay.

Estas últimas dos semanas de noviazgo con Garrett han sido una sucesión veloz de risas, caricias y sexo ardiente, entremezcladas con los acontecimientos de la vida real, como las clases, estudiar, los ensayos y los partidos de *hockey*. Garrett y yo hemos forjado una relación que me ha pillado por sorpresa, pero a pesar de que Allie continúa burlándose de mí por mi repentino giro de ciento ochenta grados en cuanto a él, no me arrepiento de mi decisión de salir de forma oficial e ir viendo a dónde van las cosas. De momento, todo va genial.

Pero, por supuesto, siempre pasa algo en la vida. Cuando algo va superbién...

Algo, inevitablemente, va supermal.

—Sé que esto es un inconveniente —dice Fiona, mi tutora de artes escénicas—. Pero me temo que no hay nada que yo pueda hacer, excepto aconsejarte que hables directamente con Mary Jane y...

—De ninguna manera —la corto. Mis dedos rígidos agarran con fuerza los brazos de la silla. Me quedo mirando a la mujer guapa y rubia al otro lado del escritorio, y me pregunto cómo puede llamar a esta bomba atómica de desastre un «inconveniente».

¿Y quiere que hable con Mary Jane? Y. Una. Mierda.

¿Por qué coño tendría que hablar con esa cerda asquerosa de mierda con el cerebro lavado que acaba de joder todas las posibilidades que tenía de ganar una beca?

Todavía estoy aturdida por lo que Fiona me acaba de decir. Mary Jane y Cass me han dejado fuera. En realidad, les han dado permiso para echarme del dúo para que Cass pueda cantar como solista.

¡Qué coño!

Pero, en el fondo, ni siquiera estoy sorprendida. Garrett ya me había advertido de que algo como esto podría suceder. A mí también me preocupaba. Pero nunca, jamás de los jamases, esperaba que Cass me hiciera esto *¡cuatro semanas!* antes de la exhibición.

O que a mi tutora el asunto le pareciera de puta madre.

Aprieto los dientes.

—No voy a hablar con Mary Jane. Está claro que ha tomado una decisión.

O más bien, que Cass lo ha hecho por ella, cuando la ha manipulado para que venga a hablar con nuestros dos tutores, lloriqueando, porque su composición se está resintiendo en el formato de dueto, y que prefiere sacarla del concierto si no se hace como un solo. Por supuesto, Cass ha señalado rápidamente que sería una atrocidad perder una canción tan buena y se ha ofrecido amablemente a cantarla. En ese momento, Mary Jane ha insistido en que una voz masculina debería cantar el tema.

Vete a tomar por culo, MJ.

—Y entonces, ¿qué se supone que debo hacer ahora? —pregunto con voz tensa—. No tengo tiempo para aprenderme una nueva canción y trabajar con un nuevo compositor.

—No, no lo tienes —admite Fiona.

Normalmente, aprecio su forma directa de enfocar las cosas, pero hoy me dan ganas de pegarle.

—Y esa es la razón por la que, dadas las circunstancias, el tutor de Cass y yo hemos acordado flexibilizar las normas para tu caso. No vas a hacer equipo con un compositor de cuarto de carrera. Hemos acordado, y la dirección de la facultad está de acuerdo, que podrás cantar una de tus composiciones propias. Sé que tienes muchas canciones originales en tu repertorio, Hannah. Y, de hecho, creo que esta es una gran oportunidad para que puedas mostrar no solo tu voz, sino también tus habilidades como compositora. —Hace una pausa—. No obstante, solo tendrás derecho a ganar la beca por interpretación, ya que Composición no es tu especialidad en la carrera.

Mi cabeza sigue girando como un carrusel. Sí, hay algunos temas originales que puedo cantar, pero ninguno de ellos se aproxima siquiera a estar listo.

—¿Por qué a Cass no se lo penaliza por esto? —exijo.

—Mira, yo no puedo decir que apruebe lo que Cass y Mary Jane han hecho, pero, por desgracia, este es uno de los inconvenientes de los duetos. —Fiona suspira—. Cada año hay al menos un dúo que se deshace justo antes de la exhibición. ¿Te acuerdas de Joanna Maxwell? ¿Una chica que se graduó el año pasado?

La hermana de Beau.

Asiento con la cabeza.

—Bien, pues su compañero de dúo la dejó ¡tres días! antes del concierto de exhibición de último curso —confiesa Fiona.

Parpadeo con sorpresa.

—¿En serio?

—Oh, sí. Digamos que las cosas por aquí fueron absolutamente caóticas durante esos tres días.

Mi ánimo se levanta, solo un poco, cuando me acuerdo de que Joanna no solo ganó la beca, sino que también llamó la atención de un agente, que más tarde le consiguió un *casting* en Nueva York.

—No necesitas a Cassidy Donovan, Hannah. —La voz de Fiona es firme y tiene un punto de consuelo—. Creces como solista. Es tu punto fuerte. —Me mira fijamente—. Si no recuerdo mal, es justo lo que te aconsejé al comienzo del curso.

La culpa calienta mis mejillas. Sí. No puedo negarlo. Ella me había comentado sus preocupaciones sobre el proyecto desde el principio, pero dejé que Cass me convenciera de lo fuertes que seríamos juntos.

—Tendrás todo lo que necesites para prepararlo —añade—. Vamos a reorganizar el horario de ensayos, por lo que tendrás acceso a la sala siempre que quieras y, si requieres acompañamiento, todos los estudiantes de la orquesta podrán ayudarte. ¿Hay algo más que pienses que podrías necesitar? —Una pequeña sonrisa eleva sus labios—. Créeme, el tutor de Cass tampoco está contento con esto, así que si hay algo que te haga falta, dímelo ahora y probablemente podré conseguírtelo.

Estoy a punto de sacudir la cabeza cuando se me ocurre algo.

—La verdad es que sí hay algo que querría. Quiero a Jae. Quiero decir, a Kim Jae Woo.

Fiona frunce el ceño.

—¿Quién es?

—El violonchelista. —Saco la barbilla con fuerza—. Quiero al violonchelista.

GARRETT

—¡No puedo creer que haya hecho eso! —Allie suena rebotada desde su lado de la mesa; sus ojos azules arden mientras mira a Hannah.

Mi novia tiene una expresión en plan «estoy intentando con todas mis fuerzas no mostrar lo cabreada que estoy», pero siento las emociones irascibles irradiando de su cuerpo. Se estira la parte inferior del delantal.

—¿En serio? Porque yo me lo creo perfectamente —responde Hannah—. Apuesto a que ese era su plan desde el principio. Volverme loca durante dos meses y luego joderme justo antes del concierto.

—Puto Cass —murmura Dexter, el amigo de Hannah, desde su silla junto a Allie—. Alguien tiene que darle a ese chaval una buena patada en el culo. —Dex nos mira a Logan y a mí—. ¿No podríais hacerlo? ¿Darle una pequeña paliza?

—Con mucho gusto —dice Logan alegremente—. ¿Cuál es su dirección?

Le doy un codazo en el costado.

—No vamos a hacerle nada a nadie, imbécil. No a menos que quieras enfrentarte al cabreo del entrenador y a una suspensión. —Me dirijo a Hannah con una mirada triste—. No te preocupes, yo le estoy dando una paliza en mi cabeza, peque. Eso cuenta, ¿no?

Hannah se ríe.

—Por supuesto. Te doy permiso. —Se mete su libreta en el bolsillo del delantal—. Ahora vuelvo.

Mientras Hannah se dirige hacia la barra, me quedo mirando su culo durante tanto tiempo que consigo tres carcajadas de mis compañeros de mesa. Y aún no he hablado de lo extraño que me resulta compartir mesa con mi mejor amigo y los mejores amigos de Hannah.

Estaba convencido de que la pandilla artística de Hannah tendría una actitud supercondescendiente y fría conmigo, sobre todo después de lo que me contó acerca de lo que piensan de los deportistas de Briar; pero creo que me los he ganado con mi encanto natural. Allie y Dex me tratan como si lleváramos años siendo amigos. Stella, que descubrió su pasión por el *hockey* durante el partido de Harvard, ahora me manda mensajes cada dos días para hacerme preguntas. Y si bien es cierto que el tal Jeremy sigue siendo un poco sarcástico cada vez que lo veo, su novia, Megan, es muy maja, así que estoy dispuesto a darle un par de oportunidades más antes de meterlo en el saco de los gilipollas.

—Está cabreada —comenta Logan mientras observa a Hannah charlando con el cocinero detrás de la barra de recogida.

—Debe de estarlo —responde Dex—. En serio, ¿qué clase de *gilimbécil* deja colgado a su compañero de dúo justo antes de un espectáculo?

Logan se ríe.

—¿*Gilimbécil*? Te lo robo ahora mismo.

—Todo irá bien —dice Allie con confianza—. Las canciones compuestas por Hannah son impresionantes. No necesita a Cass.

—Nadie necesita a Cass —corrige Dex—. Es como el equivalente en humano de la sífilis.

Mientras todo el mundo se ríe, yo desconecto y centro mi atención en Hannah. No puedo dejar de recordar la primera vez que vine al Della's, con el único propósito de persuadir a Hannah para que me diera clases particulares. Fue hace solo poco más de un mes y, sin embargo, tengo la sensación de que la conozco desde siempre.

No sé en qué estaba pensando cuando me posicioné en esa actitud «antinovia» radical. Porque tener novia es la hostia. En serio. Tengo sexo cuando quiero sin esforzarme por conseguirlo. Tengo a alguien para desahogarme después de un día de mierda o una derrota horrible en el hielo. Puedo soltar los peores chistes del planeta y es probable que Hannah se ría de ellos.

Ah, y me encanta estar con ella, así de simple.

Hannah regresa a nuestra mesa con las bebidas que hemos pedido. O más bien, con las bebidas que Allie y Dex habían pedido. Logan y yo queríamos unos refrescos, pero lo que nos trae es agua.

—¿Dónde está mi Dr. Pepper, Wellsy? —se queja Logan.

Ella lo mira con severidad.

—¿Sabes la cantidad de azúcar que hay en un refresco?

—¿Una cantidad perfectamente aceptable y que, por tanto, me debo beber? —responde Logan.

—Respuesta equivocada. La respuesta correcta es que lleva un huevo y parte del otro. Juegas contra Michigan en una hora, no puedes meterte un chute de azúcar antes de un partido. Te dará un subidón de energía durante cinco minutos y después, todo el bajón a mitad del primer tiempo.

Logan suspira.

—G, ¿por qué tu chica es ahora nuestra nutricionista?

Cojo mi vaso de agua y bebo el trago de la derrota.

—¿Quieres discutir con ella?

Logan mira a Hannah, cuya expresión transmite un evidente «vas a beberte un refresco por encima de mi cadáver». Después me mira a mí y dice con tristeza:

—No.

CAPÍTULO 34

HANNAH

Mi teléfono maúlla justo después de medianoche, pero no estoy dormida. De hecho, ni siquiera me he puesto el pijama. Un segundo después de entrar en casa, he cogido la guitarra y me he puesto a trabajar otra vez. Ahora que Cass ha saboteado mi vida de forma egoísta y vengativa, cosas como «dormir», o «relajarse», o «no entrar en pánico», han dejado de existir. Durante el próximo mes, se podría decir que estaré empanada y aturdida de tanto trabajo, a menos que por arte de magia encuentre una manera de hacer malabares con la uni, el trabajo, Garrett y cantar; todo sin sufrir una crisis nerviosa.

Dejo la acústica y miro la pantalla. Es Garrett.

Él: No puedo dormir. Despierta?

Yo: ¿Es esto la típica llamada de madrugada para ya sabes?

Él: No. Quieres q lo sea?

Yo: No. Estoy ensayando. Superestresada.

Él: Razón d más para q esto sea una llamada de esas.

Yo: Te vas a quedar con las ganas, tronco. Por q no puedes dormir?

Él: M duele todo el cuerpo.

Un sentimiento de compasión revolotea por mi vientre. Garrett ha llamado antes para decir que habían perdido el partido y que, al parecer, se había llevado unos cuantos golpes. La última vez que hemos hablado, seguía poniéndose hielo por todo el torso.

Me da demasiada pereza seguir escribiendo, así que marco su número. Responde a la primera.

Su voz ronca se cuela en mi oído.

—Ey.

—Ey. —Me recuesto sobre la almohada—. Siento no poder ir a besar todas tus pupitas; estoy trabajando en la canción.

—No pasa nada. Solo hay una pupita que quiero que beses y pareces demasiado ocupada para eso. —Hace una pausa—. Estoy hablando de mi polla, por cierto.

Suelto una carcajada.

—Sí. Lo había pillado. No hacía falta aclararlo.

—¿Has decidido qué canción vas a cantar?

—Creo que sí. La que canté para ti el mes pasado cuando estábamos estudiando. ¿Te acuerdas?

—Sí. Era triste.

—Que sea triste es positivo. Supone un golpe emocional más potente. —Dudo antes de decir—: Antes he olvidado preguntarte una cosa. ¿Tu padre ha ido al partido?

Una pausa.

—Nunca se pierde uno.

—¿Ha sacado otra vez lo de Acción de Gracias?

—No, gracias a Dios. Ni siquiera me mira cuando perdemos, así que no esperaba que tuviera el día hablador. —La voz de Garrett está llena de amargura; se aclara la garganta—. Pon el manos libres. Quiero escucharte cantar.

Mi corazón se contrae por la emoción, pero trato de ocultarlo forzando un tono ligero.

—¿Quieres que te cante una nana? Qué adorable.

Él se ríe.

—Siento como si un camión me hubiese pasado por encima. Necesito una distracción.

—Está bien. —Aprieto el botón del altavoz y cojo la guitarra—. No dudes en colgar si te aburres.

—Peque, podría contemplarte mientras miras cómo se seca la pintura de una pared y no me parecería aburrido.

Garrett Graham, mi adulador personal.

Coloco la acústica en mi regazo y empiezo a cantar la canción desde el principio.

La puerta de mi cuarto está cerrada y, aunque las paredes del dormitorio son finas como el papel, no me preocupa despertar a Allie. En cuanto Fiona me dijo lo del dueto, lo primero que hice fue darle a Allie un par de tapones para los oídos y advertirle de que estaría cantando a altas horas de la madrugada hasta el día del concierto.

Es extraño, pero no estoy enfadada. Estoy *aliviada*. Cass había convertido nuestro dueto en un rollo entre ostentoso y *jazz hands* que desprecio. Y si bien es cierto que cabrea muchísimo que te echen, he decidido que estoy mejor así, sin tener que cantar con él.

Canto el tema tres veces, hasta que mi voz se pone demasiado ronca y tengo que parar para dar un trago a la botella de agua que hay en mi mesita de noche.

—Todavía ando por aquí, ¿sabes?

La voz de Garrett me sobresalta. A continuación me río, porque, honestamente, había olvidado por completo que estaba al teléfono.

—No he conseguido dormirte, ¿eh? No sé si debo sentirme halagada o insultada.

—Halagada. Tu voz me da escalofríos. Hace que sea imposible conciliar el sueño.

Sonrío, aunque no puede verme.

—Tengo que pensar qué hacer con ese último estribillo. ¿Acabo arriba o abajo en la última nota? ¡Oh! Tal vez debería cambiar la parte central también... ¿Sabes qué? Acabo de tener una idea. Te voy a colgar para resolver esto y tú tienes que dormir. Buenas noches, tronco.

—Wellsy, espera —dice antes de que pueda colgar.

Quito el manos libres y me llevo el móvil a la oreja.

—¿Qué pasa?

Me contesta la pausa más larga de la historia.

—¿Garrett? ¿Sigues ahí?

—Eh, sí. Perdona. Sí. —Una respiración pesada reverbera a través de la línea—. ¿Quieres venir a mi casa en Acción de Gracias?

Me quedo congelada.

—¿Hablas en serio?

Otra pausa, y esta es incluso más larga que la primera. Casi creo que va a echarse atrás. Y pienso que no me molestaría mucho si lo hiciera. Sabiendo lo que sé sobre el padre de Garrett, no estoy segura de poder sentarme en una mesa a cenar con ese hombre sin llegar a estrangularlo.

¿Qué clase de hombre le da palizas a su propio hijo? Su hijo de ¡doce años!

—No puedo volver allí solo, Hannah. ¿Vendrás?

Su voz se rompe en esas últimas palabras, y lo mismo ocurre con mi corazón. Dejo escapar un suspiro tembloroso y le digo:

—Por supuesto que iré.

La casa del padre de Garrett no es una mansión como yo esperaba; es una casa de piedra rojiza en el barrio histórico de Beacon Hill, lo que imagino que viene a ser el equivalente a una mansión en Boston. La zona es preciosa, eso sí. He estado en Boston varias veces, pero nunca había venido a esta parte lujosa de la ciudad y no puedo dejar de admirar las hermosas casas adosadas del siglo XIX, las aceras de ladrillo y las pintorescas lámparas de gas que bordean las estrechas calles.

Garrett apenas ha dicho una palabra durante el viaje de dos horas en coche. Su cuerpo, vestido de traje, ha estado emanando tensión en oleadas palpables y constantes que solo han conseguido ponerme más nerviosa. Y sí, he dicho «vestido de traje», porque lleva camisa de vestir blanca, corbata, pantalones negros y chaqueta negra. El tejido carísimo se ajusta a su cuerpo musculoso como un maravilloso guante, y ni siquiera la mueca permanente de su rostro le resta ni un ápice a su increíble atractivo.

Al parecer, su padre le exigió llevar traje. Y cuando Phil Graham descubrió que su hijo iba acompañado, pidió que yo también vistiese de manera formal. Conclusión: llevo el elegante vestido azul que me puse para el concierto exhibición de primavera del año pasado. La tela sedosa cae hasta mis rodillas, y lo he conjuntado con unos zapatos plateados con un tacón de diez centímetros que provocaron la sonrisa de Garrett cuando se presentó en mi puerta. Me informó de que ahora por fin podría besarme sin tener tortícolis después.

Nos reciben en la puerta principal, pero no el padre de Garrett, sino una mujer rubia guapa con un vestido de cóctel rojo que revolotea alrededor de sus tobillos. También lleva una torera de encaje de color negro con mangas, algo que me choca bastante, porque la temperatura dentro de la casa es de unos mil grados centígrados. Madre mía, qué calor hace aquí dentro. No pierdo ni un segundo en desprenderme del chaquetón en el elegante salón.

—Garrett —dice la mujer de forma agradable—, es maravilloso poder conocerte al fin.

Parece tener unos treinta y tantos, pero es difícil de adivinar, porque tiene lo que yo suelo llamar «ojos viejos». Son esos ojos sabios y profundos que revelan que una persona, más que una vida, ha vivido ya varias. No sé bien por qué me da esa sensación. No hay nada de su elegante atuendo o de su sonrisa perfecta que insinúe que haya vivido tiempos difíciles, pero la superviviente a un trauma que hay en mí siente de inmediato una extraña afinidad con ella.

Garrett contesta con voz brusca pero educadamente.

—Para mí también es un placer conocerte, ¿eh...?

Deja la pregunta en el aire y los ojos azul pálido de la mujer parpadean con tristeza, como si se hubiera dado cuenta en ese instante de que el padre de Garrett no le ha dicho a su hijo el nombre de la mujer con la que tiene una relación.

Su sonrisa se tambalea durante un segundo antes de volver a estabilizarse.

—Cindy —confirma—. Y tú debes de ser la novia de Garrett.

—Hannah —informo, y me acerco para darle la mano.

—Es un placer conocerte. Tu padre está en la sala de estar —le dice a Garrett—. Está muy contento de tenerte aquí.

Ni Cindy ni yo ignoramos el bufido que se oye desde donde está Garrett. Aprieto su mano en una silenciosa advertencia para que sea amable, sin dejar de preguntarme qué quiere decir con «sala de estar». Siempre asumí que era donde se reunían los ricos para beber jerez o *brandy* antes de acercarse tranquilamente al comedor con treinta sillas.

Pero el interior de la casa de piedra rojiza es mucho más grande de lo que parece desde fuera. En el recorrido, pasamos por dos habitaciones —un salón y después otro salón— antes de llegar a la sala de estar. Que se parece a... otro salón. Pienso en la acogedora casa de dos plantas de mis padres en Ransom, y en cómo una miserable casa de tres dormitorios ha estado a punto de arruinarlos, y me trae una oleada de tristeza. No parece justo que un hombre como Phil Graham tenga todas estas habitaciones y el dinero para amueblarlas, mientras que unas buenas personas como mis padres deben esforzarse a más no poder para mantener un techo sobre sus cabezas.

Cuando entramos, el padre de Garrett está sentado en un sillón de orejas marrón, con un vaso de líquido de color ámbar en la rodilla. Igual que Garrett, viste de traje, y el parecido entre ellos es impactante. Tienen los mismos ojos grises, la misma mandíbula fuerte y los mismos rasgos angulosos, pero las facciones de Phil parecen más duras y tiene arrugas alrededor de la boca, como si hubiera fruncido los labios demasiadas veces y sus músculos se hubieran quedado congelados en esa posición.

—Phil, esta es Hannah —dice Cindy alegremente mientras se sienta en el lujoso sofá de dos plazas junto al sillón de Phil.

—Un placer conocerlo, señor Graham —digo con cortesía.

Él hace un gesto con la cabeza en mi dirección.

Eso es todo. ¡Un movimiento de cabeza!

No sé qué decir después de eso y la palma de mi mano se humedece en la mano de Garrett.

—Sentaos, por favor. —Cindy nos señala con un gesto el sofá de cuero junto a la chimenea eléctrica.

Me siento.

Garrett se mantiene en pie. No le dice una palabra a su padre. Ni a Cindy. Ni a mí.

Oh, mierda. Si está pensando en mantener este silencio toda la noche, nos espera un día de Acción de Gracias laaaargo y difícil.

El silencio más absoluto se extiende entre nosotros cuatro.

Me seco las manos húmedas en las rodillas e intento sonreír, pero siento que más que una sonrisa es una mueca.

—Y entonces, ¿nada de fútbol? —digo como el que no quiere la cosa, mirando la pantalla plana de la pared—. Pensé que era una tradición de Acción de Gracias.

Dios sabe que toda mi familia lo hace cuando vamos a casa de mi tía Nicole para las fiestas. Mi tío Mark es un fanático total del fútbol americano, y aunque el resto de nosotros preferimos el *hockey*, nos divertimos igual viendo los partidos que ponen durante todo el día en la televisión.

De todas formas, Garrett se ha negado a llegar más temprano de lo estrictamente necesario, así que los partidos de la tarde ya se han ganado y perdido. Aunque estoy bastante segura de que el partido de Dallas estará empezando ahora mismo.

Cindy se apresura a negar con la cabeza.

—A Phil no le gusta el fútbol.

—Ah —digo.

Y, por supuesto, más silencio.

—Entonces, Hannah, ¿qué estás estudiando? —pregunta Cindy.

—Música. Interpretación vocal, para ser exactos.

—Oh —dice ella.

Silencio.

Garrett apoya el hombro contra la alta estantería de roble que hay junto a la puerta.

Yo echo un vistazo en su dirección y noto que su expresión es completamente ausente.

Miro en dirección a Phil y veo que su expresión es la misma.

Oh, Dios. No creo que pueda sobrevivir a esta noche si las cosas siguen así.

—Algo huele fenomenal... —empiezo.

—Tengo que ir a comprobar el pavo... —empieza Cindy.

Las dos nos reímos con torpeza.

—Deja que te ayude. —Prácticamente salto, lo que supone un enorme «oh, no, no» cuando llevas unos tacones de diez centímetros. Pierdo el equilibrio durante un segundo de infarto, aterrorizada, pensando que me voy a caer, pero después lo recupero y soy capaz de dar un paso sin tambalearme.

Sí, soy una novia terrible. Las situaciones incómodas me ponen nerviosa e impaciente y por mucho que quiera pegarme a Garrett y ayudarlo a pasar este infierno de noche, no soporto la idea de estar atrapada en una sala con dos hombres cuya hostilidad contamina todo el oxígeno de la habitación.

Le lanzo una mirada de disculpa a Garrett y sigo a Cindy, que me conduce a una cocina grande y moderna, con electrodomésticos de acero inoxidable y encimeras de mármol negro. Los deliciosos aromas son más intensos, y hay suficientes platos cubiertos con papel de aluminio en la encimera como para alimentar a todo un país del tercer mundo.

—¿Has cocinado tú todo esto? —exclamo.

Se da la vuelta con una sonrisa tímida en su rostro.

—Sí. Me encanta cocinar, pero Phil rara vez me ofrece la oportunidad de hacerlo. Prefiere salir a cenar fuera.

Cindy se pone unos guantes de felpa antes de abrir la puerta del horno.

—¿Cuánto tiempo lleváis juntos Garrett y tú? —me pregunta en tono familiar, mientras coloca la enorme fuente del pavo sobre los fogones.

—Alrededor de un mes. —Observo cómo levanta el papel de aluminio de un ave descomunal—. ¿Y tú y el señor Graham?

—Un poco más de un año. —Su espalda está girada hacia mí, por lo que no puedo ver su expresión, pero algo en su tono me pone en guardia—. Nos conocimos en un evento solidario que yo estaba organizando.

—Oh. ¿Te dedicas a planificar eventos?

Introduce un termómetro en la pechuga del pavo, después en los muslos y, a continuación, sus hombros se relajan visiblemente.

—Está listo —murmura—. Y para responder a tu pregunta, me *dedicaba* a planificar eventos, pero vendí mi compañía hace unos meses. Phil decía que me echaba demasiado de menos cuando estaba en el trabajo.

Eh. ¿Cómo?

No me imagino jamás renunciando a mi trabajo porque el hombre en mi vida «me echa demasiado de menos cuando estoy en el trabajo». Para mí, eso es una señal de alerta.

—Oh. Eso es… ¿agradable? —Hago un gesto hacia la encimera—. ¿Quieres que te ayude a calentarlo todo o vamos a esperar un rato más para cenar?

—Phil quiere comer cuando el pavo esté listo. —Se ríe, pero suena forzada—. Cuando establece un plan, espera que todo el

314

mundo lo siga. —Cindy apunta al tazón grande que hay junto al microondas—. Puedes empezar a calentar el puré de patatas. Todavía necesito hacer la salsa. —Sostiene un paquete de salsa para mezclar—. Por lo general, me gusta hacerla desde el principio, con los jugos del pavo, pero vamos con un poco de prisa, así que nos tendremos que conformar con esto.

Apaga el horno y coloca el pavo en la encimera antes de volver su atención a la salsa. La pared sobre los fogones está cubierta con ganchos de donde cuelgan ollas y sartenes, y cuando alarga las manos para coger una olla, las mangas de encaje suben y, o me lo estoy imaginando, o hay moratones de color negro azulado en la parte inferior de ambas muñecas.

Parece como si alguien la hubiera agarrado de ahí. Con fuerza.

Baja los brazos y las mangas vuelven a cubrir sus antebrazos y decido que el encaje negro me ha hecho ver lo que no es.

—¿Vives aquí con el señor Graham o tienes tu propia casa? —pregunto mientras espero que el puré de patatas termine de calentarse en el microondas.

—Me mudé con Phil unas dos semanas después de que nos conociéramos —admite.

Vale. Tengo que estar imaginando cosas, porque no me creo que ese matiz en su tono de voz sea amargura, ¿verdad?

—Oh. Qué impulsivo. Casi no os conocíais, ¿eh?

—No. No nos conocíamos.

Ok, no me lo estoy imaginando.

Eso es, sin ningún tipo de dudas, amargura.

Cindy gira la cabeza y veo un destello inconfundible de tristeza en sus ojos.

—No sé con certeza si alguien te ha dicho esto alguna vez, pero la espontaneidad tiende a volverse en contra de uno.

No tengo ni idea de qué responder.

Por eso digo:

—Oh.

Tengo la sensación de que voy a decir esa palabra muchas veces esta noche.

CAPÍTULO 36

GARRETT

Él la maltrata.

El hijo de puta la maltrata.

Solo tardo media hora en compañía de Cindy en llegar a esa conclusión. Darme cuenta de las señales. Lo veo en cómo se estremece cada vez que la toca. Es solo un poco y probablemente imperceptible para cualquier otra persona, pero es la misma forma en la que mi madre respondía cada vez que él se le acercaba. Era casi como si estuviera anticipando el siguiente golpe de su puño o de su mano, o de su puto pie.

Pero esa no es la única señal de advertencia que transmite Cindy. La cosa esa de encaje de manga larga sobre el vestido rojo es una señal reveladora inequívoca. Me he tirado a suficientes chicas de fraternidad como para saber que las mujeres no conjuntan zapatos de tacón blancos con una chaqueta negra. Y luego está la chispa de miedo que se enciende en sus ojos ante cualquier movimiento de mi padre, por leve que sea. La triste caída de sus hombros cuando él le dice que la salsa está demasiado aguada. Los numerosos elogios que le regala intentando, obviamente, que esté contento. No, contento no; que esté tranquilo.

Estamos a mitad de la cena, la corbata me está ahogando que flipas, y no estoy seguro de poder controlar mi rabia ni un minuto más. No creo que pueda llegar al postre sin atacar al viejo y obligarlo a que me diga cómo es posible que pueda hacer eso con otra mujer.

Cindy y Hannah están charlando sobre algo. Ni idea de qué. Mis dedos agarran el tenedor con tanta fuerza que me sorprende que no se parta por la mitad.

Antes, cuando Hannah y Cindy estaban en la cocina, ha intentado hablar conmigo de *hockey*. He tratado de seguir la conversación. Estoy seguro de que incluso he formado frases correctas, con sus sujetos y predicados y toda esa mierda. Pero desde el mismo instante en que Hannah y yo hemos entrado en esta horrible casa, mi cabeza ha estado en otro lugar. Cada habitación evoca un recuerdo que hace que la bilis me suba a la garganta.

La cocina es donde me rompió la nariz por primera vez.

Arriba es donde me llevé la peor parte, por lo general en mi dormitorio, donde esta noche no me atrevo a entrar por miedo a que las paredes se me vengan encima.

El salón es donde me estampó contra la pared después de que mi liga de octavo curso no llegara a las eliminatorias. He visto que ha colgado un cuadro sobre el agujero que hay en el yeso.

—Así que sí —dice Hannah—. Ahora voy a cantar en solitario, que es lo que debería haber hecho desde el principio.

Cindy hace un chasquido compasivo con la lengua.

—Ese chico parece un capullo egoísta.

—Cynthia —dice bruscamente mi padre—. Esa lengua.

Ahí está otra vez: el estremecimiento. Un débil «lo siento» debería venir después, pero, para mi sorpresa, ella no se disculpa.

—No estás de acuerdo, ¿Phil? Imagínate que aún sigues jugando para los Rangers y el portero os deja plantados justo antes del primer partido de la Copa Stanley.

La mandíbula de mi padre se pone rígida.

—Las dos situaciones no son comparables.

Ella se retracta rápidamente.

—No, supongo que no.

Me meto un tenedor con puré de patatas y relleno en la boca. La fría mirada de mi padre se mueve hacia Hannah.

—¿Cuánto tiempo llevas viendo a mi hijo?

Por el rabillo del ojo, veo cómo de pronto se siente incómoda.

—Un mes.

Él asiente con la cabeza, casi como si le diera placer escucharlo. Cuando habla de nuevo, me doy cuenta con claridad de qué es lo que le hace disfrutar.

—Entonces no es serio.

Hannah frunce el ceño.

Yo también, porque sé lo que piensa. No, lo que se imagina que va a pasar. Se piensa que esta cosa con Hannah no es más que una aventura. Que más temprano que tarde se desinflará y podré centrarme exclusivamente en el *hockey*.

Pero se equivoca. Y yo también estaba equivocado. Pensaba que tener novia me distraería de mis metas y dividiría mi atención, pero no es así. Me encanta estar con Hannah, pero no me he despistado del *hockey*. Sigo rindiendo genial en los entrenamientos; sigo fulminando a mis oponentes en el hielo. Este último mes he comprobado que puedo tener a Hannah y al *hockey* en mi vida, y darles a ambos la atención que merecen.

—Por cierto, ¿Garrett te ha contado que está pensando en entrar en la liga profesional después de la graduación? —le pregunta mi padre.

Hannah asiente en respuesta.

—En cuanto eso ocurra, su agenda será cada vez más complicada. Me imagino que la tuya también lo será. —Mi padre frunce los labios—. ¿Dónde te ves después de graduarte? ¿Broadway? ¿Grabando un disco?

—No lo he decidido aún —responde mientras coge su vaso de agua.

Me he fijado en que su plato está vacío. Se ha acabado toda la comida, pero no ha pedido repetir. Yo tampoco, aunque no puedo negar que Cindy cocina de la hostia. No había comido un pavo así de jugoso en años.

—Bueno, es muy difícil entrar en la industria de la música. Requiere mucho trabajo y esfuerzo, y perseverancia. —Mi padre hace una pausa—. Y centrarse únicamente en eso.

—Soy muy consciente de todo eso. —Los labios de Hannah forman una línea tensa, como si quisiera decir un millón de cosas más, pero se obligara a sí misma a no hacerlo.

—El deporte profesional es lo mismo —dice mi padre enfáticamente—. Requiere el mismo nivel de atención. Las distracciones pueden costar muy caras. —Gira la cabeza hacia mí—. No es así, ¿hijo?

318

Acerco mi mano a la de Hannah para cubrir sus nudillos con mi palma.

—Algunas distracciones merecen la pena.

Sus fosas nasales se dilatan.

—Parece que todo el mundo ha terminado de comer —suelta Cindy—. ¿Os apetece algo de postre?

Mi estómago se revuelve ante la perspectiva de quedarme un segundo más en esta casa.

—La verdad es que Hannah y yo tenemos que irnos —digo con tono seco—. Al parecer, dan nieve para esta noche y queremos volver antes de que las carreteras se pongan feas.

La cabeza de Cindy gira hacia el gran ventanal que hay al otro lado del comedor. Más allá del cristal, no hay ni un copo de nieve en el aire o en el suelo.

Pero la buena de Cindy no hace ningún comentario sobre la ausencia total de nieve en la calle. En todo caso, parece incluso aliviada de que esta incómoda velada esté a punto de llegar a su fin.

—Voy a recoger la mesa —ofrece Hannah.

Cindy asiente.

—Gracias, Hannah. Lo agradezco.

—Garrett. —Mi padre echa la silla hacia atrás arañando el suelo—. Unas palabras.

A continuación, se marcha de la habitación.

Que le jodan a él y a sus putas «palabras». El hijo de puta ni siquiera le da las gracias a su novia por la exquisita comida que ha preparado. Estoy hasta los huevos de este hombre, pero me trago el cabreo y lo sigo fuera del comedor.

—¿Qué quieres? —le exijo una vez entramos en su estudio—. Y no te molestes en mandarme que me quede para el postre. He venido a casa para Acción de Gracias, hemos comido pavo, y ahora me largo.

—Me importa una mierda el postre. Tenemos que hablar de esa chica.

—¿Esa chica? —Me río con dureza—. ¿Te refieres a Hannah? Porque no es solo una chica. Es mi novia.

—Es una carga —suelta.

Resoplo.

—¿Por qué piensas eso?

—¡Has perdido dos de tus últimos tres partidos! —ruge.

—¿Y eso es culpa suya?

—¡Claro que lo es, joder! ¡Te está haciendo perder concentración en el juego!

—No soy el único jugador en el equipo —le digo con rotundidad—. Ni soy el único que ha cometido errores durante esos partidos.

—Forzaste un penalti que salió muy caro en el último —escupe.

—Sí, lo hice. Vaya cosa. Seguimos siendo los primeros en nuestra liga. Y los segundos en la general.

—¿Los segundos? —Ahora está gritando y sus manos forman puños apretados mientras da un paso hacia mí—. ¿Y estás contento siendo el segundo? ¡Te he criado para ser el primero, niñato de mierda!

Hace tiempo, esos ojos ardientes y esas mejillas rojas me habrían hecho temblar. Pero ya no. Una vez cumplí dieciséis años y superé a mi padre en cinco centímetros y veinte kilos, me di cuenta de que ya no debía tener miedo de él.

Nunca olvidaré la mirada en sus ojos la primera vez que me defendí. Su puño se dirigía a mi cara y, en un momento de lucidez, me di cuenta de que podía bloquearlo. No tenía que quedarme allí recibiendo sus golpes nunca más. Podía devolverle las hostias.

Y lo hice. Todavía recuerdo el gratificante crujido de mis nudillos cuando tocaron su mandíbula. A pesar del furioso gruñido que soltó, vi el *shock* —y el miedo— en sus ojos, cuando se tambaleó hacia atrás por la fuerza del impacto.

Esa fue la última vez que me puso la mano encima.

—¿Qué vas a hacer? —me burlo, señalando sus puños—. ¿Pegarme? ¿Qué? ¿Ya estás cansado de darle a esa buena mujer de ahí fuera?

Todo su cuerpo se pone más rígido que el granito.

—¿Crees que no sé que la estás usando como tu saco de boxeo? —digo con un siseo.

—Cuidado con lo que dices, niño.

La rabia en mis entrañas se desborda.

—Que te jodan —le suelto. Mi respiración se acelera mientras lo miro fijamente a sus ojos enfurecidos—. ¿Cómo puedes pegar a Cindy? ¿Cómo puedes pegar a *nadie*? ¿Cuál es tu *puto problema*?

Él se acerca a mí con fuerza y se detiene cuando estamos a solo unos centímetros de distancia. Por un segundo, creo que de verdad sería capaz de golpearme. Casi hasta quiero que lo haga. De esa manera, podría devolver el golpe. Podría hundir mis puños en su patética cara y enseñarle lo que es que una persona que supuestamente te quiere te pegue una paliza.

Pero mis pies permanecen pegados donde están, mis manos apretadas con firmeza contra mis costados. Porque no importa las ganas infinitas que tenga de hacerlo; nunca me rebajaré a su nivel. Nunca perderé el control de mi mal carácter y nunca seré como *él*.

—Necesitas ayuda —trago saliva—. En serio, viejo. Necesitas ayuda y de verdad espero que la consigas antes de hacerle más daño a esa mujer del que ya le has hecho.

Salgo tambaleándome de su estudio. Mis piernas tiemblan con tal fuerza que es un milagro que puedan llevarme hasta la cocina, donde me encuentro con Hannah enjuagando los platos en el fregadero. Cindy está cargando el lavavajillas. Ambas mujeres me miran cuando entro y ambos rostros palidecen.

—Cindy. —Me aclaro la garganta, pero el enorme nudo no se va—. Siento robarte a Hannah, pero tenemos que irnos ya.

Después de una larga pausa, sacude su rubia cabeza con un gesto rápido.

—No hay problema. Yo puedo encargarme del resto.

Hannah cierra el grifo y se me acerca lentamente.

—¿Estás bien?

Niego con la cabeza.

—¿Puedes esperar en el coche? Tengo que hablar con Cindy un momento.

En lugar de salir de la cocina, Hannah se acerca a Cindy, duda, y después le da un cálido abrazo a la mujer.

—Muchas gracias por la cena. Feliz día de Acción de Gracias.

—Feliz día de Acción de Gracias —balbucea Cindy con una tensa sonrisa.

Meto la mano en el bolsillo interior de la chaqueta y saco las llaves.

—Toma. Ve arrancando el coche —le digo a Hannah.

Ella sale de la cocina sin decir nada más.

Cojo aire, cruzo el suelo de baldosas y me sitúo de pie justo delante de Cindy. Para mi horror, ella reacciona con ese leve temblor temeroso que he presenciado toda la noche. Como si en esto funcionase el «de tal palo, tal astilla». Como si yo fuese a...

—No voy a hacerte daño. —Mi voz se rompe como un puto huevo contra el suelo.

Me duele tener que decir eso.

El pánico inunda sus ojos.

—¿Qué? Oh, cariño, no. No pensaba que...

—Sí, lo has pensado —le digo en voz baja—. No pasa nada. No me lo tomo como algo personal. Sé lo que se siente al... —Trago saliva—. Mira, no tengo mucho tiempo, porque necesito largarme de esta horrible casa antes de que haga algo que podría lamentar, pero necesito que sepas algo.

Cindy, nerviosa, suelta la puerta del lavavajillas.

—¿Qué ocurre?

—Yo... —Trago saliva otra vez y a continuación voy directo al grano, porque lo cierto es que ninguno de nosotros dos quiere estar manteniendo esta conversación—. Nos lo hacía a mí y a mi madre también, ¿vale? Él nos maltrató, física y verbalmente, durante años.

Sus labios se abren, pero no dice una palabra.

Mi corazón se contrae cuando me obligo a continuar.

—No es un buen hombre. Es peligroso y violento, y un enfermo. Está enfermo. No hace falta que me digas lo que te está haciendo. O joder, igual estoy equivocado y no te está haciendo nada, pero creo que tengo razón, porque lo veo en cómo te comportas a su alrededor. Yo me comportaba de esa misma manera. Cada movimiento, cada palabra, todo lo que hacía estaba sujeto al miedo, porque estaba desesperado por que no me diera otra paliza.

Su mirada afectada es toda la confirmación que necesito.

—En fin. —Cojo aire profundamente—. No voy a sacarte de aquí en brazos, ni voy a llamar a la policía para decirles que en

consigue hacerme sonreír. Es el *mix* de *rock* clásico que le envié por correo electrónico cuando nos conocimos; me percato de que no lo inicia desde la primera canción. La primera canción era la favorita de mi madre y estoy bastante seguro de que si la escucho ahora, me pondré a llorar.

Lo que solo sirve para demostrar que Hannah Wells es increíble. Está tan conectada conmigo, con mis estados de ánimo, con mi dolor... Nunca he estado con nadie que sepa leerme tan bien.

Pasa una hora. Sé que es una hora porque eso es lo que dura la lista. Y cuando termina, Hannah pone otra diferente que también me hace sonreír, porque consiste en un montón de temas del Rat Pack, Motown y Bruno Mars.

Ahora estoy tranquilo. Bueno, más tranquilo. Cada vez que siento que me relajo, me acuerdo de los ojos temerosos de Cindy y la presión me aprieta el pecho de nuevo. Cuando la incertidumbre se arremolina en mis entrañas, me obligo a no obsesionarme con la pregunta que no deja de darme punzadas en el cerebro, pero mientras acelero en la incorporación a la carretera que nos llevará a Hastings, la pregunta brota de nuevo, y esta vez no puedo desprenderme de ella.

—¿Y si soy capaz de hacerlo?

Hannah baja el volumen.

—¿Qué?

—¿Y si soy capaz de hacerle daño a alguien? —pregunto con voz ronca—. ¿Y si soy igual que él?

Ella responde con absoluta convicción.

—No lo eres.

La tristeza sube arrastrándose por mi espalda.

—Sé que tengo su mal carácter, lo sé. Esta noche he sentido el impulso de estrangularlo. —Aprieto los labios—. He tenido que echar mano de toda mi fuerza de voluntad para no estamparlo contra una pared y darle puñetazos hasta matarlo. Pero no merece la pena, joder. Él no merece la pena.

Hannah coge mi mano y entrelaza sus dedos con los míos.

—Y por eso mismo no eres como él. Tú tienes fuerza de voluntad, y eso significa que no tienes su mal carácter. Porque él no lo puede controlar. Él permite que la ira le alimente, que

325

le lleve a hacer daño a la gente a su alrededor, a las personas que son más débiles que él. —Me aprieta más fuerte la mano—. ¿Qué harías si yo te molestara?

Parpadeo.

—¿Qué quieres decir?

—Imagínate que no estamos en el coche. Estamos en mi habitación, o en tu casa, y no sé, te digo que me he acostado con otro. No, te digo que he estado tirándome a todo el equipo de *hockey* desde el momento en que nos conocimos.

Ese pensamiento crea un nudo en mi interior.

—¿Qué harías? —pregunta.

La miro con el ceño fruncido.

—Acabaría la relación y saldría por la puerta.

—¿Ya está? ¿No tendrías ganas de pegarme?

Yo retrocedo con horror.

—Por supuesto que no. ¡Jesús!

—Exacto. —La palma de su mano se mueve suavemente sobre mis fríos nudillos—. Y eso es porque no eres como él. No importa cuánto te cabree una persona, tú no vas a levantar la mano.

—Eso no es cierto. Me he metido en un par de peleas en el hielo —admito—. Y una vez le di un puñetazo a un chico en el Malone's, pero eso fue porque dijo cosas bastante desagradables sobre la madre de Logan, y yo no podía no defender a mi amigo.

Ella suspira.

—No estoy diciendo que no seas capaz de mostrar violencia. Todo el mundo es capaz. Lo que digo es que no harías daño a alguien a quien quieres. Por lo menos no intencionadamente.

Rezo para que tenga razón, pero cuando se hereda el ADN de un hombre que hace daño a la gente que quiere, ¿quién leches sabe?

Mis manos comienzan a temblar, y sé que Hannah se da cuenta porque me aprieta la mano derecha para pararla.

—Para el coche —dice.

Yo frunzo el ceño otra vez. Vamos conduciendo por un tramo oscuro de la carretera y, aunque no hay otros coches a la vista, no me gusta la idea de parar en el medio de la nada.

—¿Por qué?

—Porque quiero darte un beso y no puedo hacerlo cuando estás mirando la carretera.

Una sonrisa involuntaria aparece en mis labios. Nunca nadie me ha pedido que parara el coche para poder darme un beso y, aunque estoy agotado y enfadado y triste, y quién sabe qué más, la idea de besar a Hannah ahora mismo suena como música celestial.

Sin decir nada más, paro en el arcén, muevo la palanca de cambios a la opción de aparcar y pongo las luces de emergencia.

Ella se acerca más y me coge de la barbilla. Sus delicados dedos acarician mi barba del día y, a continuación, se inclina y me besa. Solo es un toque fugaz con sus labios; después se retira y susurra:

—No eres como él. Nunca serás como él. —Sus labios me hacen cosquillas en la nariz antes de besar la punta—. Eres una buena persona. —Me planta un besito en la mejilla—. Eres honesto y amable y compasivo. —Ahora muerde con suavidad mi labio inferior—. A ver, no me malinterpretes, a veces eres un capullo integral, pero es un tipo de «capullismo» tolerable.

No puedo evitar sonreír.

—No eres como él —repite, con más firmeza esta vez—. Lo único que vosotros dos tenéis en común es que ambos sois buenos jugadores de *hockey*. Eso es todo. *No* eres como él.

Dios, necesitaba escuchar eso. Sus palabras penetran en ese lugar aterrorizado que tengo en mi corazón, y mientras la presión de mi pecho se disipa, agarro con una mano la parte de atrás de su cabeza y la beso con fuerza. Mi lengua se desliza dentro de su boca y gimo de felicidad, porque Hannah sabe a arándanos y huele a cerezas y, joder, me encanta. Quiero besarla toda la puta noche, el resto de mi vida, pero no he olvidado dónde estamos en este momento.

Muy a mi pesar, rompo el beso..., justo cuando su mano va hacia mi entrepierna.

—¿Qué haces? —suelto un graznido que se convierte en gemido cuando frota mi polla por encima del pantalón.

—¿Qué te parece?

Le sujeto la mano para parar sus movimientos.

—No sé si eres consciente de ello, pero estamos sentados en el coche en la carretera.

—¿En serio? Yo creía que estábamos en un avión de camino a Palm Springs.

Ahogo una risa, pero cambia a jadeo cuando la seductora que tengo al lado me acaricia la polla de nuevo. Me aprieta el capullo y mis bolas se tensan, pequeños bombeos de calor pasan a través de mi cuerpo. Ay, Dios. Este *no* es el momento adecuado para esto, pero necesito saber si ella está tan cachonda como yo y no puedo evitar que mi mano vaya a su rodilla. Acaricio la suavísima piel de su muslo antes de meter la mano bajo su vestido.

Toco sus bragas con toda la mano y gimo cuando siento la tela húmeda contra mis dedos. Está empapada. Totalmente empapada.

No sé cómo, pero consigo sacar mi mano de ahí.

—No podemos hacer esto.

—¿Por qué no? —veo un destello pícaro en sus ojos y no me sorprende, porque estoy descubriendo que Hannah es la hostia de atrevida en cuanto se permite bajar la guardia y confía en alguien.

Y sigue dejándome pasmado que ese alguien en quien confía sea *yo*.

—Cualquiera puede pasar por aquí con el coche. —Hago una pausa—. Incluido un coche patrulla de la policía.

—Entonces será mejor que nos demos prisa.

Antes de que pueda abrir la boca, me baja la cremallera de los pantalones y mete su mano dentro de mis calzoncillos. Mis ojos rápidamente viran hacia arriba.

—Ve al asiento de atrás —estallo.

Sus ojos se abren y después se llenan de alegría.

—¿De verdad?

—Joder, si vamos a hacer esto, será mejor que lo hagamos bien —respondo con un suspiro—. Todo o nada, ¿recuerdas?

Me provoca una risa ver lo rápido que se cuela en el asiento trasero. Riéndome por lo bajo, abro la guantera y cojo una tira de condones que tengo guardados ahí y me sitúo junto a ella en la parte de atrás.

Cuando ve lo que tengo en la mano, se queda con la boca abierta.

—¿Son condones? Vale, supongo que debería enfadarme por esto, aunque probablemente no mucho, porque resultan muy útiles ahora mismo, pero ¿en serio? ¿Guardas condones en el coche?

Me encojo de hombros.

—Claro. ¿Qué pasa si un día estoy conduciendo y me encuentro con Kate Upton de pie sola a un lado de la carretera?

Hannah resopla.

—Ya veo. Así que ese es tu tipo, ¿eh? Rubia, tetona y con curvas para dar y repartir.

Cubro su cuerpo con el mío y apoyo mis codos a cada lado.

—Naah, las prefiero morenas y tetonas. —Entierro mi cara en su cuello y acaricio su piel con la nariz—. Una en concreto, quien, por cierto, también tiene curvas para dar y repartir. —Mis manos la recorren hasta la cintura—. Y caderas diminutas. —Deslizo mis manos bajo su torso y le pellizco el culo—. Y un culito generoso y estrujable. —Pongo mi otra mano entre sus piernas—. Y el coño más apretado del mundo.

Se estremece.

—Tienes la lengua muy sucia.

—Sí, pero aun así me quieres.

Su respiración se interrumpe.

—Sí. Es verdad. —Sus ojos verdes brillan mientras me mira—. Te quiero.

Mi puto corazón explota mientras esas dos palabras maravillosas flotan entre nosotros. Otras chicas me habían dicho eso antes, pero esta vez es diferente. Porque es Hannah quien lo ha dicho, y ella no es cualquier chica. Y porque sé que cuando ella dice que me quiere, significa que me quiere a mí, a Garrett, y no a la estrella de *hockey* de Briar, o a Míster Popularidad, o al hijo de Phil Graham. Me quiere a mí.

Es difícil hablar atravesando el nudo gigante que tengo en la garganta.

—Yo también te quiero. —Es la primera vez que le digo a una mujer que la quiero, y me siento superbién.

Hannah sonríe. Después tira de mi cabeza y me besa, y de repente dejamos de hablar. Le quito el vestido por arriba y tiro de mis pantalones. Ni siquiera le quito las bragas, aparto la tela, me pongo el condón con una mano y llevo mi polla a su hendidura.

Gime en cuanto entro en ella. Y no estaba de coña sobre lo apretada que está. Su coño me aprieta como un cinturón y veo las estrellas y la luna, y estoy tan cerca de perder el control que tengo que concentrarme en expulsar mentalmente el clímax.

Me he follado a otras chicas en mi coche.

Nunca le he hecho el amor a una.

—Eres tan guapa —murmuro, incapaz de apartar los ojos de ella.

Empiezo a moverme, con ganas de ir despacio y hacer que dure, pero soy demasiado consciente de dónde estamos. Un buen samaritano, o peor aún, un poli, podrían ver el Jeep y pensar que necesitamos ayuda, y si deciden acercarse a nosotros, lo que verán será mi culo desnudo mientras mis caderas se mueven y los brazos de Hannah agarran mi espalda.

Además, en esta posición, es difícil moverse. Lo único que puedo hacer son golpes rápidos y poco profundos, pero a Hannah no parece importarle. Ella emite los ruidos más *sexys* del mundo mientras me muevo dentro de ella: suspiros entrecortados y gemidos temblorosos, y cuando alcanzo un lugar en concreto dentro de ella, gime a tal volumen que tengo que apretar los cachetes del culo para no correrme. Siento el orgasmo llegar a toda velocidad hacia mí, pero quiero que ella también se corra. Quiero oírla chillar y que me vacíe hasta la última gota mientras su coño se contrae a mi alrededor.

Meto una mano entre nuestros cuerpos y pongo mi pulgar sobre su clítoris, frotando suavemente.

—Dámelo, peque —le susurro al oído—. Córrete para mí. Hazme sentir cómo te corres en mi polla.

Sus ojos se cierran con fuerza y sube las caderas para encontrar mi apresurado bombeo. Ella grita de placer y tengo un orgasmo tan salvaje que la vista se me nubla y la cabeza se me rompe en mil pedazos.

Cuando el impresionante placer por fin remite, me doy cuenta de la canción que está sonando en el coche.

Mis ojos se abren.

—¿Has vuelto a cargar One Direction?

Su boca tiembla.

—No...

—Ya, claro. Y entonces, ¿por qué está sonando «Story of My Life»? —exijo.

Hace una pausa y deja escapar un gran suspiro.

—Porque me gusta One Direction. Ya está. Lo he dicho.

—Tienes suerte de que te quiera —le advierto—. Porque no lo soportaría si no fuera así.

Hannah sonríe.

—Tú tienes suerte de que *yo* te quiera a *ti,* porque eres un capullo total y no hay muchas chicas que pudieran aguantarte.

Probablemente tiene razón en lo de que soy un capullo.

Sin duda, tiene razón en lo de que tengo suerte.

—No me gusta esto —declaro—. Lo digo en serio, cariño, me están empezando a doler las piernas. Ya te lo he dicho, no soy flexible.

La risa de Garrett vibra a través de mi cuerpo. Mi cuerpo desnudo, debo añadir, porque estamos en medio de un polvo. Y acabo de confesar que no me gusta.

Quizá es verdad que soy una cortarrollos.

Pero ¿sabes qué? No me importa. Voy a vetar esta postura. Garrett está de rodillas delante de mí y mis tobillos están apoyados en sus hombros. Y quizá si él no fuera un corpulento jugador de *hockey*, mis piernas no se sentirían como si estuvieran descansando en la parte superior del puto Empire State, ni me estarían dando unos calambres brutales.

Sin dejar de reír, Garrett se inclina hacia adelante y mis músculos respiran con alivio cuando bajo las piernas y rodeo su culo con ellas. De inmediato, el ángulo cambia y un gemido sale de mi boca.

—¿Mejor? —dice con voz ronca.

—Oh, Dios. Sí. Haz eso otra vez.

—No sé qué he hecho.

—Has girado las caderas, como…, ooohhh, sí, sí, así.

Cada vez que me llena, mi interior se abraza en su erección. Cada vez que sale me siento vacía, llena de deseo, desesperada. Soy adicta a este hombre. A sus besos y a cómo sabe, a la sensación de su pelo corto bajo mis dedos y al suave músculo de su espalda cuando le clavo mis uñas.

Sus caderas se flexionan y su respiración se acelera, y empuja más fuerte, más adentro, y hace que mi vista mude a una neblina blanca. Después mete la mano hasta el lugar donde nuestros cuerpos se unen y me frota el clítoris. Y nos corremos. Él lo hace primero, pero sigue bombeando dentro de mí cuando, temblando, se libera. Su clímax provoca mi orgasmo y yo tiemblo aún más fuerte, mordiéndome el labio para no gritar y no avisar así a sus compañeros de las deliciosas sensaciones que recorren mi cuerpo en este instante.

Después, se gira hasta ponerse de espaldas en la cama y yo me tumbo encima de él, escalando sobre su cuerpo como un mono, mientras le doy besitos en la cara y el cuello.

—¿Por qué siempre tienes tantísima energía después del sexo? —refunfuña.

—No lo sé. No importa. —Le doy besos por todo el cuerpo hasta que se ríe de placer. Sé que le gusta la atención, y está genial porque yo no puedo dejar de dársela. No sé por qué, pero cuando estoy cerca de él, me convierto en un monstruo de mimos.

La vida es maravillosa otra vez. Ha pasado una semana desde Acción de Gracias, y Garrett y yo seguimos muy bien. Eso sí, hemos estado muy ocupados. Tenemos que entregar todos los proyectos finales pronto, incluido el de la clase de Tolbert, para el que le he echado un cable. Su agenda de entrenamientos está tan a tope como siempre, y también la mía con los ensayos de preparación para el concierto. Pero, bueno, al menos vuelvo a estar emocionada con el tema.

Jae y yo hemos hecho un arreglo que me encanta, y confío en que nuestra interpretación sea la caña. Pero todavía no he perdonado a Cass y a Mary Jane por lo que hicieron. MJ me ha enviado varios mensajes de texto preguntando si nos podíamos reunir y hablar, pero la he estado ignorando, y dado que Fiona me consiguió mi propio local de ensayo en una de las salas del coro de alumnos de cuarto, no me he topado con MJ o Cass desde que me dejaron tirada.

Y ¿la guinda del pastel con la frase «me encanta mi vida» pintada en chocolate? Mi padre me llamó la semana pasada con buenas noticias: podremos reunirnos todos en casa de la tía Nicole en Navidad. Ya he reservado mi billete y me muero de ganas de verlos; no obstante, estoy un poco decepcionada porque

Garrett no podrá venir conmigo. Lo he invitado, pero le resulta imposible porque el equipo tiene un partido programado al día siguiente del vuelo de ida y otro más dos días antes de la vuelta. Así que Garrett va a pasar las fiestas con Logan, que, al parecer, es de un pueblo a veinte minutos de Hastings.

Un fuerte golpeteo en la puerta de Garrett me saca de una patada de mis felices pensamientos. La puerta está cerrada con cerrojo, así que no me preocupa que alguien entre, pero, aun así, ya por costumbre, cojo el edredón.

—Siento interrumpir, niños y niñas —dice Logan en voz alta—, pero es hora de guardar vuestros V y P. Hay que largarse.

Lanzo una mirada confundida a Garrett.

—¿V y P? —La mitad del tiempo no le encuentro el sentido a las siglas y abreviaturas que crea Logan.

Garrett me sonríe.

—Oh, venga, ¿en serio? Incluso yo me lo sé. Es una movida de primaria.

Lo pienso bien otra vez. Y, a continuación, me ruborizo.

—¿Cómo se guarda exactamente una vagina?

Él se ríe.

—Pregúntale a Logan. Bueno, ¿sabes qué? Por favor, no lo hagas. —Se desliza fuera de la cama y se pasea por la habitación en busca de su ropa—. ¿Vas a venir al partido después del ensayo?

—Sí, pero no creo que llegue antes del segundo tiempo. Mierda. Para cuando llegue al estadio, probablemente solo quedarán sitios de pie.

—Conseguiré que alguien te reserve un asiento.

—Gracias.

Me meto en el baño a refrescarme y cuando salgo me encuentro a Garrett en el borde de la cama, inclinándose para ponerse un par de calcetines. Mi corazón da un vuelco al verlo. El pelo desordenado, los bíceps flexionados, manchas rojas en el cuello donde le acabo de mordisquear. Está superbueno.

Cinco minutos más tarde, salimos de su casa y nuestros caminos se separan. Tengo el coche de Tracy, así que conduzco de vuelta al campus para ir al ensayo. Ahora que Cass está fuera de mi vida, por fin puedo disfrutar cantando de nuevo.

Y lo hago. Después de trabajar duro, mi violonchelista personal y yo conseguimos fijar el final de la canción y, un par de horas más tarde, estoy de camino hacia el campo de *hockey* de Briar. Le he enviado un mensaje a Allie para ver si quería venir al partido conmigo, pero está ocupada con Sean, y mis otros amigos están enterrados bajo montañas de deberes y trabajos, lo que me hace estar agradecida de ir por delante con los míos. La mayoría de mis cursos son de interpretación musical o de Teoría de la Música, así que realmente solo he tenido que centrarme en Literatura Británica y Ética, cuyos proyectos tengo ya casi terminados.

Llego al estadio más tarde de lo que esperaba. El tercer tiempo acaba de comenzar y me entra un bajón ver el 1-1 intermitente en el marcador, porque Briar está jugando contra un equipo de la segunda división de Buffalo. Garrett había confiado en que el partido no sería para nada complicado, pero, al parecer, estaba equivocado.

Hay un asiento vacío esperándome detrás del banquillo del equipo local, cortesía de una chica de cuarto llamada Natalie. Garrett me había hablado de ella antes, pero no habíamos coincidido hasta ahora. Al parecer, lleva saliendo con Birdie desde el primer año, algo que resulta impresionante. La mayoría de las relaciones universitarias no parecen durar tanto tiempo.

Natalie es divertida y dulce, y pasamos un buen rato viendo el partido juntas. Cuando Dean recibe un golpe particularmente duro, que lo envía rodando por el hielo despatarrado, ambas jadeamos de alarma.

—Oh, Dios mío —estalla Natalie—. ¿Está bien?

Afortunadamente, Dean está bien. Se sacude y salta, patinando hacia el banquillo de Briar para hacer un cambio en la línea. En cuanto Garrett toca el hielo, mi pulso se acelera. Su potencia es digna de tener en cuenta. Rápido juego de piernas, buen manejo del palo, tiro potente. Su primer pase conecta con el *stick* de Birdie y vuela atravesando la línea azul hasta llegar al área. Birdie suelta el disco y Garrett lo persigue. Lo mismo hace el centro del otro equipo; los codos empiezan a entrar en juego detrás del área de portería, mientras el extremo del Buffalo trata de controlar el disco.

Garrett sale victorioso y se mueve como un rayo alrededor de la portería, lanzando un tiro rápido. El portero lo detiene con facilidad, pero el rebote cae directamente en el camino de Birdie. Golpea el disco otra vez hacia el portero, cuyo guante reacciona un instante demasiado tarde.

Natalie salta a sus pies y chilla hasta quedarse ronca cuando el gol de Birdie ilumina el marcador. Nos abrazamos con entusiasmo y después aguantamos la respiración durante los últimos tres minutos de partido. El otro equipo se apresura a ganar la posesión del disco, pero el centro del equipo de Briar, un chico de segundo, gana el siguiente saque y nuestro equipo domina el resto del partido, que termina con un marcador final de 2-1.

Natalie y yo caminamos hacia el pasillo. Nos empujan en todas direcciones mientras la multitud nos arrastra por las escaleras como si fuésemos ganado.

—Estoy tan contenta de que estés con Garrett... —dice con entusiasmo.

El comentario me hace sonreír, porque me conoce desde hace solo veinte minutos.

—Yo también —respondo.

—En serio. Es un gran tipo, pero es tan superintenso con el tema del *hockey*... Apenas bebe, no va en serio con nadie. No es saludable estar *tan* centrado en algo, ¿sabes?

Dejamos la pista, pero no nos dirigimos a la salida del estadio. En vez de eso, nos abrimos paso entre la multitud hacia el pasillo que conduce a los vestuarios, para esperar a nuestros chicos. Garrett Graham es *mi chico*. Es un pensamiento surrealista, pero me gusta.

—Por eso creo que es bueno para él —dice ella—. Está tan feliz y relajado cada vez que lo veo...

Mi columna se pone rígida cuando veo una cara familiar entre la multitud.

El padre de Garrett.

Está a cinco metros de distancia de nosotras y va en la misma dirección. Su gorra de béisbol descansa sobre la frente, pero eso no impide que lo reconozcan, ya que un grupo de chicos con camisetas de Briar se acercan veloces a pedirle un autógrafo. Firma las camisetas y a continuación una foto que uno de ellos le entrega. No veo la foto, pero me imagino que será la imagen de él en sus días de gloria, igual que las que vi enmarcadas en su casa. Phil Graham, leyenda del *hockey*.

Y que ahora vive a través de su hijo.

Estoy tan concentrada en odiar al padre de Garrett que no presto atención por dónde voy, y una risa de sorpresa sale de mi boca cuando me choco con alguien. Fuerte.

—Lo siento. No estaba mirando por dónde... —La disculpa muere en mis labios cuando me doy cuenta de quién es la otra persona.

Rob Delaney parece tan aturdido como yo.

En la fracción de segundo en la que nuestros ojos se miran, me convierto en una estatua de hielo. Unos escalofríos recorren cada centímetro de mi cuerpo. Mis pies se quedan congelados donde están. Oleada tras oleada de terror me golpean.

No había visto a Rob desde el día que testificó en el juicio a favor de mi violador. No sé qué decir. O hacer. O pensar.

Alguien grita:

—¡Wellsy!

Giro la cabeza.

Cuando la vuelvo a girar, Rob corre alejándose como si intentara escapar de una bala.

No puedo respirar.

Garrett viene a mi lado. Sé que es él porque reconozco el tacto suave de su mano en mi mejilla, pero mi mirada está pegada a la espalda de Rob. Lleva una chaqueta de la universidad Buffalo State. ¿Va allí? Nunca me molesté en descubrir qué pasó con los amigos de Aaron. Ni a qué universidad fueron, ni lo que hacen ahora. La última vez que tuve contacto con Rob Delaney fue de forma indirecta, cuando mi padre atacó al suyo en la ferretería de Ransom.

—Hannah. Mírame.

No puedo apartar los ojos de Rob, que todavía no ha salido por la puerta. Su grupo de amigos se ha parado a hablar con unas personas y lanza una mirada de pánico al girar la cabeza, palideciendo cuando se da cuenta de que todavía lo estoy mirando.

—Hannah. Por Dios. Estás blanca como la leche. ¿Qué pasa?

337

Supongo que yo también estoy pálida. Supongo que estoy como Rob. Supongo que parece que ambos hemos visto un fantasma.

Lo siguiente que sé es que tiran de mi cabeza hacia un lado cuando las manos de Garrett cogen mi barbilla para forzar el contacto visual.

—¿Que está pasando? ¿Quién es ese tío? —Garrett ha seguido mi mirada y ahora él está mirando a Rob con visible desconfianza.

—Nadie —le digo con voz débil.

—Hannah.

—No es nadie, Garrett. Por favor. —Le doy la espalda a la puerta, lo que elimina cualquier tentación de mirar otra vez a Rob.

Garrett se detiene. Busca en mi rostro. Luego coge aire.

—Oh, mierda. ¿Es...? —Su pregunta horrorizada se queda flotando entre nosotros.

—No —contesto rápidamente—. No es él. Te lo prometo. —Los pulmones me queman por la falta de oxígeno, así que me obligo a respirar profundamente—. No es más que un chico.

—¿Qué chico? ¿Cómo se llama?

—Rob. —Las náuseas circundan mi vientre como un grupo de tiburones—. Rob Delaney.

La mirada de Garrett va más allá de mi hombro, lo que me indica que Rob todavía está aquí. Mierda, ¿por qué no se larga ya?

—¿Quién es, Hannah?

A pesar de intentarlo con todas mis fuerzas, ya no puedo fingir que todo mi mundo acaba de colapsar.

Me derrumbo y le susurro:

—Es el mejor amigo de Aaron. Es uno de los chicos que testificaron en mi contra después de la...

Pero Garrett ya está corriendo.

CAPÍTULO 38

GARRETT

La sangre ruge en mis oídos. Oigo a Hannah detrás de mí llamándome, pero no puedo dejar de avanzar. Es como si viera el mundo a través de una niebla roja. Se ha activado mi piloto automático y me he convertido en un misil «anticabrones» que vuela recto hacia Rob Delaney.

El hijo de puta que ayudó al violador de Hannah a salir libre con nada más que un castigo menor.

—Delaney —digo en voz alta.

Sus hombros se tensan. Varias personas miran en nuestra dirección, pero no hay ni una sola que me interese en este momento. Se da la vuelta, sus ojos oscuros parpadean de pánico un momento cuando me ve. Me ha visto hablando con Hannah. Probablemente se imagina lo que me ha contado.

Le dice algo a sus amigos y se aleja de forma apresurada del grupo, mi mandíbula se tensa cuando se me acerca con cautela.

—¿Quién coño eres? —murmura.

—El novio de Hannah.

Su expresión transmite miedo, es inconfundible, pero aun así pretende hacerse el guay.

—¿Sí? Muy bien, ¿qué quieres?

Respiro hondo para relajarme. No me relajo. Para nada.

—Yo solo quería conocer al gilipollas que ayudó y fue cómplice de un violador.

Hay una larguísima pausa. Y entonces él frunce el ceño.

—Vete a la mierda. No tienes ni puta idea, tronco.

—Sé todo sobre ti —le corrijo. Todo mi cuerpo tiembla de furia apenas contenida—. Sé que dejaste que tu amigo drogara

339

a mi chica. Sé que estabas cerca mientras él la llevaba arriba y le hacía daño. Sé que cometiste perjurio después para respaldarlo. Sé que eres un pedazo de mierda sin conciencia.

—Que te jodan —dice, pero su valentía vacila. Ahora parece impactado.

—¿En serio? *¿Que me jodan?* ¿Eso es todo lo que se te ocurre decir? Supong que tiene sentido. —Me trago el ácido que recubre mi garganta—. Eres un puto cobarde que no pudo defender a una chica inocente, así que ¿por qué tendrías las pelotas para defenderte a ti mismo?

Las amargas acusaciones provocan su enfado.

—Lárgate de mi vista, tío. No he venido aquí esta noche para que un deportista bobo me grite. Vuelve con tu novia la putita y...

Oh, *mierda,* no.

Mi puño se dispara.

Después de ese momento, todo es borroso.

La gente grita. Alguien agarra la parte de atrás de mi cazadora para tratar de separarme de Delaney. Mi mano palpita. Siento el sabor de la sangre en mi boca. Es como si estuviera fuera de mi cuerpo, y ni siquiera puedo describir lo que ocurre, porque no estoy allí. Estoy perdido en una neblina de ira sin control.

—Garrett.

Alguien me choca contra una pared y yo, instintivamente, lanzo un gancho de derecha. Vislumbro un destello rojo, escucho mi nombre otra vez; un fuerte y rotundo «¡Garrett!», y mi visión se aclara a tiempo para ver la sangre brotando de la comisura de la boca de Logan.

Oh, mierda.

—G. —Su voz es grave y siniestra, pero no hay duda de la preocupación que hay en sus ojos—. G, tienes que parar.

Todo el oxígeno en mis pulmones sale en una rápida sacudida. Echo un vistazo a mi alrededor y me encuentro un océano de rostros que me miran, y escucho voces bajas y susurros confundidos.

Y entonces aparece el entrenador, y de repente caigo en la gravedad de lo que acabo de hacer.

Dos horas más tarde, estoy de pie delante de la puerta de Hannah y apenas tengo fuerzas para llamar.

No recuerdo la última vez que llegué a este nivel de agotamiento. En lugar de la celebración de después del partido con mi equipo, he estado sentado en el despacho del entrenador durante más de una hora, escuchando cómo me gritaba por empezar una pelea dentro de la universidad. Con lo cual, por cierto, me he ganado una suspensión de un partido. Para ser honestos, me sorprende que el castigo no haya sido más severo, pero después de que el entrenador y otros altos cargos de Briar consiguieran sacarme toda la historia, decidieron no pasarse conmigo. Hannah me había dado permiso para contarles su historia con Delaney, insistiendo en que no quería que pensaran que yo era un psicópata que va por ahí atacando a los aficionados del equipo rival porque sí, pero igualmente me siento como una mierda por compartir su trauma con mi entrenador.

Suspensión de un puto partido. Dios santo. Merezco algo mucho peor.

Me pregunto si mi padre habrá oído lo de la suspensión, pero sé que seguramente sí. Apuesto a que tiene a alguien en Briar en nómina para que le suelte información sobre mí. Por suerte, él no estaba cuando me he ido del estadio, así que me he librado de hacer frente a su ira esta noche.

Pero Logan sí que estaba allí, esperándome fuera, y nunca he sentido más vergüenza en mi vida que disculpándome con mi mejor amigo por haberle dado un puñetazo. Pero Hannah también me había dado el visto bueno para compartir la verdad con Logan, y después de contarle quién era Rob y por qué me he ido tras él, Logan también quería ir tras él y ha acabado disculpándose conmigo por haberme apartado de ese hijo de puta. Entonces me he dado cuenta de lo mucho que adoro a mi amigo. Puede que le mole mi novia, pero sigue siendo el mejor amigo que he tenido nunca. Y joder, ni siquiera puedo culparle de que le guste mi novia. ¿Por qué alguien no querría estar con una persona tan increíble como Hannah?

Estoy la hostia de nervioso cuando abre la puerta y me deja entrar, y me llevo una grata sorpresa cuando de inmediato lanza sus brazos alrededor de mi cuello.

—¿Estás bien? —me dice con urgencia.

—Estoy bien. —Ha sonado como si tuviera la boca llena de grava, así que me aclaro la garganta antes de continuar—. Lo siento, peque. Joder, lo siento mogollón.

Hannah eleva la cabeza para mirarme; el arrepentimiento está grabado en su rostro.

—No deberías haber ido tras él.

—Lo sé. —Mi garganta se cierra—. No he podido contenerme. Me imaginaba a ese malnacido sentado en el banquillo de los testigos, llamándote puta, diciendo que tomaste drogas y que habías seducido a su amigo. Me he puesto malo. —Niego levemente con la cabeza—. No, me he puesto como un loco.

Coge mi mano y me lleva a su habitación. Cierra la puerta detrás de ella antes de que nos sentemos en el borde de su cama. Coge mi mano de nuevo y jadea cuando ve el estado de mis nudillos. Están agrietados y cubiertos de sangre; a pesar de haberme lavado las manos cuidadosamente antes de venir aquí, los pequeños cortes se han abierto y ahora están goteando sangre.

—¿Cómo de grave es el lío en el que te has metido? —pregunta.

—No tanto como merezco. Suspensión de un partido, lo que no debería perjudicar demasiado al equipo. Nuestro historial es lo suficientemente sólido como para poder permitirnos perder, si al final es lo que ocurre. Y no han llamado a la poli porque Delaney se ha negado a presentar cargos. El entrenador de Buffalo ha intentado hacerle cambiar de opinión, pero les ha dicho a todos que me había provocado.

Sus cejas se disparan.

—¿Ha hecho eso?

—Sí. —Dejo escapar un suspiro—. Supongo que le parecía demasiado lío lidiar con la poli. Probablemente solo quería volver al agujero de donde salió y fingir que nunca pasó lo que pasó. De la misma manera que fingió que su mejor amigo no te había hecho daño. —Noto burbujas de bilis en la garganta—. ¿Cómo coño puede ser justo eso, Hannah? ¿Por qué no estás enfadada? ¿Por qué no estás cabreada porque tu violador esté por ahí, libre? Y sus amigos asquerosos, que son los que lo ayudaron a irse de rositas.

Ella suspira.

—No es justo. Y estoy enfadada. Pero, bueno, la vida no siempre es justa, amor. Quiero decir, mira a tu padre, es tan criminal como Aaron y tampoco está en la cárcel.

Es más, todos los fans del *hockey* en este país lo adoran.

—Sí, pero es porque nadie sabe lo que nos hizo a mi madre y a mí.

—¿Y crees que, si lo supieran, dejarían de idolatrarlo? Alguno de ellos puede, pero te garantizo que a muchos no les importaría, porque él es una estrella del deporte y ganó un montón de partidos, y eso lo convierte en un héroe. —Ella sacude la cabeza con tristeza—. ¿Te das cuenta de la cantidad de maltratadores que están por ahí tranquilamente sin haber recibido un castigo? ¿Cuántos cargos por violación se han desestimado por pruebas «insuficientes», o cuántas violaciones durante una cita pasan desapercibidas porque la víctima tiene demasiado miedo como para decírselo a nadie? Así que no, no es justo, pero tampoco merece la pena darle muchas vueltas y desesperarse.

La tristeza me obstruye la garganta.

—Entonces es que eres mejor persona que yo.

—Eso no es cierto —me reprende—. ¿Recuerdas lo que me dijiste en Acción de Gracias? ¿Que tu padre no es digno de tu enfado y venganza? Bueno, pues esa es la mejor venganza, Garrett. Viviendo bien y siendo felices es como conseguimos superar la mierda que ha habido en nuestro pasado. Me violaron y fue horrible, pero no voy a perder mi tiempo ni mi energía en un tipo patético que está mal de la cabeza y que no es capaz de aceptar un no por respuesta; ni en sus patéticos amigos que pensaban que merecía ser recompensado por sus acciones. —Suspira de nuevo—. Lo he olvidado todo. De verdad, no tenías que enfrentarte a Rob por mí.

—Lo sé. —Las lágrimas me escuecen en los ojos. Mierda. La última vez que lloré fue en el funeral de mi madre, cuando tenía doce años. Estoy avergonzado de que Hannah me vea, pero al mismo tiempo quiero que entienda por qué lo he hecho, incluso si eso significa derrumbarme delante de ella—. ¿No lo entiendes? La idea de alguien haciéndote daño me destroza. —Parpadeo rápido para luchar contra las lágrimas—. No me he dado cuenta hasta esta noche, pero creo que yo también estaba roto.

Hannah parece sorprendida.

—¿Qué quieres decir?

—Estaba roto antes de conocerte —balbuceo—. Toda mi vida giraba en torno al *hockey* y a ser el mejor, y a demostrarle a mi padre que no lo necesito. No dejaba que las chicas se me acercasen mucho porque no quería que nada me distrajese de mis metas. Y sabía que, si lo permitía, las abandonaría sin pensarlo en cuanto me cogiesen para las pruebas de selección. No he dejado que se acerque a mí ni una puta persona, ni siquiera mis amigos más cercanos, pero después llegaste tú y me di cuenta de lo solo que he estado.

Dejo caer mi cabeza en su hombro, estoy tan cansado de... de todo.

Después de un segundo de silencio, apoyo mi cabeza en su regazo y me acaricia el pelo. Me hundo en ella, mi voz sale amortiguada contra su muslo.

—Odio que me hayas visto perder el control hoy. —Una oleada de odio a mí mismo me abrasa—. Me dijiste que no era capaz de hacerte daño, pero has visto lo que he hecho esta noche. No me he acercado a él con la intención de pegarle, pero ha sido tan sumamente engreído, y después te ha llamado..., ha dicho algo horrible, y he perdido el control.

—Has perdido el control, sí —coincide—. Pero eso no cambia lo que siento por ti, ni lo que pienso de ti. Te dije que nunca me harías daño, y sigo pensando lo mismo. —Habla con voz temblorosa—. Dios, Garrett, si supieras las ganas que he tenido de sacarle los ojos esta noche...

—Pero no lo has hecho.

—Porque estaba en *shock*. No esperaba verlo allí. —Sus dedos se deslizan sobre mi cuero cabelludo en una suave caricia—. No quiero que te odies a ti mismo por esto.

—Yo no quiero que tú me odies por esto.

Ella se inclina y roza sus labios en mi coronilla.

—Jamás podría odiarte.

Nos quedamos así durante unos minutos, con sus dedos en mi pelo y mi cabeza en su regazo. Al rato, me convence para que me meta en la cama y me deslizo bajo las sábanas completamente vestido. Nos abrazamos, uno tras el otro, pero es ella quien me abraza por la espalda, yo estoy demasiado cansado y demasiado avergonzado como para moverme.

Me duermo con su mano acariciando mi pecho.

A la mañana siguiente, dejo a Garrett dormido en mi cama y me preparo para el trabajo. Aunque sigo aturdida por lo que pasó anoche, hablaba en serio con cada cosa que dije. No lo culpo por perder los estribos. De hecho, una parte rencorosa dentro de mí se alegra de que Rob se llevara un buen puñetazo. Después de lo que me hizo, se lo merece. Mentir bajo juramento, dar un testimonio que permitió que el caso contra Aaron fuera desestimado, ¿qué clase de persona hace algo tan cruel y vengativo?

Pero sé que Garrett está disgustado por lo que hizo, y sé que va a costar hacerle ver que no es el monstruo que cree.

Pero no puedo escaquearme del trabajo, así que la Operación Confianza tendrá que esperar.

Una vez estoy vestida y lista para salir, me siento en el borde de la cama y le toco la mejilla a Garrett.

—Tengo que ir a trabajar —susurro.

—¿Essssqueeteeve? —Deduzco que se está ofreciendo a llevarme en coche y una sonrisa se eleva en la comisura de mis labios.

—Tengo el coche de Tracy hoy. Vuelve a dormir, si quieres. Volveré a las cinco.

—Aale. —Sus párpados aletean y un segundo después vuelve a estar dormido.

Me hago una taza de café instantáneo en la cocina y la engullo para reactivar mi cerebro apenas despierto. Mi mirada se desplaza hacia la puerta del dormitorio de Allie, que está totalmente abierta. Ver su cama perfectamente hecha me preocupa solo por un segundo, porque cuando reviso mi teléfono, veo un mensaje de anoche en que me informaba de que pasaría la noche en casa de la fraternidad de Sean.

Cuando llego, el restaurante está en un momento caótico. Toda la gente acude en masa para el desayuno y pasan más de dos horas hasta que la multitud se disipa. Ni siquiera tengo tiempo para tomarme un pequeño descanso cuando se tranquiliza, porque Della me pide que reorganice las cosas bajo la barra antes de que llegue la hora del almuerzo. La siguiente hora la paso de rodillas, moviendo pilas de servilletas y paquetes de azúcar de un estante a otro y cambiando la estantería de las tazas de café por la de los vasos de agua.

Cuando me pongo en pie, me sorprendo al encontrarme a un hombre sentado en el taburete justo enfrente de mí.

Es el padre de Garrett.

—Señor Graham —digo en tono agudo de sorpresa—. Hola.

—Hola, Hannah. —Su tono de voz es tan frío como el aire de diciembre de fuera del restaurante—. Tenemos que hablar.

¿Sí?

Mierda. ¿Por qué tengo la sensación de que sé exactamente de lo que quiere hablar?

—Estoy trabajando —contesto con torpeza.

—Puedo esperar.

Mierda multiplicada por dos. Solo son las diez y no salgo hasta las cinco. ¡¿De verdad va a quedarse ahí sentado esperando durante siete horas?! Porque ni de casualidad podré llevar a cabo mi trabajo como es debido si él está en el comedor, mirándome todo el tiempo.

—Deje que pregunte a ver si me puedo tomar un descanso —le digo a toda prisa.

Él asiente con la cabeza.

—No nos llevará mucho tiempo. Te lo aseguro, solo necesito unos minutos.

No sé si eso es una promesa o una amenaza.

Tragando saliva, entro en la oficina a hablar con Della, que accede a darme un descanso de cinco minutos cuando le digo que el padre de mi novio tiene algo urgente que hablar conmigo.

En el momento en que el señor Graham y yo damos un paso hacia la calle, tengo la respuesta a esa cuestión milenaria: «Promesa Versus Amenaza». Su lenguaje corporal delata una amenaza importante.

—Apuesto a que estás muy satisfecha contigo misma.

Frunzo el ceño.

—¿De qué habla?

Se mete las manos en los bolsillos de su largo abrigo negro y se parece tanto a Garrett que la verdad es que resulta hasta molesto. Pero él no suena como Garrett, porque la voz de Garrett no es dura y los ojos de Garrett, sin ninguna duda, no cargan esa hostilidad.

—He estado con muchas mujeres, Hannah. —El señor Graham se ríe, pero su risa no tiene ni una pizca de humor ni de calidez—. ¿Crees que no sé la inyección de ego que siente una mujer cuando tiene a dos hombres peleándose por ella?

¿Eso es lo que piensa que ocurrió anoche? ¿Que Garrett y Rob estaban luchando en un duelo por mi amor? Dios santo.

—No se pelearon por eso —digo débilmente.

Sus labios se retuercen en una mueca de desprecio.

—Ya. ¿En serio? ¿Entonces la pelea no tenía nada que ver contigo? —Cuando no respondo, él se ríe de nuevo—. Justo lo que pensaba.

No me gusta cómo me mira, con tanta hostilidad descarada. Y desearía no haber olvidado los guantes en el interior, porque mis manos parecen dos bloques de hielo.

Me las meto en los bolsillos y le miro a los ojos.

—¿Qué quiere?

—Quiero que dejes de distraer a mi hijo —dice con brusquedad—. ¿Te das cuenta de que se enfrenta a la suspensión de un partido por esa idiotez? Todo gracias a ti, Hannah. Porque en vez de concentrarse en ganar los partidos, está babeando encima de ti como un cachorro y metiéndose en peleas por ti.

Mi garganta se contrae.

—Eso no es cierto.

Da un paso más hacia mí y, por un momento, siento auténtico miedo. Pero me echo la bronca a mí misma por eso, porque, venga ya, no va a hacerme daño estando en público, cuando la ventana del restaurante está justo detrás de mí y cualquiera puede vernos.

—Veo cómo te mira y no me gusta. Y, desde luego, no me gusta que hayas dividido su atención. Y por eso, no vas a ver más a mi hijo.

No puedo reprimir una risa de incredulidad.

—Con el debido respeto, señor, esa no es su decisión.

—Tienes razón. Va a ser *tu* decisión.

Mi estómago se tambalea.

—¿Qué quiere decir?

—Quiero decir que vas a romper con mi hijo.

Lo miro boquiabierta.

—Mmm, no. Lo siento, pero no.

—Sabía que dirías eso. No pasa nada. Estoy seguro de que puedo hacerte cambiar de opinión. —Esos ojos grises y fríos se clavan en mi cara—. ¿Te preocupas por Garrett?

—Por supuesto que sí. —Mi voz se quiebra—. Le quiero.

Esa confesión provoca un destello de enfado en sus ojos. Analiza mi cara y, a continuación, hace un sonido burlón.

—Creo que lo dices de verdad. —Se encoge de hombros con desdén—. Pero eso solo significa que quieres que sea feliz, ¿no es así, Hannah? Quieres que tenga éxito.

No tengo ni idea de a dónde quiere ir con todo esto, pero sé que le odio por ello.

—¿Quieres saber por qué tiene éxito ahora mismo? ¿Qué le permite tenerlo? —El señor Graham sonríe—. Es gracias a mí. Porque es *mi* firma la que va en los cheques para la matrícula que envío a Briar. Va a la universidad gracias a mí. Compra sus libros de texto y paga sus bebidas gracias a mí. ¿Su coche? ¿Los seguros? ¿Quién crees que los paga? ¿Y su equipamiento? El niño no tiene trabajo. ¿Cómo crees que puede vivir? *Gracias a mí.*

Me empiezo a sentir mareada. Porque ahora sé a dónde va.

—Yo generosamente le permito esos lujos porque sé que sus metas van acorde con las mías. Sé lo que quiere conseguir y sé que es capaz de lograrlo. —Su mandíbula se endurece—. Pero nos hemos topado con un pequeño bache, ¿no es cierto?

Me lanza una mirada amenazante, y sí, *yo* soy el bache.

—Así que esto es lo que va a suceder. —Su tono es falsamente amable. Garrett tiene razón. Este hombre es un monstruo—. Vas a romper con mi hijo. No lo verás nunca más, ni serás amiga suya. Esta será una ruptura total, sin absolutamente ningún contacto. ¿Lo entiendes?

—¿O qué? —susurro, porque tengo que oírselo decir.

—O le corto el grifo al niño. —Se encoge de hombros—. Adiós matrícula, adiós libros, y coches, y comida. ¿Es eso lo que quieres, Hannah?

Mi cerebro va a mil revoluciones por minuto, analizando distintas opciones. No voy a dejar que un imbécil me chantajee para que deje a Garrett, no cuando está claro que hay otras soluciones de las que podemos echar mano.

Pero he subestimado a Phil Graham porque, al parecer, no solo es un capullo; además sabe leer la mente.

—¿Estás pensando en lo que sucederá si dices que no? —adivina—. ¿Intentando pensar en una forma para estar con Garrett sin que él pierda todo el fruto de sus esfuerzos? —Se ríe—. Bueno, vamos a ver, ¿te parece? Siempre puede solicitar ayuda financiera, ¿no?

Lo maldigo en silencio por plantear la idea que me acababa de venir a la mente.

—Pero espera, porque no es apto para una beca. —Parece que Graham esté disfrutando—. Cuando los ingresos de tu familia son tan elevados como los de la nuestra, las universidades no te prestan el dinero, Hannah. Créeme, Garrett lo intentó, pero Briar lo rechazó en el acto.

Mierda.

—¿Un préstamo bancario? —sugiere el padre de Garrett—. Bueno, es difícil que te lo concedan cuando no tienes ingresos o avales.

Mi cerebro se mueve con rapidez para seguir el ritmo. Garrett debe de tener algún tipo de ingresos. Me dijo que trabajaba durante los veranos.

Pero el señor Graham es como un francotirador, disparando a todo pensamiento que entra en mi cabeza.

—Le pagan en negro por su trabajo en la construcción. Qué lástima, ¿eh? No hay registro de ingresos, ni avales, ni ingresos bajos como para justificar la beca de Briar. —Chasquea la lengua y estoy a punto de golpearlo en la cara—. Entonces, ¿en qué posición nos deja eso? Ah, es verdad, la otra opción que estás barajando. Mi hijo va a encontrar un trabajo y podrá pagar por su propia educación y sus gastos.

Sí, esa idea también se me había ocurrido.

—¿Sabes lo que cuesta la educación en una universidad de la Ivy League? ¿Crees que se puede pagar con un trabajo a tiempo parcial? —El padre de Garrett niega con la cabeza—. No, tendrá que trabajar a tiempo completo para hacerlo. Podría seguir asistiendo a las clases, pero tendría que abandonar el *hockey*, ¿no es cierto? ¿Y cómo de feliz sería entonces? —Su sonrisa me hiela hasta los huesos—. O supongamos que consigue hacer malabares con todo: trabajo a jornada completa, la universidad y el *hockey*. No quedaría mucho tiempo para ti, ¿verdad, Hannah?

Y eso es exactamente lo que él quiere.

Creo que podría vomitar. Sé que no está de coña. Le cortará el grifo a Garrett si no hago lo que él dice.

También sé que si Garrett se entera de la amenaza de su padre, lo mandaría directamente a tomar por culo. Me escogería a mí antes que al dinero, pero eso solo me pone más enferma, porque el señor Graham tiene razón. Garrett tendría que abandonar algo o trabajar como una mula, lo que significaría que, o adiós *hockey*, o al menos adiós a centrarse en el *hockey*. Y yo quiero que se centre en eso, joder. Es su sueño.

Mi mente sigue dando vueltas.

Si rompo con Garrett, el señor Graham gana.

Si no rompo con Garrett, el señor Graham sigue ganando.

Noto las lágrimas en mis ojos.

—Es su hijo. —Me ahogo con las palabras—. ¿Cómo puede ser tan cruel?

Parece aburrido.

—No soy cruel. Solo práctico. Y, a diferencia de algunas personas, tengo mis prioridades bien claras. He invertido mucho tiempo y dinero en ese niño y me niego a ver que todo ese esfuerzo se va a la basura por una universitaria cachonda.

Me estremezco del asco.

—Hazlo, Hannah —dice con severidad—. No me pongas a prueba, y no pienses que esto es un puto farol. —Su mirada fría perfora mi cara—. ¿Tengo pinta de echarme faroles?

El ácido quema mi garganta mientras lentamente niego con la cabeza.

—No. No la tiene.

CAPÍTULO 40

GARRETT

Hannah lleva varios días evitándome. Pretende estar superocupada y sí, es cierto que tiene que ir al trabajo y a los ensayos, pero lleva trabajando y ensayando desde el momento en que empezamos a salir, y eso jamás le ha impedido venir a casa a cenar o charlar conmigo por teléfono antes de acostarse.

Ergo, me está evitando. Joder.

No necesito tener un cociente intelectual de 180 para saber que es por mi reacción al ir detrás de Rob Delaney. Esa es la única razón que se me ocurre por la que podría estar enfadada conmigo, y creo que ni siquiera la culpo. No debería haberle dado un puñetazo a ese tío. Sobre todo, no en el estadio, con cientos de testigos delante.

Pero pensar que Hannah puede tener, no sé, miedo de mí…

Me mata.

Me presento en su residencia sin avisar, porque sé que si le mando un mensaje de texto antes, me soltará cualquier excusa sobre lo ocupada que está. Sé que está en casa porque he hecho una de las cosas más patéticas que existen: le he escrito un mensaje de texto a Allie preguntando. No me he quedado ahí y he seguido con algo totalmente estúpido: le he suplicado que no le dijera a Hannah que voy porque tengo una sorpresa para ella.

No estoy seguro de que Allie se lo haya tragado. A ver, las chicas se cuentan las cosas, ¿no? Y es lógico pensar que Hannah le habrá contado a su mejor amiga qué le molesta.

Tal y como esperaba, Hannah no parece contenta de verme en la puerta. Tampoco parece enfadada. Es algo que me deja

353

mal cuerpo, sobre todo cuando me percato del atisbo de arrepentimiento que hay en sus ojos.

Mierda.

—Hola —le digo con voz ronca.

—Hola. —Su garganta se mueve cuando traga—. ¿Qué haces aquí?

Supongo que puedo fingir que todo está bien, que simplemente he pasado por aquí a ver a mi chica favorita; pero Hannah y yo no somos de esa forma. Nunca hemos ido de puntillas sobre la verdad antes y yo no voy a empezar a hacerlo ahora.

—Quería saber por qué mi novia me está evitando.

Ella suspira.

Eso es todo. *Un suspiro.* Cuatro días de cero contacto físico y escasísimos mensajes de texto, y todo lo que recibo de ella es un suspiro.

—¿Qué coño está pasando? —le pregunto con frustración.

Ella duda, su mirada vuela hacia la puerta cerrada de Allie.

—¿Podemos hablar en mi habitación?

—Claro, siempre y cuando *hablemos* de verdad, joder.

Vamos a su dormitorio y cierra la puerta. Cuando se gira hacia mí, sé exactamente lo que va a decir.

—Siento haber estado actuando de manera extraña. He estado pensando un poco...

Mierda. Me está dejando. Nadie comienza una frase con «he estado pensando un poco» sin terminar con «y no creo que debamos vernos más».

Hannah deja escapar otro suspiro.

—Y no creo que debamos vernos más.

A pesar de esperarlas, sus palabras en voz baja me clavan un puñal en el corazón y envían un tornado de dolor que me atraviesa.

Se da prisa en continuar cuando se da cuenta de mi expresión.

—Es que las cosas están yendo demasiado rápido, Garrett. No han pasado ni dos meses y ya estamos en la fase «te quiero». Y todo es tan superserio de repente y... —Parece agotada y suena disgustada.

Yo, al contrario que ella, no estoy ni agotado ni disgustado.

Estoy destrozado.

Me trago el amargor que cubre la garganta.

—¿Por qué no dices lo que realmente quieres decir?

Frunce el ceño.

—¿Cómo?

—Dijiste que no me odiabas por perder los papeles con Delaney, pero todo este rollo va de eso, ¿verdad? Te asusté. Te hizo verme como un cavernícola temerario que no puede controlar sus impulsos violentos, ¿no?

El *shock* inunda sus ojos.

—¡No! Por supuesto que no.

La convicción en su voz me hace vacilar. Me resulta superfácil leer a Hannah y cuando analizo sus ojos, no encuentro ni el más mínimo indicio de que pudiera estar mintiendo. Pero joder. Si no está enfadada por lo de Delaney, ¿por qué coño hace todo esto?

—Estamos yendo demasiado rápido —insiste—. Eso es lo que pasa.

—De acuerdo —le digo secamente—. En ese caso, reduzcamos la velocidad. ¿Qué quieres? ¿Quieres que nos veamos solo una vez a la semana? ¿Que dejemos de quedarnos a dormir en casa del otro? ¿Qué quieres?

Pensé que mi corazón no podía palpitar más rápido que esto, pero entonces Hannah me clava otro puñal de agonía.

—Quiero que veamos a más gente.

Lo único que puedo hacer es mirarla. Tengo miedo de lo que podría salir de mi boca si intento hablar.

—A ver, Garrett, solo he tenido una relación seria antes de esto. ¿Cómo puedo saber qué es el amor? ¿Qué pasa si por ahí hay algo, alguien mejor?

Dios santo. Y sigue clavando y retorciendo el cuchillo más y más dentro.

—La universidad tiene que ver con explorar las opciones de uno, ¿no? —Ahora está hablando tan rápido que resulta difícil seguirle el ritmo—. Se supone que debo conocer gente y tener citas y saber quién soy y todo eso, o al menos eso es lo que había pensado hacer este año. No esperaba que tú y yo acabáramos juntos, y sin duda no esperaba que llegase a ser tan serio, tan rápido. —Se encoge de hombros sin poder hacer nada—. Estoy un poco perdida, ¿vale? Y creo que lo que ahora mismo necesito es un tiempo para pensar, ya sabes —termina débilmente.

Me muerdo el interior de la mejilla hasta que mi boca sabe a sangre. A continuación, exhalo un suspiro largo y tembloroso y me cruzo de brazos.

—Muy bien, vamos a ver si lo entiendo y, por favor, no dudes en corregirme si me equivoco. Tú te enamoraste de mí y no lo esperabas, así que ahora quieres salir con otras personas y follarte a otros chicos, uy, disculpa, quería decir «explorar», solo por si acaso conoces a alguien mejor que yo.

Aparta su mirada.

—¿Es eso lo que estás diciendo? —Mi tono de voz es lo suficientemente frío como para congelar todo lo que hay al sur del Ecuador.

Después de un silencio que dura una eternidad, ella mira hacia arriba.

Y asiente con la cabeza.

Estoy convencido de que Hannah oye la enorme grieta que se forma en mi pecho mientras mi corazón se parte en dos como una sandía. Dios sabe que ella es la responsable.

En un lugar al fondo de mi cabeza, una débil voz susurra: «Esto no está bien».

No me digas, idiota. ¡Todo, absolutamente todo, está mal!

—Me voy. —Me sorprende que mis cuerdas vocales paralizadas me permitan hablar. No me sorprende la brutal ira que hay en mi tono de voz—. Porque, sinceramente, no puedo mirarte a la cara ahora mismo.

Un pequeño respiro se escapa de su boca. No dice nada más.

Me tambaleo hacia la puerta, con el corazón, la cabeza y las funciones motoras escalofriantemente cerca de colapsar, pero consigo decir una frase ronca cuando llego al quicio.

—¿Sabes qué, Wellsy? —Nuestras miradas se quedan fijas y sus labios tiemblan como si estuviese intentando no llorar—. Para alguien que es tan jodidamente fuerte, la verdad es que eres una cobarde.

Alcohol. Necesito un poco de alcohol, hostias.

No hay alcohol en la nevera.

Subo las escaleras de dos en dos y entro de golpe en la habitación de Logan sin llamar. Afortunadamente, no está en medio de un polvo con alguna conejita sin nombre. No me habría importado que lo estuviese. Soy un hombre con una misión y el armario de Logan es mi misión.

—¿Qué cojones haces? —me exige cuando abro la puerta del armario de forma violenta y levanto la mano hasta el estante superior.

—Coger tu *whisky*.

—¿Por qué?

¿Por qué? ¡¿Por qué?!

¿Quizá porque me siento como si alguien me hubiera rajado el pecho con una hoja de afeitar sin filo durante los últimos diez años? Y después hubiera cogido esa hoja de afeitar y me la hubiera metido en la garganta para romper mi tráquea y triturar mi interior. Luego, como guinda del pastel, me hubiera arrancado el corazón y lo hubiera lanzado al hielo para que un equipo de *hockey* al completo lo pudiera acuchillar con sus patines.

Sí. Ahí es donde estoy en este momento.

—Dios, G, ¿qué pasa?

Encuentro la botella de Jack Daniel's de Logan debajo de un viejo casco de *hockey* y la rodeo con los dedos.

—Hannah me ha dejado —balbuceo.

Oigo la respiración sorprendida de Logan. Una parte de mí, amarga y rencorosa, se pregunta si en el fondo se alegra por la noticia. Si piensa que esta podría ser su oportunidad de oro para entrarle a mi novia.

Perdón. Mi *exnovia*.

Pero cuando me doy la vuelta, no encuentro nada más que compasión y tristeza en sus ojos.

—Joder, tío. Lo siento.

—Sí —murmuro—. Yo también.

—¿Qué ha pasado?

Giro la tapa de la botella.

—Pregúntame otra vez cuando esté pedo, ¿vale? Tal vez esté lo suficientemente borracho como para contártelo.

Doy un trago profundo al *whisky*. Normalmente, el alcohol quema el recorrido hasta mis entrañas. Esta noche estoy demasiado grogui como para sentirlo.

Logan deja de hacerme preguntas. Se acerca y me quita el *whisky* de la mano.

—Bueno. —Suspira antes de levantar la botella a sus labios e inclinar la cabeza hacia atrás—. En ese caso, creo que nos vamos a pillar un pedo.

Sabía que estaría bastante empanada el resto del semestre, pero no me esperaba que fuera por el hueco vacío que hay en mi pecho y que solía sostener mi corazón.

No he visto a Garrett ni he hablado con él en una semana. Una semana no es mucho tiempo. Me he dado cuenta de que, a medida que me hago mayor, el tiempo parece volar a la velocidad de la luz. Parpadeas una vez y ha pasado una semana. Parpadeas otra vez y es un año lo que ha transcurrido.

Pero desde que rompí con Garrett, el tiempo ha vuelto a ser como cuando era pequeña. Cuando un año escolar parecía durar para siempre, y cuando un verano parecía que nunca iba a terminar. El tiempo se ha ralentizado y es insoportable. Estos últimos siete días bien podrían haber sido siete años. O siete décadas.

Echo de menos a mi novio.

Y odio al padre de mi novio por ponerme en esta situación imposible. Le odio por hacerme romper el corazón de Garrett.

«Quieres "explorar" solo por si acaso conoces a alguien mejor que yo».

El desalentador resumen que ha hecho Garrett de la monumental mentira que he utilizado como discurso de ruptura continúa zumbando en mi cerebro como un enjambre de langostas.

«¿Alguien mejor que él?».

Dios, me mató decir eso. Hacerle daño así. El sabor amargo de esas palabras aún abrasa mi lengua, porque, joder, ¿alguien mejor que él?

No hay nadie mejor que él. Garrett es el mejor hombre que he conocido. Y no solo porque es inteligente, *sexy*, divertido y mucho más dulce de lo que jamás pude imaginar. Él me hace sentir viva. Sí, es cierto que nosotros discutimos, y es indudable que hay veces que su arrogancia me vuelve loca, pero cuando estoy con él, me siento completa. Siento que puedo bajar la guardia totalmente y que no me tengo que preocupar de que me hagan daño, se aprovechen de mí o de tener miedo, porque Garrett Graham siempre estará ahí para quererme y protegerme.

El único aspecto positivo de este terrible desastre es que el equipo está ganando de nuevo. Perdieron el partido en el que Garrett no participó por la suspensión, pero han jugado dos más desde entonces, incluyendo uno contra Eastwood, su rival de liga, y han ganado los dos. Si siguen yendo por el camino que van, Garrett conseguirá lo que desea: llevará a Briar a los campeonatos en su primer año como capitán.

—Oh, Dios. Por favor, no me digas que eso es lo que te vas a poner esta noche. —Allie entra en mi dormitorio y frunce el ceño a mi atuendo—. No. Te lo prohíbo.

Bajo la mirada hasta mis viejos pantalones a cuadros y mi sudadera con el cuello cortado.

—¿Qué? ¡No! —Señalo a la bolsa que cuelga del gancho detrás de mi puerta—. Voy a llevar eso.

—Ooooh. Déjame verlo.

Allie baja la cremallera de la bolsa y empieza con unos «ooohs» y «aaahs» cuando ve el vestido plateado sin tirantes que hay en su interior. Su entusiasmada reacción es un testimonio de lo empanada que he estado esta semana. Cuando conduje a Hastings para comprar el vestido para el concierto, estaba medio en trance, y aunque lleva colgado de mi puerta cuatro días, nunca me molesté en enseñárselo a Allie.

No quiero lucirlo. Puf, no quiero ni ponérmelo. El concierto exhibición de invierno comienza en dos horas y no podría darme más igual. Todo el semestre ha girado, *in crescendo,* en torno a esta estúpida actuación.

Y a mí no me podría dar más igual.

Cuando Allie se da cuenta de mi desinteresada expresión, sus facciones se suavizan.

—Jo, Han-Han, ¿por qué no le llamas y ya está?

—Porque hemos roto —murmuro.

Ella asiente lentamente con la cabeza.

—Y, recuérdame, ¿por qué ha pasado eso?

Estoy demasiado de bajón como para darle la misma excusa de mierda que le solté hace una semana. No le he confesado a Allie ni a mis demás amigos la verdadera razón por la que terminé mi relación con Garrett. No quiero que sepan lo de su padre capullo. No quiero pensar en su padre capullo.

Así que esto es lo que les dije: «No funcionaba». Dos miserables palabras. Y no han conseguido sonsacarme ni un solo detalle desde entonces.

Mi pétreo silencio se prolonga lo suficiente como para que el mosqueo crezca en Allie. Luego suspira y dice:

—Bueno, ¿todavía quieres que te arregle el pelo?

—Por supuesto. Si quieres. —Hay cero entusiasmo en mi voz.

Pasamos los próximos treinta minutos preparándonos, aunque no sé por qué Allie se molesta en vestirse de fiesta. Ella no es la que tiene que subir al escenario y cantar frente a cientos de extraños.

Aunque, por curiosidad, ¿cómo se hace exactamente para cantar una balada desde el corazón cuando tu corazón está hecho puré?

Creo que estoy a punto de descubrirlo.

Cuando entro, o más bien deambulo, a la zona de detrás del escenario del auditorio principal, el ambiente es caótico. Los estudiantes pasan a mi lado corriendo, algunos llevan sus instrumentos, todos están vestidos para impresionar. Voces nerviosísimas y órdenes enérgicas resuenan a mi alrededor, pero yo apenas me doy cuenta.

La primera cara que veo pertenece a Cass. Nuestras miradas se quedan fijas por un segundo; entonces él se acerca, está absolutamente increíble con una chaqueta de traje negra y una camisa de vestir de color salmón con el cuello hacia arriba. Su pelo oscuro está peinado a la perfección. Sus ojos azules no ofrecen ningún rastro de remordimiento o disculpa.

—Un vestido muy chulo —comenta.

Me encojo de hombros.

—Gracias.

—¿Nerviosa?

Otro encogimiento de hombros.

—No.

No estoy nerviosa porque todo me da igual. Nunca pensé que era una de esas chicas debiluchas que caminan por ahí como zombis después de una ruptura amorosa y rompen a llorar con el más pequeño de los recuerdos de su verdadero amor, pero como si no fuera ya lo bastante triste, sin duda lo soy.

—Bueno, mucha mierda —dice Cass, una vez que se da cuenta de que no estoy interesada en mantener una conversación.

—A ti también. —Hago una pausa y, no en voz baja, murmuro—: Literalmente.

Su cabeza gira bruscamente hacia mí.

—Lo siento, no he oído la última parte.

Levanto la voz.

—He dicho «literalmente».

Su mirada azul se oscurece.

—Eres una auténtica cabrona, ¿lo sabías?

Una risa sale volando.

—Ajá. Yo soy la cabrona.

Cass me frunce el ceño.

—¿Qué? ¿Quieres que me disculpe por haber hablado con mi tutor? Porque no pienso hacerlo. Los dos sabemos que el dueto no estaba funcionando. Simplemente tuve los huevos de hacer algo al respecto.

—Tienes razón —coincido—. Debería estarte agradecida. En realidad, me hiciste un gran favor. —Y no, no estoy siendo sarcástica. Cada palabra que digo es cierta.

Su expresión de creído vacila.

—¿En serio? —Se aclara la garganta—. Sí, te lo he hecho. Nos hice un favor a los dos. Me alegro de que puedas reconocer eso. —Su sonrisa patentada vuelve a ubicarse en sus labios—. Bueno, tengo que encontrar a MJ antes de la actuación.

Se marcha y yo me dirijo hacia la dirección opuesta, en busca de Jae. Todas las pruebas de sonido se han llevado a cabo esta mañana, así que todo está casi preparado para empezar. Como yo soy la última en salir del grupo de tercero, tengo que esperar, tocándome las narices, hasta que digan mi nombre. Cass, por supuesto, tiene el honor de abrir el *show*. Debe de haberle chupado la polla a alguien para conseguir ese hueco, porque es el mejor lugar. Es cuando los jueces aún están entusiasmados y emocionados, ansiosos por empezar a juzgar después de escuchar las actuaciones de los estudiantes de primero y segundo, que no califican para becas. Para cuando el último estudiante de tercero, es decir, *yo*, suba al escenario, todos estarán cansados, impacientes por estirar las piernas o echarse un pitillo antes de que comiencen las actuaciones de los de cuarto.

Meto la cabeza en los camerinos en busca de Jae, pero no lo veo por ninguna parte. Espero que mi violonchelista no me haya abandonado, pero, si lo ha hecho..., bueno..., no me importa.

Echo de menos a Garrett. No puedo estar ni cinco segundos sin pensar en él. Recordar que no está entre el público esta noche es como una patada de karate al cuello. Mi tráquea se cierra y me resulta imposible respirar.

—Hannah —llama una voz dócil.

Ahogo un suspiro. Mierda. No me apetece absolutamente nada ponerme a hablar con Mary Jane en este momento.

Pero la pequeña rubia corre hacia mí antes de que pueda escaparme y me atrapa en la puerta del camerino en el que estaba a punto de entrar.

—¿Podemos hablar? —me suelta.

Se me escapa un suspiro.

—No tengo tiempo ahora. Estoy buscando a Jae.

—Oh, está en la sala de descanso del escenario este. Acabo de verlo.

—Gracias. —Empiezo a caminar en esa dirección, pero ella me bloquea el paso—. Hannah, por favor. De verdad, necesito hablar contigo.

Una sensación de fastidio atenaza mi garganta.

—Mira, si estás intentando pedir disculpas, no te molestes. No acepto tus disculpas.

El dolor brilla en sus ojos.

—Por favor, no digas eso. Porque de verdad lo siento. Siento muchísimo lo que hice. No debería haber dejado que Cass me convenciera.

—No me digas.

—No era capaz de decirle que no. —Un acorde de impotencia hace que su voz tiemble—. Me gustaba tanto y era tan atento... Y mostraba tanto entusiasmo por mi canción... E insistió en que la canción era para un solo intérprete y que él era el único que podía hacerle justicia. —El rostro de Mary Jane se derrumba—. No debería haber actuado a tus espaldas. No debería haberte hecho eso. Lo siento mucho.

No se me escapa que está usando los verbos en pasado cuando se refiere a Cass. Y a pesar de que sé que es de capullos, no puedo evitar reírme.

—Te ha dejado, ¿verdad?

Evita mis ojos mientras hunde los dientes en su labio inferior.

—En cuanto consiguió cantar como solista.

No hay mucha gente que me produzca lástima. Pero ¿compasión? Eso, para dar y tomar. La lástima está reservada para alguien que me da pena de verdad.

Mary Jane me da mucha pena.

—¿Debería molestarme en decir «ya te lo dije»?

Ella niega con la cabeza.

—No. Sé que tenías razón. Y sé que fui una estúpida. Quería creer que alguien como él podía estar realmente interesado en alguien como yo. Quería tanto que fuera verdad, que me he cargado mi amistad contigo.

—No somos amigas, MJ. —Sé que estoy siendo dura, pero supongo que mis filtros diplomáticos se rompieron al mismo tiempo que mi corazón, porque no me molesto en suavizar mi tono ni censurar mis palabras—. Nunca jodería a una amiga así. En especial, nunca por un chico.

—Por favor. —Traga saliva—. ¿No podemos empezar de nuevo? Lo siento mucho.

—Sé que lo sientes. —Le ofrezco una sonrisa triste—. Mira, estoy segura de que a la larga podré hablar contigo sin pensar en toda esta mierda, tal vez incluso volveré a confiar en ti, pero aún no estoy en ese punto.

—Lo entiendo —dice ella con languidez.

—Necesito encontrar a Jae cuanto antes. —Me obligo a sonreír otra vez—. Estoy segura de que Cass hará un gran trabajo con tu canción, MJ. Cass puede ser un imbécil, pero es un estupendo cantante.

Me escapo antes de que pueda responder.

Localizo a Jae y nos quedamos entre bastidores hasta que comienza el espectáculo.

Después de semanas sin parar de ensayar, nos hemos convertido en amigos, aunque Jae sigue siendo tan tímido como siempre y tiene miedo de su propia sombra. Pero es un estudiante de primero, así que albergo la esperanza de que salga de su caparazón una vez se adapte a la vida universitaria.

Los estudiantes de primero y segundo van primero. Jae y yo estamos de pie en el lateral izquierdo del escenario, viendo cómo los intérpretes, uno tras otro, suben al escenario. No obstante, tengo problemas para concentrarme en lo que veo y escucho.

No me apetece cantar esta noche. Lo único que tengo en la cabeza es a Garrett y la agonía en sus ojos cuando rompí con él, la caída de sus hombros cuando salió de mi residencia.

Tengo que recordarme a mí misma que lo hice por él, para que pudiera quedarse en Briar y jugar al deporte que ama sin tener que preocuparse por el dinero. Si le hubiera contado lo de las amenazas de su padre, Garrett habría puesto por delante nuestra relación a su futuro, y no quiero que trabaje a jornada completa, joder. No quiero que abandone la uni, o que deje el *hockey,* o que se estrese por los pagos del alquiler o del coche. Quiero que empiece en la liga profesional y les enseñe a todos el talento que tiene. Que le demuestre al mundo que está en el hielo porque ese es su lugar, y no porque su padre lo puso ahí.

Quiero que sea feliz.

Incluso si eso significa que yo tengo que ser una desgraciada.

Hay un breve intermedio después de que acabe la última estudiante de segundo, y en la zona de detrás del escenario vuelve a reinar el caos. A Jae y a mí casi nos tiran al suelo cuando un flujo interminable de estudiantes vestidos de traje accede al escenario. Caigo en que son los miembros del coro de Cass.

—Esos podríamos haber sido nosotros. —Sonrío a Jae mientras observamos cómo el coro se coloca en el oscuro escenario—. El ejército de secuaces de Cass.

Sus labios se contraen.

—Creo que nos hemos salvado de una buena.

—Yo también.

Cuando la exhibición arranca de nuevo, ahora sí, le presto toda mi atención, porque Cassidy Donovan, el chico prodigio, ha aparecido en el escenario. Cuando el pianista toca los acordes de la canción de MJ, siento una punzada de celos. Jo, es una pasada de canción. Me muerdo el labio, preocupada por que mi pequeña y sencilla balada se quede corta en comparación con la bella composición de Mary Jane.

No puedo mentir. Cass canta la canción como los ángeles. Cada nota, cada silencio, es la perfección absoluta. Se desenvuelve genial en el escenario, suena aún mejor, y cuando el coro se une a lo *Sister Act,* el tema pasa a otro nivel totalmente nuevo.

Solo le falta una cosa: emoción. Cuando MJ tocó la canción para mí por primera vez, la «sentí». Sentí la conexión de Mary Jane con la letra y el dolor detrás de cada frase. Esta noche no siento nada, aunque no estoy segura de si es por un error de Cass, o si dejar a Garrett me ha despojado de la capacidad de sentir emociones.

Pero puedo asegurar que sí siento algo cuando me coloco detrás del piano treinta minutos más tarde. Mientras las evocadoras cuerdas del violonchelo de Jae llenan el escenario, siento como si una presa se rompiera dentro de mí. Garrett es la primera persona a quien le canté esta canción, cuando aún estaba sin pulir y destartalada, y en las antípodas de estar trabajada. Garrett fue el que me escuchó ensayarla y mejorarla y perfeccionarla.

Cuando abro la boca y empiezo a cantar, canto para Garrett. Me transporto a ese lugar de paz, a mi pequeña burbuja feliz donde nunca sucede nada malo. Donde a las niñas no las violan, el sexo no es difícil y las personas no se rompen porque los cabrones maltratadores no las fuerzan. Mis dedos tiemblan en las teclas de marfil y mi corazón se encoge con cada aliento que tomo, con cada palabra que canto.

Cuando termino, el silencio golpea el auditorio.

A continuación, el público se pone en pie.

Me levanto del banquito solo porque Jae se acerca y me obliga a que hagamos juntos una reverencia. Los focos me ciegan y los aplausos me ensordecen. Sé que Allie, Stella y Meg están ahí en alguna parte, de pie y gritando a todo pulmón, pero no veo sus caras. Al contrario de lo que las películas y los programas de televisión te hacen creer, es imposible establecer contacto visual con una cara entre la multitud con un foco en los ojos.

Jae y yo abandonamos el escenario y vamos a uno de los laterales y en ese instante alguien me engulle en un abrazo de oso. Es Dexter, y su sonrisa le ocupa toda la cara mientras me felicita.

—¡Más vale que esas lágrimas sean de felicidad! —exclama.

Toco mi mejilla y me sorprende sentirla mojada. Ni siquiera me había dado cuenta de que estaba llorando.

—Ha sido espectacular —grita una voz y me giro para ver a Fiona casi corriendo hacia mí. Extiende los brazos y me abraza—. Has estado impresionante, Hannah. La mejor actuación de la noche.

Sus palabras no alivian el dolor opresivo que tengo en el pecho. Me esfuerzo para asentir con la cabeza y murmuro:

—Tengo que ir al aseo. Disculpadme.

Dejo a Dex, Fiona y Jae mirándome la espalda con confusión, pero no me importa y no me detengo. A la mierda el aseo. Y a la mierda el resto del concierto. No quiero quedarme por aquí a ver las actuaciones de la gente de cuarto. No quiero esperar a la ceremonia de la beca. Solo quiero largarme de aquí y encontrar un lugar privado para llorar.

Corro hacia la salida, mis bailarinas plateadas golpean el suelo de madera en mi desesperada necesidad de huir.

Estoy a cien metros de la puerta cuando me choco con un pecho masculino duro.

Mi mirada vuela hacia arriba y aterriza en un par de ojos grises, y necesito un segundo para darme cuenta de que estoy mirando a Garrett.

Ninguno de los dos habla. Lleva pantalones negros y una camisa azul que se estira en sus amplios hombros. Su expresión es una mezcla de asombro resplandeciente y tristeza infinita.

—Hola —dice con voz ronca.

Mi corazón hace un salto mortal de felicidad y tengo que recordarme a mí misma que esto no es una ocasión feliz, que no estamos juntos.

—Hola.

—Has estado... brillante. —Sus bonitos ojos se tornan un poco vidriosos—. Absolutamente preciosa.

—¿Estabas en el público? —susurro.

—¿Dónde coño iba a estar si no? —Pero no suena enfadado, solo triste. Y entonces su voz se vuelve más profunda y murmura—: ¿Con cuántos?

La confusión me invade.

—¿Con cuántos qué?

—¿Con cuántos chicos has salido esta semana?

Doy un respingo sorprendida.

—Con ninguno —se me escapa antes de que pueda detenerme. Y lo lamento al instante, porque un brillo de complicidad llena sus ojos.

—Ya, eso me parecía a mí.

—Garrett...

—A ver, Wellsy —me interrumpe—. He tenido siete días para pensar sobre esta ruptura. La primera noche me pillé un pedo. Me pillé uno de la hostia.

Una sacudida de pánico me golpea, porque de repente pienso en que ha podido enrollarse con alguna chica cuando estaba borracho, y la idea de Garrett con otra chica me mata.

Pero entonces él sigue hablando y mi nivel de ansiedad baja.

—Después de esa noche, ya sobrio y sensato, decidí hacer un mejor uso de mi tiempo. Así que he tenido siete días enteros para analizar y reanalizar lo que pasó entre nosotros, para diseccionar lo que salió mal, para reexaminar cada palabra que dijiste esa noche. —Inclina la cabeza—. ¿Quieres saber a qué conclusión llegué?

Dios, me da un miedo terrible oírlo.

Cuando no respondo, sonríe.

—Mi conclusión es que me mentiste. No sé por qué. Pero créeme, tengo la intención de averiguarlo.

—No te mentí —miento—. Es verdad que estábamos yendo demasiado rápido para mí. Y es verdad que quiero ver a otras personas.

—Ya, ya. ¿En serio?

Saco mi tono más insistente.

—En serio.

Garrett se queda en silencio un momento. Luego extiende la mano y suavemente acaricia mi mejilla; después, retira la mano y dice:

—Lo creeré cuando lo vea.

Las vacaciones de Navidad no llegan todo lo rápido que quisiera. Cuando me subo al avión que me llevará a Filadelfia, estoy, literalmente, hecha un desastre. Voy en chándal, llevo el pelo hecho unos zorros y estoy llena de granos de estrés. Desde el día del concierto, me he topado con Garrett tres veces. Una en el Coffee Hut, otra en el patio y otra más fuera del aula de Ética, cuando fui a ver la nota de mi proyecto. Las tres veces, me preguntó con cuántos chicos había salido desde nuestra ruptura.

Las tres veces, me entraron los nervios, solté cualquier excusa de que llegaba tarde y salí corriendo como una cobarde.

Es lo que pasa cuando rompes con alguien mintiendo. No se creen tu trola a menos que realmente te pongas a hacer aquello que dijiste que querías hacer. En mi caso, debería estar saliendo con un montón de chicos para poner en marcha mi exploración. Eso es lo que le dije a Garrett que quería y, si no me pongo a hacer lo que dije, sabrá que pasa algo.

Supongo que podría pedirle salir a alguien. Tener una cita «superpública» para que Garrett, sin duda, se entere y así convencer al chico que quiero de que ya lo he superado. Pero la idea de estar con alguien distinto a Garrett me da ganas de vomitar.

Afortunadamente, no tengo que preocuparme por nada de eso en este momento.

Tengo una prórroga: me voy a pasar las próximas tres semanas con mi familia.

Entro en el avión y por primera vez desde que el padre de Garrett emitió su ultimátum castigador, puedo, por fin, respirar.

Ver a mis padres es justo lo que necesitaba. No quiero que se me malinterprete, todavía pienso en Garrett sin parar, pero es mucho más fácil distraerme del dolor cuando estoy haciendo galletas de Navidad con mi padre, o mi madre y mi tía me arrastran a la ciudad para ir de compras todo el día.

En nuestra segunda noche en Filadelfia, le hablé a mi madre de Garrett. O, más bien, mi madre me lo sonsacó después de pillarme de bajón en la habitación de invitados.

Me transmitió que parecía un vagabundo que acababa de salir de debajo de un puente, e inmediatamente después me metió en la ducha y me obligó a cepillarme el pelo. Después de eso, lo solté todo, lo que llevó a mi madre a poner en marcha lo que ella llama Operación Alegría Navideña. En otras palabras, me ha metido por la fuerza miles de actividades navideñas por la garganta. Y yo la adoro de veras por ello.

No tengo ganas de volver a Briar en tres días, donde está Garrett, sin duda planeando su operación no demasiado encubierta: Operación Hacer Que Hannah Admita Que Estaba Mintiendo. Tengo *clarísimo* que intentará recuperarme.

También sé que no le llevará mucho esfuerzo por su parte. Lo único que tiene que hacer es mirarme con esos hermosos ojos grises, mostrar esa sonrisa torcida suya y yo romperé a llorar, lanzaré mis brazos alrededor de su cuello y se lo confesaré todo.

Lo echo de menos.

—Cariño, ¿vienes a ver la caída de la bola con nosotros? —Mi madre aparece en la puerta sosteniendo un tazón de palomitas de manera seductora, y me acuerdo de la primera vez que pasé la noche en casa de Garrett, cuando nos atiborramos a palomitas de maíz y pasamos horas viendo *Breaking Bad*.

—Sí, bajo en un momento —respondo—. Solo quiero ponerme algo más cómodo.

En cuanto se marcha, bajo de la cama y busco un par de pantalones de yoga en mi maleta. Me quito los vaqueros ajustados y los reemplazo por los pantalones de algodón suave, después bajo al salón, donde mis padres, mis tíos y sus amigos Bill y Susan están sentados cómodamente en los sofás en forma de L.

Voy a pasar la Nochevieja con tres parejas de mediana edad.

¡Superfiesta!

—Oye, Hannah —empieza Susan—, tu madre me estaba contando que has ganado una prestigiosa beca recientemente.

Siento cómo me ruborizo.

—Bueno, no sé cómo es de prestigiosa. Lo que quiero decir es que las dan cada año en los conciertos exhibición de invierno y primavera. Pero sí, he ganado.

«¡Chúpate esa, Cass Donovan!», grita mi monstruo engreído interior.

No tenía pensado regresar al auditorio después de encontrarme con Garrett tras mi actuación, pero Fiona me llamó la atención justo cuando trataba de escabullirme, y me arrastró de vuelta al escenario. Y sí, no puedo negar que oír mi nombre en la ceremonia de la beca me dio un gran subidón de victoria. Además, nunca olvidaré la indignación en el rostro de Cass cuando se dio cuenta de que no habían dicho su nombre.

Ahora soy cinco mil dólares más rica, y mis padres pueden estar más tranquilos, porque voy a poder pagar mis gastos de residencia y comida durante este próximo semestre.

A las doce menos diez, el tío Mark pone fin a nuestra charla subiendo el volumen de la tele para que veamos la celebración de Times Square. La tía Nicole reparte matasuegras de papel de los que cuelgan serpentinas de color rosa, mientras mi madre reparte puñados de confeti para todos. Mi familia es cursi, sí, pero yo no la cambiaría por nada del mundo.

Mis ojos están sorprendentemente cargados cuando todos empezamos a contar los segundos junto con el locutor de la tele. Pero quizá las lágrimas no sean tan sorprendentes. Cuando el reloj llega a cero y todo el mundo grita «¡Feliz Año Nuevo!», recuerdo que la llegada de la medianoche no solo indica el inicio de un nuevo año.

El 1 de enero también es el cumpleaños de Garrett.

Aprieto los labios para detener el torrente de lágrimas, forzando una risa cuando mi padre me da una vuelta en sus brazos y me besa en la mejilla.

—Feliz Año Nuevo, princesa.

—Feliz Año Nuevo, papá.

Sus ojos verdes se ablandan cuando se da cuenta de mi tristeza.

—Venga, nena, ¿por qué no coges el teléfono y llamas a ese pobre muchacho de una vez? Es Nochevieja.

La boca se me abre de par en par y después giro la cabeza hacia mi madre.

—¿Se lo has contado?

Mi madre al menos tiene la decencia de poner cara de culpable.

—Me preguntó por qué estabas tan apagadilla. No pude no contárselo.

Mi padre se ríe.

—Oh, no culpes a mamá, Han. Lo he descubierto yo solito. Has estado tan triste que estaba convencido de que se trataba de un problema de chicos. Ahora ve a desearle un feliz año nuevo. Lo lamentarás si no lo haces.

Suspiro. Pero sé que tiene razón.

Mi pulso se acelera cuando subo a buen paso las escaleras. Cojo el móvil de mi bolso y dudo, porque en realidad no es una buena idea. He roto con él. Se supone que debo seguir adelante, ver a otras personas y bla, bla, bla. Joder.

Pero es su cumpleaños.

Exhalo un suspiro tembloroso y hago la llamada.

Garrett responde al primer tono. Estoy esperando oír ruido de fondo. Gente charlando, risas, gritos de borrachos. Pero, dondequiera que esté, es tan silencioso como una iglesia.

Su voz ronca me hace cosquillas en la oreja.

—Feliz Año Nuevo, Hannah.

—Feliz cumpleaños, Garrett.

Hay una pequeña pausa.

—Te has acordado.

Parpadeo a través de mis lágrimas.

—Por supuesto.

Hay tantas otras cosas que quiero decirle. Te quiero. Te echo de menos. Odio a tu padre... Pero controlo el impulso y no digo nada en absoluto.

—¿Cómo va el tema de las citas? —pregunta de forma alegre.

Mi estómago se vuelve rígido.

—Eh... genial.

—¿Sí? ¿Has explorado mucho? ¿Has llevado a cabo una búsqueda exhaustiva del significado del amor?

Noto cierto tono de burla, pero, sobre todo, parece estar pasándoselo bien. También distingo algo de chulería.

—Sí —contesto sin darle importancia.

—¿Con cuántos chicos has salido?

—Con varios.

—Impresionante. Espero que te estén tratando bien. Ya sabes, que abran la puerta para ti, que pongan su chaqueta en el suelo para que puedas caminar sobre los charcos, ese tipo de cosas.

Dios, este tío es tan imbécil… Me encanta.

—No te preocupes, todos son muy caballerosos —le aseguro—. Me lo estoy pasando pipa.

—Me alegro. —Hace una pausa—. Te veo en unos cuantos días. Ya me cuentas todo.

Cuelga y maldigo en voz baja.

Mierda. ¿Por qué insiste con esto? ¿Por qué no puede aceptar simplemente que todo ha terminado entre nosotros y centrarse en su estúpido equipo de *hockey*?

¿Y cómo narices voy a convencerlo de que no quiero estar con él, cuando ni siquiera puedo convencerme a mí misma?

CAPÍTULO 43

HANNAH

En mi segundo día en el campus, me embarco en mi propia misión: Operación Lo Creerás Cuando Lo Veas. Porque está claro que la única manera de convencer a Garrett de que pare es demostrarle que estoy en el proceso de seguir con mi vida, y eso significa que necesito encontrar un chico con el que salir en una cita.

Ya mismo.

La primera oportunidad surge cuando entro en el Coffee Hut para tomarme un chocolate caliente. Fuera está nevando como si no hubiera un mañana. Me sacudo la nieve de las botas en el felpudo de la puerta antes de dirigirme a la parte de atrás de la cola para pedir. Entonces me doy cuenta de que el chico delante de mí me resulta familiar. Cuando hace su pedido y se mueve hacia la barra de recogida, veo su perfil un instante y caigo en que es Jimmy. Jimmy..., ¿cuál era su apellido? ¿Pauley? No, Paulson. Jimmy Paulson de la clase de Literatura Británica y de la fiesta en la casa Sigma. Perfecto. Nos conocemos. Estamos prácticamente en una relación.

—Jimmy, hola —lo saludo después de pedir mi bebida y me uno a él en la barra.

Se tensa visiblemente ante el sonido de mi voz.

—Oh. Hola. —Su mirada se dispara hacia todos los rincones de la cafetería, como si no quisiera que nadie nos viera hablando.

—Oye —empiezo—, estaba pensando que la verdad es que tú y yo no hemos hablado desde la fiesta de octubre...

El camarero planta un vaso de papel delante de Jimmy y lo coge tan deprisa que ni veo el movimiento de su mano.

375

Sigo hablando, ahora más rápido.

—Pensé que estaría bien ponernos al día y...

Ya está alejándose de mí. Dios, ¿por qué parece tan aterrorizado? ¿Cree que voy a apuñalarlo o algo?

—Me preguntaba si tal vez te apetecería tomar un café en algún momento —termino.

—Oh. —Se va alejando poco a poco—. Eh. Gracias por el ofrecimiento, pero... eh, bueno, no bebo café.

Me quedo mirando el vaso de café que lleva en la mano.

Sigue mi mirada y traga saliva.

—Lo siento, tengo que irme. He quedado con alguien justo al otro lado del campus y es... eh, lejos, así que llevo un poco de prisa.

Bueno, al menos no está mintiendo sobre lo de llevar prisa, porque sale volando por la puerta como un velocista olímpico.

Vaya, eso ha sido... raro.

Con el ceño fruncido, cojo mi chocolate caliente y salgo a la calle, en dirección a la Residencia Bristol. Voy despacio, porque la nieve está cayendo más rápido de lo que el equipo de mantenimiento del campus puede retirar con las palas, y mis botas se hunden medio metro cada vez que doy un paso. Pero el forzado ritmo pausado me permite encontrarme con otro elemento también de lo más extraño. Cuando Garrett y yo estábamos saliendo, la gente me decía «hola», o me saludaba con la mano todo el tiempo. Hoy, toda la gente con la que me cruzo parece hacer todo lo posible para evitarme, en particular los chicos.

¿Se sentirán así los Amish deshonrados cuando los rechazan? Porque todo el mundo hace como si yo no existiera, y no me mola nada.

Y tampoco lo entiendo.

Cuando estoy llegando a la zona de residencias, decido pegarle un toque a Dexter para ver si quiere dar una vuelta esta noche. Quizá ir al Malone's; ah, no, Garrett podría estar allí. Bueno, pues a otro bar del pueblo. O a la sala de entretenimiento de la universidad. Cualquier lugar en el que yo pueda conocer a algún chico.

Me acerco a la Bristol y mi opción número dos sale del edificio de al lado. Es Justin, y, a diferencia del resto del mundo, levanta la mano como saludo.

Le devuelvo el gesto, sobre todo por el alivio de que alguien parezca contento de verme.

—Ey. Cuánto tiempo —dice, caminando hacia mí.

Lleva ese pelo de «me acabo de levantar de la cama» y, por lo que sea, ya no me resulta tan guay. Simplemente, le hace tener el aspecto de un pordiosero. O quizá de un farsante, porque estoy bastante segura de ver gel en su pelo, lo que significa que se ha tomado su tiempo para crear ese estilo «me importa un bledo». Bien, eso lo convierte en un mentiroso de mierda.

Me encuentro con él a mitad de camino.

—Ey. ¿Qué tal las vacaciones?

—Bien. En esta época del año no llueve mucho en Seattle, así que tuve que conformarme con un montón de nieve en su lugar. Fui a hacer *snowboard,* esquí, baños calientes. Divertido. —Los hoyuelos de Justin aparecen y no me afectan lo más mínimo.

Pero a la porra. Es el único chico que me ha mirado hoy y a falta de pan, ¿no?

—Sí, suena divertido. Eh, y...

No.

No, no y no.

No puedo hacer eso. No con este chico. Garrett me ayudó a poner celoso a Justin en octubre. Cancelé una cita con él cuando me di cuenta de que quería estar con Garrett. Y sé lo mal que Justin le cae a Garrett.

No hay manera de que le pueda abrir esa puerta a Justin; y no solo porque mis sentimientos hacia él sean inexistentes, sino porque sería como clavar un cuchillo en el pecho de Garrett.

—Y hola —termino—. Sí, me he acercado a decirte hola. —Sostengo mi taza de chocolate caliente como si fuese una parte de esta conversación—. Voy a beberme esto dentro. Me alegro de verte.

Su voz cabreada hiela mi espalda.

—¿Qué coño acaba de pasar? —pregunta.

La culpa que pincha mi estómago me impulsa a darme la vuelta otra vez.

—Lo siento —digo con un suspiro—. Soy una idiota.

Una sonrisa irónica aparece en sus labios.

—Bueno, yo no quería decirlo, pero…

Vuelvo a donde está Justin, con mis manos, protegidas con los guantes, todavía alrededor del vaso.

—Nunca tuve la intención de darte falsas esperanzas —admito—. Cuando te dije que quería tomar algo contigo, es porque realmente quería hacerlo en ese momento. Lo digo en serio. —El dolor se instala en mi garganta—. Yo no esperaba enamorarme de él, Justin.

Ahora solo parece resignado.

—¿Acaso la gente alguna vez «espera» enamorarse de alguien? Creo que eso simplemente sucede.

—Sí, supongo. Él apareció de forma inesperada. —Me encuentro con sus ojos, con la esperanza de que pueda ver el genuino arrepentimiento que estoy sintiendo—. Pero yo estaba interesada en ti. Nunca mentí en eso.

—Estabas, ¿eh? —Su tono es triste.

—Lo siento —digo otra vez—. Soy…, joder, soy un desastre; y todavía estoy enamorada de Garrett, pero si alguna vez quieres volver a empezar, como amigos, estoy a favor al cien por cien. Podríamos hablar de Hemingway algún día.

Los labios de Justin se contraen un instante.

—¿Cómo sabes que me gusta Hemingway?

Le ofrezco una leve sonrisa.

—Eh… Bueno, puede que hiciera alguna averiguación cuando me molabas. ¿Ves? No mentía sobre eso.

En vez de hacer una cruz con sus manos y gritar: «¡Acosadora!», se ríe en voz baja.

—Ya. Supongo que no. Me alegra saber eso, por lo menos…

Después de un silencio incómodo, Justin mete las manos en los bolsillos de su cazadora.

—De acuerdo. Estoy a favor de darle una oportunidad a lo de ser amigos. Mándame un mensaje si alguna vez quieres tomarte un café.

Se aleja y un peso abandona mi pecho.

Arriba en mi residencia, me felicito a mí misma por evitar un desastre en potencia, y vuelvo a darle vueltas a mi misión. Allie no regresa de Nueva York hasta mañana. Stella también sigue con su familia. Cuando le mando el mensaje a Dex, dice que pasa de ir a tomar algo porque tiene que estudiar para su último examen. Cuando le mando un mensaje a Meg, dice que tiene planes con Jeremy.

Entre suspiros, miro mis contactos del móvil hasta que un nombre despierta mi interés.

Lo cierto es que cuanto más lo pienso, más me gusta la idea de hacer esta llamada. El novio de Allie lo coge después de varios tonos.

—¡Hola! ¿Qué tal?

—Hola. Soy Hannah.

—No me digas —suelta Sean—. Tengo tu número en el móvil.

—Oh, claro. —Dudo si continuar—. Escucha. Eh... sé que Allie todavía no ha vuelto de casa de su padre, pero me preguntaba si... —Paro un instante y a continuación suelto—: ¿Qué haces esta noche? ¿Quieres dar una vuelta?

El novio de mi mejor amiga se queda en silencio. No puedo culparlo. Nunca lo había llamado para ir por ahí sin Allie. En realidad, nunca lo había llamado para nada.

Punto.

—Sabes que esto es un poco raro, ¿no? —dice Sean con franqueza.

Suspiro.

—Sí.

—¿Que pasa? ¿Estás aburridísima o algo así? ¿O es el rollo superchungo «éntrale al novio de tu mejor amiga»? Espera un momento, ¿Allie está escuchando? —Sean levanta la voz—. Allie, si estás ahí, te quiero. Yo nunca, nunca te engañaría con tu mejor amiga.

Resoplo en el teléfono.

—Allie no está aquí, idiota, pero es bueno saber lo que acabas de decir. Y, créeme, no te estoy entrando. Yo, bueno, pensaba que quizá podríamos ir a dar una vuelta con algunos de tus compañeros de fraternidad esta noche. Tal vez podrías, ya sabes, eh, presentarme a alguno.

—¿Hablas en serio? —exclama—. Ni de coña. Eres demasiado buena para cualquiera de esos idiotas, y estoy bastante seguro de que Allie me mataría si sabe que te he «presentado» a alguno. Además... —Se calla de forma abrupta.

—Además, ¿qué? —exijo.

No contesta.

—Acaba la frase, Sean.

—Preferiría no hacerlo.

—Preferiría que lo hicieras. —Mi sospecha mete la sexta marcha—. Oh, Dios mío. —Ahogo un grito—. ¿No sabrás por qué todos los chicos de la universidad de repente me tratan como si tuviera una enfermedad de transmisión sexual?

—Puede ser —dice.

—¿Puede ser? —Cuando no contesta, gruño de la frustración—. Juro por Dios que si no me dices lo que sabes, te…

—Vale, vale —interrumpe—. Te lo diré.

Y entonces lo hace.

Y mi respuesta es un fuerte grito de indignación.

—¡¿Que ha hecho qué?!

Veinte minutos más tarde, estoy entrando por las puertas del estadio de *hockey* de Briar. El aire frío golpea de inmediato mis mejillas, pero no logra enfriar el fuego que arde dentro de mí. Son las cinco y media, lo que significa que Garrett y el equipo acaban de terminar el entrenamiento; dejo atrás las puertas que llevan a la pista y me dirijo a zancadas directamente a los vestuarios, en la parte trasera del edificio.

Estoy tan cabreada que todo mi cuerpo tiembla por la fuerza de mi ira.

Oficialmente, Garrett se ha pasado de la raya. No, se ha pasado *tanto* de ella que ni siquiera puedo ver la puta raya. Y ni de casualidad voy a permitir que se salga con la suya en esta mierda absurda e infantil.

Llego a la puerta del vestuario cuando uno de los jugadores sale.

—¿Garrett está ahí dentro? —ladro.

Él parece sorprendido de verme.

—Sí, pero…

Me abro paso con un empujón y cojo la manivela de la puerta. El chico protesta por detrás.

—No creo que debas entr…

Entro de golpe en el vestuario y ¡penes!

Ay. Dios. Mío.

¡Penes *por todas partes!*

El terror me da una bofetada en toda la cara cuando me doy cuenta de lo que estoy viendo. Oh, Dios, me he dado de bruces con una convención de penes. Penes grandes y penes pequeños, penes gordos y penes con forma de pene. No importa en qué dirección mueva la cabeza; dondequiera que mire, *veo penes.*

Mi grito ahogado de espanto llama la atención de todos los penes, digo, chicos de la sala. En un abrir y cerrar de ojos, las toallas vuelan, las manos cubren genitales y los cuerpos se mueven mientras yo estoy en el medio poniéndome roja como un tomate.

—¿Wellsy? —Un Logan con el torso desnudo me sonríe con un hombro apoyado contra su taquilla. Parece estar haciendo un gran esfuerzo para no reírse.

—Pen… ¡Logan! —suelto—. Hola. —Hago todo lo posible para evitar el contacto visual con los chicos medio desnudos que deambulan por el vestuario; unos chicos que, o bien sonríen abiertamente, o bien palidecen del susto—. Estoy buscando a Garrett.

Con una sonrisa que apenas contiene, Logan apunta con su dedo pulgar a una puerta que hay en la parte de atrás, que, por el vapor que emana de ahí, deduzco que lleva a las duchas.

—Gracias. —Le lanzo una mirada de agradecimiento y me dirijo en esa dirección, a la vez que alguien sale de la sala llena de vapor.

Dean aparece y veo su pene.

—Ey, Wellsy —dice, arrastrando las palabras. No se inmuta lo más mínimo por mi presencia; se pasea desnudo hacia su taquilla como si encontrarme aquí fuera un hecho cotidiano para él.

Continúo hacia adelante, debatiendo si debería cerrar los ojos o no, pero, por suerte, todas las duchas tienen puertas tipo bar del oeste y están divididas por tabiques. Mientras camino por el suelo de azulejo, las cabezas giran en mi dirección. Una de las cabezas pertenece a Birdie, cuyos ojos se abren como platos cuando camino por delante de su ducha.

—¿Hannah? —dice con voz más aguda de lo normal.

Lo ignoro y sigo caminando hasta que veo una espalda familiar. Miro dos veces rápidamente y sí, piel dorada, tatuajes, pelo oscuro. Es Garrett.

Ante el sonido de mis pasos, se gira y abre la boca en cuanto me ve.

—¿Wellsy?

Me acerco a la puerta, lo miro desde la parte de arriba con mi mirada más borde y grito:

—¡¿A ti qué narices te pasa?!

CAPÍTULO 44

GARRETT

Estoy sonriendo como el tonto del pueblo. Y ahora *no* es el momento de sonreír como el tonto del pueblo, no cuando estoy completamente desnudo en una habitación llena de tíos duchándose y mi novia me está lanzando puñales con los ojos. Pero estoy tan feliz de verla que no puedo controlar mis músculos faciales.

Mis ojos se comen los suyos. Su preciosa cara. El pelo oscuro recogido en una cola de caballo con una especie de goma rosa. Ojos verdes enfurecidos.

Está tan buena cuando se enfada conmigo...

—Yo también me alegro de verte, peque —contesto alegremente—. ¿Qué tal te ha ido en las vacaciones?

—¡No me llames peque! ¡Y no me preguntes por las vacaciones, porque no te mereces saber nada de ellas! —Hannah me fulmina con la mirada y después cambia su objetivo a los tres jugadores de *hockey* de las duchas de al lado—. Por el amor de Dios, ¿queréis enjuagaros de una vez y salir de aquí ya? Estoy intentando gritarle a vuestro capitán.

Ahogo una risa, que se me termina escapando cuando mis compañeros de equipo obedecen las órdenes como si las hubiera dicho un sargento de instrucción. Los grifos se cierran y las toallas se descuelgan, y, un segundo después, Hannah y yo estamos solos.

Cierro el grifo y me doy la vuelta. La puerta de la ducha cumple bien la función de ocultar mi zona de la planta baja, aunque lo único que Hannah tiene que hacer es mirar por encima para obtener un vistazo de cómo mi polla se empalma a toda velocidad; está increíblemente feliz de verla.

Pero ella no echa ningún vistazo dentro de la ducha. Sigue mirándome fijamente.

—¿Has promulgado una ley de no acercamiento a mí en todo el campus? ¿Estás de coña o qué?

No siento absolutamente ningún arrepentimiento cuando me encuentro con sus ojos.

—Por supuesto que sí.

—Dios. Eres increíble. —Sacude la cabeza con incredulidad—. ¿Qué tipo de persona es capaz de hacer eso, Garrett? ¡No se puede ir por ahí diciéndole a todos los chicos de esta universidad que no tienen permiso para tocarme porque si lo hacen, se las tendrán que ver contigo!

—No se lo dije a todos los chicos. ¿Tengo pinta de tener tanto tiempo libre? —Esbozo una sonrisa—. Se lo dije a unas pocas personas clave y me aseguré de que se corriera la voz.

—¿De qué va esto? Si tú no me puedes tener, ¿nadie más puede hacerlo? —dice en tono amenazante.

Suelto una risita.

—Hombre, eso es de locos. No soy un psicópata, peque. Lo he hecho por tu bien.

Abre la boca de par en par.

—¿Cómo coño sabes lo que es por mi bien?

—Porque estás enamorada de mí y no quieres enrollarte con nadie más. Pero, mira, yo tenía miedo de que tu «yo» cabezota acabara haciéndolo solo para cubrir tu mentira, así que tuve que tomar algunas medidas preventivas. —Apoyo mis antebrazos en la puerta—. Sabía que si te liabas con alguien acabarías lamentándolo y te sentirías como el culo cuando por fin entraras en razón. Y, bueno, quería evitarte todo ese dolor y sufrimiento. De nada.

Por un momento, parece aturdida.

Y entonces se empieza a reír.

Dios, he echado tanto de menos el sonido de su risa. Estoy tentado a saltar sobre la pequeña puerta y besarla hasta desgastar sus labios, pero no tengo la oportunidad.

—¿Qué narices está pasando aquí?

Hannah pega un respingo de la sorpresa cuando el entrenador Jensen aparece en la zona de duchas.

—Oh, hola, entrenador —digo—. No es lo que parece.

Sus cejas oscuras se fruncen en un ceño cabreado.

—Lo que parece es que te estás duchando delante de tu novia. En *mi* vestuario.

—Está bien, entonces sí es lo que parece. Pero te lo prometo, todo es muy «para todos los públicos». Bueno, excepto por el hecho de que estoy desnudo. Pero no te preocupes, no va a pasar nada guarro. —Sonrío—. Estoy intentando volver a conquistarla.

El entrenador abre la boca, luego la cierra y después vuelve a abrirla. No puedo decir si se lo está pasando bien, si está enfadado o si directamente prefiere olvidar este asunto. Al fin, asiente y se decanta por la opción número tres.

—Seguid.

El entrenador niega con la cabeza mientras sale de las duchas y me dirijo de nuevo a Hannah justo a tiempo para ver cómo intenta largarse.

—Oh, no, joder, no —digo—. De ninguna manera, Wellsy. —Arranco mi toalla del gancho y me la envuelvo alrededor de la cintura mientras salgo de la cabina—. No te vas a largar corriendo ahora.

—He venido aquí para gritarte —balbucea; su mirada baja a sus pies—. Y ya he acabado de gritarte, así que...

Jadea cuando mi mano mojada cubre sus mejillas para obligarla a mirarme.

—Genial que hayas terminado de gritarme. Ahora quiero que *hables* conmigo y no vas a largarte hasta que lo hagas.

—No quiero hablar.

—Te fastidias. —Examino su gesto angustiado—. ¿Por qué me dejaste?

—Ya te lo dije...

—Sé lo que me dijiste. No te creí entonces y no te creo ahora. —Tenso la mandíbula—. ¿Por qué rompiste conmigo?

Un suspiro tembloroso sale de su boca.

—Porque estábamos yendo demasiado rápido.

—Mentira. ¿Por qué rompiste conmigo?

—Porque quería ver a otras personas.

—Inténtalo otra vez. ¿Por qué rompiste conmigo?

Cuando no contesta, una oleada de frustración me atraviesa y reacciono chocando mi boca contra la suya. La beso con dureza, con desesperación, recuperando los días y las semanas que la he echado de menos y soltando la presión en forma de profundos besos hambrientos que nos dejan sin aliento. Hannah no se aparta. Ella me devuelve el beso con la misma pasión desenfrenada, con sus manos aferrándose a mis hombros mojados como si estuviera perdida en el mar y yo fuese su salvavidas.

Por eso sé que todavía me quiere. Por eso sé que me echaba de menos tanto como yo la echaba de menos a ella. Y por eso separo un instante mi boca de la suya y susurro:

—¿Por qué rompiste conmigo?

Su mirada angustiada se queda fija en la mía. Su labio inferior empieza a temblar y, cuando transcurren varios segundos, me pregunto si me va a contestar. Me pregunto si...

—Porque tu padre me obligó a hacerlo.

El *shock* casi me tira al suelo. Cuando mi equilibrio se convierte en una montaña rusa, dejo caer mis manos a los lados y la miro fijamente, incapaz de registrar lo que acabo de oír.

Trago. A continuación trago otra vez.

—¿Cómo?

—Tu padre me dijo que acabara lo nuestro —admite—. Me dijo que si no lo hacía, te...

Levanto la mano para hacerla callar. Estoy demasiado aturdido para escuchar más.

Demasiado cabreado como para moverme. Me obligo a respirar. Unas respiraciones largas y tranquilizadoras que me ayuden a mantener mi tambaleante equilibrio y a aclarar mi mente nublada. A continuación, exhalo muy poco a poco y me paso una mano por el pelo húmedo.

—Esto es lo que va a pasar —digo en voz baja—. Me vas a esperar fuera mientras me visto; y entonces tú y yo vamos a ir no me importa a dónde. A tu residencia, a mi coche, donde sea. Vamos a ir a algún sitio y vas a repetir cada palabra que ese hijo de puta te dijo. —Cojo aire—. Vas a contármelo todo.

HANNAH

Garrett no dice una palabra mientras le cuento todo lo que pasó entre su padre y yo.

Estamos en mi habitación porque el estadio está más cerca de las residencias que de su casa, y él tenía demasiada prisa por tener esta conversación. Pero todo lo que ha hecho hasta ahora es acercarse a mí con los brazos cruzados y el ceño fruncido, escuchando atentamente mientras la confesión sale de mi boca como confeti.

No puedo dejar de hablar. Recito las amenazas de su padre de forma textual. Le explico por qué decidí hacerle caso. Le ruego que entienda que lo hice porque le quiero, porque quiero que tenga éxito.

Y, a pesar de todo, Garrett no dice nada. Ni siquiera parpadea.

—¿Podrías, por favor, decir algo? —balbuceo cuando he terminado de hablar y, aun así, él todavía no ha dicho ni una palabra.

Sus ojos grises están fijos en mi cara. No puedo decir si está enfadado o molesto, si está decepcionado o disgustado. Todas esas emociones tendrían sentido para mí.

Pero ¿su respuesta?

Esa no tiene ningún sentido en absoluto.

Garrett se echa a reír. Carcajadas profundas y roncas que me hacen fruncir los labios. Su frente se relaja y sus brazos caen a los costados mientras se hunde en la cama a mi lado; sus anchos hombros tiemblan de alegría.

—¿Crees que es gracioso? —le exijo, de veras ofendida—. Este último mes he sido un zombi total, triste a más no poder, y ¿lo encuentras *divertido*?

—No, creo que es una lástima —dice entre risas.

—¿Qué es una lástima?

—Esto. —Hace un gesto entre nosotros—. Tú y yo. Todo el puto mes que hemos perdido. —Deja escapar un profundo suspiro—. ¿Por qué no me lo dijiste?

Mi garganta se cierra.

—Porque sabía qué habrías dicho.

Otra risa sale de su boca.

—Lo dudo mucho, pero me vale. Hazme reír un poco más. ¿Qué habría dicho?

No entiendo su extrañísima reacción y me estoy empezando a inquietar.

—Me habrías dicho que no te importaba si tu padre te cortaba el grifo porque no vas a dejar que te controle, o que nos controle.

Garrett asiente.

—Sí, hasta ahora vas por buen camino. ¿Qué más?

—Después habrías dicho que para ti yo soy más importante que su estúpido dinero.

—Sí.

—Y habrías dejado que te cortara el grifo.

—Y una vez más: sí.

Mi estómago da una sacudida.

—Dijo que no eres apto para recibir una beca universitaria y que no puedes conseguir un préstamo del banco.

Garrett asiente de nuevo.

—Ambas cosas son verdad.

—Habrías tenido que vaciar tu cuenta de ahorros para pagar la matrícula del próximo semestre y ¿después qué? Los dos sabemos que no puedes permitirte pagar el alquiler, los gastos y el coche si no trabajas, y eso significa que necesitarías buscar un trabajo y...

—Te voy a parar aquí, peque. —La sonrisa que me ofrece es de infinita ternura—. Bueno..., vamos a retroceder un poco. Yo permito que mi padre deje de pagar mis cosas. Pregúntame qué te habría dicho después.

Me muerdo el interior de la mejilla. Un poco demasiado fuerte, así que debo calmar el dolor con la lengua.

—¿Qué?

Garrett se inclina más cerca y roza mi mejilla con los dedos.

—Te habría dicho: «No te preocupes, pequeña. Cumplo veintiún años en unas pocas semanas y mis abuelos me han dejado una herencia a la que puedo acceder el 2 de enero».

Inhalo un suspiro de sorpresa.

—Espera un momento. ¿Qué?

Él aprieta con suavidad mi labio inferior mientras mueve la cabeza con frustración.

—Mis abuelos me dejaron una herencia, Hannah. Mi padre no sabía nada porque mi madre firmó todos los papeles sin que se enterase. Mi abuelo y mi abuela odiaban al viejo cabrón, joder que si lo odiaban. Y vieron lo controlador que era cuando se trataba de mí y del *hockey*. Tenían miedo de que él pudiera acceder de alguna manera a la herencia y hacer lo que quisiera con ella, así que se aseguraron de que no me pasara nada. Me dejaron dinero suficiente para devolverle a mi padre hasta el último centavo de lo que ha pagado por mí. Lo suficiente como para pagar el resto de mi educación y todos mis gastos; y, probablemente, suficiente dinero como para poder mantenerme durante unos años, una vez que me gradúe.

Mi cabeza da vueltas. Me cuesta procesar esta información.

—¿De verdad?

—De verdad —confirma.

Mientras el significado de lo que me acaba de contar va calando, experimento un tsunami de absoluto horror. Dios de mi vida. ¿Me está diciendo que he cortado con él sin ninguna razón?

Garrett ve mi expresión y se ríe.

—Apuesto a que te sientes bastante estúpida, ¿eh?

Mi boca se abre de repente, pero no puedo formular ninguna palabra. No me lo creo. Soy tan... Dios, tiene razón. Soy brutalmente estúpida.

—Intentaba hacer lo correcto. —Gimo con total desconsuelo—. Sé lo importante que el *hockey* es para ti. No quería que perdieras eso.

Suspira de nuevo.

—Lo sé y, créeme, esa es la única razón por la que no estoy cabreado contigo en este momento. Quiero decir, estoy la hostia de enfadado por que no me lo contaras, pero entiendo por qué no lo hiciste. —Sus ojos brillan—. Ese capullo no tenía derecho a hacer eso. Te lo juro, voy a... —Se detiene y suelta un suspiro—. En realidad, no voy a hacer absolutamente nada. No merece la pena; ni mi tiempo ni mi energía, ¿recuerdas?

—¿Sabe ya lo de la herencia?

Un destello triunfal aparece en sus ojos.

—Oh, vaya si lo sabe. El abogado de mis abuelos le mandó un cheque ayer. Calculé lo que le debía y le añadí un poco de dinero extra al resultado. Me llamó anoche y me gritó durante unos veinte minutos antes de que le colgara sin despedirme. —El tono de Garrett se vuelve serio—. Ah, y hay algo más que deberías saber: Cindy lo mandó a la mierda.

El *shock* y el alivio luchan dentro de mí.

—¿En serio?

—Sí. Al parecer, hizo las maletas una semana después de Acción de Gracias y nunca miró atrás. Esa era otra de las razones por las que estaba tan cabreado por teléfono. Piensa que le dijimos algo para que lo abandonara. —Las mejillas de Garrett se despiden del enfado—. El hijo de puta sigue sin ser capaz de asumir la responsabilidad de las cosas que hace. No le entra en la cabeza que puede que se marchara por su culpa.

Mi cabeza sigue dando vueltas. Estoy feliz de que Cindy haya logrado salir de esa relación de maltrato, pero no estoy contenta con el hecho de que Garrett y yo hayamos estado separados un mes. No estoy contenta por haber permitido que Phil Graham me asustara y consiguiera que renunciara al chico que quiero.

—Lo siento —le digo en voz baja—. Lo siento mucho, Garrett. Por todo.

Coge mi mano.

—Sí, yo también.

—No se te ocurra pedir disculpas. No hay nada por lo que tengas que pedir perdón. Soy yo quien intentó hacerse la heroína y rompí contigo por tu propio bien —lloriqueo—. Dios, ni siquiera soy capaz de hacer algo por los demás sin cagarla.

Él se ríe.

—Bueno, por lo menos estás buenísima. Y no me hagas empezar a hablar de tus tetas de *stripper*.

Doy un respingo cuando de repente cubre con sus manos mis pechos sobre el jersey y los acaricia y aprieta.

Emite un ruidito de satisfacción cuando frota las palmas de las manos sobre mis pezones ya casi duros del todo.

—Oh, las he echado tanto de menos. Joder, no sabes cuánto.

Una risa sale disparada de mi boca.

—No me lo puedo creer, ¿vas directamente a la fase dos, es decir, a meterme mano, sin que oficialmente estemos juntos otra vez?

Sus labios se pegan a mi cuello y su lengua sale disparada a darme un lametón provocativo.

—Por lo que a mí respecta, nunca rompimos. —Ahora me mordisquea el lóbulo de la oreja, lo que me provoca una oleada de escalofríos—. Así es como yo lo veo: podríamos abrazarnos, besarnos y llorar, y eso nos llevaría ¿cuánto?, ¿veinte minutos? Y luego otros veinte minutos en los que te digo que te perdono y tú me juras amor eterno. Tal vez diez minutos más para que me hagas una mamada y compensar todo el tiempo que hemos perdido.

Le suelto un puñetazo en el brazo.

—Pero ¿qué sentido tiene perder más tiempo cuando podemos ir directamente a lo bueno?

Mis labios tiemblan de diversión.

—¿Y qué es exactamente «lo bueno»?

Antes de que pueda parpadear, estoy tumbada sobre mi espalda con el delicioso peso del cuerpo de Garrett encima de mí. Él me regala su sonrisa patentada, esa sonrisa torcida y *sexy* que nunca falla en hacer que mi corazón palpite y, a continuación, su boca cubre la mía en un beso hambriento.

—Esto... —Succiona mi labio inferior y mueve sus caderas seductoramente—... Esto es lo bueno.

Envuelvo mis brazos alrededor de él y le aprieto fuerte contra mí, y todo es tan familiar, tan maravillosamente perfecto, que el amor en mi corazón se desborda y me escuece los ojos.

—Te quiero, Garrett —digo medio atragantándome.

Su voz ronca cosquillea mis labios.

—Te quiero, Hannah.

Y entonces me besa, y todo en mi mundo vuelve a estar en su sitio.

CAPÍTULO 45

HANNAH

Marzo

—¿Por qué tu antiguo amor platónico está en mi salón? —Garrett suelta esa acusación en forma de susurro en mi oído cuando se acerca a mi lado.

Mi mirada se dirige a Justin, que está en el sofá jugando a un videojuego de puntería, que tiene pinta de ser complicado, con Tucker. A continuación, me vuelvo hacia Garrett, que parece más divertido que molesto.

—Porque es mi amigo y lo he invitado. Tendrás que aguantarte.

—¿No crees que es un poco cruel traerlo aquí? A ver, el equipo de fútbol lo ha hecho como el culo toda esta temporada y ¿ahora tiene que celebrar con la gente de *hockey* que hemos llegado a las semifinales? Y encima, estar cerca del espécimen masculino perfecto que te robó de sus fauces. —Los ojos grises de Garrett brillan—. Eres una persona malvada.

—Bueno, para ya. Se alegra mucho de que vayáis a la Frozen Four. —Acerco mis labios a su oreja—. Y no le digas a nadie esto o te mato: Stella y él llevan un mes tonteando.

—¿De verdad? —La boca de Garrett se abre de par en par mientras mira al otro lado de la habitación, donde Stella, Dex y Allie están en medio de una animada conversación con Logan y Simms. Todavía se me hace extraño ver a mis amigos interactuando con los amigos de Garrett, pero hemos quedado un montón de veces en los últimos tres meses y la verdad es que empiezo a acostumbrarme a la situación.

Desde su sitio junto a Dex, Logan me pilla mirándolos, levanta la cabeza y, bueno, eso es algo a lo que no me he acostumbrado. La mirada que me dirige arde de inconfundible deseo, y no es la primera vez que me mira así. Cuando le saqué el tema a Garrett —solo una vez en la conversación más extraña del mundo—, él simplemente suspiró y dijo: «Ya lo superará». Ni un poco de cabreo por parte de Garrett, nada de resentimiento, solo esa miserable frase, que no ha conseguido para nada calmar mis preocupaciones.

No me gusta la idea de que el mejor amigo de Garrett pueda sentir algo por mí, pero Logan no ha tratado de acercarse en ese sentido, ni me ha comentado nada al respecto, algo que es todo un alivio, supongo. Pero la verdad es que espero que se le pase pronto, porque por muy bien que me caiga el chaval, estoy total e inequívocamente enamorada de su mejor amigo, y eso nunca va a cambiar.

Este semestre hemos estado superocupados. He empezado otra vez con ensayos, ahora para el concierto exhibición de primavera y ¡será un dueto con Dexter! Los dos nos lo estamos pasando pipa trabajando juntos. Garrett y el equipo se han salido en la postemporada. El campeonato es la semana que viene, y da la casualidad de que el lugar donde se celebra es el Wells Fargo Center, el estadio de los Flyers de Filadelfia, lo que significa que sí, que veré la final en directo y que me quedaré en casa de la tía Nicole los tres días que el equipo está en la ciudad.

No tengo ni la más mínima duda de que nuestro equipo va a arrasar. Garrett y los chicos han trabajado muy duro esta temporada y si no ganan esta final, me pego un tiro. O eso, o le tendré que dar a mi chico mucho, mucho sexo de consolación. Un sacrificio horrible.

—¡Qué sorpresa! Mira quién está aquí —dice Garrett de repente, y me giro para ver a Birdie y Natalie entrando por la puerta.

Sus rostros están sonrojados y su actitud es reservada, no hay ninguna duda de por qué llegan tarde a la fiesta. Le doy un abrazo a Nat y después sonrío a Birdie, que responde a la indirecta de Garrett con una mirada defensiva.

—Oye, ya te he dicho que estoy en contra de esta fiesta. Da mala suerte celebrar antes de haber ganado.

—Naah, esto está tirado, tío. —Garrett sonríe y se inclina para darme un beso en la mejilla—. Además, yo ya he ganado el premio más importante de todos.

Estoy bastante segura de que mis mejillas acaban de convertirse en un par de tomates.

Natalie se ríe con amabilidad, pero Birdie, para mi sorpresa, solo asiente en señal de aprobación.

—¿Ves? —Garrett nos informa mientras coloca un brazo alrededor de mi hombro—. Puedo decir cosas como esa delante de Birdie, porque sé que no se burlará de mí.

—Ya, pues debería —suelto—, porque lo que acabas de decir no podría ser más cursi.

—Anda, calla. Si te encanta cuando soy romántico.

Sí. Es verdad.

Birdie y Nat se alejan para saludar a los demás, pero Garrett y yo nos quedamos en nuestro pequeño rincón. Tira de mí y me besa, y aunque no me molan las demostraciones de afecto en público, me resulta imposible pensar en el protocolo cuando Garrett Graham me besa.

Sus labios son cálidos y firmes, y su lengua, caliente y húmeda mientras se desliza en mi boca para una degustación fugaz. Separo mis labios con entusiasmo, con ganas de más, pero él se ríe y me coloca bien un mechón del pelo.

—Deja de comportarte de forma inapropiada, Hannah. ¡Estamos en público!

—Ja. Como si no pudiera ver tu erección.

Su mirada baja a su entrepierna y suspira cuando nota el bulto empujando contra sus vaqueros.

—Por el amor de Dios, Wellsy, consigues que me empalme sin ni siquiera darme cuenta. —Frunce el ceño—. Vaya, hombre, ahora voy a tener que abandonar mi propia fiesta para ir arriba a encargarnos de esto. Muchas gracias.

Resoplo.

—Ni lo sueñes. Ni de coña voy a hacer después el paseo de la vergüenza delante de todos nuestros amigos.

Su rostro se derrumba.

—¿Te avergüenzas de mí?

—No me vengas con ese truco tuyo de niño pequeño. —Le golpeo suavemente en el pecho—. No funciona conmigo.

—¿Niño pequeño? —repite. Una malvada sonrisa curva su boca mientras gira su cuerpo para quedarse de espaldas a la habitación. Entonces, coge mi mano y la planta directamente sobre su erección—. ¿Te parece que esto es de un niño pequeño?

Unos escalofríos recorren mi columna vertebral. Oh, no. Ahora estoy cachonda. Cuando mi corazón late con fuerza y siento un hormigueo por el cuerpo, dejo escapar un gemido de impotencia y le cojo la mano.

—Vale. Vamos arriba.

—No. He cambiado de opinión. Nos vamos a quedar aquí a disfrutar de la fiesta.

Dejo caer la mano como si fuera una patata caliente y frunzo el ceño a más no poder.

—Eres un calientacoños.

Garrett se ríe.

—Sí, pero aun así me quieres.

Unas diminutas mariposas de felicidad elevan el vuelo en mi estómago y bailan alrededor de mi corazón. Le cojo de nuevo la mano y entrelazo nuestros dedos.

—Sí —digo con una sonrisa—. Aun así te quiero.

EPÍLOGO

GARRETT

Mi padre espera fuera del estadio cuando el equipo sale por las puertas traseras.

De alguna manera, Dean ha conseguido un radiocassette portátil de la vieja escuela que sostiene apoyado en un hombro mientras el «We Are the Champions» de Queen prácticamente revienta los altavoces. No hay nadie a nuestro alrededor que oiga el canto de la victoria salvo nosotros, la familia y los amigos que han podido venir a Filadelfia a vernos jugar. Los aplausos estallan mientras caminamos como los campeones que somos, y varios de mis compañeros de equipo hacen exageradas reverencias como bobos antes de ir a saludar a la gente que ha venido a vernos.

¡Lo he conseguido, joder! A ver, ha sido un esfuerzo de equipo. No, rectifico: una dominación de equipo, ya que por primera vez en muchos años en el partido de la Frozen Four, un equipo se queda sin marcar ni un solo gol. Simms no permitió que nuestros rivales lo batieran. Ni una sola vez. Y parece lógico que los tres golazos por nuestra parte los marcáramos Tuck, Birdie y yo respectivamente.

Estoy orgulloso de mi equipo. Estoy orgulloso de mí mismo por llegar hasta aquí. Es el final perfecto para la temporada perfecta, y todo es un poco más perfecto cuando Hannah se acerca corriendo y se lanza a mis brazos.

—¡Oh, Dios! ¡Ha sido el mejor partido de la historia! —exclama antes de besarme con tanta fuerza que me duelen los labios.

Sonrío ante su entusiasmo.

—¿Te gustó el gesto de la pistola que hice con el dedo en tu dirección para dedicarte el gol? Todo para ti, peque.

Me devuelve la sonrisa.

—Siento cargarme tu burbuja, pero en realidad señalaste a un señor mayor que había unos asientos más arriba. El tío estaba totalmente flipado y comenzó a gritar a todo el mundo que habías marcado el gol para él; y después escuché cómo le decía a su mujer que quizá tú sabías que le acababan de diagnosticar diabetes, así que no pude decirle quién era el objetivo en realidad.

Suelto una carcajada.

—¿Por qué nada es sencillo entre nosotros?

—Oye —protesta—. Así es más interesante.

No puedo discutirle eso.

Por el rabillo del ojo veo a mi padre observando junto al autobús, pero no establezco contacto visual con él. De hecho, me doy cuenta de que *nadie* lo está mirando. Ni Hannah, ni ninguno de mis compañeros de equipo, ni yo. Hace unos meses, les conté a los chicos la verdad sobre mi padre, porque la conversación que tuve con Hannah sobre lo injusta que es la vida y que sigan adorando a mi padre no dejaba de darme vueltas por la cabeza. Así que después de Año Nuevo, cuando uno de nuestros defensores de segundo me preguntó si podía conseguirle un autógrafo de Phil Graham, ya no aguanté más. Senté a todo el equipo, entrenador incluido, y les conté todo.

No hace falta decir que fue la hostia de incómodo e intenso, pero cuando por fin lo saqué todo, mis compañeros de equipo me demostraron que no solo soy su capitán, sino que además soy su hermano. Y ahora, cuando vamos andando al autobús, ni un solo par de ojos se dirige en dirección a mi padre, la superestrella.

—¿Te veo luego en el campus? —le pregunto a Hannah.

Asiente con la cabeza.

—Sí. Mi tío Mark me lleva en coche ahora, así que debería estar allí al mismo tiempo que vosotros.

—Llámame cuando estés en casa. Te quiero, peque.

—Yo también te quiero.

Le planto un último beso en los labios y después me subo al autobús y me instalo en mi asiento habitual junto a Logan.

Cuando la puerta se cierra y el conductor se aleja, evito mirar por la ventana para ver al hombre alto y arisco que todavía está de pie en el aparcamiento.

Ahora ya no miro atrás.

Solo miro hacia adelante.

AGRADECIMIENTOS DE LA AUTORA

He disfrutado cada segundo escribiendo este libro, pero al igual que ocurre con cada proyecto que emprendo, no podría haberlo hecho sin la ayuda de algunas personas increíbles.

Gracias a Jane Litte, la primera persona que leyó este proyecto cuando era algo secreto y escrito solo por diversión, por convencerme para que lo compartiera con otros lectores y después, por cogerme de la mano en mi primerísimo empeño de autopublicación.

A Vivian Arend, por salir de su zona de confort y ¡leer un libro *New Adult*! Y por ser tan absolutamente maravillosa.

A Kristen Callihan, por su inestimable asesoramiento y entusiasmo sin fin con este proyecto.

A Gwen Hayes, el editor más dulce, más inteligente y más divertido con el que he trabajado.

A Sharon Muha, por sus ojos de águila (y por no quejarse cada vez que le envío un manuscrito con tropecientas páginas pidiéndole una corrección urgente).

A Sarah Hansen (Okay Creations), por la preciosa portada de la edición original.

A Nina Bocci, mi publicista, también conocida como «mi salvadora», por amar este libro tanto como yo y asegurarse de que todo el mundo oía hablar de él.

Y a todos los que habéis leído, adorado, escrito una crítica o reseña, o hablado de este libro. Sois lo más. Lo más de lo más.

Sigue a Wonderbooks
en www.wonderbooks.es
en nuestras redes sociales
y suscríbete a nuestra *newsletter*.

Acerca tu teléfono móvil a los códigos QR
y empieza a disfrutar de información anti-
cipada sobre nuestras novedades y conte-
nidos y ofertas exclusivas.